II

II
권겨을 장편소설
악역의 엔딩은 죽음뿐
D&C BOOKS

Chapter 6

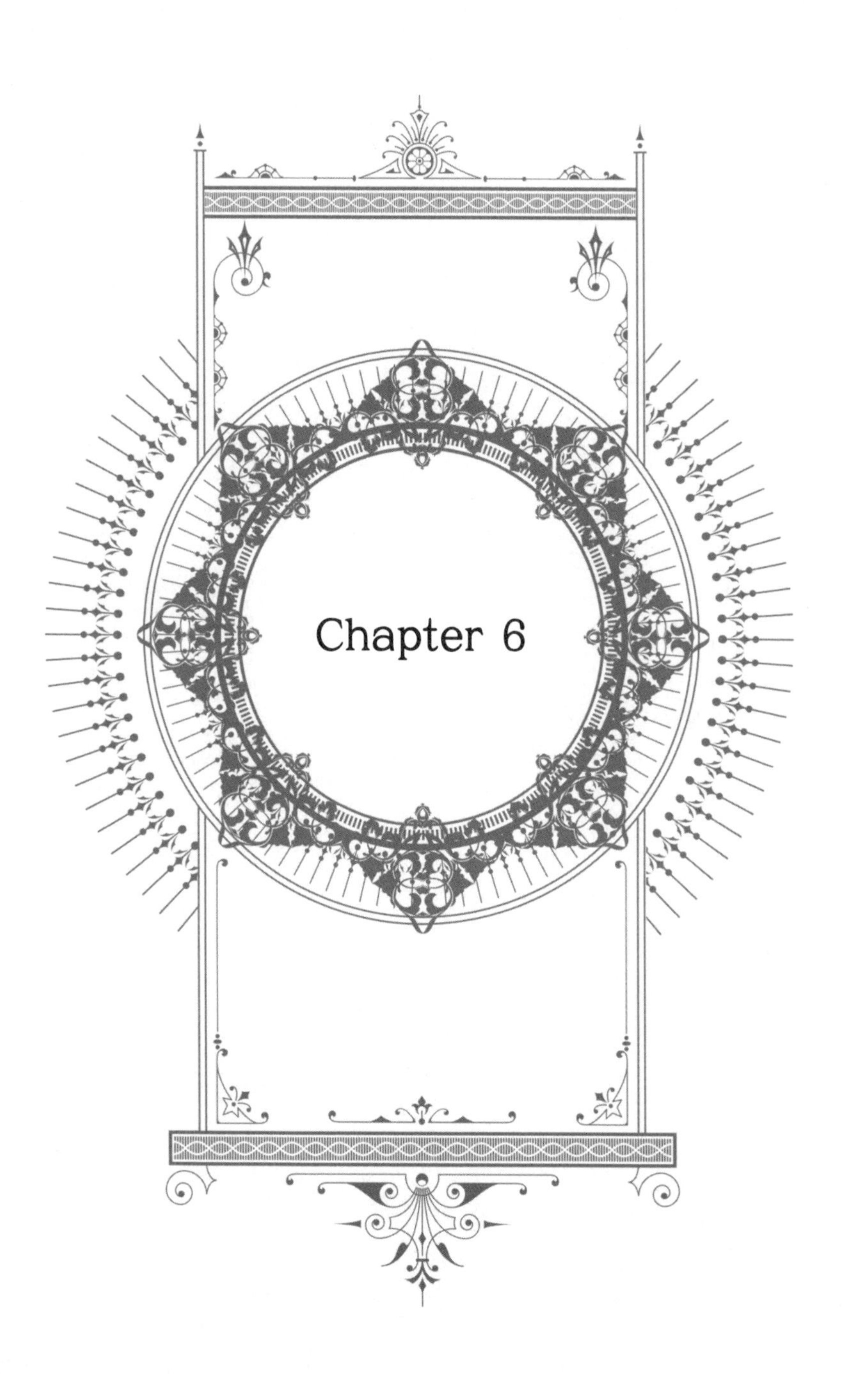

그는 반지가 올려진 손에 제 얼굴을 마구 비비며 애원했다.

"다시는 건방지게 기어오르지 않을게요, 주인님. 잘못했어요. 한 번만 용서해 주세요."

커다랗고 딱딱한 루비가 보드라운 그의 피부에 닿아 덜그럭거렸다.

'차라리 반지를 받고 그냥 철판 깐 채 뻔뻔히 붙어 있으면 될 텐데.'

그러면 제 목을 언제 조를지 모를 구속구에 대한 불안으로부터는 자유로울 것이 아닌가.

그러나 냉정한 내 얼굴에 이클리스는 그저 하염없이 꼬리를 살랑거렸다.

'순진한 건지, 교활한 건지…….'

제 목에 스스로 목줄을 채우는 그를 바라보던 나는, 그가 얼굴을 부비고 있는 손을 힘겹게 떼어 낸 후 반지를 테이블 위에 내려놓았다.

그리고 낑낑거리기 전에 텅 빈 양손으로 그의 얼굴을 감쌌다.

"이클리스."
무기질적인 눈동자와 시선을 맞춘 나는 고요하게 당부했다.
"내가 검을 준 순간부터 넌 내 기사야. 난 네 하나뿐인 레이디고."
"……."
"그 사실을 언제나 잊지 말렴."
놈은 눈치가 빠른 편이었다. 그래서 나는 부러 눈꺼풀을 사르륵 접어 웃었다. 빈말인지 진심인지 알아차릴 수 없도록.
나를 향한 잿빛 눈동자가, 일순 몽롱해졌다.
"……네, 주인님."
[호감도 54%]
호감도가 반짝 상승했다.
'드디어.'
드디어 절반을 넘겼다. 나는 만족스럽게 웃으며, 이클리스의 양 볼을 잡고 있던 손을 바로 내렸다.
"좋아. 그럼 이제 기사로서 네 할 일을 해야겠지."
그리고 테이블 위에 두었던 루비 반지를 다시 검지에 낀 후, 그에게 내밀었다.
"나를 1층까지 에스코트해 주렴."
이클리스는 언제나 그랬듯 내 손을 마주 잡았다.

이클리스의 에스코트를 받아 1층으로 내려왔을 때였다. 막 걸어 나오던 성장한 공작과 집사를 마주쳤다.
"아버지."
현관으로 향하던 그들은 계단을 내려온 나를 발견하고 우뚝 걸음을 멈추었다.

"좋은 오후예요."

나는 생긋 웃으며 먼저 인사를 건넸다. 그러나 공작은 나를 그저 빤히 바라볼 뿐, 꽤 오랜 시간이 지나도 대답하지 않았다.

"……아버지?"

"크흠."

의아한 얼굴로 공작을 다시 부르자, 그가 그제야 헛기침하며 입을 열었다.

"옷차림이 그게 뭐냐."

"뭐가요?"

인사에 대한 답도 아닌 대뜸 지적부터 하는 태도에 나는 기분이 상했다.

'내 옷차림이 어디가 어때서?'

내가 빙의하고 난 후 튀지 않으려고 최대한 정숙하게 입어서 그렇지, 이건 원래 페넬로페가 즐겨 입던 스타일이었다.

공작은 뭐가 그렇게 못마땅한지 혀까지 차며 한 소리를 더했다.

"아직 성인식도 치르지 않은 귀족 여식이 어찌 그런……."

"화창한 오후입니다, 아가씨! 오늘 무척이나 아름다우시군요. 특히 입으신 드레스 색이 진주 귀걸이와 참 잘 어울립니다."

그때, 집사가 불쑥 공작의 말을 끊고 빠르게 읊조렸다. 역시 눈치 하나는 기똥찬 아저씨였다.

"정말? 고심해서 고른 건데 집사가 그렇게 말해 주니 기뻐. 괜찮아 보여?"

나는 만개하는 꽃처럼 활짝 웃어 주었다. 집사가 찰떡같이 응수했다.

"물론이죠. 눈이 다 부실 지경입니다."

"고마워, 집사. 집사 덕분에 기분 좋게 남은 하루를 보낼 수 있겠네."

"크흐흠!"

단란한 대화에 공작이 불편한 티를 냈다.

'흥! 이제 다신 먼저 살갑게 인사해 주나 봐라.'

나는 남몰래 공작을 흘겨보며 속으로 콧방귀를 꼈다. 그런 내 다짐을 알아차린 건지, 공작이 슬쩍 말문을 돌렸다.

"그놈과는 왜 같이 내려오는 게냐."

이번엔 타박 대상이 바뀌었다. 이클리스를 곁눈질하는 시선이 곱지 못했다. 나는 어깨를 으쓱였다.

"제 호위 기사잖아요. 황궁까지 에스코트 좀 부탁했어요."

"에스코트는 무슨! 오랜만에 가족끼리 이동할 것이니 그만 물려라. 네 오라비들이 직접 호위하기로 했다."

"가족…… 끼리요?"

"그래."

확인 사살을 하는 공작의 대답에 나는 미소 짓던 얼굴 그대로 굳었다.

'하…… 시작부터 망테크구만…….'

넷이서 한 마차를 타고 황궁까지 이동할 생각을 하니 벌써부터 숨이 턱 막혔다.

"모처럼 잘됐습니다."

이런 내 심정도 모르고 집사가 손뼉을 치며 덧보탰다.

"그런데 아가씨가 오늘은 높은 굽을 신어 거동이 불편하실 테니, 공작님께서 마차까지 에스코트를 해 주시는 게 어떻습니까."

"크흠, 큼. 번거롭게도 하는구나."
"전 괜찮……."
나는 적당히 웃는 낯으로 거절하려 했다. 그러나 공작이 불쑥 손을 내밀었다.
"뭐 하느냐, 얼른 잡지 않고. 시간 없다."
그러더니 1초도 지나지 않아 손을 마구 흔들며 채근하는 게 아닌가.
'아니, 번거롭다며?'
대체 어느 장단에 맞춰야 할지 모르겠다. 어이가 없었지만, 별수 없었다.
"이클리스."
모처럼 불러들인 게 좀 미안해서 나는 그를 돌아보며 작게 속삭였다.
"돌아올 때까지 얌전히 있으렴."
"……."
"말 잘 들으면 내가 상금으로 호강시켜 줄 테니까."
그는 별다른 대답 없이 애매모호한 얼굴로 나를 바라보았다. 그러더니 잠시 후, 미미하게 고개를 끄덕이며 잡고 있던 내 손을 놓아주었다.
[호감도 55%]
고작 1% 오른 호감도와 마지막까지 내게 못 박혀 있는 눈빛이 묘했다.
'어째 좀 비웃는 것 같기도 하고…….'
공작에게 손을 바통 터치하던 중, 문득 그런 생각이 들었다.

공작의 에스코트를 받아 막 마차 위로 올랐을 때였다. 안에는 이미 남주 놈들이 한 자리씩 차지한 후였다.

'둘이 붙어 앉지, 왜 저렇게 앉은 거야.'

나는 서로 마주 보고 앉은 그들을 보며 좌절했다.

공작저의 마차는 네 명이 모두 타고도 자리가 남을 만큼 널찍했다. 그러나 나는 늦게 나온 죄로 놈들 중 한 명의 옆자리에 필연적으로 착석해야 했다.

나는 둘을 번갈아 바라보며 잠시 고민했다.

[호감도 22%]

[호감도 25%]

의아하게도 얼마 전까지 20%였던 데릭의 호감도가 못 본 새 5% 올라 있었다.

'그때 석궁 연습하던 날의 여파 때문인가?'

무작정 이클리스 편을 들지 않고 부랴부랴 도망간 게 나름 상승작용을 했나 보다.

게다가 의외로 레널드가 호감도를 부쩍 따라잡았다. 3%의 차이.

"어서 앉지 않고."

공작의 재촉에 내 고민은 길지 않았다. 나는 냉큼 데릭의 옆자리에 앉았다. 레널드에 대한 사감을 떠나, 내겐 호감도 최우선이었다.

두 쌍의 새파란 눈동자가 나를 향했다. 찰나, 둘의 얼굴이 미묘하게 달라졌다. 그 순간이었다.

'호감도 −1%' '호감도 +2%'

[호감도 21%] [호감도 27%]

둘의 호감도가 동시에 바뀌었다. 1% 떨어진 쪽은 레널드고, 2%

상승한 쪽이 데릭이었다.
“야, 너 옷이 그게 뭐냐?”
상반되는 그들의 머리 위를 휘둥그레 바라보고 있을 무렵, 아니나 다를까 레널드 놈이 내가 앉자마자 시비를 걸었다. 나는 새초롬하게 반문했다.
“왜?”
“왜에? 머리에 피도 안 마른 계집애가 어디서 못된 것만 배워 가지고. 아주 그냥 벗고 다니지 그러냐?”
“지난번 연회 땐 사람이 좀 됐나 했더니, 여전하군.”
빈정거리는 레널드에 이어 데릭마저 못마땅한 목소리로 읊조렸다.
‘왜 또 별것도 아닌 걸로 시비들이실까.’
나는 그렇게 내 드레스가 심각한 건가 싶어 고개를 내려 점검했다. 그러나 브이넥으로 인해 쇄골만 좀 드러나 있을 뿐 괜찮았다. 딱히 야하지도 않았다.
“그만들 해라.”
억울함에 뭐라 반박하려고 입을 열려던 찰나, 공작이 마차 위로 올라탔다.
“잘 어울리기만 한데, 왜 이렇게 타박들이야.”
“하. 진심이에요, 아버지?”
뜬금없이 내 역성을 드는 그의 모습에 레널드가 어이없다는 듯 웃었다. 물론 조금 전 공작에게서 제일 먼저 타박을 들었던 나 또한 그랬다.
‘저. 기. 요.’
기가 막힌다는 눈빛으로 공작을 바라보자, 그가 ‘쯧’ 하고 혀를 차며 고개를 팩 돌렸다.

"출발하지."

그리고 아무렇지도 않게 마차 벽을 두어 번 두드렸다.

얼마 지나지 않아 마법이 걸린 마차가 소리 없이 출발했다. 내 예상대로 숨 막히는 정적이 마차 안을 점령했다.

'그러니까 각자 타고 가지, 왜…….'

나는 데릭 놈과 닿지 않게 창문 쪽으로 바짝 몸을 붙이며 한숨을 내쉬었다. 황궁에 도착할 때까지 꿈쩍도 하지 않고 창문만 바라봐야 했던 지난날의 악몽이 되새겨지는 것 같았다.

한동안 지속되던 침묵을 먼저 깨트린 것은, 의외로 공작이었다.

"크흠. 네놈들은 사냥 대회 나가면서 정표 하나도 못 받았느냐?"

느닷없는 소리에 모두의 시선이 그에게 쏠렸다. 레널드가 어리둥절한 얼굴로 물었다.

"무슨 정표요?"

"거, 안전을 기원하면서 주는 것들 있지 않느냐! ……이런 것처럼 말이다."

공작이 보란 듯이 옷깃을 만지작거렸다. 아들놈들의 시선이 그쪽으로 꽂혔다. 나 또한 별생각 없이 그것을 바라보다 눈을 부릅떴다.

'저건……!'

"……웬 애뮬릿입니까?"

여태껏 한마디도 않고 있던 데릭이 입을 열었다. 나는 당황하여 우왕좌왕했다. 공작의 가슴팍에는 며칠 전 내가 선물로 주었던 은색의 애뮬릿이 훈장처럼 당당하게 붙어 있었기 때문이다.

'아니, 저걸 왜……!'

아무리 탈부착이 쉽다지만, 누가 부적을 저렇게 대놓고 옷 위에 붙인단 말인가.

무기상이 말했었다. 몸에 은밀하게 부착할 수 있는 정표기에 더욱 인기가 많은 것이라고. 자랑이라도 하는 것 같은 공작의 모습이 황당해서 나는 입을 삐끔거렸다.

게다가 저건 목적이 있어서 공작한테만 몰래 준 것이었다. 당연히 레널드와 데릭 것은 없었다.

하지만 사람 심리라는 게 그렇지 않은가. 나만 못 받으면 당연히 짜증 나고 서럽기 마련인데…….

'하물며 저 지랄 맞은 놈들한테 자랑이라도 한다면…….'

내 속 타는 심정을 알 리 없는 공작이 왠지 모르게 신이 난 얼굴로 설명하려 들었다.

"그게 말이다, 며칠 전 페넬……."

"아, 아버지!"

나는 다급히 그를 막아섰다. 공작에게 향했던 시선들이 휙 내 쪽으로 쏠렸다. 나는 어색하게 웃으며 그를 부른 이유를 쥐어짰다.

"누가 줬는지 아버지랑 정말 잘 어울리시네요."

"그러냐? 흠흠."

공작은 내 말에 기분이 좋은 듯 입꼬리를 씰룩거렸다. 나는 한숨을 삼키며 에둘러서 권유했다.

"그래도 안전을 위해 옷 안쪽에 부착하지 그러셨어요. 괜히 누가 보고 불손한 말이라도 입에 담으면 어떡해요."

가령, 에카르트의 수장은 사냥 대회에서 누가 자신을 해칠까 두려워 마법 부적을 부착하는 겁쟁이라든지 말이다.

그런 내 말을 곡해해서 알아들은 듯 레널드가 얄밉게 지껄였다.

"그러게. 다 늙어서 정부를 들였다는 소문이라도 나면 참으로 명예로우시겠네요."

"내려면 내라지!"

그 순간 공작이 버럭 소리쳤다.

"어떤 음흉한 인간이 하나뿐인 딸자식한테 받은 선물을 가지고 정부가 줬느니 마느니 지껄이는지, 내 그 낯짝 좀 봐야겠다!"

누가 마차 안에 찬물이라도 부은 것처럼 서늘한 정적이 내려앉았다.

'하하. 망했구나, 망했어.'

나는 그냥 해탈한 채 웃었다.

"……페넬로페가 주었습니까?"

데릭이 한층 더 낮아진 음성으로 물었다. 왠지 분노가 서린 듯해서 나는 흠칫 몸을 떨었다. 눈치도 없는지 공작은 실실 웃으며 놈들의 약을 박박 올렸다.

"큼큼. 네놈들도 말이야, 그러게 평소에 잘 좀 하라고. 성격들이 그 모양이니 여자들한테 인기가 없지, 쯧쯧."

"……하?"

레널드가 기가 찬다는 듯 웃었다.

그때였다. 묵묵히 공작을 바라보던 데릭이 문득 내 쪽으로 시선을 돌렸다. 새파란 동공에 알 수 없는 감정이 울렁거렸다.

"너는, 내게……."

그는 억눌린 목소리로 뭔가를 말하려다 다시 입을 다물고 고개를 휙 돌렸다. 그리고.

'호감도 −1%'

[호감도 26%]

'아, 왜! 그깟 부적 좀 준 게 뭐라고!'

나는 터무니없이 쉽게 떨어지는 하드 모드의 호감도에 억울함이 치솟았다.

황궁 근처에 다다르자 마차의 속도가 급격히 느려졌다. 창문 밖으로 슬쩍 보니, 입구서부터 마차가 길게 늘어져 있는 것이 보였다.

"왜 이렇게 오래 걸리는 거지?"

지난 연회 때는 줄 같은 것 없이 금방금방 통과되었기에 의아해졌다. 내 혼잣말에 답을 준 것은 공작이었다.

"살상용 마법 무기나 마물, 마법사들이 있는지 검문하는 게다."

"검문요?"

"그래. 황태자가 직접 주최하는 사냥 대회니 목숨 귀한 줄 알면 철저히 수색하겠지."

의아했던 나는 곧 고개를 끄덕이며 수긍했다. 전쟁 영웅인 황태자는 제국 내부뿐만 아니라 외부에도 적이 많았다. 왕좌에 오르기 전까지 아마 끊임없는 견제와 목숨의 위협을 받을 것이다.

'인성이 파탄 날 만도 해.'

나는 놈의 미친 성격을 납득했다. 그렇다고 동정심이 이는 건 절대 아니었다. 여기서 내가 제일 불쌍했다.

'그런데 마법사인지도 검문하는 거면…… 뷘터도 참여 못 하는 건가?'

얼마 후 공작가의 마차가 검문소에 이르렀기에 생각은 오래가지 않았다.

우리는 당연히 쉽게 통과했다. 내 석궁의 구슬들이 마력을 읽는 수정구에 걸리긴 했지만, 명백한 사냥용이었기에 문제없었다.

황궁 마법사가 검문을 마치고 내 석궁 케이스를 다른 마차에 타고 있는 에밀리에게 돌려주었다.

"이번엔 또 어떤 짓을 벌이려고. 아주 단단히도 준비해 왔네."

창문 너머로 그것을 바라보며 레널드가 빈정거렸다. 데릭도 동감하는 건지 한심하다는 눈으로 나를 흘기며 옅은 한숨을 내쉬었다.

"크흠!"

손수 단단히 준비해 준 공작은 불편한 듯 헛기침을 내뱉었고 나는 또다시 억울해졌다.

전야제가 이뤄지는 장소는 사냥터인 숲에서 조금 떨어진, 널따란 정원이었다.

과연 황궁은 황궁인지 야외임에도 연회장은 훌륭하게 꾸며져 있었다. 색색의 꽃들과 화원의 아름다움을 더 돋보일 수 있게 장식된 고운 천과 리본들.

바깥에서 안을 훔쳐볼 수 없도록, 연회장 주위를 은밀하게 감싼 높다란 덤불 벽의 군데군데 달린 화려한 조명들이 꽤 멋있었다.

이미 도착한 이들이 많은지 각 가문별로 마련된 동그란 테이블 사이를 시종들이 분주하게 돌아다녔다.

공작과 두 오라비는 도착하자마자 사냥 대회 동안 쓸 카바나와 말들부터 점검하러 가 버렸다. 때문에 나는 에밀리만 뒤에 달고 홀로 정원에 들어설 수밖에 없었다.

'어딨지? 아직 안 왔나?'

나는 수많은 귀족 사이를 누비며 정신없이 주변을 살폈다. 황태자 놈의 위치 파악부터 해 두기 위해서였다. 어디서 불쑥 튀어나올지 몰라 괜히 가슴이 수런거렸다.

'그냥 다른 식구들 따라갔다가 같이 올걸 그랬나…….'

제아무리 안하무인인 미친놈이라지만, 공작가의 일원들이 다 있는 곳에서 나를 죽이려 들지는 않을 거 아닌가.

뒤늦은 후회로 낙심하는 중이었다. 불쑥 귀에 거슬리는 쑥덕임이 들려오기 시작했다.

"뻔뻔하기도 하지. 아무리 참여 금지령이 풀렸다지만 여기가 어디라고 낯짝을 들이미는지 모르겠네요."

"그러니까 말이에요. 에카르트 공은 대체 자식 교육을 어떻게 시키는 건지……."

"어머, 부인! 그런 소리 말아요. 교육을 받는다고 천출이 어디 가나요?"

누가 봐도 나를 욕하는 소리였다. 나는 눈살을 찌푸리며 근원지를 찾아 두리번거렸다. 그러나 찾을 수 없었다. 정원에 있는 모두가 나를 보며 쑥덕이고 있었기 때문이다.

'하긴, 작년의 슈퍼스타가 등장했으니 그럴 만도 하지.'

그렇게 생각했지만 욕먹는 게 짜증 나는 건 어쩔 수 없었다.

나는 아까 전 태평하게 황태자의 인성이 파탄 나게 된 경위나 납득할 처지가 아님을 깨달았다. 내부와 외부 모두에 적이 있는 것은 페넬로페 또한 마찬가지였으니까.

고로 그녀가 패도의 길을 걷게 된 것도 다 이유가 있는 것이다.

"어휴! 저 천박한 옷 좀 봐요."

"성인식도 안 치른 영애가 부끄러운 줄도 모르고……."

하녀들과 합심하여 내 미모를 돋보여 줄 드레스를 정해 주었던 에밀리의 얼굴이 시무룩했다. 오늘만 옷 가지고 벌써 네 번째 면박을 받는 중이었다.

'세 번 참으면 살인도 면한다던데.'

그 세 번이 넘어갔으니 이제 난동을 부려도 되는 걸까?

"에밀리."

나는 모두에게 들릴 만큼 나지막한 목소리로 하녀를 불렀다.

"가서 내 석궁 꺼내 와."

에밀리의 눈이 한차례 흔들렸다.

"네, 아가씨! 금방 가져올게요!"

그러나 이내 그녀는 나보다 훨씬 더 우렁차게 대답한 후 뒤돌았다.

제발 그런 무서운 소리는 입 밖에도 내지 말라며 몸서리를 칠 때는 언제고. 헐레벌떡 카바나가 쳐 있는 쪽으로 사라지는 그녀를 보자니 피식 웃음이 나왔다.

수군거림이 만연했던 조금 전과 달리 장내가 순식간에 조용해졌다.

'어디 한마디만 더 해 봐.'

나는 도도하게 턱을 치켜들고 주변을 쭈욱 훑었다. 마주치는 동공마다 눈에 띄게 흠칫거리더니 황급히 고개를 돌리는 꼴이 우스웠다.

하나뿐인 하녀조차 사라지고 외따로이 남은 상황이었지만, 누구도 섣불리 입을 놀리려 들지 않았다.

'과연 미친 침팬지가 쏘는 석궁에 맞고 싶진 않다는 건가.'

황태자의 위치 파악을 해 두겠다는 생각은 우선 집어넣었다. 천만 다행히도 놈은 아직 등장하지 않은 것 같았다. 여기 있다면 이런 내 모습을 보고 가만있을 놈이 아니었기 때문이다.

나는 조금 안심하고 앞쪽에 있는 에카르트 가문의 테이블로 이동했다. 그리고 의자에 털썩 앉아 다리를 꼬며 지나가는 시종을 불렀다.

"이봐."

"예, 예!"

"술 가져와. 잔 말고 병째로."

마지막으로 사람들의 선입견 속 망나니의 표본에 정점을 찍자 사방에서 '헉!' 하고 숨을 들이켜는 소리가 울려 퍼졌다.

"아가씨!"

얼마 후 에밀리가 석궁 케이스를 들고 왔다. 얼마나 열심히 뛰어갔다 온 건지 그녀는 내게 석궁을 전달하자마자 가쁜 숨을 몰아쉬었다.

"수고했어, 에밀리."

내 치하에 에밀리가 우쭐한 얼굴로 씨익 웃었다. 예전에 날 바늘로 깨웠을 때 본 비열한 미소였다.

타앙—! 나는 테이블 위에 케이스를 세게 올려놓고 석궁을 꺼냈다. 그리고 보란 듯이 구슬을 끼워 넣기 시작했다.

또르륵, 달칵. 또르륵, 달칵…….

고요해진 연회장은 쇠 구슬이 석궁에 장착되는 소리만 음산하게 울려 퍼졌다.

"세상에! 누, 누가 좀 말려 봐요……."

"근위병들을 불러와야 하는 거 아니에요?"

어디서 속삭이는 소리가 들렸다. 신경 쓰지 않고 크랭크마저 돌리고 있을 때였다.

"하. 너 지금 뭐 하냐?"

문득 머리 위에서 헛바람이 터졌다. 고개를 드니 어느새 공작과 아들놈들이 당도해 있었다. 그들의 등장에 주변에서 눈에 띄게 안도하는 한숨들이 새어 나왔다.

"아주 기다렸다는 듯이 구네. 이왕 침팬지 소리 듣는 거, 아예 대놓고 쏠 준비하는 거냐?"

레널드가 어처구니없다는 듯 물었다. 철컥. 마침내 장전을 마친 나는 석궁을 등 뒤로 둘러메며, 그를 돌아보지도 않고 대꾸했다.

"상관 마."

"지금 다 너만 쳐다보고 있는 거 안 보여? 너 때문에 또 어떤 수치를 당할지 알고……!"

"레널드."

목소리가 점점 커지는 놈에게 공작이 주의를 줬다. 레널드는 잠시 주변을 훑어본 후 내게 바싹 수그려 뇌까렸다.

"……그딴 우스꽝스러운 몰골로 앉아 있겠다는 거냐, 이 미친 계집애야."

이를 악물고 욕설을 속삭이는 목소리가 섬뜩했다. 내가 생각해도 화려한 드레스 위에 웅장한 석궁을 둘러메고 있는 내 모습이 우스꽝스럽기 그지없을 것 같았다.

하지만 나는 아무런 대답도 하지 않았다. 나 자신을 보호하려는 조치라고 말해 봤자 믿지 않을 것이기 때문이다.

"페넬로페 에카르트."

그런 나를 미친년 보듯 바라보는 인간이 한 명 더 있었다.

"1년 만에 풀린 금제다. 경솔하게 굴지 않는 게 좋을 텐데."

"아버지께서도 허락하신 일이에요."

나는 별수 없이 가장 잘 먹힐 핑계를 댔다. 레널드가 눈을 번뜩이며 득달같이 물었다.

"정말입니까, 아버지?"

"크흠! 흠!"

눈을 부라리는 공작의 모습에 나는 조금 찔끔했다. 다행히도 그는 못마땅하게 혀를 찰지언정, 아니란 말은 하지 않았다.

"……연회장에서 사냥 무기를 소지하지 말란 소린 없었지 않느냐. 시끄럽게들 굴지 말고 앉아."

"하지만 아버지! 쟤는 이미 전과가 뚜렷……!"

"어허! 네 동생을 그렇게 못 믿는 게야. 크게 반성했다고 하니 지켜보거라."

"……."

"그리고 페넬로페, 너 또한."

공작이 나를 돌아보며 으름장을 늘어놓았다.

"이번에도 소란을 피우면 황궁 감옥에 갇히든 말든 내버려 둘 테니 그런 줄 알아."

"그럼요! 믿어 주세요, 아버지."

나는 샐쭉 웃었다. 레널드는 할 말이 엄청나게 많은 얼굴이었지만, 결국 입을 다물고 거칠게 내 왼쪽에 착석했다.

얄밉게 웃고 있는 나를 노려보는 눈빛이 살벌했다.

'에베베. 억울하면 너도 애뮬릿 사다 주든가.'

속으로 놈을 잔뜩 골려 주며, 나는 애뮬릿의 위력에 무척 만족했다. 역시 공작에게 주길 잘했다.

그렇게 피식거리고 있을 때쯤 비어 있던 오른쪽에 누군가 앉는 기척이 느껴졌다.

"처신 잘해라."

서늘한 음성을 따라 고개를 돌렸다. 어느새 내 옆을 차지한 데릭이 나에게만 들릴 정도로 낮게 읊조렸다.

"또 가문에 먹칠을 한다면, 감옥에 구금되는 것으로 끝나지 않을 테니까."

맞은편에 공작이 앉으면서 에카르트 가문은 전원 착석 완료했다. 결과적으로 나는, 나를 혐오하는 두 남주들 사이에 끼게 됐다.

'왜지……?'

나는 예기치 못한 상황에 당황하여 옆을 번갈아 바라보았다.

'어째서 좌 엑스 우 엑스가 되는 거지?'

놈들이 양옆에 있기에 황태자가 함부로 나를 죽이려 들지는 못하겠지만, 전혀 기쁘지 않았다.

석궁뿐만 아니라 포크, 나이프, 남자들이 차고 있는 사냥용 라피에르까지. 이렇게 나를 죽음에 처하게 만들지도 모를 위험천만한 물건들이 도처에 깔려 있는데, 하필이면 양옆마저 망할 놈들이 점령하고 있다니!

'좋지 않아.'

시작부터 썩 좋지 않은 예감이 발목을 타고 오를 때였다.

"황태자님 드십니다!"

좋지 않은 예감이 현실로 다가왔다. 커다랗게 울려 퍼지는 소리에 놀라 휙 시선을 돌리자, 한가운데 깔린 레드 카펫을 밟고 빠르게 걸어 들어오는 커다란 신형이 보였다.

[호감도 2%]

황금색 머리칼이 어두컴컴한 밤하늘 아래 찬란하게 휘날렸다.

언제나 내 눈엔 그 무엇보다 흰 글씨가 가장 먼저 들어오곤 했는데, 유독 저놈만은 반짝이는 머리칼이 먼저 보였다.

멍하니 반짝이는 금발을 바라보고 있을 적이었다. 시선을 느낀 건지 불현듯 놈이 이쪽으로 스윽, 고개를 돌렸다.

'헉!'

시뻘건 눈과 마주치려던 찰나, 나는 테이블에 엎드리다시피 상체를 확 숙였다.

내 이런 기행에 '좌 엑스 우 엑스'들이 의아하다는 듯 바라보는 게 느껴졌지만, 신경 쓸 새가 없었다.

'게임님! 제발 여기서 눈 안 마주쳤다고 해 주세요! 제발!'

매일같이 욕하던 게임에게까지 싹싹 빌고 있을 때였다.

"……황제 폐하께서 남쪽으로 정양을 하러 가신 터라."

멀리서 황태자의 목소리가 나지막이 울려 퍼졌다.

"이번 사냥 대회는 내가 주최하게 됐소."

개회사가 시작됐다. 의외로 놈은 멀쩡한 사람 말을 했다. 나는 아무 일도 없었던 것처럼 엎드렸던 상체를 일으켰다.

단상 위 황금 의자에 당당하게 앉아 있는 황태자가 보였다. 그리고 그 아랫단에는 낯선 옷을 입은 사람들이 앉아 있었다. 타국에서 왔다는 왕족들인 것 같았다.

황태자의 시선은 다행히도 내게 닿아 있지 않았다. 나는 안도했다.

"이번 사냥에는 친선 국가에서 온 귀빈들도 참석했으니, 더 치열한 경쟁이 되겠지. 타국에서 가지고 온 특이한 동물들도 많다 하니 모쪼록 재밌게들 즐기다 가시오."

황태자는 성격답게 개회사도 짤막하게 대충 읊은 후 바로 자리를 뜨려 했다. 그런데 한쪽 테이블에서 그런 그의 발목을 붙잡았다.

"전하! 황공하지만 여쭤볼 것이 있습니다."

나는 어떤 망할 놈들이 감히 황태자마마 가시는 길을 붙잡나 싶어 그쪽을 사납게 노려보았다.

"아, 엘렌 후작이군. 오랜만일세."

엘렌 후작가는 황비의 외가였다. 그래도 외할아버지뻘 되는 사람한테 예우란 게 있을 만도 한데, 황태자는 대놓고 하대를 했다.

"물어볼 게 무엇이지?"

"화, 황비마마와 2황자님께서는 어찌하여 이번 사냥 대회에 참여하지 않으셨습니까?"

그러고 보니 단상의 가장 상단에는 황족들을 위한 자리가 마련되어 있었지만, 앉아 있는 것은 황태자뿐이었다.

엘렌 후작의 적의 어린 물음에 황태자의 입에 위험한 미소가 걸쳐졌다.

"황비마마 또한 폐하처럼 몸이 영 편찮으신가 보더군. 초대장에도 응답이 없는 걸 보니."

"어, 얼마 전 뵈었을 때만 해도 멀쩡하셨는데, 갑자기 몸이 편찮으시단 말입니까?"

"나도 모른다. 내가 사냥 대회를 주최하는 꼴이 보기 싫어 화병이라도 났나 보지.”

칼리스토는 어깨를 으쓱이며 태연하게 뇌까렸다. 엘렌 후작의 낯이 급격히 굳어졌다.

“그, 그럼 2황자께서는 어디에…….”

“내 하나뿐인 아우는 사냥 대회 동안 정양 가신 폐하가 보고 싶을 것 같다며 울기에 행차에 딸려 보냈다.”

“…….”

“떨어지기 싫다며 떼를 쓰는 어린아이는 마땅히 부모 곁에 있어야지. 안 그런가?”

2황자는 빈말이라도 어린아이라고 할 수 없는 나이였다. 본능적으로 알았다. 황태자가 지난번 2황자의 탄신 연회의 치욕을 갚아줬다는 걸.

“하하하! 옳소이다!”

그때, 한편에서 왁자지껄한 웃음소리가 터져 나왔다. 황태자를 지지해 전쟁에 참석한 가문들이었다. 타국인들이 모두 보는 앞에서 정적을 깔아뭉개는 황태자는 그 누가 봐도 완전한 포식자였다.

원래 황위 싸움이란 게 개싸움만큼 치열한 거겠지만, 이건 연애 시뮬레이션 게임이다. 게다가 원래 이런 장면들은 잘 나오지도 않았는데…….

막상 게임 속 인물 중 한 사람이 되어 직접 겪게 되자 기분이 너무 이상했다.

멍하니 그를 올려다보고 있던 그 순간이었다. 그가 문득 시뻘건 눈동자를 휙 움직였다. 그리고.

‘헉.’

피할 새도 없이 눈이 마주쳤다. 황급히 눈을 내리려 했지만 늦었다. 나를 발견한 놈의 입꼬리가 비릿하게 올라갔다.

[호감도 3%]

황태자의 머리 위가 반짝였다.

'X 됐다.'

스멀스멀 기어오르던 불안감이 온몸을 내리 덮쳤다.

잠시 나와 눈을 마주치던 황태자가 이내 고개를 돌려 엘렌 후작을 바라보았다.

"충분한 답변을 한 것 같은데, 후작."

더 나대지 말라는 무언의 압박이 여기까지 전해졌다.

"예, 예…… 가, 감사합니다, 전하."

엘렌 후작은 별수 없이 치욕이 서린 얼굴로 고개를 조아렸다.

나는 이제 황태자의 발목을 붙드는 모든 것이 사라졌기에 놈이 자리를 뜰 줄 알았다. 아니, 간절히 뜨기를 바랐다. 그러나.

"본래는 개회사만 마치고 갈 예정이었다만."

"……."

"생각이 바뀌었다."

재밌는 장난감이라도 찾은 듯 내게 못 박힌 새빨간 눈동자가 반짝였다.

"끝까지 전야제의 자리를 지키도록 하지."

좌 엑스, 우 엑스, 앞 태자.

나는 그만 울고 싶어졌다.

개회사를 마친 황태자는 단상 위에서 내려왔다. 본인을 지지하는 귀족들과 담소를 나누기 위해서인 듯했다.

그런데 나는 왜인지, 놈이 착실하게 내가 있는 쪽과 점점 거리를 좁히고 있다는 기분을 떨칠 수 없었다.

때마침 공작도 다른 귀족들과 인사를 나누기 위해 자리를 떴다.

"……아가씨. 어디 편찮으세요?"

너무 좌불안석인 티를 냈을까. 에밀리가 걱정스러운 얼굴로 물었다.

"괜찮아."

나는 애써 아무렇지도 않은 얼굴로 대꾸했다. 그러다 곧바로 말을 바꿨다.

"아니, 에밀리. 나 물 좀 갖다 줄래?"

속이 타서 연신 물을 들이켠 탓에, 물컵이 텅 비어 있었다. 지나다니는 시종을 불러도 됐지만, 그 행동마저 황태자 놈의 눈길을 끌까 겁났다.

"캐모마일 차도 있는지 물어보고 올게요."

에밀리가 작게 속삭였다. 캐모마일은 진정 효과가 있는 차였다. 내 수족이 된다고 하더니, 정말로 내 안색을 주의 깊게 살핀 것 같았다.

"그래 주면 고맙겠구나."

나는 희미하게 웃으며 고개를 끄덕였다. 마음 한구석이 따뜻해졌다.

에밀리가 연회장을 떠나고 얼마 지나지 않은 때였다. 레널드가 갑자기 자리에서 스르륵 일어났다.

"어, 어디 가게?"

나도 모르게 불쑥 그의 소매를 잡아 버렸다. 놈이 내 손을 내려다보며 눈살을 찌푸렸다.

"……친구들이랑 인사하고 오게."

"꼭 가야 해? 그냥 나랑 같이 있으면……."

"미, 미쳤냐?!"

놈이 기겁하며 내가 잡고 있는 소매를 홱 잡아당겼다. 그리고 빠른 속도로 테이블에서 떠나갔다.

[**호감도 22%**]

멀어지는 그의 머리 위가 반짝였다. 아까 소폭 하락했던 호감도가 다시 올랐지만, 하나도 기쁘지 않았다.

이로써 방패가 둘이나 사라졌다. 내 불안감은 더 고조됐다.

'이제 너밖에 없다.'

나는 간절한 얼굴로 오른쪽으로 몸을 틀었다. 테이블에 남은 것은 데릭뿐이었기 때문이다. 그러나 내가 레널드를 붙잡는 사이, 그는 이미 누군가와 떠날 준비를 모두 마친 상태였다.

"……하여 일전에 나눴던 사업에 관해 마저 대화를 나누고 싶은데 괜찮으십니까? 그때 모였던 멤버들도 모두 참석한 상태입니다."

"그러지."

데릭은 인사를 나누던 남자를 따라 뒤도 돌아보지도 않고 가 버렸다.

'안 돼! 제발 날 두고 가지 마!'

레널드와 달리 잡을 틈도 없었다. 나는 순식간에 테이블에 혼자 남겨졌다. 그나마 쓸모가 있던 방패막들이 모두 사라지고, 죽음의 위기에 고스란히 노출된 채.

주변을 둘러보니 모두들 삼삼오오 모여서 친목을 다지는 중이었다. 내게 다가오는 이는 황태자 말고 아무도 없었다.

'어떡하냐…….'

막연한 얼굴로 두리번거리고 있을 때였다. 문득 눈길을 확 잡아끄는 것이 있었다. 귀족 영애들이 으레 입는 드레스 형식이 아닌, 독특한 형식의 옷을 입은 여자들이 모여 있는 무리였다.

속이 비칠 듯 말 듯 요염한 옷을 입고 있는 사람들이 있는가 하면, 머리끝부터 발끝까지 어두운 천으로 감싼 채 눈만 쏙 드러낸 사람도 있었다. 또 다른 쪽에는 동양적인 느낌이 물씬 풍기는 의상을 입은 여자들도 있었다.

타국, 정확히는 전쟁에서 패해 속국이 된 나라에서 온 왕족과 귀족들이었다.

그때, 검은색 옷을 입은 여자들 중 한 명이 작은 우리에서 축구공만 한 하얀 뭉치를 꺼냈다.

'저게 뭐지?'

그것은 꼭 부푼 풍선껌처럼 표면이 불투명하고 매끄러웠는데, 커다란 눈동자가 얼굴의 반을 차지하고 있었다. 게다가 손이 없고 닭의 것처럼 가느다란 두 다리가 달린 희한한 모양새였다.

'타국에서 가져온 동물을 사냥감으로 풀어 둔다더니, 그중 하나인 건가?'

처음 보는 낯선 생명체였으나 뒤뚱뒤뚱 걸어 다니는 모양새가 퍽 귀여웠다. 입 밖으로 삐죽 돌출된 앙증맞은 양 송곳니 사이로 그 낯선 생명체의 울음소리가 새어 나왔다.

"큐웅, 큐우!"

"어머나, 귀여워라……."

나만 그렇게 생각하는 것은 아닌지, 다른 영애들의 시선도 그쪽으로 흘끔흘끔 쏠리는 것이 느껴졌다.
그 순간이었다.

〈SYSTEM〉 ~메인 퀘스트 : 사냥제의 퀸이 되어 보자!~
[첫 번째. 위험으로부터 주변인들 구하기] 퀘스트를 진행하시겠습니까? (보상 : 모든 남자 주인공들의 호감도 +5%, 명성 +50)
[수락 / 거절]

'이게 뭐야?'
난데없이 나타난 하얀 네모 창에 나는 당황했다. 노멀 모드에서도 사냥 대회에 참석하지 않았음으로 이딴 퀘스트가 있었는지 전혀 알지 못했다.
어떻게 해야 할지 고민하는 찰나, 하얀 네모 창에 새로운 글씨들이 추가됐다.

〈SYSTEM〉 메인 퀘스트이므로 5초 후 자동 수락됩니다.
〈SYSTEM〉 5
〈SYSTEM〉 4
〈SYSTEM〉 3

빠르게 줄어드는 카운트다운에 나는 더 생각할 새 없이 허겁지겁 [거절]을 눌렀다.
흰 네모 창은 바로 사라졌다. 그러나 대신 그 자리에는…….
"오랜만이야, 공녀."

시뻘건 눈알이 자리하고 있었다.

'미친.'

나는 반사적으로 비명을 지를 뻔한 것을 가까스로 삼켰다. 눈동자가 지진 나듯 마구 흔들렸다.

'대체 어느 틈에……!'

황태자에게서 눈을 뗀 건 시스템 창을 확인하던 그 잠깐이었다. 그 잠깐 사이에 기척 하나 없이 다가온 것이다.

테이블 맞은편에 두 팔로 몸을 지지한 채 상체를 숙인 황태자는, 꼭 먹잇감을 바라보는 짐승 같은 눈빛으로 나를 바라보며 웃었다.

붉은 입술 사이로 하얀 이가 드러났다. 귀신보다 더 무서운 장면이었다. 숨이 턱 막혔다.

"제…… 제국의 작은 태양을 뵙습니다."

나는 떨리는 목소리를 힘겹게 쥐어짰다.

"얼굴 구경하기 참 힘들군."

"……."

"그간 쇳독으로 열이 펄펄 끓었다던데, 이제 몸은 좀 괜찮나?"

놈은 내 인사를 받는 대신 딴소리를 했다. 조롱에 가까운 어투였다.

놈에게 목이 베인 이후 며칠간 끙끙 앓았던 것은 사실이었다. 안 괜찮다고 쏴붙이고 싶은 마음이 굴뚝같았지만, 나는 목숨 귀한 줄 아는 빙의자였다.

"걱정해 주신 덕분에…… 무사히 쾌차했습니다."

필사적으로 입꼬리를 당기며 답했다. 그러자 황태자가 대경실색할 소리를 늘어놓았다.

"병문안이라도 오라 했으면 만사를 제쳐 두고 달려갔을 텐데 말이야.”

“…….”

“이제나저제나 기다려도 통 연락이 없더군.”

“네? 무, 무슨……!”

어찌 그리 끔찍한 개소리를 신박하게도 지껄이는 거니?

나는 정신없이 고개를 뒤흔들며 마음에도 없는 소릴 간절하게 외쳤다.

“제, 제가 감히 어떻게 공사다망하신 황태자님을 오라 마라 하겠습니까? 전 정말 괜찮아요, 전하. 정말로요.”

“이거 서운한걸. 장차 연인으로 발전할지 모르는 사이에, 그 정도는 할 수 있는 것 아닌가.”

“네?!”

나는 이번에야말로 기절하는 심정이 무엇인지를 절감했다.

‘이 새끼가 대체 무슨 소리를 하는 걸까?’

나는 웃는 얼굴 따윈 집어치우고, 바르르 떨리는 입술을 간신히 벌려 물었다.

“누가…… 누구랑요?”

“그야 당연히, 나와 공녀지.”

쿠궁. 귓가에서 천둥이 내리치는 환청이 들렸다.

쐐기를 박은 황태자 놈이 상체를 일으킨 후 테이블을 빙 돌아 걸어왔다. 그리고 막을 새도 없이 데릭이 앉아 있던 자리에 털썩 주저앉았다.

나는 뻣뻣하게 얼어붙었다. 놈이 나른하게 턱을 괸 채 새빨간 눈으로 그런 나를 응시했다.

"나와의 약속을 벌써 잊은 것은 아니겠지, 공녀?"

"무슨……."

"다음에 만날 땐 분명 왜, 어떻게, 무슨 연유로 날 좋아하게 됐는지 자세하게 설명해 주기로 했을 텐데."

놈은 마지막에 날 풀어 주면서 했던 대사를 토씨 하나 빠트리지 않고 고스란히 읊었다.

"물론 답변은 준비해 왔겠지?"

"……."

"자. 어디 한번 말해 봐."

황태자가 고개를 까딱이며 설명을 종용했다. 그와 동시에 찬란한 금발 위가 반짝이기 시작했다.

[호감도 3%]

고작 3%였다. 잘못 벙긋했다간 놈이 휘두른 칼에 목이 베이기도 전에 하락해서 게임 오버 당할 만한 수치. 눈앞이 새하애지는 기분이었다.

"그…… 그게……."

"부끄러워할 것 없으니 편히 얘기해. 어차피 주변에 듣는 쥐새끼도 없으니까."

놈의 말처럼 어느새 테이블 반경 1미터 내로 아무도 없었다. 모두 멀찍이 떨어진 채 황가의 망나니와 공작가의 미친개의 만남을 흥미진진하게 바라만 볼 뿐이었다.

"어서 얘기하래도."

황태자가 다시 한번 나를 재촉했다.

"그게…… 그러니까……."

할 말을 필사적으로 쥐어짜며 나는 속으로 피눈물을 흘렸다.

'아무리 죽을까 봐 무서웠어도 그렇지, 왜 그딴 말도 안 되는 소리를 지껄였던 걸까.'

아무리 생각해도 할 말이 떠오르지 않았다. 놈과는 이제 겨우 두 번 마주친 상태였다. 게다가 장점이라곤 머리 색이 눈에 띈다는 것 빼곤 눈을 씻고 찾아봐도 없는 놈인데, 연유는 무슨 연유.

"……공녀."

황태자가 다시 한번 나를 불렀다. 너무 지체됐는지 놈의 음성이 스산하게 가라앉아 있었다.

"그…… 죄, 죄송한데!"

나는 눈을 질끈 감았다. 아, 이젠 모르겠다.

"저 이제 화, 황태자님 안 좋아해요."

"……뭐?"

황태자의 한쪽 눈썹이 위로 불쑥 치켜 올라갔다. 놈이 언제 칼을 빼 들지 무서웠다. 나는 랩을 하듯 속사포처럼 뇌까렸다.

"이루어질 수 없는 외사랑은 일찍이 접는 것이 상대방에 대한 예의란 것을 깨달았어요."

"……."

"제 일방적인 감정으로 곤란하게 만들어서 정말 죄송합니다, 전하! 저는 앞으로 제 처지에 걸맞은, 좀 더 현실적인 사람을 찾아볼 예정입니다."

머릿속을 엄습한 공포로 인해 정신이 하나도 없었다.

"그땐 죄송했습니다. 죄송했어요……."

따위의 말을 중얼거리며, 나는 더듬거림 없이 꽤 성공적으로 발표를 마쳤다.

'이 정도면 다들 들었겠지.'

말하는 동안 부러 크게 소리쳤다.

원래 사랑은 변하는 법이다. 아무리 제멋대로 구는 황태자라지만, 설마 모든 귀족들이 보는 앞에서 사과하는 공녀를 쳐 죽이겠는가.

이 게임이 아무리 근본 없는 스토리라지만 설마 그렇게까지 미친 놈으로 설정하진 않았을 것이다. 하지만 그건 내 착각이었다.

"하!"

한참 동안 말없이 내 말을 되새기는 듯하던 황태자가 불현듯 커다란 헛웃음을 터뜨렸다.

"그새 다른 놈이 생기셨다?"

"……예?"

"어떤 새끼지?"

스르릉—. 갑자기 놈이 자리에서 벌떡 일어나더니 허리에 차고 있던 칼을 빼 들었다. 과연, 사냥 대회에도 전투용 장검을 차고 오는 상 미친놈이었다.

"이번엔 또 어떤 새끼한테 그 요망한 입으로 연모를 속삭였는지 말해."

나를 노려보는 시뻘건 눈이 부리부리했다. 당장이라도 내게 겨눌 것처럼 든 칼끝에서 섬뜩한 예기가 흘렀다.

'시발, 이 게임 대체 왜 이래!'

나는 절규했다.

"난 인내심이 매우 좋지 않아, 공녀."

"……."

"그러니 대답을 빨리하는 편이 좋을 거야."

"아, 아직 누구를 연모할지 정하지는 않았는데요……."

난 진땀을 뻘뻘 흘리며 마지못해 대꾸했다.

[호감도 4%]

썩 괜찮은 답변이었는지 호감도가 1% 상승했다. 하지만 조금도 달갑지 않았다. 머리 위와는 달리, 황태자가 눈썹을 험악하게 꿈틀거렸다.

"……공녀가 말하는 사랑은, 원래 그렇게 쉽고 가벼운가?"

"네."

또 꼬투리 잡힐까 두려워, 나는 재빠르게 대답했다.

"저는 원래 금방 사랑에 빠지는 편으로……."

"그 말은, 제국에 나보다 괜찮은 사내가 존재한다는 소리로 들리는데."

"어……."

사실이었다. 너 빼고 모두 괜찮았다. 하지만 왠지 그렇다고 답했다가는 큰일 날 것 같았다.

놈의 머리 위를 흘끔거리며 아무 말도 못 하고 있자, 황태자가 과장되게 제 가슴을 부여잡았다. 그것도 검을 들고 있는 손으로.

"정말 너무하는군, 공녀. 나는 밤잠까지 설쳐 가며 이날만을 학수고대했는데 말이야."

장검이 그의 얼굴에 베일 듯 말 듯 위태롭게 스쳤다. 미친놈 바라보듯 그를 생경하게 바라보고 있을 때였다.

"지금, 뭐 하시는 겁니까?"

마치 구원자처럼 누군가 등장했다.

"오, 오라버니!"

매정하게 떠났던 방패막 하나가 도착했다. 이쪽으로 걸어오는 데릭의 뒤에서 후광이 비치는 것 같았다.

'왜 이제 온 거야!'

나는 속으로 우는 소리를 중얼거리며 허겁지겁 그의 뒤에 숨었다.

"아, 소공작 아니신가."

시뻘건 적안이 그런 내 모습을 묘하게 응시하다가, 뒤늦게 알은체를 했다. 데릭은 의외로 황태자에게 적대적이었다.

"지금 뭐 하고 계시는 건지 물었습니다, 전하."

"자네 누이와 긴밀한 대화를 나누는 중이었다."

"검을 빼 들고 말입니까?"

"아, 이거?"

황태자 놈은 제가 빼 든 칼을 곁눈질하며 히죽 웃었다.

"별거 아니야. 숲 근처라 그런지 어디서 자꾸 날파리 새끼들이 윙윙거려서 말이지."

그러면서 정말로 날파리라도 잡듯 허공에 '휙휙' 두어 번 검을 휘돌린 후 이내 검집에 척 집어넣었다. 멀찍이서 봤다면 꽤 멋진 묘기처럼 보일지도 모르겠지만 내 눈에는 그냥 광인 같았다.

"……페넬로페가 전하께 어떤 결례라도 저질렀습니까?"

나만 그렇게 생각한 것은 아닌지 데릭이 서늘하게 그를 바라보며 물었다.

"결례라……."

황태자 놈은 제 턱을 쓰다듬으며 고민하는 듯하더니, 이내 손뼉을 치며 지껄였다.

"맞아. 아주 큰 결례를 저질렀지."

"무, 무슨……!"

나는 당황해서 나도 모르게 버럭 외치려다 황급히 입을 다물었다.

'가마니처럼 있던 사람한테 굳이 와서 건든 게 누군데!'

황태자의 답을 들은 데릭이 즉각 고개를 내 쪽으로 돌렸다. 싸늘하게 식은 푸른 눈이 이번에는 내게 못 박혔다. 불현듯 그의 머리 위가 반짝거리더니.

'호감도 −1%'

[호감도 25%]

나는 떨어지는 호감도가 억울해서, 필사적으로 고개를 저으며 강한 눈빛으로 말했다.

'아, 아니야! 나 아무 짓도 안 했다고!'

'감옥에 구금되는 것으로 끝나지 않을 것'이란 놈이 경고가 귓가에 생생하게 재생되는 것 같았다.

데릭은 고개를 젓는 나를 날카롭게 노려보다가 이내, 나만 들릴 만큼 옅은 한숨을 내쉬며 고개를 돌렸다.

"제 누이가 병상에서 일어난 지 얼마 되지 않아 아직 정신이 온전치 못한 상태입니다, 전하."

"……."

"어떤 결례를 저질렀는지는 모르겠으나, 부디 넓은 아량을 베풀어 주……."

"공녀가 나를 기만했다."

"기만……?"

나는 입을 떡 벌렸다. 나만 모르는 나에 관한 이야기들이 놈들의 주둥이에서 속출되고 있었다.

"둘만의 내밀한 약속도 지키지 않았으며, 내 마음을 서슴없이 짓밟고 농락했지."

나는 황급히 놈의 근거 없는 개소리를 정정하려 했다.

"그게 무슨 뜻입니까."

그러나 데릭이 한발 앞섰다. 그의 눈살이 어느덧 불쾌하게 찌푸려져 있었다. 황태자가 그 꼴을 보고 어깨를 으쓱였다.

"기억 안 나나? 나는 아직도 미로 정원에서 공녀가 내게 속삭였던 말들을 똑똑히……."

"저, 전하!"

나도 모르게 빽 소리를 지르며 놈의 말을 가로막았다. 공작과 두 오라비들은 내가 미친 황태자한테 이유 없이 목이 베인 줄만 알고 있지, 저런 헛소리를 한 사실은 전혀 모르고 있었기 때문이다.

'안 되겠다. 이 새끼, 빨리 사람 없는 곳으로 끌고 가서 석궁으로 기절시켜야겠어!'

나는 그렇게 마음먹고 허겁지겁 내뱉었다.

"조금 전에 제가 실언을 한 것 같습니다. 단둘이 긴히 할 말이 있으니 잠시 저와 이동을……."

쏟아지는 망언들을 더는 참지 못하고 놈을 끌고 데릭의 앞에서 사라지려던 찰나였다.

쿠우우우웅―!

"꺄아아악―!"

불현듯 커다란 굉음과 함께 찢어지는 비명 소리가 울려 퍼졌다. 나를 포함한 모든 이들의 시선이 그쪽으로 휙 돌아갔다.

“저, 저게 뭐…….”

연회 한구석에 거대한 풍선이 두둥실 솟아 있었다. 족히 2층 건물을 웃돌 만한 크기. 현생에서 호숫가 근처를 지나치다 본 거대한 고무 오리가 떠올랐다.

“큐우우, 큐우—!”

그 순간, 풍선이 커다랗게 울부짖었다. 나는 그제야 깨달았다.

‘헐.’

아까 전 타국에서 온 여자들 무리 중 누군가 꺼냈던 희귀 동물이 저렇게 거대해졌다는 걸.

그 순간, 풍선 괴물이 괴성을 지르며 뒤뚱뒤뚱 몸을 움직였다.

“큐우우, 큐우우—!”

“아아악, 마물이다! 피해—!”

그 주변에 있던 사람들이 커다란 닭발과도 같은 괴물을 피해 비명을 지르며 흩어졌다. 귀엽다고 생각했던 외양과 울음소리가 이제는 섬뜩하게 느껴졌다.

“꺄아악! 살려 줘요!”

그때, 난데없이 나타난 마물을 피해 도망가던 영애 중 한 명이 풀썩 넘어졌다.

“큐우우—!”

“꺄아아아악!”

닭발을 닮은 풍선 괴물의 그림자가 그녀의 위로 찬찬히 내려앉을 무렵.

“제기랄.”

내 옆에 있던 데릭이 나지막이 욕설을 내뱉으며 튕기듯이 앞으로 튀어 나갔다.

달리면서 허리에 차고 있던 칼을 꺼내 든 그는, 마물이 있는 곳까지 순식간에 도달했다. 그리고 여자를 짓밟으려던 거대한 닭발의 바닥에 칼을 박아 넣었다.

"큐우우우—."

마물의 발이 땅을 짓밟기 전, 아슬아슬하게 멈췄다.

피이잉— 칼이 곧 부러질 것처럼 위태롭게 휘었다. 그러나 데릭이 엎어져 있는 여자의 팔을 붙잡고 끌고 나오기엔 충분했다. 어느새 혼절한 건지 그의 품에 안긴 영애는 추욱 늘어져 있었다.

그들이 빠져나오고 얼마 안 가 '콰직-' 하는 소리와 함께 데릭의 칼이 마물의 발바닥에 완전히 짓뭉개졌다.

"근위병을! 근위병을 부르게!"

"큐우, 큐우!"

마물이 전보다 광포하게 날뛰었다. 조금 전까지 잔잔했던 야외 무도회가 그야말로 아수라장이 됐다.

"황태자는 저기 있다!"

그 정신없는 와중에도 누군가 거세게 외치는 소리가 똑똑히 들렸다. 나는 눈을 휘둥그레 뜨고 그쪽을 바라보았다.

"죽여라!"

아까 전 마물을 처음 꺼냈던 검은 옷을 입은 여자 무리가 황태자를 가리키며 무어라 주문을 외우고 있었다. 그러자 날뛰던 마물이 거짓말처럼 방향을 틀었다.

'미친.'

나와 황태자가 나란히 서 있는 쪽으로.

'이런 게임 아니었잖아! 왜 연애 시뮬레이션에 갑자기 괴물이 등장하는 건데!'

나는 이 황당한 전개에 어처구니가 없어서 그저 경악에 가득 찬 채 굳어 버렸다.

"큐우, 큐우우우—!"

그사이 새로운 지령을 받은 마물이 땅에 발을 굴렀다. 꼭, 금방이라도 달려들 투우 같은 몸짓이었다.

"네 오라비는 하나뿐인 누이보다 생판 모르는 여자의 안위가 더 소중한 모양이로군."

그때였다. 저 때문에 마물이 날뛰는데도 태연자약하게 서 있기만 하던 황태자가, 불쑥 앞으로 나서며 지껄였다.

"나라면, 누이를 죽일 뻔한 놈과는 단둘이 절대로 남겨 두지 않았을 텐데. 그것도 이런 위험한 상황에선 더더욱 말이야."

"……."

"내가 조금 전의 대화로 인해 수틀려서 그대를 미끼로 던지고 도망가면 어쩌려고."

나는 그 말에 딱딱하게 얼어붙었다. 그가 정말 그런다면, 나는 꼼짝없이 마물에게 짓밟혀 죽을 것이다.

아무런 답도 못 하고 그저 굳어만 있자, 황태자가 씨익 웃었다.

"농담이니 얼굴 풀어, 공녀. 내 설마 모두가 보는 앞에서 그럴까."

"그게……."

"내가 뿌린 씨앗이니, 내가 거둬야지."

그게 지금 할 농담이냐고 되물으려던 찰나, 그가 방금 전의 데릭처럼 칼을 빼 들며 쏜살같이 앞으로 뛰쳐나갔다.

"큐우, 큐우!"

때마침 마물 또한 발 구르는 것을 멈추고 쿵쾅쿵쾅 달려오기 시작했다. 두두두두, 땅이 진동했다.

엄청난 속도로 달려가던 황태자는 마물과 격돌하기 직전 허공으로 높이 도약했다. 그리고 한껏 쳐든 검을 그대로 마물의 커다란 눈에 박아 넣었다.

"큐우우욱—!"

마물이 고통스러운 괴성을 지르며 마구 날뛰었다. 황태자의 몸이 공중에서 종잇장처럼 덜렁였다.

'저, 저러다 떨어지겠어……!'

그러나 그런 걱정도 잠시였다. 한 손으로 검을 잡고 버티던 그가 가까스로 중심을 잡더니, 이내 좌아아악—! 검을 내리꽂은 채 아래로 힘껏 떨어졌다.

그의 양발이 마침내 바닥에 닿았을 때, 마물의 움직임이 멈췄다. 그리고.

"큐……!"

거대한 신형이 그대로 무너졌다. 정수리 부분만 간신히 달랑달랑 붙은 상태로 두 동강이 난 채. 흐물거리며 바닥에 흘러내린 풍선 괴물의 모습은 정말로 씹다 뱉은 풍선껌 같았다.

'어…….'

나는 멍하니 눈을 껌뻑였다. 모든 것이 순식간에 일어났다.

혈혈단신의 몸으로 채 몇 분도 안 돼 괴물을 해치운 황태자는 새빨간 눈을 빛내며 어딘가를 바라보았다.

"이상하군."

마물을 조종하던 검은 옷 무리였다. 그들은 어느덧 원형으로 모여 빛나는 수정구를 하나씩 꺼내 들고 사방을 경계하는 중이었다. 무기를 가진 귀족들이 접근하지 못하도록 말이다.

생각보다 잘 먹히는 방법인지, 근처에서 부러진 칼을 챙겨 든 채서 있던 데릭도 섣불리 다가서지 못했다. 마물로부터 구해 내어 품에 안고 있던 여자는 어느새 사라진 상태였다.

황태자가 악의 무리들을 주시하며 혼잣말처럼 중얼거렸다.

"왜 이렇게 조용하지? 근위병들이 올 때가 됐는데."

그 말에 멀찍이 피신해 있던 귀족들이 수군거렸다.

그러고 보니 정말이었다. 이 정도 소동이라면 누가 부르러 가지 않아도 알 수밖에 없었다. 그런데 아직 아무런 기척이 없다는 게 이상했다.

게다가 지원 세력이 늦는다면, 지금은 사람들을 학살하기 딱 좋은 시점이었다. 데릭과 황태자처럼 연회장까지 유난스럽게 무기를 챙겨 온 몇몇 젊은 남자들을 제외하고, 모두 빈 몸뚱이였기 때문이다.

"끝난 줄 알면 오산이다, 칼리스토 레굴루스!"

그때, 검은 옷을 입은 무리 중 한 명이 바락 소리를 질렀다. 걸걸한 목소리였다. 왜소한 체구로 보아 여잔 줄 알았는데, 전혀 아니었나 보다.

"네놈은 오늘 여기서 절대로 살아나가지 못할 것이다!"

"레일라 신국의 잔당들이군. 허, 세티나 복식으로 위장한 계집들까지 동원할 줄이야."

세티나는 잉카 제국에서 멀리 떨어진 작은 사막 나라였다. 황태자가 놈들의 정체를 파악했다. 그의 말이 사실인지, 검은 옷 무리들이 주춤했다. 잘은 모르겠지만 패전국 중 하나인 듯했다.

"검문을 통과하기 쉽지 않았을 텐데. 조력자가 누구지?"

"너같이 잔악무도한 놈은 절대로 황제가 되어서는 안 된다!"

질문에 전혀 엉뚱한 답이 돌아오자, 황태자는 고개를 기울였다.

"왜?"

정말로 자신이 왜 황제가 되어서는 안 되는지 모르겠다는 눈치였다. 그 모습에 약이 올랐는지 검은 옷 무리들이 펄펄 뛰었다.

"전쟁을 일으킨 네놈 때문에 흘린 피와 빼앗긴 목숨이 수만이 넘거늘! 하늘이 두렵지 않느냐, 이 천인공노할 놈아!"

"글쎄. 마물 실험을 위해 인간들을 먹이와 실험체로 쓴 네놈들이 할 말은 아닌 것 같은데."

"다, 닥쳐라!"

"게다가 최근에는 마력을 지닌 어린아이들마저 납치해서 학대했다지?"

"그, 그건 모두 위대하신 레일라 여신께서 명하신 일로, 신에 반하는 더러운 족속들이 사라져야 비로소 진정한 황제가……!"

귀가 번뜩 뜨이는 말이었다. 일전에 뷘터에게 들었던 말이었기 때문이다.

— 마법사들이 모두 사라져야 신이 선택한 진정한 황제가 탄생한다고 주장하는 무리도 있습니다.

'그렇다면 그때 뷘터가 말했던 게 바로 저 무리?'

새로 알게 된 사실에 검은 옷들을 유심히 지켜보고 있는 사이,

황태자가 조소 어린 목소리로 되물었다.

“그렇다면 오히려 네놈들의 무단 점거지를 박살 내 준 것에 감사를 전하는 게르 일족에 대해서는 어떻게 생각하지?”

“가, 감히 그 하찮은 놈들이 우리 신성 왕국을…….”

“뭐 대답은 그만하면 됐다.”

갑자기 질문한 이가 대답을 듣지도 않고 손을 들어 대화를 멈췄다.

“어차피 네놈들은 오늘 가지고 온 저 마물처럼 내 손에 모두 도륙될 테니까.”

스르릉—. 그는 섬뜩한 말과 함께, 시뻘건 눈을 번뜩이며 커다란 장검을 바짝 세워 들었다. 황태자로부터 오싹한 살기가 뿜어져 나왔다.

‘전쟁 영웅이라는 게 진짜로 말만 그런 게 아닌가 봐.’

그는 마물을 해치울 때처럼 쏜살같이 튀어 나가 검은 옷 무리를 단번에 쓸어버릴 기세였다. 미친놈인 줄은 알고 있었지만, 생각보다 더 위험하고 대단한 미친놈인 것 같았다.

조금 착잡한 눈으로 그가 하는 양을 가만히 바라보았다.

“도륙되는 건 네놈이겠지!”

그때, 대체 무슨 객기인 건지 검은 옷 남자가 비열하게 지껄였다.

“킬킬, 뒤를 봐라!”

찌지지직. 놈이 손가락을 들어 가리킴과 동시에, 선득한 소음이 울려 퍼졌다.

“저, 저게 뭐야……!”

누군가 경악하며 외쳤다. 그 소리에 장내에 있는 모든 사람들의 시선이 검은 옷이 가리키는 쪽으로 쏠렸다.

찌지지직. 황태자가 눈에서부터 동강 내어 머리 부분만 간신히 붙어 있던 마물이 자발적으로 찢어지고 있었다.

찌직, 찌이이이익—. 몸에 점성이 많은 건지 한참을 늘어지던 마물이 마침내 완전히 분리되었고.

"큐우!"

"큐우, 큐우우!"

두 마리의 마물이 생겼다.

"어떠냐, 신이 내려 준 저 아름다운 생명력이!"

경악하는 사람들을 보며 검은 옷은 낄낄 웃었다.

"아무리 베고 또 베도 소용없다! 계속 늘어나기만 할 테니까!"

"꺄아아악!"

"저, 저런 마물은 난생 본 적도 없소……!"

황태자가 마물을 처치했을 때 안도하던 사람들이 다시 비명을 지르며 혼비백산했다. 하나뿐인 입구에 사람들이 바글바글 몰렸다.

그러나 아무도 바깥으로 도망칠 수 없었다. 보이지 않은 막에 가로막혀 있듯, 입구로 몸을 날리는 사람들이 계속 튕겨 나갔기 때문이다.

게다가 정원 사방을 촘촘히 감싼 덤불 벽은 높고 미끄러워, 타고 오르는 이가 극히 드물었다.

그사이 두 마리가 된 마물이 도망치는 사람들을 쫓아 활보하기 시작했다.

"큐우, 큐!"

"큐큐!"

"꺄아아아악—!"

거대한 닭발들이 다시 푹신한 잔디밭을 짓밟고 뛰었다. 황태자와 데릭은 묵묵히 눈빛을 교환하더니 각각 한 마리씩 맡아 달려갔다.

무기를 소지한 다른 귀족들도 덩달아 마물을 공격했다. 레널드 또한 그 무리에 포함되어 있었다. 그러나 소용없었다. 마물은 벨수록 끊임없이 증식됐다. 부상자가 속출했다.

"꺄아아악! 살려 줘요!"

"끄으으!"

잠시간 휴식이 찾아왔던 연회장은 다시 아수라장이 되었다.

'이게 대체 무슨 일이냐.'

나는 황망한 눈으로 주위를 바라보았다. 공작은 어디로 갔는지 모르겠고, 모두들 쫓아오는 마물을 피해 술래잡기라도 하듯 정신없이 도망 다니고 있었다.

그 난장판 한가운데. 나만 홀로 망망대해에 떠 있는 것처럼 현실감이 좀체 느껴지지 않았다.

온갖 비명과 괴성이 난무하는 그 사이에서, 나는 나처럼 홀로 우두커니 서 있는 누군가를 발견했다.

'……뷘터?'

마법사인 그가 어떻게 여기에 있는지에 대한 의문은 들 새가 없었다.

"으아아악! 사, 살려 줘!"

그의 근처에 한 남자를 덮치고 있는 마물이 있었기 때문이다.

'……왜 안 피하는 거지?'

그런 생각이 듦과 동시에, 나는 그의 한 손이 품 안에 들어가 있는 것을 알아보았다.

그는 지금 고민하고 있었다. 품 안에 있는 지팡이를 꺼낼지 말지를, 마법사임이 밝혀지는 것을 감수하고도 마법을 써서 사람을 구할지 말지를 말이다.

'어떻게 저러지?'

밝혀지면 그에게 좋을 것이 하나도 없었다. 게다가 이 소란을 일으킨 것마저 마법사들을 탄압하는 무리들의 소행일진대…….

'아무리 선량하다지만, 남을 위해 그런 위험까지 감수할 필요가 있을까?'

망설이는 그의 모습을 보니 기분이 조금 이상해졌다. 흰 토끼 상단에서 본, 가면을 쓴 아이들의 모습이 떠올랐다. 그가 그냥 끝까지 마법사임을 밝히지 않았으면 좋겠다는 생각이 들었다.

그러나 그런 내 생각과는 달리, 뷘터는 결정을 내린 듯했다. 품에 집어넣은 그의 손이 빠져나오려는지 움찔거리던 찰나.

"페넬로페—!"

격렬하게 나를 부르짖는 소리가 들렸다. 내 이름을 들은 건지 문득, 뷘터와 눈이 마주쳤다.

나를 발견한 군청색 동공이 서서히 커졌다. 그를 보기 여념 없던 나는 그제야 무언가 이상하다는 것을 깨달았다.

"큐우, 큐우—!"

고개를 돌리자, 나를 향해 돌진하고 있는 풍선 괴물 한 마리가 보였다. 쿠구구궁, 땅이 진동한다.

"페넬로페! 도망쳐!"

마물을 따라 달려오며 목에 핏대를 바짝 세운 채 내게 소리치는 레널드가 보였다.

그 뒤로 마물을 상대하던 데릭과 칼리스토가 창백한 얼굴로 이쪽을 돌아보는 것이, 그 모든 것이 슬로 모션처럼 천천히 지나갔다.

그 순간이었다. 불현듯 눈앞이 환해졌다.

〈SYSTEM〉 ~메인 퀘스트 : 사냥제의 퀸이 되어 보자!~

[첫 번째. 위험으로부터 주변인들 구하기] 퀘스트를 진행하시겠습니까? (보상 : 모든 남자 주인공들의 호감도 +5%, 명성 +50)

[수락 / 거절]

한 번 거절했던 퀘스트 창이 다시 떴다.

"하."

나는 어이가 없어서 헛웃음을 터뜨렸다.

'결국, 이렇게 진행될 수밖에 없었던 거네.'

냉소적인 생각이 든 찰나, 새로운 글씨가 떴다.

〈SYSTEM〉 메인 퀘스트이므로 5초 후 자동 수락됩니다.

〈SYSTEM〉 5

〈SYSTEM〉 4

게임을 플레이할 적에도, 에피소드 진행을 위해 메인 퀘스트는 약간의 강제성을 띠었다. 하지만 현실로 이것을 겪어야 한다니, 기분이 형용할 수 없이 더러워졌다.

이게 진짜 게임에 불과하고, 내가 화면 너머에서 플레이 중인 상태였다면 분명 수락 후 '마물을 모두 처치했습니다!' 하는 알림과 함께 간단하게 끝날 일이었다.

일러스트 장면과 대사 선택으로 진행되는 시뮬레이션 게임에는, 이런 격한 움직임 구현에 한계가 있었으니까.

그러나 다시 말하지만, 이것은 게임 화면이 아닌 현실이었다. 현실.

"큐우우우—!"

내겐 다른 선택지가 없었다. 괴물은 지척에 와 있었고, 보상 대상들은 모두 나를 주시하고 있는 상황.

[수락]

나는 괴물이 나를 짓밟기 직전, 가까스로 퀘스트를 수락했다. 그리고 그와 동시에, 몸이 저절로 움직였다.

오른손이 엄청난 속도로 등 뒤에 메고 있던 석궁을 앞으로 잡아끌었다. 왼손으로 틸러를 척 받친 후, 곧바로 방아쇠를 당겼다.

철컥, 타앙—!

"쿠에에엑—!"

요철이 박혀 있는 단단한 발바닥에 무언가가 '퍽!' 하고 부딪치는 소리가 들리더니. 나를 밟으려던 마물이 순식간에 뒤로 자빠져 덜덜 경련했다.

"큐으……."

얼마 안 가 마물이 축 늘어졌다. 그도 모자라 고무처럼 탱탱하던 불투명한 몸체도 녹은 아이스크림처럼 녹아내리는 게 아닌가.

"뭐, 뭐야! 저거 뭐야!"

검은 옷을 입은 무리들이 쓰러진 마물 한 마리를 보고 동요했다. 그뿐만 아니라, 남주들을 포함한 모든 사람들이 위급 상황임도 잊고 일순 당황한 얼굴로 나를 바라보는 것이 느껴졌다.

'이, 이게 뭐야?'

물론 그중 내가 제일 많이 당황했다. 너무 정신이 없던 나머지, 난 석궁을 메고 있던 사실도 까맣게 잊어버리고 있었기 때문이다.

"에…… 에카르트 공녀가 마물을 ……."

모두의 눈에 서서히 충격이 감돌기 시작할 때, 휘익— 내 몸은 다시 움직였다. 절대로 자의가 아니었다.

급박하게 몸을 돌린 나는 한쪽 무릎을 꿇은 상태로 다시 석궁을 조준했다. 이어서 철컥, 타앙—!

"큐에에엑!"

뷘터 근처에서 한 남자를 덮치려던 마물이 쓰러져 경련했다. 이번에도 녹는지 확인할 수 없었다. 내 몸이 신속하게 일어나 다른 방향으로 돌아선 후 또다시 석궁을 쏘았기 때문이다.

타앙—!

"큐엑!"

쏘는 것마다 놀라울 만큼 속속들이 적중했다. 사람들을 쫓던 마물들이 하나둘 쓰러져 가기 시작했다.

그러는 동안 나는 끝도 없이 게임 시스템에 의해 휘둘러졌다.

"저, 저 계집부터 죽여라! 어서!"

검은 옷 무리가 나를 가리키며 고함을 질렀다. 이곳저곳 흩어져 있던 증식된 마물들이 오로지 나를 노리며 가까이 다가오기 시작했다. 이편이 퍼져 있는 것보다 나았다. 정신없이 몸이 회전되지 않아도 되었으니까.

철컥, 탕! 탕, 탕! 타앙—!

얼마나 그렇게 미친 사람처럼 석궁을 쏘아 댔을까. 동시에 달려오던 마지막 두 마리를 끝으로, 나는 괴물들을 모두 전멸시켰다.

생각보다 많이 증식된 것은 아니었나 보다. 게다가 개체마다 크기가 커서 맞히기 수월했다.

"허억, 헉……."

거친 숨을 몰아쉬며 나는 들고 있던 석궁을 내렸다. 양팔이 걷잡을 수 없이 부들부들 떨렸다.

'집에서 연습할 때도 제대로 못 든 건데…….'

이렇게 장시간 강제로 들고 있으려니 죽을 것 같았다.

'이게 퀘스트냐. 고문이지.'

나는 찔끔 나오는 눈물을 삼키며 주변을 둘러보았다. 어느새 연회장 위로 소름 끼치는 정적이 내려앉아 있었다. 모두들 멍한 얼굴로 나만 바라보고 있었다. 심지어 이 모든 악행을 저지른 신국의 잔당들마저.

'하하. 이번 연도에도 슈퍼스타 침팬지가 되었네.'

나는 체념한 채 웃었다. 피식 터지는 헛바람에, 사람들이 흠칫 몸을 떨었다. 그러더니 짝, 어디선가 손뼉을 마주치는 소리가 들렸다.

짝, 짝, 짝……. 그것을 필두로 우레와 같은 박수 세례가 터져 나왔다.

"세상에, 에카르트 공녀가 우리를 구했어요!"

"오, 신이시여! 공녀님이 없었다면 정말로 어찌 되었을지……!"

"정말 감사하오, 공녀! 생명의 은인이오!"

쏟아지는 환호성에 나는 그저 어안이 벙벙해졌다. 그때였다.

〈SYSTEM〉 ~메인 퀘스트 : 사냥제의 퀸이 되어 보자!~

[첫 번째. 위험으로부터 주변인들 구하기] 퀘스트 성공!

〈SYSTEM〉 보상으로 [모든 남자 주인공들의 호감도 +5%], [명성 +50]을 얻었습니다.

(명성 total : 80)

내겐 딱히 필요 없는 명성이 수직 상승했다.

'오. 호감도나 이렇게 줬음 좋겠네.'

그렇지만 개고생을 한 대가로 [모든 남주들의 호감도 5%]란 나쁘지 않았다. 그 누구보다 위험했던 황태자 놈의 호감도가 죽음에서 많이 멀어졌으니까.

비록 시스템에 몸을 휘둘리느라 기진맥진한 상태였지만, 이 정도면 썩 후한 편이었다.

내 주위로 잔뜩 몰려든 사람들 틈바구니에서도 놈들의 머리 위에 떠 있는 흰 글씨들은 잘 보였다.

[호감도 27%]

제일 근처까지 달려온 레널드부터.

[호감도 30%], **[호감도 9%]**

데릭과 칼리스토.

[호감도 20%]

뷘터까지.

내게 감사 인사를 건네며 입에 침이 마르도록 공을 치하하는 다른 엑스트라들과는 달리, 남주들은 그저 나를 멍하니 바라만 볼 뿐 선뜻 다가오지 않았다.

'……노멀 모드에서 여주가 이랬다면, 눈이 하트가 되어서 곧장 달려왔겠지.'

생각해 보니 명목상 오라비들은 물론이고, 남주들 중 그 누구 하나 나를 지키려 들지 않았다. 하지만 딱히 서운하다거나 힘 빠지지는 않았다.

'필요 없어.'

[호감도 60%]

내게는 이미 몰빵을 확정 지은 남주가 있었으니까.

왜 모든 종류의 지원군은 위급 상황이 끝나서야 투입되는 걸까. 나는 근위병들이 하나뿐인 입구를 통해 우르르 몰려 들어오는 것을 가만히 바라보았다.

은빛의 갑주들 사이에 황금색 로브를 입은 사람들 서너 명이 섞여 있었다. 황궁 소속 마법사들이었다. 그들은 반쯤 녹아내린 마물을 신속히 확인하고 죽음을 확정지었다.

"마법 공격에는 취약한 개체인지라 전투용으로는 거의 사용하지 않는 것인데……."

자초지종을 들어보니, 잘은 몰라도 사냥 대회에 마법사들의 참가가 금지된 것을 노리고 무력에 특화된 무한 증식 마물을 가지고 온 듯했다.

우아하게 차려입은 연회장에 나처럼 무기를 들고 나타난 귀족은 드물었다. 한차례 검문도 했기 때문에 마법 무기를 소지한 자는 더더욱.

자고로 매년 사냥 대회에 참여하는 귀족들의 긍지란, 마법의 도움 없이 타고난 사냥꾼의 감과 실력으로 우승을 차지하는 것이기 때문이다. 그리하여 뇌전 마법이 걸려 있는 내 석궁 공격만이 유일하게 먹힌 것이다.

역시 스토리가 존재하는 게임은 맞는지, 꽤 납득 가는 전개였다.

'그런데 뷘터는 대체 어떻게 참여한 거지?'

다시 그런 의문이 들었지만 알아낼 방도 같은 건 없었다.

마물을 조종하는 데 총력을 다하여선지, 신국 잔당들의 반항은 예상보다 거세지 않았다. 독 안에 갇힌 쥐 꼴이 된 놈들은 얼마 안 가 제압되었다.

"이거 놔라! 이거 놔! 신이 무섭지 않느냐, 이놈들!"

어떤 인간들인지 궁금했기 때문에, 나는 조금 멀찍이 떨어진 곳에서 구경했다.

황태자는 꼴사납게 버둥대는 놈들의 얼굴을 가리고 있는 천들을 하나하나 우악스럽게 벗겨 냈다.

"이, 이게 끝인 줄 아느냐, 칼리스토 레굴루스—!"

수장은 예상대로 노파였다. 이어서 나머지 다섯 명의 얼굴도 드러났다. 놀랍게도 비쩍 마른 여자 세 명과 10살 남짓한 어린 남자아이 두 명이었다.

"신께서 잔악무도한 네놈을 지켜보고 있다! 우리가 반드시 네놈의 사지를 갈기갈기 찢어 짓밟힌 신국을 되찾을 것……!"

노파는 끝까지 황태자를 향해 저주를 쏟아 내며 발악했다. 칼리스토는 섬뜩한 말에도 무덤덤했다. 오히려 그는 다소 지루하다는 표정으로 손을 휘저었다.

수장인 노파와 여자들은 기사들의 손에 질질 끌려 나갔다. 남은 것은 비루먹은 아이 두 명뿐이었다. 기사들이 마저 그들을 끌고 가려 했지만, 황태자가 손을 들어 잠시 막아섰다. 그는 근위대장을 돌아보며 물었다.

"왜 이렇게 늦은 거지?"

"그, 그게…… 연회장 주변으로 강력한 접근 금지 마법이 걸려 있었습니다. 급히 마법사들을 소환하여 수식을 해제하려 했지만, 워낙 마력이 강력했던지라……."

근위대장이 송구스러워하며 말을 잇지 못했다. 황태자는 딱히 개의치 않은 채 턱을 까딱였다.

"이것들의 짓이군."

이유를 알아차린 듯 황태자의 무시무시한 적안이 남은 아이들을 향했다.

정체가 모두 드러났으니, 정상적인 아이들이라면 겁에 질려야 마땅했다. 그러나 자신들에게 집중된 시선에도 아이들은 동요가 없었다. 허공을 응시하는 텅 빈 동공이 조금 소름 끼쳤다.

"몸을 수색해 보아라."

칼리스토의 명령에 기사들이 아이들이 입고 있는 옷을 우악스럽게 벗겼다. 잠시 후 몸을 수색하던 기사들이 소리쳤다.

"마력 증폭 장치를 찾았습니다!"

아이들의 귀밑에 검은색의 네모난 작은 칩 같은 것이 부착되어 있었다.

'마력 증폭 장치라면…… 마법사?'

황궁 마법사들이 아이들의 몸에서 조심스럽게 칩을 뜯어냈다. 그 때까지도 아무런 반항도 하지 않던 두 아이는 장치가 떨어져 나가자마자 끈 떨어진 인형처럼 픽 고꾸라졌다.

나는 그 모습에 깜짝 놀라 몸을 움찔했다. 그러나 황태자에겐 어린아이라고 자비롭게 봐주는 것 따위 없었다.

"지하 감옥으로 끌고 가."

"예!"

충실한 기사들이 아이들의 멱살을 우악스럽게 쥐었다. 그 상태로 질질 끌고 가려던 순간이었다.

"잠시만, 잠시만 기다려 주십시오!"

기사들 사이에서 누군가 빠르게 튀어나왔다. 흩날리는 은색 머리칼의 주인공은 다름 아닌 뷘터였다.

"무슨 일이지, 베르단디 후작?"

"전하. 부디 이 아이들의 신병을 제게 맡겨 주십시오."

허겁지겁 아이들의 앞을 가로막은 뷘터는 고개를 조아리며 읍소했다. 황태자가 고개를 삐딱하게 기울였다.

"어째서지?"

"이 아이들은 오랜 시간 최면을 통한 세뇌를 받아 정상적인 사고를 하지 못하는 상태임이 분명합니다."

"그래서."

"제가 세뇌를 풀 수 있습니다. 이전의 하일 자작령에서의 납치 사건 때처럼, 죄 없는 피해자들을 그냥 죽이는 것보단 기억을 되살려 남은 잔당들을 파악하는 것이 더 도움될 겁니다."

뷘터는 시종일관 침착한 어조로 아이들의 신병을 넘겨받아야 하는 이유를 설명했다.

하지만 나는 그가 지금 얼마나 간절한 마음으로 나서고 있는지 어렵지 않게 알아차릴 수 있었다. 반마법 단체에서 구해 온 어린아이들을 지키기 위해 공녀를 서슴없이 협박한 사람이다.

"후작, 이건 한낱 자작령에서 일어난 사건과는 차원이 달라."

그러나 빈터의 제안을 황태자는 칼같이 잘랐다.

"무려 황궁 내의 연회장을 피습한 사건이지. 연루된 자들은 그 어떤 이유를 막론하고 즉결 처형한다."

"하오나 전하, 제 의사가 반영된 일도 아닌데 주범들과 같은 취급을 받는 것은 너무 가혹한 처사입니다. 약간의 아량을 베풀어……."

"그만. 어서 끌고 가라."

더 듣기 싫은 듯 황태자가 말을 끊으며 명령했다. 빈터는 망연자실한 눈빛으로 끌려가는 아이들을 바라보았다.

'왜 저렇게까지 하는 걸까?'

문득 그런 의문이 들었다. 그러나 동물 가면을 쓰고 옹기종기 모여 있던 아이들을 떠올리자니, 설정값이 과하다고 함부로 그를 업신여길 수 없었다.

기사들이 막 몰려 있는 사람들 사이를 헤치며 아이들을 끌고 가기 시작할 무렵, 나는 몸을 움직여 가볍게 그 앞을 막아섰다.

"베르단디 후작님의 말에 찬성해요."

나직한 목소리에 사람들의 이목이 내게로 확 쏠렸다. 그 안에는 빈터와 황태자를 제외한 나머지 남주들도 포함되어 있었다.

피부에 닿는 푸른 눈빛이 유난히 따갑게 느껴졌다. 낯이 서늘하게 굳어 있는 데릭이나, 눈살을 있는 대로 찌푸리는 레널드나.

'나서지 말고 가만있어라' 하는 압박이 느껴졌다. 그러나 나는 무시하고 입을 열었다.

“아이들을 후작님에게 맡겨 세뇌를 풀 수 있도록 허락해 주세요, 전하.”

“……뭐?”

황태자가 못 들을 걸 들었다는 듯 눈썹을 꿈틀거렸다. 조금씩 깜빡이기 시작하는 금발 위를 흘긋 올려다보며 천천히 입을 열었다.

“학대를 당한 흔적이 이렇게나 뚜렷한데, 처형까지는 너무한 듯합니다.”

그리고 나는 기사들의 손에 멱살이 잡혀 있는 아이들을 가리켰다. 늘어난 옷으로 인해 훤히 드러난 목에는 얼룩덜룩한 멍 자국과 흉터들이 한가득했다.

몰려 있던 사람들은 그제야 그것을 알아보았는지 눈을 휘둥그레 뜨며 수군거렸다. 아이들을 향한 동정론이 끓기 시작했다.

“하.”

황태자는 내가 나선 게 몹시도 불쾌한 듯, 시뻘건 눈을 번뜩이며 차게 웃었다.

“언제부터 공녀가 이 나라의 대소사에 말을 보태게 된 거지?”

“그럼 제가 다 쏴 죽였는데 이 정도 발언도 할 수 없는 건가요?”

나는 주변을 쭉 둘러보며 물었다. 시종들이 연회장 곳곳에 녹아내린 마물들의 잔해를 치우고 있는 모습이 보였다. 내 입으로 이런 말하기 참 민망했지만, 내 엄청난 활약을 나타내는 증거들이 명백했다.

황태자는 내 물음에 입을 꾹 다물고 나를 노려보았다.

‘하기야, 할 말이 없겠지.’

놈의 머리 위가 위태롭게 깜빡였다. 나는 얼른 고개를 숙이며 부탁을 가장한 강요를 거듭했다.

"어린아이들이잖아요. 아량을 부탁드려요, 전하."

특별히 뷘터를 돕고자 한 것은 아니었다. 내가 엄청나게 선량한 인간이라 이러는 것은 더더욱 아니다.

그냥, 이용당할 대로 이용당한 후 쓰레기처럼 버려져 죽을 처지에 놓인 비루먹은 모습들이…… 가만 보고만 있기 힘들었다. 그래서 그랬다. 나답지 못하게.

머리맡에서 따가운 시선이 한껏 느껴졌다. 이윽고.

"……포박하여 베르단디 후작가의 마차에 태워라."

황태자가 결국 못마땅한 음성으로 허락했다. 바로 고개를 들고 그의 호감도를 확인했다. 다행히 9%에서 변한 것은 없었다.

안도와 동시에 눈앞에 하얀 네모 창이 떠올랐다.

〈SYSTEM〉 평판 상승으로 인해 명성이 +10 되었습니다. (total : 90)

의도한 바는 아니었으나 평판이 올랐다. 얼떨떨한 눈으로 시스템 창을 바라보고 있으니.

"공녀가 이리도 동정심이 많았는지 내 미처 몰랐군."

황태자가 한껏 비아냥댔다.

"따로 포상을 내리려 했는데 그럴 필요도 없겠어."

그는 그대로 내 곁을 스쳐 지나갔다.

'칫, 쪼잔한 놈. 네가 주는 포상 필요 없거든?'

멀어지는 황태자를 바라보며 구시렁대던 나는, 이내 기분이 묘해졌다.

[호감도 10%]

황태자의 호감도가 1% 올랐기에.

'어쨌든 이 에피소드는 이대로 무사히 넘긴 건가?'

난데없이 마물이 나타나 날뛰는 바람에 까무러칠 뻔하긴 했지만, 결과적으로 나쁘지 않은 성과였다. 예상치 못한 황태자의 호감도 상승도 그렇고, 어쨌든 오늘 일로 이번 사냥 대회가 취소될 것 같았기에.

'제발 이대로만 갔으면…… 그리고 그 메인 퀘스트인지 뭔지는 이제 제발 안 나오게 해 주세요.'

설령 나오더라도 두 번은 안 할 것이다. 자의로 몸이 움직이는 게 아니라는 불편함을 떠나 이건 정말 할 짓이 못 된다.

황태자가 사라지고 긴장이 풀리니 온 삭신이 쑤셨다.

'당장 누워야 돼. 안 그럼 죽을 거야.'

주위를 둘러보니, 얼추 상황이 정리되어 가는 것 같았다. 들것에 실려 가는 부상자들도 있었지만, 다행히도 사망자는 없는 듯했다.

'한시라도 빨리 에밀리한테 가야겠어.'

나는 카바나가 어느 쪽에 있는지 모른다. 하지만 그렇다고 해서 어느 사이 홀연히 사라진 두 오라비 놈들을 찾아 헤매기는 싫었다.

피습 사건으로 근위병들을 제외하고 연회장 출입이 엄격히 통제된 상태이기에, 에밀리를 만나려면 내가 밖으로 나가야 했다.

다른 귀족들 또한 근위병과 마법사들에게 간략한 증언과 확인을 하고 연회장을 하나둘 떠났다. 나 또한 그 시류에 따르기 위해 석궁을 둘러메고 터덜터덜 발길을 돌리던 순간이었다.

"……페넬로페 영애."

누군가가 나를 불렀다. 왠지 스토리 전개상 이럴 것 같아서 딱히 놀랍지는 않았다.
나는 천천히 뒤돌았다. 노을 녘에 시작된 전야제는 어느새 컴컴한 어둠으로 물든 상태였다. 마물로 인해 다 깨진 전등 중 살아남은 몇몇 개의 빛이 나를 부른 이의 얼굴을 희미하게 비추었다.
[호감도 20%]
그러나 나는 어둠 속에서도 능히 남주들을 구분할 수 있었다.
"후작님."
뷘터를 이렇게 부르긴 처음인지라, 영 낯설게만 느껴졌다.
'얼마 전까지만 해도 도도하게 반말을 했는데…….'
가면무도회가 끝이 났으므로 이제는 그러면 큰일이었다.
내가 속으로 입에 붙지 않은 '후작님'을 열심히 연습해 보는 동안, 뷘터가 빠르게 걸어와 내 앞에 당도했다. 호칭과는 달리 낯설지 않은 그의 눈동자 색깔.
"오늘 도와주셔서…… 진심으로 감사드립니다."
그는 내게 정중히 묵례했다.
'뭐, 이 정도도 예상했어.'
이제 제법 하드 모드 짬바가 생긴 나는 대수롭지 않게 대꾸했다.
"딱히 후작님을 돕기 위해 나선 것이 아니에요. 그러니 제게 감사하실 필요 없습니다."
어색하게 느꼈던 것에 비해 매끄러운 존칭이 흘러나왔다.
"그도 있지만……."
"……."
"무리하면서까지 사람들을 구해 주셨지 않았습니까. 저를 포함해서 말입니다."

그가 고개를 들며 얌전히 놓여 있던 내 손에 흘긋 눈짓했다.

그 시선을 따라 무심코 고개를 내린 나는 천천히 눈이 커졌다. 내 두 손이 간헐적으로 덜덜 떨리고 있다는 것을, 그제야 알아차렸기 때문이다.

'그러게. 이 체력 낮은 몸뚱이로 너무 무리했어.'

나는 석궁을 쏘기에 팔 힘이 영 좋지 못했다. 하지만 내가 떠는 것은 비단 무리를 했기 때문만은 아니었다.

애써 태연한 척했지만, 사실 나는 그 누구보다 그 상황이 무서웠다.

나를 짓밟기 위해 높이 쳐들렸던 거대한 닭발의 그림자와 오로지 나만을 노리며 달려오던 수많은 마물들. 내 통제를 벗어나 미친 듯이 움직이던 몸과 손.

등골이 선뜩한 장면들이 다시금 떠오르자 나도 모르게 눈이 질끈 감겼다. 하지만 나는 최대한 내색하지 않고, 바르르 떨리는 양손을 뒤로 맞잡아 숨겼다.

"제가 아닌 그 누구라도 그랬을 거예요. 괘념치 마시……."

"아니요."

필사적으로 아무렇지 않은 척한 것이 무색하게 빈터가 부정했다.

"그 누구도 영애만큼 용기 있게 나서지 못했을 겁니다. 그토록 쉽게 처치할 수 있는 마물임에도 불구하고……."

그는 불현듯 하던 말을 멈추고 얼굴을 찡그렸다. 마치 무언가에 괴로워하는 사람처럼.

'……마법사임을 끝내 숨기고 아무 일도 하지 못한 것에 죄책감이 드는 건가?'

나는 뷘터의 고충이 잘 이해 가지 않았다. 내 안위를 위해서 이기적으로 구는 게 뭐가 나쁘단 말인가.

게다가 그는 충분히 본인이 할 수 있는 것을 했다. 내가 나름대로 시스템에 몸을 맡겨 내 목숨을 구하고, 덩달아 게임이 안배해 놓은 엑스트라들의 목숨을 구했던 것처럼.

"각자 그 자리에서 할 수 있는 최선을 다했으면 그걸로 된 거죠."

나는 어깨를 으쓱이며 아무렇지도 않게 대꾸했다.

"저 또한 석궁이 없었다면 아무것도 못 한 채 마물에 쫓기기만 했을지 몰라요."

"……."

"후작님도 후작님이 할 수 있는 선에서 최대한 아이들의 목숨을 구하시려 했잖아요. 저는 황태자님 앞에서 그렇게 못 나서요, 무서워서."

내 입으로 내뱉고도 지극히 맞는 말이라 좀 우스웠다. 뷘터가 먼저 나서지 않고, 내게 마물을 쏴 죽였다는 공이 없었더라면 아까처럼 황태자의 명령을 가로막는 일은 절대로 벌어지지 않았을 것이다.

웃음기 섞인 얼굴로 키득거리는 나를 고요하게 응시하던 군청색 동공이, 그 순간 세차게 흔들렸다. 그리고.

[호감도 24%]

그의 머리 위가 반짝였다. 4%. 꽤 커다란 상승 폭에 뒤늦게 정신이 들었다.

'……어차피 곧 여주 만나면 돌아설 놈인데, 자꾸 부딪쳐 봤자 좋을 것 없어.'

내 입에 지어져 있던 웃음기가 찬찬히 사그라졌다.

"……치하해 주셔서 감사합니다. 그럼 이만."

나는 서둘러 대화를 마무리 지었다. 실은 이제 더 버틸 수 없을 만큼 피곤한 상태였다.

'그러고 보니 구해 줘서 고맙다고 인사하는 놈은 뷘터뿐이네.'

그나마 정상적인 남주인지라, 아닌 걸 알면서도 영 미련이 남았다. 짧게 묵례를 하고 막 돌아섰을 무렵이었다.

"영애."

뜨거운 손바닥이 다급히 팔을 붙잡았다. 화들짝 고개를 돌리니 뷘터가 알 수 없는 표정으로 나를 응시했다.

"보내 주신 답례는…… 잘 전달받았습니다."

잠시 달싹이며 주저하던 입술이 벌어지더니, 그가 나만 들리게끔 작은 소리로 속삭였다.

"……저도, 오늘 도와주신 것에 대한 답례를 드려도 됩니까?"

그때였다.

"페넬로페!"

옆쪽에서 누군가 딱딱하게 굳은 목소리로 나를 불렀다.

[호감도 27%]

어두컴컴한 사위로 인해 외양보다 호감도가 더 먼저 보였다. 하지만 심기 불편한 목소리만 들어도 누군지 바로 알 수 있었다.

"저기요. 제 동생한테 지금 뭐 하시는 겁니까?"

"레널드."

과연, 남주들의 총집합 날이 맞는 듯 이번에는 레널드가 등장했다.

'먼저 간 줄 알았더니…….'

소매를 잡아도 매정하게 떠날 땐 언제고, 기가 막히는 순간에 나타난 놈이었다. 한껏 찌푸려진 눈으로 나와 뷘터를 노려보는 분홍머리의 모습에 나는 당황했다.

"이리 와, 페넬로페."

레널드는 내 팔을 붙들고 있는 뷘터를 잔뜩 경계하며 나를 불렀다. 그러나 뷘터는 내 팔을 놔주지 않았다. 그 모습에 레널드의 기세가 흉악해졌다.

'왜 기시감이 드는 걸까…….'

불현듯 연무장에서의 일이 떠올랐다. 나는 놈들 사이에 낀 채 눈치를 보다가 이내 뷘터가 잡은 팔을 살살 흔들었다.

"……후작님."

다른 남주들과는 달리, 나를 붙든 뷘터의 아귀힘은 그다지 세지 않았다. 데릭과 이클리스에게 했을 때처럼 온 힘을 줘 쳐 내면 빼낼 수 있을 것이다.

하지만 내게 예의를 차려 주는 유일한 남주에게 그렇게까지 하고 싶지 않았다.

"후작님……?"

그러나 그럼에도 뷘터는 요지부동이었다. 나는 휘둥그레진 눈으로 그를 올려다보았다. 레널드의 목소리가 점점 삐딱해졌다.

"얘가 놓으라잖아요."

"……."

"하! 안 놔?"

결국, 다혈질인 레널드가 이를 바득 갈며 나를 잡아떼려고 성큼 다가서던 그때. 마침내 잡힌 팔이 스르륵, 풀렸다. 체념한 듯 통 힘이 없는 손길이었다.

빈터의 속박이 풀리자마자, 이번에는 레널드가 기다렸다는 듯 나를 잡아챘다. 그리고 마치 숨기기라도 하듯 제 등 뒤로 나를 거세게 밀어 넣었다.

이젠 더 거리낄 것이 없는지 놈은 잔뜩 비틀린 미소를 지으며 빈터를 향해 마구 비아냥댔다.

"저기요, 후작님. 물정 모르는 순진한 애 어떻게 한번 해 보려고 그러시는 모양인데, 본인 나이를 좀 생각하시죠, 예?"

나는 놈이 지껄이는 무례한 말에 경악하여 입을 떡 벌렸다. 나도 모르게 주먹을 들어 그의 어깨를 퍽 때렸다.

"너 미쳤어? 그런 거 아니야!"

"넌 조용히 하고 있어! 계집애가 겁도 없이……!"

그런 내 반응에 레널드 놈이 버럭 소리를 질렀다. 나는 짜증이 머리끝까지 솟구쳤다.

"그딴 말 할 거면 이거 놔. 나 혼자 갈 거니까."

차갑게 읊조린 후 잡힌 손을 마구 비틀자, 놈이 당황했는지 황급히 소리쳤다.

"아무튼, 택도 없으니까 앞으로 애 근처에 얼씬도 하지 마쇼!"

"너 진짜……."

"아, 가자, 가! 어휴, 성질머리하고는……."

마치 원래 가려 했던 사람처럼 제가 먼저 앞서가며 레널드 놈이 투덜댔다.

'누가 할 말인데?!'

나는 놈의 성질머리 운운에 어처구니가 없어 불쑥 욕설이 차올랐지만, 꾹 내리눌렀다. 아직 뒤통수에 따가운 시선이 와 닿는 게 느껴졌기 때문이다.

터덜터덜, 레널드에게 반쯤은 끌려가던 나는 흘끔 뒤를 돌아보았다. 여전히 그 자리에 서서 나를 보고 있던 뷘터는, 나와 눈이 마주치자 입술을 달싹였다.

"……답변을 기다리겠습니다, 영애."

나는 생각보다 집요한 그의 일면에 새삼 놀랐다. 커다래진 눈으로 그를 바라보고 있는데, 갑자기 걸음이 우뚝 멈추더니 앞쪽에서 산통 깨는 소리가 들렸다.

"아, 거! 답변 올 일 없으니까 헛물켜지 말라……!"

"아니요, 괜찮아요."

허겁지겁 레널드의 말을 끊고 내 입으로 답을 건넸다. 부정의 말이어서 그런지, 다행히도 공포의 주둥아리가 닫혔다.

"심부름꾼에게 답례에 대한 답변은 전달받지 않겠다고 전해 둔 걸요."

나는 이전에 그에게 직접 했던 말을 다시 한번 되뇌며 생긋 웃어 주었다. 가면을 썼을 때는 미처 지어 주지 못했던 웃음을.

그리고 다시금 한차례 흔들리는 군청색 동공을 바라보며 생각했다.

[호감도 26%]

이전에도 그랬지만, 단호한 거절에도 상승하는 호감도가 의외라고.

레널드에게 끌려 나오다시피 야외 연회장을 빠져나왔을 때였다.

"아가씨!"

"페넬로페!"

입구 근처에 초조하게 서 있던 에밀리와 공작이 나를 보고 반색하며 달려왔다.

"아가씨, 괜찮으세요?"

"어디 다친 데는 없는 게냐? 응?"

그들이 번갈아 가며 내 몸을 살폈다. 나는 생각지 못한 환대에 얼떨떨한 얼굴로 답했다.

"전 괜찮아요. 다친 곳도 없고요."

"걱정 안 해도 돼요. 얘가 마물들 다 쓸어버린 걸 못 봐서 그러시는가 본데……."

습관처럼 빈정거리려던 레널드는 '스읍!' 하며 눈을 부릅뜨는 공작의 모습에 바로 입을 다물었다. 불만스럽게 찌푸려진 놈의 표정이 좀 볼만했다. 나는 고개를 돌려 다시 공작을 바라보았다.

"아버지는 어디 다친 곳 없으시고요? 에밀리는?"

"난 중간에 카바나에 들를 일이 있어 연회장 밖으로 나간 탓에 다행히 변고는 피했다."

"저도 아가씨 심부름 덕분에 멀쩡해요!"

"다행이네. 첫째 오라버니는요?"

"황태자 전하와 함께 범인들을 심문하러 갔다."

사실 놈이 어디 갔는지 알 바 아니었지만, 예의상 물어보았다.

"너야말로 다친 곳 없다니 다행이다. 소식을 전해 듣고 이 아비가 어찌나 놀랐는지 아느냐?"

많이 놀라긴 했는지 공작이 꼬박꼬박 답변을 해 주며 퍽 걱정스러운 얼굴로 나를 바라보았다.

그런 공작의 반응이 생소하기 그지없었다. 나는 어색하게 미소를 지었다.

“걱정시켜 드려서 죄송해요. 일이 눈 깜짝할 새 발생해서…….”

“그 처죽일 놈들이, 감히 예가 어디라고!”

내가 괜찮은 것을 보고 안도했는지, 공작이 갑자기 버럭 분통을 터뜨렸다.

“집으로 돌아가면 당장 병사들을 풀어야겠다. 그 잔당들을 잡아들인 후에 하나하나 사지를 부러뜨려서 씨를 말려……!”

“아버지, 아버지.”

이대로라면 연회장 앞에 서서 신국의 잔당들을 어떻게 소탕할지에 대한 계획 설명으로 이어질 것 같았다. 하여 나는 적당히 말을 끊고 부드럽게 그를 불렀다.

“저 정말 피곤해요. 빨리 쉬고 싶어요.”

“그래, 그렇겠지. 얼른 가자! 무겁게 메고 있지 말고, 석궁은 이리 내거라.”

다행히 공작은 내 말에 서둘러 걸음을 옮겼다. 그렇다고 석궁을 정말로 공작에게 들게 할 생각은 아니었다.

“제가 들게요, 아가씨. 주세요!”

그냥 메고 있자, 다행히 에밀리가 손을 내밀었다.

“고마워, 에밀리. 무거워 죽는 줄 알았네.”

나는 장난스럽게 웃으며 석궁 끈을 풀고 건넸다. 메고 있을 땐 몰랐는데 건네고 나니 정말로 몸이 홀가분해졌다.

“쯧, 페넬로페 에카르트. 다시는 이런 일에 먼저 나서지 말아라.”

공작이 그런 나를 흘끔거리며 혀를 찼다.

“근위병들이 올 때까지 숨어나 있지, 어린 영애가 겁도 없이 어느 상황이라고 나서길 나서! 먼저 나온 귀족들에게 네 얘길 전해 듣고 기절하는 줄 알았다!"

"그래도 저 잘했어요, 아버지."

공작의 못마땅한 잔소리에 나는 아랫입술을 삐죽 내밀었다.

"아버지가 붙여 주신 선생님께 얼마나 열심히 배웠는데요. 그 덕분에 제가 다 쏴 죽인 거란 말이에요."

실상은 시스템의 도움을 받은 것이지만, 어쨌든 나는 오늘의 영웅이었다.

'잘한 건 칭찬해 줘라, 좀.'

언제까지 철부지 망나니로만 살아야 하는 건지. 불만스럽게 생각했지만, 딱히 큰 기대는 안 했다. 사람 인식이라는 게 그렇게 쉽게 변하는 것도 아니고.

내가 마물들을 맞힌 것을 똑똑히 보고도 못 미더워하는 사람도 있는 마당에, 분명 운 좋게 얻어걸린 거라고 생각하는 사람도 있을 것이다.

'나도 어느 정도 운발…… 아니, 시스템발이라고 생각하니까, 뭐.'

"……그래."

하지만 갑자기 우뚝 멈춰 선 채 나를 돌아보는 공작의 얼굴은.

"네가 내 딸인 것이 무척 자랑스럽구나, 페넬로페."

예상치 못한 흐뭇한 미소를 만면에 띠고 있었다. 격려와 칭찬을 하듯 한쪽 어깨를 두드리는 손길이 낯설었다.

그래서 나는, 기분이 너무 이상해졌다.

에카르트가의 야영장에 설치된 카바나는 총 다섯 개였다. 과연 공작가의 세가 드높긴 한지 하나같이 호화스럽고 커다란 천막들이었다.

그러나 아무리 최대한 편의를 살폈다 하더라도 야영장은 임시 처소였다. 여인이 지내기엔 썩 불편하니, 공작은 걸어오는 내내 원한다면 황궁 안에 처소를 마련해 주겠다고 제안했다.

"괜찮아요, 아버지."

나는 거절했다. 번거로워서였다. 사냥터가 위치한 숲은 본궁에서 꽤 멀리 떨어진 탓에 마차를 타고 한참 동안 이동해야 했기 때문이다.

차라리 집에 보내 줬으면 했지만, 아직 피습 사건의 심문이 끝나지 않아 사냥 대회의 개최 여부가 결정 나지 않았단다.

'게임님, 제발 취소되게 해 주세요.'

전야제부터 남주 놈들에게 치일 만큼 치인 나는 간절히 빌었다.

타닥타닥, 타오르는 모닥불을 중심으로 동그랗게 모여 있는 카바나의 모습은 꼭 캠핑장을 연상케 했다. 다른 때 같았으면 좀 더 구경했을 테지만, 나는 당장 기절해도 이상하지 않은 상태였다.

"아버지, 저 먼저 들어갈게요."

"그래, 얼른 쉬어라."

야영장으로 들어서며 나는 공작과 일별했다.

"이쪽으로 오셔요, 아가씨."

공녀가 지낼 숙소는 가장 안쪽에 위치해 있었다. 에밀리를 따라 걸음을 옮기던 차, 레널드도 공작에게 인사를 하고 같이 움직였다.

'바로 옆 천막인가?'

만약 사냥 대회가 변동 없이 진행된다면, 나만 보면 빈정거리기 바쁜 놈과 가장 자주 마주칠 게 분명했다. 나는 그럴 일이 벌어지지 않기를 다시 한번 소원했다.

그런데 내가 쓸 천막 입구 앞까지 도달했음에도 불구하고, 레널드는 내 뒤를 쫓아오는 것을 멈추지 않았다.

나는 미미하게 인상을 찌푸리며 뒤돌았다.

"……뭐야?"

"뭐가."

"왜 계속 쫓아오는데?"

"차, 참 나! 쫓아오긴 누가!"

놈이 내 물음에 발끈해서 버럭 외쳤다.

"여기가 내 숙소거든?"

그리고 내 옆에 세워진 카바나를 손가락질했다. 우려가 현실이 됐다. 나는 속으로 혀를 차며 시큰둥하게 답했다.

"그럼 잘 자."

그리고 바로 등을 돌려 기다리고 있는 에밀리에게로 걸어가려던 찰나였다.

"야! 자, 잠깐!"

놈이 다시 한번 나를 막아섰다. 나는 눈살을 찌푸렸다.

"왜, 또."

"성질이 왜 그렇게 급하냐? 누가 너 잡아먹는데?"

"나 피곤해. 할 말 있으면 빨리해."

짜증스럽게 재촉했지만, 놈은 답지 않게 우물쭈물할 뿐 막아선 이유를 바로 말하지 않았다.

'왜 저래.'

남매에게서 심상치 않은 기세를 읽은 듯, 에밀리마저 눈치껏 카바나 안으로 자리를 피한 후였다.

여전히 말이 없는 레널드를 지켜보던 나는 다시 몸을 돌렸다.

"할 말 없으면 나 간다."

"아오. 여기 상처 났잖아, 이 계집애야!"

그때, 레널드가 불쑥 나를 붙잡았다. 그리고 신경질적으로 내 목을 가리켰다.

"……상처?"

나는 어리둥절해졌다. 그러자 레널드가 삿대질하던 손가락으로 조심스럽게 목 어딘가를 건드렸다. 닿을 듯 말 듯, 거의 스치는 듯한 손길이었다.

"여기 말이야."

"아."

따끔—. 전엔 느끼지 못했던 미약한 통증이 느껴졌다.

"마, 많이 아프냐?"

놀라서 반사적으로 튀어나온 신음에 레널드가 화들짝 놀라 내게로 뻗었던 손을 움츠렸다.

그렇게 엄청 아프지는 않았다. 커다란 상처였다면 일찍이 통증을 느꼈을 테니까. 정신없이 마물을 상대하는 사이 나도 모르는 새 어딘가에 살짝 긁힌 모양이었다.

"괜찮아. 별로 안 아파."

진짜 아무렇지 않아서 나는 사실대로 말했다. 그런데 왜인지, 본인이 아프기라도 한 양 레널드의 표정이 와락 일그러졌다.

"……잠깐 기다려."

그는 주머니에서 무언가를 주섬주섬 꺼내 들었다. 작고 넓적한 통이었다.

"이게 뭐야?"

"약."

놈의 소지품이라기에는 너무나 의외의 물건이었다.

"네가 이런 걸 다 가지고 다녀?"

"치료소까지 가서 얻어 온 거거든?!"

그 소리에 나는 도르륵 눈을 굴렸다. 그러고 보니 공작도, 에밀리도, 같이 오지 않은 데릭마저 예의상 안부를 물었지만 레널드에게만은 아무 말도 하지 않았다. 나는 뒤늦게 그의 눈치를 보며 물었다.

"……아까 어디 다쳤어?"

"에휴……."

놈은 꼭 '내가 이런 걸 데리고 뭘 한다고…….' 하는 표정으로 한심스럽게 나를 바라보았다. 그리고 한 번 더 깊은 한숨을 내쉬며 말했다.

"……너 때문이잖아, 멍청아."

"내가 뭘……."

"가만있어 봐."

레널드는 약통의 뚜껑을 열었다. 그리고 손가락을 그 안에 푹 찍어 약을 퍼 올렸다. 초록색 액체가 찐득하게 묻어났다. 구린 냄새가 풍겼다.

그걸 피해 주춤 뒷걸음질을 쳤다. 레널드가 그런 내게로 성큼 다가오며 불퉁하게 내뱉었다.

"가만있으라니까. 옆머리에 묻는다."

그 말에 나는 움직임을 우뚝 멈췄다. 놈이 내게로 허리를 숙였다. 그리고 찐득한 약이 잔뜩 묻은 손가락을 내 목에 문지르기 시작했다. 아까 전, 그가 가리켰던 상처가 난 부분이었다.

"어……."

레널드의 얼굴이 바짝 가까워졌다. 코와 입술 근처에서 그의 숨결이 느껴졌다.

나는 얼떨떨한 얼굴로 몸을 굳혔다. 피부에 차가운 액체가 치덕치덕 발렸다. 느낌이 이상했다.

"……그 새끼도 너 여기 상처 난 거 알아채디? 모르지?"

내 상처 위에 직접 약을 발라 주며 놈이 불쑥 물었다. 굳어 있던 나는 한발 늦게 답했다.

"……그 새끼?"

"아까 그 나이 많은 놈 말이야."

나는 게임 프로필상 뷘터의 나이를 떠올렸다.

'스물다섯이었나, 여섯이었나…….'

실제로 그렇게 많은 나이는 아니었으나, 여주와 나이 차가 가장 많이 나는 남주인 건 사실이었다.

그렇지만 그건 어디까지나 '여주'와의 관계일 뿐, 후일을 생각하면 나는 뷘터와 썩 가깝게 지내지도, 그렇다고 척을 지는 관계를 구축해서도 안 되었다.

"후작님께 그게 무슨 무례야?"

아까 전 레널드 놈의 경악스러운 언행을 떠올리니, 절로 핀잔이 튀어나왔다. 코앞에 놓인 레널드의 고운 미간이 와작 찌푸려졌다.

"무례는 무슨! 석궁 뒀다 뭐 하냐? 치근대는 그런 새끼들한테나 쏘지 않고."

"그런 분 아니셔."

"그런 분, 아닌 분이 따로 있냐? 남자는 다 똑같아, 이 맹추야."

"아!"

놈이 약이 묻지 않은 손으로 옆머리를 심술 맞게 잡아당겼다. 나는 짧게 비명 지르며 놈을 사납게 째려보았다.

"죽을래?"

"어쭈? 아주 맞먹어라."

나도 모르게 본심이 튀어 나갔지만, 레널드는 화내지 않았다. 그는 장난스러운 얼굴로 씩 웃으며 숙이고 있던 상체를 들었다. 코끝을 간질였던 숨결이 멀어졌다.

"붕대는 네 하녀한테 감아 달라고 해."

그가 환부를 눈짓하며 말했다. 처치가 모두 끝난 것 같았다.

'……살다 보니 얘랑 이런 날도 다 오네.'

얼마 전까지만 해도 이를 드러내고 으르렁거리며 싸웠는데. 그 사실이 영 신기하게만 느껴져서, 나도 모르게 웃음이 튀어나왔다.

"……고마워, 오라버니."

얄밉기 그지없는 놈이지만, 어쨌든 도움을 받은 것은 사실이었다. 나는 순수하게 호의를 담아 감사 인사를 전했다.

그런데 그 순간, 레널드의 얼굴이 일순 멍해졌다. 그러더니, 연무장 가는 길에 마주쳐 뜬금없는 사과를 받았을 때처럼, 눈 밑이 벌겋게 달아오르는 게 아닌가.

"네……."

"……."

"네, 네까짓 게 하는 감사 인사 같은 거 필요 없거든!"

연신 입을 벙긋대던 레널드는 돌연 버럭 소리를 지르더니 홱 몸을 돌려 제 카바나로 빠르게 걸어갔다.

'또 왜 저래…….'

그때였다. 거칠게 흩날리는 분홍 머리 위가 반짝였다.

[호감도 31%]

놀란 눈이 천천히 커다래졌다. 요원하기만 하던 레널드의 호감도가, 노멀 모드에서 주어지는 기본 호감도를 넘어섰기에.

"네?!"

공작의 카바나 안에 모여 다 같이 아침 식사를 들던 중이었다.

나는, 새벽 늦게까지 심문을 마치고 돌아온 데릭이 전한 소식에 얼굴을 있는 대로 구겼다.

"왜, 왜요? 어제 그런 일까지 있었는데 어째서 그대로 진행이 되는 거죠?"

"사망자가 나온 것도 아니고, 타국인들마저 참석한 마당에 이대로 사냥 대회가 무산되면 제국의 위신이 어떻게 되겠느냐."

데릭이 무뚝뚝하게 답했다.

'마물이 나타나서 날뛰었는데, 그깟 위신 따위가 뭣이 중헌디!'

나는 어처구니가 없어서 연신 입을 삐끔댔다.

"잘되었다. 별것도 아닌 일로 물러서는 꼴을 보여 봤자 하잘것없는 놈들에게 얕잡힐 뿐이야."

공작이 진지하게 고개를 끄덕이며 동조했다.

'아오 씨. 이게 아닌데.'

하룻밤만 자고 집으로 돌아갈 줄 알았지, 망할 놈의 사냥 대회를 정말로 지속할 줄은 몰랐다. 나는 입술을 잘근잘근 깨물다가 최선책을 내놓았다.

"……저는 몸이 안 좋은 관계로 대회 참석은 힘들 것 같아요."

"그래. 네가 어제 무리를 많이 하였지."

다행히 공작은 흔쾌히 받아들였다.

"이 기회에 페넬로페 너도 사교계에 새로이 입지를 다지는 게 좋겠다. 마침 도르테아 백작 부인이 이른 아침 하녀를 보냈더구나."

"……네? 백작 부인이요?"

"출전식 때 열리는 티 파티에 참여해 달라던데."

이곳에 와서 나는 한 번도 사사로운 티 파티에 참여한 적 없기에, 초대가 어리둥절하기만 했다. 그러나 공작은 왠지 모르게 뿌듯한 얼굴로 나를 바라보았다.

"카바나 안에만 틀어박혀 있으면 너도 심심할 것 아니냐. 예쁘게 차려입고 나와서 티 파티에 참여도 하고, 네 또래 영애들이랑 좀 어울리기도 해라."

"재는 사냥복만 잔뜩 챙겨 왔어요, 아버지."

밥을 먹다 말고 레널드가 비죽 웃으며 지껄였다.

'어떻게 알았지?'

사실이라서 기분 나쁘지는 않았다. 숲까지 와서 치렁치렁한 드레스를 입으려면 얼마나 짜증 나겠는가. 때문에 에밀리에게 사냥복을 비롯한 단출한 옷 위주로만 챙기라고 지시했었다.

의아한 눈으로 레널드를 바라보는 나와 달리, 공작이 못마땅한 목소리로 놈을 타박했다.

"그럼 더 잘됐지. 요즘은 진취적인 여성이 대세인 게야, 이 미련한 녀석아! 쯧."

그리고 혀까지 끌끌 차며 덧붙였다.

"네가 그러니까 여인들에게 인기가 없는 게다."

"인기가 없긴 누가요!"

레널드가 발끈해서 반박했지만, 공작은 이미 내 쪽으로 팩 고개를 돌린 후였다. 차마 더 반박하지 못하고 씩씩거리는 놈을 보니 고소하기 그지없었다.

"혹시 모르지 않느냐. 어떤 놈팡이들이 어제의 네 용감무쌍함에 반해, 사냥감을 물어다 바쳐서 네가 이번 사냥제의 퀸이 될지."

"아버지, 그쯤 하시지요."

그때까지 말없이 묵묵히 식사하던 데릭이 얕은 한숨을 쉬며 입을 뗐다.

"괜히 그런 허황된 기대감을 품고 오만방자하게 굴기라도 했다간 오히려 전보다 더 좋지 않은 구설로 이어질 겁니다."

놈은 푸른 동공을 잠시 내게로 옮겼다가 이어 말했다.

"이제야 조금 사람다워졌다는 말이 오르내리고 있지 않습니까."

"크흠……."

부정할 수 없는지 공작이 침음을 흘리며 다시 식사를 재개했다.

가만있다가 두들겨 맞은 나는 기가 막혀서 어이가 없었다. 나만 보면 빈정대기 바쁜 레널드 놈보다 훨씬 더 기분 나쁜 소리였다.

'허, 허황된 기대?! 나도 퀸 같은 거 될 생각 없거든?'

나는 어이가 없어서 눈을 부릅뜨고 데릭을 빤히 쳐다보았지만, 마주쳐 오는 시선은 없었다.

'……재수 없는 놈. 넌 탈락이다.'

식탁 아래 부들부들 떨리는 주먹을 다잡으며 나는 복수를 다짐했다.

"아가씨, 정말 이러고 가도 괜찮으시겠어요?"

에밀리가 마땅찮은 얼굴로 연신 내 차림새를 살폈다.

"뭐, 어때. 사냥 대회잖아. 참여는 하지 않아도 구색은 맞춰야지."

"그렇지만……."

그녀는 할 말이 많은 눈빛으로 나를 바라보았다. 나는 다시 한번 거울을 확인했다. 석궁을 연습할 때마다 입던 사냥복을 입은 채 머리를 한데 모아 묶은 상태였다.

진분홍빛 머리가 등 너머로 굽실거렸다. 에카르트의 문양이 금사로 새겨진 새로 맞춘 진회색의 재킷과 반바지가 머리와 썩 잘 어울렸다.

'예쁘기만 한데?'

나는 미리 구슬을 장착해 둔 석궁을 들고 주섬주섬 등 뒤에 둘러멨다.

"석궁은 또 왜 들고 가시려고요, 아가씨. 몸도 좋지 않으시다면서……."

에밀리가 불안한 표정으로 물었다. 나를 말리고 싶어 하는 눈치였다.

"여인과 아이들을 위해서 소동물들을 따로 풀어 놓는 구역이 있다며? 이따 가 보려고."

"직접 사냥을 하시게요?"

"티 파티 가서 가만히 앉아만 있으면 심심하잖아."

나는 산뜻하게 대꾸했다. 그와 동시에 집에 놓고 온 누군가를 떠올렸다.

'……호언장담하고 나왔는데, 토끼 하나 못 잡아가면 내 체면이 영 살지 않겠지.'

'푸흐' 하고 작게 바람 빠지던 소리. 미미하게 웃음기가 섞인 잿빛 눈동자가 아직도 선연했다.

'분명 비웃었지? 딱 기다려라. 누나가 네 목도리감 하나 정돈 잡아간다.'

결연하게 되뇌고 있을 때였다.

"야, 아직도 멀었냐?"

천막 밖에서 레널드의 재촉이 들려왔다. 나는 허겁지겁 주머니에 석궁 총알을 담은 천과 벨벳 상자 하나를 쑤셔 넣으며 에밀리에게 인사했다.

"갔다 올게."

카바나 밖으로 나오니 공작가의 남정네들은 이미 준비가 모두 끝나 있었다.

"왜 이렇게 늦게 나와!"

레널드가 나를 보며 성을 냈다.

'오.'

평소라면 무시했겠지만, 나도 모르게 눈으로 그를 아래위로 훑어보았다. 진갈색의 제복을 차려입은 그는 퍽 멋들어져 보였다. 그 옆에 우아한 올블랙의 제복을 입은 데릭도 마찬가지였다.

남주들답게 훤칠한 키와 잘생긴 외모가 근사한 사냥복과 만나니 더욱 돋보였다. 그 지랄 맞은 성격들도 상쇄하고 눈이 호강한다는 생각이 들 만큼.

'……게임으로 봤으면 더 환호했을 텐데.'

이것이 암담한 현실이란 것에 나는 입이 썼다.

"예쁘게 좀 차려입으라니까, 어찌 그걸 또 멨어."

공작은 내 차림새가 썩 마음에 차지 않는지 석궁을 보고 눈살을 찌푸렸다.

"누구 말처럼 허황된 기대감 안 품으려고요."

나는 흘끔 그 누군가를 곁눈질하며 대꾸했다. 당사자는 눈 하나 깜짝 안 하는데, 괜히 찔리는지 공작이 크게 헛기침했다.

"크흠! ……사냥은 안 하겠다 하지 않았느냐? 몸도 좋지 않다며."

"이왕 온 김에 소동물 사냥터라도 구경하고 싶어서요."

그 말에 공작이 어깨를 움찔하더니, 불현듯 내게 바짝 고개를 숙였다. 그리고 아들놈들에게는 들리지 않게끔 은밀하게 속삭였다.

"……이 아비 말 명심하고 있겠지?"

"네?"

"정 쏘고 싶으면, 인적 드문 곳으로 가란 말 말이다."

"아……."

일전에 석궁을 받으며 나눴던 대화가 떠올랐다. 화살이 아닌, 마법 구슬로 대체하게 된 이유에 관하여.

"알겠느냐? 어?"

대답을 종용하는 푸른 눈이 불신과 불안으로 흔들렸다. 조금 전 석궁을 메는 나를 보던 에밀리의 눈빛과 비슷했다. 나는 설핏 웃으며 답했다.

"물론이죠."

출전식이 열리는 숲의 입구 쪽에 도달하자 이미 많은 귀족들이 모여 있었다.

"말들의 상태를 보고 오마."

공작과 두 놈들은 북적이는 사람들 틈으로 사라졌다.

나는 사냥을 나설 준비를 하는 무리를 피해 배웅 나온 사람들이 모여 있는 곳으로 자리를 옮겼다. 햇빛을 피해 차광막 밑에 앉아 있는 대부분이 여성들이었다.

내가 나타나자 잠잠했던 분위기가 즉시 술렁였다. 나를 향해 하나둘 꽂히기 시작하는 시선들이 느껴졌다. 어제 이미 겪은 일이었음으로 개의치 않았다.

'악녀는 어딜 가든 슈퍼스타인 법이지.'

그러나 얼마 안 가, 나는 비단 나를 향한 수군거림이 단순한 호기심 혹은 멸시 때문이 아님을 알아챘다. 주변을 둘러보니, 에밀리가 왜 그토록 언짢은 얼굴로 나를 본 건지 알 만했다.

'사냥복 입은 여자는 나밖에 없잖아.'

주변은 온통 화려한 드레스의 향연이었다. 내 또래 영애들이건 지체 높으신 귀부인들이건, 깃을 부풀리는 공작새처럼 누가 누가 더 풍성하게 치마를 부풀리는지 시합이라도 하는 듯했다. 그들이 손에 들고 있는 것은 사냥 무기가 아닌, 부채나 양산 따위였다.

그 사이에서 홀로 사냥복을 차려입은 채 장엄한 석궁을 메고 있는 나는 당연히 튈 수밖에 없었다. 동공이 지진 나듯 흔들렸다.

'성별 관계없이 참여할 수 있는 사냥 대회라며……!'

그런데 왜 나만 '관심 종자'처럼 이러고 있는 거란 말인가. 에밀리의 말을 들을 걸 그랬다는 뒤늦은 후회가 들었다.

'아니야. 쟤네들은 나처럼 편하게 돌아다니지도 못해.'

나는 애써 내 차림새를 긍정적으로 생각했다.

"준비를 마쳤다면 중앙으로 모이십시오!"

그때 대회를 주관하는 단상 쪽에서 커다란 외침이 들려왔다. 어느새 출전 시간에 근접했다. 점검을 마친 귀족들이 말을 끌고 하나 둘 모여들기 시작했다.

나는 공작의 모습을 금방 찾아낼 수 있었다. 줄을 맞춰 서는 가벼운 것조차 서열로 이루어지는 건지, 가장 선두에 있었기 때문이다.

한 가문의 수장답게 웅장하고 화려한 마갑을 씌운 준마 위에 앉은 그는, 옆에 있는 이와 대화를 나누는 데 여념 없었다. 두 아들놈들은 아직 오지 않은 듯 보이지 않았다.

"어……?"

데릭과 레널드를 찾으며 무심결에 공작의 옆에 있는 이를 확인하던 나는 곧 눈을 크게 떴다.

"헉, 저기 봐. 후작님이야!"

"작년에는 참석하지 않으시더니, 올해는 직접 사냥하실 건가 봐. 활을 메고 계셔! 너무 멋있다……."

가까운 곳에서 호들갑스러운 쑥덕임이 들렸다. 공작의 말 상대는 다름 아닌, 뷘터였다.

"공작님. 오랜만에 뵙습니다."

"아, 베르단디 후작. 오랜만일세."

말을 몰며 옆으로 다가온 뷘터에게 공작이 반갑게 알은체를 하였다.

"근 1년 만에 사냥 대회에 참석하는 게 아니던가? 자주 좀 나오게. 이러다 얼굴 까먹겠어."

"하하, 사냥은 통 적성에 맞질 않아서 말입니다."

"계속하다 보면 다 느는 법일세."

공작은 깍듯하고 예의가 바른 젊은 후작이 마음에 들었다. 일찍이 부친을 여의고 가문의 수장이 되었으나, 어린 나이에도 후작가를 이끌기 부족함 없는 인재였다.

'이제 곁을 지켜 줄 여인만 있으면 완벽히 자리 잡겠거늘…….'

아직 혼인하지 않았다는 이유로 젊은 후작을 애송이 취급하는 귀족들이 더러 있었다.

전대 후작과 막역한 사이였던 공작은 해가 지나도 비어 있는 뷘터의 옆자리가 못내 마음에 걸렸다.

"영애들에게 선물은 좀 받았나?"

"너무 오랜만의 외출이라 그런지, 안타깝게도 제게 돌아올 몫까진 없는 듯합니다."

멋쩍은 웃음을 지으며 뷘터가 답했다. 후작가의 야영장으로 아침부터 바글바글 몰려들었던 하녀들이 들으면 분통을 터뜨릴 소리였다.

그가 모든 선물을 단칼에 거절한 것을 알지 못하는 공작은 안타까움으로 혀를 찼다.

"쯧쯧, 어째 우리 집 아들놈들과 똑같군. 자네도 어서 혼인하여 가정을 이룰 생각을 해야지."

"공작님께서는 이번 사냥 대회에서 안녕을 기원하는 선물을 받으셨나 봅니다."

뷘터는 공작의 왼쪽 가슴을 눈짓하며 덧붙였다.

"가슴에 착용하고 계신 애뮬릿이 멀리서도 한눈에 띄더군요. 훌륭한 장인이 제작한 것인 듯합니다."

"크흠! 그, 그런가?"

역시, 괜히 꺼낸 주제가 아닌지 공작의 얼굴이 단번에 밝아졌다. 그는 가슴에 부착한 애뮬릿이 좀 더 잘 보이도록 어깨를 쭉 펴 보였다.

"내 아들놈들은 눈을 뒤통수에 달고 다니는지, 통 알아보질 못하던데. 눈썰미가 꽤 좋군, 자네."

"아닙니다. 공작님의 늠름함에 무척 걸맞은 장식인지라 저 아닌 다른 이들도 모두 눈여겨보았을 겁니다."

"하하! 이 사람, 아부도!"

공작이 호탕하게 웃으며 아닌 척 자랑을 늘어놓았다.

"큼큼. 우리 막내 딸내미가 보는 눈이 좀 높은 편이긴 하지."

그 순간, 고삐를 쥐고 있는 뷘터의 손이 움찔거렸다. 아무도 알아차리지 못할 만큼 미미한 동요였다.

"……공녀님이 드린 선물입니까?"

"아니 글쎄, 이런 것 필요 없대도 부득불 챙겨 주는 게 아닌가. 잉카 제국에서 그 누가 나를 건드릴 수 있다고, 굳이! 텔레포트 주문이 새겨진 값비싼 것을 말이야, 굳이!"

누가 들으면 자랑하는 건지 화를 내는 건지 알 수 없는 미묘한 어조로, 공작이 여러 차례 '값비싼 텔레포트 주문'이 새겨졌음을 반복했다.

커다란 목소리에 주변 귀족들이 그런 공작과 그의 가슴을 흘끔거렸다.

"따님께서 정말 보는 눈이 있으시군요."

언제 동요했냐는 듯, 뷘터는 어느새 가면을 뒤집어쓴 것 같은 예의 바른 미소를 덧그렸다.

"공녀님의 혜안이 느껴지는 뜻깊은 선물입니다."

"그렇지? 자네도 그렇게 생각하는 건가?"

굳이 줬다고 노발대발한 것이 무색하게, 중년 사내의 입이 곧바로 헤벌쭉 벌어졌다.

"네, 물론입니다."

뷘터는 그가 원할 만한 답을 했다. 딸이 준 선물 자랑을 마치고 흡족하게 웃던 공작이, 뒤늦게 칭찬을 돌려주기 위해 그를 살폈다. 마침 후작의 옷소매에 미처 보지 못한 반짝이는 것이 눈에 띄었다.

“자네 커프스도 꽤 괜찮아 보이는군. 색깔이 자네와 썩 잘 어울려.”

뷘터의 눈동자 색과 똑 닮은, 검푸른 청금석이 박힌 커프스였다. 이번에는 뷘터의 얼굴이 확 밝아졌다.

“그렇습니까? 선물받은 것인데 공작님께서 알아봐 주시니 기쁘군요.”

“정표 같은 거 하나도 안 받았다더니, 그사이 연인이라도 생긴 건가?”

공작이 놀란 눈으로 되묻다가 이내 반색하며 물었다.

“어떤 가문의 여식이야? 어서 남자답게 시원히 말해 보게. 내 이제야 자네 부친을 볼 낯이 서는군!”

“……그런 사이는 아닙니다.”

뷘터는 애매한 표정으로 대꾸했다. 사실이었다. 그러나 전혀 믿지 않는 것인지 공작이 채근했다.

“그런 사이 아니긴! 여기까지 차고 온 것을 보니, 보통 사이가 아닌 모양인데. 누군지 귀띔이라도 좀 줘 보게.”

뷘터를 바라보는 공작의 눈이 염문설을 접한 어린 영애처럼 호기심으로 반짝였다. 본인의 막내딸일지도 모른다는 가정은 추호도 하지 않는 눈치였다.

뷘터는 난감한 얼굴로 이 상황을 어떻게 모면할지 고민했다. 그 순간이었다. 문득, 얼굴에 와 닿는 시선 하나가 느껴졌다.

이쪽을 흘끔거리는 시선들은 무수히 많았다. 선망 어린 눈빛으로 저를 바라보는 어린 영애들이나, 제국의 하나뿐인 공작의 행보가 궁금한 귀족들의 이목이 잔뜩 쏠려 있었기에.

그런데 참 이상했다. 무심코 고개를 들자마자 곧바로 발견할 수 있었다. 수많은 사람들 틈에서도 눈에 띄는 진분홍빛 머리칼, 청록색 눈동자를 동그랗게 뜬 채 자신을 빤히 바라보고 있는 시선의 주인공을.

"……웃음이 박하신 분입니다."

자신도 모르게 공작이 달라던 귀띔이 튀어나왔다.

"음? 웃음이 박하다고?"

"저와는 마주칠 때마다 항상 거리를 두고 거절의 말만 내뱉으시지요."

내뱉고 보니 정말로 그랬다.

'두 번째 만남에서의 인상이 별로 좋지 않아서일까…….'

뷘터는 얼마 전 만남의 끝을 떠올렸다.

— ……글쎄. 우리가 다시 볼 일이 또 있을까.

조금의 여지도 남겨 두지 않고 냉정하게 안녕을 고하던 목소리.

하지만 그녀는 토끼 가면을 쓴 마법사의 정체가 자신임을 모른다.

— 아니요, 괜찮아요.

— 심부름꾼에게 답례에 대한 답변은 전달받지 않겠다고 전해 둔걸요.

그러니 어제와 같이, 후작으로서의 만남에서마저도 매몰차게 선을 긋는 이유가 설명되지 않았다.

사람들은 언제나 예의 바른 자신의 모습에 쉽게 호감을 가졌다. 특히 어린 영애들은 약간의 호의에도 볼을 붉히며 수줍게 웃기 마련이었다. 그것은 토끼 가면으로 얼굴을 가렸을 때도 별다르지 않았다.

'하지만 저 여인은…….'

뷘터는 그제야 자신이 페넬로페의 태도에 꽤 신경을 쓰고 있다는 사실을 깨달았다.

'저 여인은 절대로 웃는 법이 없었지.'

무성한 소문을 몰고 다니는 공녀는 소문보다 훨씬 차갑고, 날카롭고, 아름다웠다.

"그래서……."

오늘도 변함없는 뚱한 표정에, 그의 입가에 희미한 웃음이 서렸다.

"가끔 짓다 마는 그 미소가, 제게는 귀하게 느껴지나 봅니다."

뷘터와 스치듯이 눈이 마주쳤을 무렵이었다.

[호감도 32%]

나는 난데없이 반짝 오르는 그의 호감도에 눈을 화등잔만 하게 떴다. 잘못 본 건가 싶어 눈꺼풀을 여러 번 깜빡여 보았지만 그대로였다.

'뭐야? 눈 마주쳤다고 6%나요?'

노멀 모드도 아니고, 이 망할 게임이 하드 모드에서 그렇게 후하게 호감도를 내줄 리 없었다.

나는 어안이 벙벙한 채 두 사람을 번갈아 바라보았다. 진중한 얼굴로 뷘터가 하는 말을 듣던 공작이 갑자기 활짝 웃으며 뷘터의 어깨를 힘차게 두드렸다.

"……주 ……히 빠졌구만!"

커다란 목소리로 말하는 듯했지만, 주변이 너무 소란스러워서 띄엄띄엄 끊겨 들렸다.

'……빠져? 대체 둘이 무슨 얘기를 하는 거지?'

공작의 말에 뷘터는 그저 알 듯 모를 듯한 미소를 지을 뿐이었다. 이유 없이 오른 호감도에 고개를 갸웃거리고 있을 때였다.

"헉, 저기 봐! 에카르트 소공작님과 둘째 공자님이야!"

바로 옆쪽에 있던 여자 무리 중 한 명이 탄성을 지르며 어딘가를 가리켰다. 그들을 따라 고개를 무심결에 돌리던 나는, 공작 쪽으로 향하고 있는 두 놈을 발견했다.

'하…… 진짜 남주는 남주인가 보네…….'

흑마와 백마에 각각 올라탄 그들은 그 어떤 귀족보다 당당하고 위엄 있었다. 그들의 모습에 나지막이 한숨이 나왔다.

"세상에, 어쩜 저리 늠름하실까."

"데릭 님께 수를 놓은 손수건을 드리면 받아 주실까?"

"나는 레널드 님께 드리려고 수호 팔찌를 준비했어!"

주변에 있는 영애들이 그들을 바라보며 앓는 소리를 내었다. 그 나이 때에 맞게 난리 법석을 떨던 그녀들은 얼마 안 가 조심스럽게 그들을 향해 다가갔다.

주변을 돌아보니, 지금이 바로 선물 전달 타임인 듯 허겁지겁 자리를 나서는 여인들이 많았다. 데릭과 레널드 쪽으로 향하는 이들이 대부분이었다.

'저놈들의 성질머리가 얼마나 개 같은지 알고 난 후에도 과연 늠름하단 소리가 나올까.'

나는 그 모습들에 차게 조소했다. 그러다가 '아차' 싶어 주머니를 뒤적였다. 이윽고 손에 들려 나오는 것은 작은 벨벳 상자였다.

나는 그것을 우두커니 내려다보며 고민에 잠겼다.

'누굴 주는 게 좋을까…….'

이전에 무기 상단에서 사 온 애뮬릿은 총 세 개였다. 에밀리의 것과 공작의 것. 그리고 나머지 하나는 혹시 모를 상황을 대비한 여분이었다.

사냥 대회에 참석하지 않는다면 이클리스에게 줄 생각이었고, 참석한다면 내 목숨 보전의 일환으로 쓸 일이 있겠거니 여긴 것이다. 하지만 역시 남주 중 한 명에게 주는 것이 좋겠다는 생각이 들었다.

누굴 줄지 계속 고민했지만, 아침부터 재수 없는 소리를 거나하게 하신 덕에 데릭 놈은 깔끔하게 탈락했다.

'어제 약이 좀 감동이어서 그냥 레널드한테 바로 주려고 했는데…….'

그런데 막상 공작의 옆에 있는 빈터를 보니 다시 고민이 들었다.

[호감도 32%]와 [호감도 31%]. 빈터와 레널드의 호감도는 근소한 1%의 차이였다. 여기서 빈터에게 선물을 주면, 더는 엮이지 않겠다는 계획은 폐기였다.

위험을 감수하고 다시 한번 보험으로 삼을 생각을 하느냐, 아니면 레널드 놈의 조롱 메들리를 더 자주 듣게 되느냐…….

그때였다.

"내 선물인 건가?"

불현듯 뒤쪽에서 휙 뻗어져 나온 손아귀가, 먹잇감을 낚아채는 독수리처럼 벨벳 상자를 휙 낚아챘다.

"무슨……."

나는 깜짝 놀라 뒤쪽으로 고개를 획 돌렸다. 정오의 햇빛을 받은 황금색 머리칼이 눈부시게 반짝였다.

“오, 애뮬릿이군.”

고민의 대상이 되기는커녕 조금도 생각해 보지 않은 남자가, 당당하게 남의 선물 상자를 열어 보고 있었다.

“내 머리 색에 맞춰 준비했나 보지?”

방어 마법 주문이 새겨진 황금색 에뮬릿을 본 황태자가 입꼬리를 비틀어 올리며 지껄였다.

‘이 자식이 지금 뭐라는 거야?’

나는 입을 빼끔거리며 그를 바라보다가, 이내 눈살을 와락 찌푸렸다.

“이리 돌려주세요.”

나는 상자를 도로 가지고 가기 위해 손을 뻗었다. 그런데 그 순간, 놈이 팔을 획 쳐들었다. 닿을 듯 말 듯한 높이였다.

‘아오! 이 망할 놈이!’

오기가 생긴 나는, 까치발로 깡충 뛰며 상자를 잡아채려 했다. 그러나 막 잡아채려는 순간, 놈의 손이 다시 훅 올라갔다.

낑낑거리며 몇 번 더 시도해 보았지만, 놈의 거대한 키를 따라잡을 수는 없었다. 어느 사이 폴짝폴짝 제자리 뛰기까지 하던 중.

“아이처럼 잘도 뛰는군.”

문득 머리맡에서 ‘피식’ 하고 작은 바람이 터져 나와 이마를 간질였다. 나는 그제야 상자 되찾기를 멈추고 황태자 놈을 돌아보았다.

조롱기가 다분히 섞인 시뻘건 눈이 반달로 한껏 휘어 있었다. 정수리에 열이 확 몰렸다.

"지금, 뭐 하시는 겁니까?"

"내 거 맞잖아? 내숭 떨지 말고 그만 인정하지 그래."

아. 니. 거. 든?!

버럭 외치고 싶은 마음이 굴뚝같았으나 참아야 했다.

[호감도 10%]

메인 퀘스트를 하는 동안 개고생을 하며 얻은 소중한 10%였다. 아직 죽음에서 완전하게 멀어졌다고 할 수 없는 수치였다.

"아뢰옵기 황송합니다만……."

나는 이를 꽉 깨물고 필사적으로 미소를 지었다.

"전하께 드릴 선물 아닙니다."

"그럼, 어떤 새끼한테 주려 했는데?"

"……예?"

"말해 봐, 어떤 새낀지. 내가 대신 전달해 줄 테니까."

전달해 준다면서 주변을 훽 돌아보는 시뻘건 눈빛이 섬뜩했다. 습관인 건지 놈의 오른손이, 허리춤에 차고 있는 검의 손잡이를 매만졌다.

누군지 말하면 당장 칼을 뽑아 들고 죽일 것 같았다. 그게 나든, 아니면 내가 말한 대상이든…….

'하…… 노멀 모드에선 이렇게까지 미친놈이란 설정은 아니었잖아요.'

나는 새어 나오는 한숨을 힘겹게 삼키며 대답했다.

"둘째 오라버니한테 주려고 했어요."

미안, 레널드. 나는 속으로 사과하며 레널드를 팔아먹었다. 생판 남인 빈터보다는 나을 테니까.

다행히 '가족'이란 핑계가 먹히긴 하는지, 황태자는 칼을 뽑아 들고 달려들진 않았다.

"애석하게도, 그대의 둘째 오라비는 그대가 주는 선물 따윈 안중에도 없을 것 같은데?"

다만, 마치 나를 놀리기라도 하듯 레널드가 있는 쪽을 흘깃 눈짓했다.

무슨 뜻인지 알지 못해 그쪽을 따라 고개를 돌리던 나는 곧바로 눈살이 찌푸려졌다. 레널드와 데릭의 주변은 그새 선물을 주기 위해 다가선 영애들로 북새통이었다.

"봐요, 아버지! 인기가 없긴 누가 없답니까?"

그 와중에 아침에 들었던 타박을 반박할 수 있게 된 레널드가 신난 얼굴로 공작을 불러 젖히는 게 보였다.

황태자의 말이 맞았다. 바글바글한 여자들을 뚫고 과연 레널드에게 선물을 전할 수 있을지 의문이었다.

'그렇게까지 해 가면서 주고 싶은 것도 아니고…….'

하지만 황태자에게 줘야겠단 마음이 드는 것도 단연코 아니었다.

"……전하야말로 저 말고 선물을 드릴 영애들이 많이 있지 않습니까?"

"난 이게 마음에 드는군."

놈이 아예 상자에서 애뮬릿을 꺼내 들고 제 가슴팍에 붙였다.

"한때 깊이 연모하던 사람에게 주는 정표라고 해 둬."

"저, 정표……?"

나는 기가 막힌 얼굴로 그를 멍하니 쳐다보았다.

"오라버니께 드릴 선물이라고 조금 전에 말씀드렸는데요."

"아니면 제국의 백성으로서 황태자에게 바치는 공물이라고 생각하든지."

놈이 별안간 시뻘건 눈을 번뜩이며 협박했다. 선물이 아니면 공물이라는 명목으로 빼앗겠다는 소리다.

"하…… 그렇게 하세요, 그럼."

그렇게까지 해서라도 저 애뮬릿을 가지고 싶다는데 내가 어찌한단 말인가. 어차피 누굴 줄지 아직 확정한 상태도 아니고, 따지고 보면 황태자 놈도 남주가 맞긴 했다.

나는 황태자의 가슴팍에 완벽하게 부착된 황금색 애뮬릿을 바라보며, 떨떠름하게 중얼거렸다.

"……전하께 잘 어울리시네요."

마지못해서 하는 입바른 소리였다. 그러나 썩 듣기 좋았는지 황태자가 씨익 웃었다.

"그런가?"

[호감도 12%]

그와 동시에 호감도가 2% 상승했다.

'뭐 나쁜 결과는 아닌 건가.'

그때였다. 뿌우우우—. 단상 쪽에서 커다란 각적 소리가 울려 퍼졌다. 출전 직전임을 알리는 신호음이었다.

황태자가 끌고 온 커다란 적마 위에 훌쩍 올라탔다. 그리고 나를 오만하게 내려다보았다.

"선물에 대한 보답으로 내 친히 공녀에게 어울리는 사냥감을 잡아다 주지."

"예? 아, 아니요! 그러실 필요는……."

"기대해도 좋아."

거절의 말을 내뱉기도 전에 놈이 말을 몰아 공작과 두 오라비가 있는 선두로 휑하니 가 버렸다.

'안 마주쳐 주는 게 답례라고…….'

미처 내뱉지 못한 말을 황망히 되뇌고 있을 때였다.

"안녕하신가, 에카르트 공작."

황태자가 커다란 목소리로 공작에게 인사를 건넸다. 어느새 출전을 앞둔 참가자 대열의 주변에는 바짝 긴장감이 돌았다. 때문에 아까와는 달리 그쪽의 소리가 내가 있는 곳까지 잘 전달됐다.

"제국의 작은 태양을 뵙습니다."

공작이 황태자에게 묵례했다. 놈은 그런 공작을 유심히 살피다가 유쾌하게 웃으며 입을 열었다.

"공작도 공녀에게 나와 같은 선물을 받았나 보군?"

"……예?"

"그러고 보니 내 애뮬릿에는 어떤 효과가 있는지 묻지 못했군. 공작이 착용한 것은 무슨 주문이 새겨진 것이지?"

'저런 미친놈! 닥쳐!'

나는 들려오는 엄청난 소리에 입을 떡 벌렸다. 황태자가 태연하게도 지껄인 말에 공작과 데릭, 레널드, 셋의 시선이 동시에 내 쪽으로 향했다. 그리고.

'호감도 −1%'

[호감도 29%]

'호감도 −1%'

[호감도 30%]

30%였던 데릭과 31%였던 레널드의 호감도가 차례대로 떨어졌다. 만약 공작에게도 호감도 게이지 바가 있었다면 그 또한 마찬가지로 떨어졌으리라.

"하……."

분노에 떨며 황태자를 사납게 노려보고 있을 때였다. 불타오르는 내 시선을 느낀 황태자가 나를 바라보며 뻔뻔스러운 낯짝으로 손을 흔들었다.

나는 그 순간 아무렇지도 않게 중지를 들고 마주 흔들어 줄까, 진심으로 갈등했다.

뿌우우우―! 하지만 내 갈등을 현실로 구현하기도 전에 출전을 알리는 뿔피리 소리가 울려 퍼졌다.

"이랴―!"

"이얏!"

말에 올라탄 귀족들이 앞다퉈 숲속을 향해 내달렸다. 두두두두―. 얼마 후 뿌연 모래바람이 잦아들 때쯤, 꽉 차 있던 공터의 중앙은 텅 비었다.

'결국 황태자 말고 아무랑도 인사를 못 했네…….'

아무리 남주들을 최대한 피해 다니고자 마음먹었다지만, 호감도를 깎아 먹을 생각은 전혀 없었다.

멍하니 남주들이 사라진 쪽을 바라보며 정체 모를 자괴감에 휩싸여 있을 때였다.

"페넬로페 에카르트 공녀님?"

문득 누군가가 나를 불렀다. 옆을 돌아보자, 처음 보는 여자가 우아한 미소를 짓고 서 있었다.

"오지 않으실까 우려했는데, 제 초대에 응해 주셨군요. 너무 기뻐요."

"아……."

나는 그녀가 누군지 바로 알아차렸다. 잠시 어떻게 답변할지 고민했다. 지위상으로는 내가 더 높았지만, 여자는 나보다 더 나이가 많아 보였다.

게다가 제국은 미혼보다 혼인을 한 이들을 윗사람으로 대우하는 암묵적인 풍습이 있었다.

"안녕하세요, 도르테아 백작 부인."

고민을 끝낸 나는 이윽고 살짝 고개를 숙이며 예의 바르게 인사했다.

진짜 페넬로페였다면 '당신 누구야?' 내지는 '응해 준 것을 영광으로 알아.' 등의 오만방자한 말들을 내뱉었겠지만…….

— 이 기회에 페넬로페 너도 사교계에 새로이 입지를 다지는 게 좋겠다.

불현듯 아침 식사 중에 기대 어린 눈으로 나를 보던 공작의 눈이 떠올랐기 때문이다.

"초대해 주셔서 감사합니다. 덕분에 기분 좋은 오후를 보낼 수 있게 되었네요."

딱히 초대에 응하고 싶은 마음은 없었다. 그러나 주최자와 직접 마주친 이상 안 간다고 하기도 뭐했다.

'공작가의 미친개'라는 소문보단 정상 같아 보였는지, 내 인사에

도르테아 부인의 눈이 살짝 커다래졌다. 잠시 후, 그녀는 놀란 기색을 지우고 묘한 웃음을 지어 보였다.

"티 파티는 정오부터 이미 시작되었어요. 모두들 모여 있는데, 공녀님도 같이 자리를 옮기실까요?"

도르테아 백작 부인은 뒤로 돌아 안내를 시작했다. 그 뒤를 따르며 나는 방금 전 그녀가 지었던 묘한 웃음을 떠올렸다.

'좀 찜찜한데…….'

하지만 뭐, 나를 죽이려는 남주들이 있는 것도 아니고. 가녀린 여자들끼리 모여 담소를 나누는 곳에서 별일이야 있겠는가.

'재미없으면 적당히 핑계 대고 바로 나오면 되지.'

나는 대수롭지 않게 생각하며 걸음을 옮겼다. 그리고 이 게임이 늘 그렇듯, 당연히 별일이 생겼다.

사냥 대회를 주관하는 숲 초입의 너른 공터 옆에는, 작고 아담한 또 하나의 숲이 있었다. 대회 참가자들을 기다리는 여인들이 푸른 녹음을 보며 사교장을 가지도록 조경해 둔 듯했다.

정중앙에 놓인 꽃으로 장식된 기다란 테이블은, 백작 부인의 말처럼 대부분 자리가 차 있었다.

"여러분!"

주최자가 '짝!' 손뼉을 치며 집중시켰다.

"모두 여길 보세요. 제가 어떤 분을 데리고 왔는지!"

"어머나."

"도착했나 보네요."

도르테아 부인을 따라 장내에 들어서는 나를 본 여자들이 저마다 한마디씩 감상을 내뱉었다. 살랑거리는 부채로 입을 가린 채 말을 하는 사람들이 많아, 그게 긍정적인 반응인지는 알 수 없었다.

'딱히 안 가리고 말해도 되는데.'

어차피 얼굴을 봐도 누군지 다 몰랐다.

티 파티에는 어린 영애부터 나이가 꽤 있는 귀부인까지 다양한 인원들이 참여한 상태였다. 좀 의아한 건, 에밀리를 두고 혈혈단신으로 온 나와는 달리 대부분이 등 뒤에 하녀가 시립해 있다는 것이었다.

게다가 대충 훑어봐도 나처럼 사냥복을 입은 여자는 아무도 없었다. 이미 아까 알아챈 사실이었지만, 홀로 튀는 복장을 한 것을 확인 사살당하는 것 같아 입이 썼다.

'에밀리를 데리고 올걸 그랬나? 하녀를 동행하란 소리는 없어서 놔두고 왔는데.'

약간의 후회가 들었다. 괜히 누군지 못 알아봐서 '상스럽고 예의 없는 공녀'란 소리를 들을까 우려됐다. 그래서 나는 최대한 말을 삼가도록 결심했다.

"초대해 주셔서 감사합니다."

나는 너무 나를 낮춰 보이지 않도록 적당히 고개를 숙였다. 그런 나를 향해 알 수 없는 의중이 담긴 시선들이 속속 꽂혔다. 아까 전 도르테아 부인이 내 인사를 받고 묘한 표정을 지었을 때와 비슷한 느낌들이었다.

"자, 이쪽으로 앉으세요, 공녀님."

다행히 초대해 놓고 방치하는 유치한 짓을 하려는 건 아닌지, 도르테아 부인이 서둘러 나를 앉혔다. 파티의 주최자가 앉는 상석의 바로 옆, 가장 시선이 주목되는 자리였다. 페넬로페의 평판을 생각하면 조금 의외의 처우였다.

"공녀님께 차를 따라 드리렴."

도르테아 부인이 뒤에 서 있던 하녀에게 지시했다. 내 앞 찻잔에 김이 모락모락 나는 노란 찻물이 부어졌다.

"이번에 저희 부군께서 세티나에 사절로 갔다 돌아오며 가져온 귀한 찻잎이랍니다. 드셔 보세요."

나긋나긋한 부인의 권유에 나는 천천히 찻잔을 들었다. 공작에게서 다른 귀족들과 어울리라는 잔소리를 들을 정도로 이런 사교엔 관심이 없던 나였다. 그런데 막상 이런 자리에 앉아 있으려니 영 어색하면서도 좀…….

'아씨, 좀 떨리네.'

조심스럽게 향을 맡은 나는 찻잔을 입에 가져다 대고 한 모금 머금은 척한 후 다시 내려놓았다.

"향이 참 좋네요, 부인."

사실 그렇게 좋지는 않았다. 이국의 것이라 그런지, 찻물에서 미미하게 비위를 자극하는 지린내가 훅 맡아졌기 때문이다.

하지만 이런 자리에서 그것을 곧이곧대로 말하면 안 된다는 것쯤은 알았다.

"그런가요? 공녀님께서 그렇게 말해 주시니 기쁘네요! 모두 그렇죠?"

도르테아 백작 부인은 크게 웃으며 모두에게 동조를 구했다.

"그러게 말이에요."

"그것참 기쁜 소식이네요."

이번에도 몇몇 여자들이 부채로 살랑살랑 입을 가리며 대꾸했다. 꽤 성황리에 내 첫 인사가 마무리된 눈치이자, 나는 속으로 내심 안도의 한숨을 쉬었다. 그때였다.

"공녀님! 전야제에서 엄청난 활약을 하셨다면서요?"

내 맞은편에 앉아 있던 영애 한 명이 의자를 바짝 당겨 앉으며 물었다.

열다섯, 열여섯 살쯤 됐을까. 아직 많이 어려 보이는 소녀의 커다란 눈동자가 호기심으로 반짝반짝 빛났다.

"아. 뭐, 엄청난 활약까진……."

나는 어색하게 웃으며 손사래를 쳤다.

'겸양은 귀족의 미덕이지.'

그리고 홀로 뿌듯해했다. 그런 내 태도에 이름 모를 영애는 사랑스럽게 양 볼을 붉히며 방방 외쳤다.

"어제부터 공녀님의 이야기로 황궁이 계속 들썩이던걸요!"

"아하, 그런가요?"

그녀는 돌연 시무룩한 얼굴로 덧붙였다.

"네. 저는 몸이 좋지 않아 일찍이 카바나로 돌아가서 미처 보지 못했지 뭐예요……."

"아니, 아리스 영애. 그 진귀한 장면을 놓쳤단 말이에요?"

내가 채 답을 주기도 전에, 화들짝 놀라 묻는 소리가 들렸다.

나는 그쪽을 흘끔 살폈다. 그러나 부채로 입을 가리고 있는 이들 중 하나라 얼굴이 구분 가지 않아 금방 관심을 껐다.

'……아리스 영애구나.'

나는 대신 먼저 호의를 표해 준 영애의 이름을 속으로 되뇌었다. 나중에 난감한 일이 없도록 외우는 것도 있었지만, 공작의 말마따나 또래 영애들과 친목을 다지기 위해서였다.

그러는 사이, 앉아 있는 여자들이 나를 주제로 한 담소를 나누기 시작했다.

"에카르트 공녀가 어찌나 활을 잘 쏘던지, 쏘는 족족 마물들이 죽어 나가는 모습이 장관이었어요!"

"정말요? 아, 너무 보고 싶다아……."

"맞아요. 아리스 영애는 어제 일찍 연회장을 빠져나간 것을 두고두고 후회할 거예요."

"그런데 공녀, 어쩜 그리 활 솜씨가 빠른 시일 내에 상승할 수 있었던 거죠?"

입을 여는 것은 대부분 나이가 좀 있는 귀부인들이었다. 어느새 그네들이 자신보다 지위가 높은 나를 은근히 하대했다. 그것을 곧바로 눈치챘지만, 굳이 내색하진 않았다. 어디에나 있는 텃세였다.

'그간 평판도 최악이었는데 뭐, 이 정도면 양반이지.'

괜히 기분 나쁜 티를 내어 잘 흘러가는 분위기를 망칠 필요는 없었다. 하여 나는 적당한 웃음으로 얼버무렸다.

"좋은 스승을 두고 열심히 연습하다 보면 석궁 실력은 금방 늘기 마련이에요."

"어머나…… 이번엔 또 누굴 맞히시려고 연습까지 하셨을까?"

그때 대각선 쪽에 앉아 있는 여자가 장갑 낀 손으로 입을 가리며 중얼거렸다. 퍽 조롱기가 다분한 목소리였다.

"……네?"

나는 내가 제대로 들은 게 맞나 싶어 여자를 유심히 바라보았다. 파란 머리칼이 인상 깊은, 내 나이 또래의 영애였다. 나와 눈이 마주치자 눈인사라도 하듯, 그녀의 눈매가 예쁘게 휘었다.

'뭐지?'

방금 들은 말이 나를 향한 비아냥거림이라는 생각을 못 할 만큼 유순한 얼굴이었다.

"아하하, 켈린 영애는 어제 공녀님의 활약을 보았나요?"

그때, 주최자가 잠시 얼어붙은 대화를 자연스럽게 이끌었다. 문득 기시감이 들었다.

'켈린 영애? 어디서 많이 들어 본 이름인데…….'

그러는 와중 켈린 영애란 여자는 활짝 웃는 낯으로 대꾸했다.

"물론이지요, 부인."

"어떠셨어요, 영애? 자세히 말 좀 해 주세요!"

아리스 영애가 다시 방방 몸을 들썩이며 마구 졸랐다. 분명 내 이야긴데 어째, 점점 주체는 내가 아니게 되는 듯한 기분이 들었다.

그러나 아무도 그렇게 생각하지 않는지, 다들 찬찬히 떼지는 켈린 영애의 입술에 시선을 집중했다.

"사실 저는 공녀님이 석궁을 쏘는 내내 안심했답니다."

"어떤 안심을요?"

"아, 그러고 보니 켈린 영애는 작년부터 공녀님의 활 솜씨를 무척이나 찬사해 왔죠?"

귀부인들이 연달아 켈린 영애의 말을 받아 응수했다.

'내 활 솜씨를 찬사했다고? 그럴 리가 없을 텐데…….'

말도 안 되는 귀부인의 말에 고개를 갸웃거리던 순간. 번뜩 어떤 사실이 머리를 스쳐 지나갔다.

'헐.'

나는 그제야 저 파란 머리가 누군지 깨달았다. 내가 직접 한 일도 아닌 데다가, 마주칠 일이 전혀 없을 거라 생각했기에 까맣게 잊어먹고 있었다.

'작년에 걔……!'

석궁으로 쏴 죽이겠다고 날뛴 페넬로페 덕분에 사냥제의 퀸이 된 바로 걔.

'망했다.'

등줄기로 섬뜩한 한기가 스쳐 지나갔다. 어쩐지 이 자리가 페넬로페, 아니 내게는 썩 좋지 못한 자리일지도 모른다는 불안한 예감이 들었다.

"작년 사냥 대회 때의 공녀님이 떠올라서요."

그렇게 내적 폭풍을 맞고 있을 적, 켈린인지 켈로근지는 태연스레 말을 이었다.

"제 근처에 날아다니는 모기를 화살로 잡는 묘기를 보여 주신다며, 제게 석궁을 겨누셨거든요."

"세상에!"

그녀의 말에 모든 이들이 나를 곁눈질하며 감탄 비슷한 소리를 하나씩 내놓았다.

"그 소문이 정말 사실이었단 말이에요?"

도르테아 부인이 호들갑을 떨며 되물었다.

"어떤 소문인지는 모르겠으나, 공녀님은 절대로 몰상식하고 품위 없는 이유로 제게 석궁을 겨눈 것이 아니에요. 오해들 마세요. 모기를 잡아 주겠다고 친절을 베푸신 것이죠."

빙긋 미소 지으며 대답하는 파란 머리의 꼴이 그렇게 얄미울 수가 없었다.

'야. 그냥 대놓고 욕해 달라고 해라.'

면전에서 배배 꼬아 험담하는 실력이 아주 수준급이었다. 나도 이렇게 부아가 치밀진대, 작년의 페넬로페는 대체 얼마나 열이 받았으면 물불도 안 가리고 쏴 죽이겠다고 난리를 쳐 댔을까.

"작년의 일로 공녀님에 대해 좋지 않은 말들이 돌아다녀 마음이 많이 무거웠는데, 참 다행이에요."

그러나 험담은 거기서 끝나지 않았다. 파란 머리는 나를 바라보며 쐐기를 박았다.

"어제는 작은 모기도 아닌 집채만 한 마물을 맞힌다고 나선 것이니, 사람을 잘못 맞힐 걱정은 안 해도 되지 않겠어요?"

"……."

"공녀님이 장님도 아니고 말이에요."

직역하면, '장님도 아닌 이상에야 그 커다란 마물을 못 맞히는 게 말이 안 된다.'라는 소리였다.

왜 불안한 예감은 한 번도 빗겨 나가질 않는 걸까. 이 모임에 나를 참여시키기 위해 이른 아침부터 공작에게 직접 하녀를 보냈던 취지를 이제야 알 것 같았다.

'어쩐지. 웃는 것들이 영 묘하다 싶더니……'

파란 머리를 필두로 덫을 놓는 데 성공한 여자들이, 오늘의 사냥감을 향해 신나게 독침을 쏘기 시작했다.

"저도 소싯적에 활을 좀 배웠었는데, 다음에는 공녀님처럼 커다란 마물을 과녁 삼아 연습해 봐야겠어요."

"그러고 보니 공녀님! 오늘 입고 오신 의복이 참 잘 어울리시네요."

기어코 의복 얘기까지 나왔다.

"감사합니다."

내 쪽으로 훅 쏠리는 눈빛들에 나는 그냥 모르는 척 대꾸했다.

"푸흐!"

그러자 이곳저곳에서 명백한 비웃음이 터져 나왔다.

'에휴. 한주먹거리도 안 되는 것들이…….'

짜증은 났지만, 사실 나와 직접 관련된 일은 아니기에 참을 만했다. 이 몸이 과거에 저질러 놓은 일인 것을, 이제 와서 뭘 더 어쩌겠는가.

'괜히 더 난리 쳤다가 공작이나 데릭의 귀에 들어가기라도 한다면…….'

그때 가선 생명과 직결되는 문제가 될 수도 있다.

게다가 당사자보다 더 기대감 서린 눈으로 티 파티 초대를 전하던 공작에게 조금 미안한 마음이 들었다. 그렇기에 나는 더 흠이 잡히지 않을 만큼만 자리나 지키다 갈 생각이었다.

비웃음에도 별 동요 없는 내 모습에 조금 안달이 났는지, 파란 머리가 또 한 번 입을 털었다.

"공녀님은 오늘도 마물 사냥을 나서려는 모양이신가 보죠?"

"어? 그러고 보니 그 석궁, 어제 마물을 처치한 석궁 맞죠?!"

아리스 영애가 손가락으로 등에 멘 석궁을 가리켰다. 이 모임의 취지를 알아서인지 그조차 무례하게만 느껴졌다.

"네."

나는 성의 없이 답했다. 표정 관리용으로 얼굴에 은은히 띠고 있던 미소 또한 집어치운 지 오래였다.

"어머, 잘됐어요!"

아리스의 말을 들은 도르테아 부인이 짝, 손뼉을 치며 말했다.

“공녀님, 아리스 영애가 어제 공녀님의 모습을 보지 못해 무척이나 아쉬워했지 뭐예요. 이왕 석궁까지 메고 오셨는데, 활 솜씨 좀 뽐내 주세요, 네?”

“마침 걸맞은 의복도 차려입으셨겠다, 그거 괜찮겠네요!”

켈린이 말을 받았다.

“사실 제가 얼마 전에 생일 선물로 커다란 곰 인형을 받았거든요. 오늘 티 파티에 참석하신 분들께 보여 드리려고 부러 챙겨 왔는데, 그것을 과녁으로 사용하면 딱이겠어요.”

“어머, 켈린 영애! 소중한 선물에 구멍이 나면 어쩌려고요?”

“어제의 마물보다는 훨씬 작아서, 어쩌면 그런 일이 벌어지지 않을 수도 있지 않을까요?”

“호호호호, 맞는 말이에요. 그럴 수도 있겠네요.”

귀부인들이 다시금 부채를 살랑거리며 까르르 웃음을 터뜨렸다.

“준비해 놓은 것을 가져오렴.”

“네, 아가씨.”

내게 허락의 말을 듣지도 않은 채 켈린은 멋대로 무대를 꾸미기 시작했다.

‘오호라. 과녁까지 이미 준비해 두셨다?’

나는 어디까지 하는지 구경이나 하자 싶어서, 등받이에 한껏 등을 기대고 팔짱을 낀 채 가만히 지켜보았다. 점점 거만하게 흐트러지는 내 태도에 눈초리들이 뾰족해졌다.

얼마 후 자리를 떴던 하녀가 본인의 몸통만 한 커다란 곰 인형을 들고 뒤뚱뒤뚱 걸어왔다. 그리고 켈린의 뒤쪽에서 약간 떨어진 곳에 선 채 물었다.

"과녁은 어디다 두는 게 좋을까요, 아가씨?"

"공녀님, 어느 거리가 괜찮으시겠어요? 저는 이 정도 거리면 적당할 듯한데."

켈린은 쿡쿡 터져 나오는 웃음을 필사적으로 참는 얼굴로 서 있는 하녀를 가리켰다.

"코앞이니 작년처럼 사람을 쏠 뻔한 위험도 적을 테고요. 안 그런가요, 여러분?"

그녀의 물음에 여자들이 너도나도 고개를 끄덕이며 동조했다.

"켈린 영애의 말이 맞네요. 그 정도가 적당하겠어요. 괜히 너무 멀리 떨어졌다가 눈먼 화살이 잘못 튀기라도 하면 큰일이잖아요."

"어서 일어나서 저희에게 솜씨 좀 뽐내 보세요, 공녀."

"와아! 너무 기대돼요!"

아리스 영애가 어린아이처럼 손뼉을 '짝짝' 마주쳤다. 소녀의 반질반질한 눈동자를, 호기심으로 착각했던 조금 전의 내가 한심하게 느껴졌다.

'어떻게 보면 호기심은 호기심이지.'

그건 마치, 동물원의 침팬지나 묘기를 부리는 광대를 구경하는 듯한 눈빛이었다.

맨 처음 바람잡이로 그녀를 이용했기에 내가 사양할 수 없게끔 분위기를 조성한 것일 터였다. 굳이 더 돌아볼 것도 없었다. 모두가 아리스와 비슷한 조롱 어린 눈빛으로 날 보고 있을 테니까.

때문에 나는 귀족들을 부추겨 이 자리를 계획했을 주동자를 빤히 응시했다. 그녀는 표정이 사라진 나를 보며 입가에 진한 미소를 걸쳤다.

'어디 작년처럼 또 날뛰어 보시지.'

경멸과 희열이 뒤섞인 눈이 내게 그렇게 말하는 것 같았다.

게임 속 페넬로페에게는 두 가지 선택지가 있었다. 저들이 원하는 대로 광대놀음에 어울려 주거나 아니면, 작년처럼 광분해서 다 쏴 죽인다고 날뛰거나.

'진짜 페넬로페였다면 짜증 날 만한 선택지뿐이네.'

바라는 바대로 석궁 실력을 보여 주는 것은 어려울 것 없었다. 하지만 그러면 내일쯤 '티 파티에서 열린, 공녀의 우스꽝스러운 석궁 쇼'가 일파만파 퍼져 있을 것이다.

그렇다고 감히 날 조롱하는 것이냐며 화를 내고 뒤엎는다면…….

'또 여론몰이를 하여 동정표를 얻어서 사냥제의 퀸이 되려 하겠지.'

아마 켈린이 원하는 것은 이것에 가까울 것이다. 겸사겸사 꼴 보기 싫은 공녀를 재기조차 못 하게 사교계에서 완전히 짓밟는다면 더 좋을 테고. 어느 쪽을 선택하든 그녀에게는 하등 나쁠 것이 없었다.

그렇다면 나는.

'둘 다 선택하면 되지, 뭐.'

내가 팔짱을 낀 자세에서 영 움직일 생각이 없어 보이자, 켈린이 고개를 갸웃거리며 나를 불렀다.

"공녀님?"

나는 그녀를 마주 보다가 돌연 픽, 웃음을 터뜨렸다.

"곰 인형은 좀 어려울 것 같은데?"

"……네?"

내 대답에 그녀는 일순 당황했다. 바로 괴성을 터뜨릴 줄 알았던 공녀가 잠잠한 것이 영 이상하게 느껴지는 것 같아 보였다.

"왜, 왜죠?"

"안타깝게도 저 크기로는 제 실력을 보여 드리기 턱없이 부족하거든요."

나는 흘끔 곰 인형을 곁눈질하며 나른하게 읊조렸다.

"세상에!"

도르테아 부인이 호들갑스럽게 끼어들었다.

"그럼 대체 어느 정도 크기여야 공녀님의 실력을 볼 수 있는 것이죠?"

"어제 맞히신 마물 크기의 과녁이라도 필요하신 걸까요?"

타인의 지원에 힘입은 파란 머리가 과도하게 어깨를 늘어뜨리며 중얼거렸다.

"그런데 어쩌죠, 공녀님? 수소문을 해도 그렇게 커다란 인형을 제작하는 장인은 없을 듯한데……."

"오호호호, 그러게요. 너무 안타까운 일이네요!"

그 말에 여기저기서 까르르 웃음이 터져 나왔다.

"글쎄."

드르르륵—. 나는 그 우롱들을 묵살하듯 시끄럽게 의자를 끌며 자리에서 일어났다. 그리고 부드럽고 유려한 손길로 석궁을 앞으로 돌려 메었다.

"네 주둥이 근처에 날아다니고 있는 날파리 정도는 맞혀 줘야 꽤 괜찮은 소문이 나올 것 같은데."

철컥. 마침내 한 명에게 활을 겨누기까지는 물 흐르듯 자연스럽게 이루어졌다.

"다들 어떻게 생각하지?"

나는 눈을 내리깔고 주위를 쭈욱 둘러보았다. 직전까지 깔깔거리던 여자들의 웃음소리가 천천히 사그라졌다.

아무도 내가 일어나자마자 켈린 영애에게 석궁을 겨누리라고는 바로 알아차리지 못했다. 아무런 예고조차 없었으니까.

켈린을 비롯해 뒤늦게 상황을 인지한 귀족들이 눈을 홉떴다. 그 중 부채를 살랑이며 아까부터 신경을 거슬리게 하던 나이 많은 귀부인 하나가 호통치듯 소리쳤다.

"에, 에카르트 공녀! 이, 이 무슨……! 어찌 또다시 사람에게 활을 겨눌 수……!"

"공녀?"

나는 차갑게 여자의 말을 끊었다. 그리고 마주 볼 가치도 없다는 듯, 눈동자만 스르륵 옮긴 채 무참히 짓밟았다.

"언제부터 에카르트의 이름이 얼굴도 모르는 노파의 입에까지 함부로 오르내리기 시작했을까?"

"그…… 그런……."

얼굴도 모를 만큼 한미한 가문이란 말이 퍽 수치스러웠는지 귀부인의 얼굴이 시뻘겋게 달아올랐다.

하지만 내게 차마 더 반발하지 못했다. 티 파티 내에서는 나이가 많다는 것으로 존중받았을지 모르나, 제국은 철저한 계급주의였기 때문이다.

다과회가 열린 소담스러운 숲속에 어울리지 않는 숨 막히는 정적이 내려앉았다.

"……공녀님, 진정하세요."

켈린 영애가 생각보다 침착한 얼굴로 지껄였다.

"자꾸 이러시면 저번처럼 근위병을 부를 수밖에 없어요. 그러면 공녀님의 입지도 곤란해지시지 않을까요?”

도발이었다. 나를 빡 돌게 만들려는 심산인.

티 파티가 열리는 숲 바로 옆 공터에 근위병들이 주둔하고 있었다. 작년의 페넬로페가, 쏠 줄도 모르면서 석궁을 든 채 괴성을 지르며 날뛰었을 것이 안 봐도 뻔했다. 소란을 들은 근위병들이 바로 뛰어오기 충분할 만큼.

그녀가 느닷없이 무기를 졸랐던 이유가 위협용이자 자기방어용이란 것을 추측하기는 어렵지 않았다.

속성으로 석궁을 배우던 나는, 이 몸이 무예에 소질이 조금도 없다는 것을 깨달았다. 조금이라도 활을 쏠 줄 알았다면 이렇게까지 손가락이 매끈하고 팔 근육이 전무할 리 없었다.

‘바보 같은 계집애.’

조금만 머리를 쓰면 손쉽게 기를 꺾어 놓을 수 있다는 것을 왜 몰랐던 걸까.

근위병을 들먹거렸음에도 고요하기만 한 내 모습에, 여자의 얼굴 위로 스멀스멀 불안감이 엄습했다.

“이번에는 작년처럼 쉽게 넘어가지 않을 거예요. 그러니 제게 겨눈 석궁을 내리…….”

“그럼 가서 불러오든가.”

나는 다시 한번 픽, 입꼬리를 비틀어 올리며 턱짓했다. 그런 내 반응에 여자들의 얼굴에 하나같이 경악이 서렸다.

‘악을 지르고 길길이 날뛰어도 진즉에 날뛰었을 공녀가, 제 입으로 근위병을 불러오라 한다.’

기가 막히는 노릇이었는지 파란 머리는 생경함이 담긴 눈빛으로 나를 다시 보았다.

"그런데……."

나는 아무것도 모른다는 듯, 천진한 미소를 지으며 고개를 살짝 기울였다.

"근위병을 불러오는 게 더 빠를까, 아니면 내가 움직이는 것들을 쏴 맞히는 게 더 빠를까?"

"허, 허억……!"

근처에서 날카롭게 숨을 집어먹는 소리가 들렸다. 멍청해 보이기 그지없던 작년과는 썩 다른 기세 때문일까.

"가서 불러와 보라니까? 응?"

당장이라도 근위병을 부르러 갈 것처럼 흠칫대던 하녀들 또한 아무도 움직일 생각을 못 했다. 숨소리 하나 들리지 않는 고요한 숲속.

따가악……. 내 손가락이 천천히 방아쇠를 더듬는 소리만 음산하게 울렸다.

"고, 공녀님! 이, 이러시면……!"

켈린 영애가 다급하게 나를 불렀다.

'공작가의 미친개가 정말로 사람을 쏴 죽이려 한다.'

이제야 심각성이 좀 느껴지는지, 끝까지 침착했던 파란 머리의 눈동자가 두려움으로 완전히 젖어 든 채 마구 흔들렸다.

그리고, 철컥. 누가 들어도 방아쇠를 당기는 소리가 커다랗게 울려 퍼졌다.

"흐으……!"

켈린 영애를 포함한 여자들이 허옇게 질린 얼굴로 눈을 질끈 감았을 무렵.

"빵."

나는 입으로 총성을 흉내 냈다. 당연하게도, 쏘아져 나가는 구슬은 없었다.

"농담이에요."

나는 씨익 웃으며 겨누고 있던 석궁을 내렸다.

"딸꾹."

맞은편에 앉아 있던 아리스 영애가 딸꾹질을 터뜨렸다. 방금 전까지만 해도 멸시와 조롱이 가득했던 얼굴들이 어느새 짙은 공포로 잠식되어 있었다.

'나 진짜 천상 악녀가 봐.'

그 꼴이 불쌍하기보단, 꽤 볼만하게만 느껴졌다.

"뭘 그렇게들 겁을 먹고 그러실까."

"……."

"장전도 안 했어요, 여러분."

나는 석궁을 한 손으로 쳐들고 방아쇠를 두어 번 더 딸깍딸깍 잡아당겨 보였다. 안전하다는 것을 보여 주기 위함일 뿐인데, 그때마다 가녀린 어깨들이 퍼뜩퍼뜩 떨렸다.

나는 석궁을 다시 등 뒤로 둘러멨다. 그리고 테이블을 둘러보며 아무 일도 없던 것처럼 굴었다.

"표정들 풀어요, 응?"

마치 짓궂은 장난을 친 후 반응이 시원찮아 보이자 입술을 삐죽이는 말괄량이 소녀처럼, 코를 찡긋하며 말했다.

"반응이 이래서야 내가 꼭 티 파티를 망치러 온 악당 같잖아요. 여러분께 정식으로 초대받아서 온 건데."

"……."

"안 그래요, 도르테아 부인?"

주최자를 돌아보며 묻자, 그녀가 불현듯 제자리에서 펄쩍 뛰었다.

"그, 그럼요, 공녀님!"

빠르게 정신을 되찾은 그녀가 황급히 소리쳤다.

"여, 여러분, 모두 웃으세요. 고, 공녀님이 저희에게 웃음을 주시기 위해 이렇게 재미있는 장난도 쳐 주신걸요?"

그러나 그 장난에 웃는 사람은 아무도 없었다.

"저는 이제 진짜 사냥을 하러 가야 해서 먼저 일어날게요."

나는 의자 뒤편으로 빠져나왔다. 나 때문에 분위기가 얼어붙었으니, 민폐를 끼친 사람이 응당 자리를 피해 줘야 마땅하지 않겠는가.

떠날 채비를 마친 나는 아쉽다는 표정으로 덧붙였다.

"안타깝게도 과녁을 맞히는 모습은 보여 드릴 수 없을 것 같네요. 제 석궁의 볼트는 화살이 아닌 마법이 걸린 구슬이라서요."

"……."

"다음에 기회 되면 꼭 보여 드리죠."

몸을 돌려 걸어가려던 찰나.

"아참."

나는 깜빡 잊고 전하지 못한 것이 있는 것처럼, 다시 걸음을 멈추고 테이블로 고개를 돌렸다.

"무슨 마법일지 궁금해하실 분들이 계실까 봐 특별히 말씀드리는 건데……"

"……."

"제 석궁의 구슬은, 맞는 것들을 백치로 만드는 마법이 걸려 있어요.”

태연하게 거짓을 내뱉으며, 이 일을 꾸민 주범을 시작으로 한 사람 한 사람 눈을 맞췄다.

“누구 덕분에 1년간 사냥을 못 해서 몸이 퍽 근질거렸거든요. 사냥감을 잔뜩 잡기 위해 이런 구슬을 따로 제작할 만큼.”

다시 처음으로 돌아가 파란 머리에게 시선을 고정했다. 나는 빙긋 미소 지으며 마지막으로 쐐기를 박았다.

“물론 소동물용으로 제작한 거라 맞아도 죽지는 않겠지만…….”

“…….”

“사람에게도 마법이 통할지 좀 궁금하네.”

그리고 켈린 영애의 얼굴이 졸도할 사람처럼 퍼렇게 변해 가는 것을 배경 삼아 뒤돌았다.

입조심하라는 협박을 마치고 중앙 공터로 이어지는 길에 막 올랐을 때였다. 불현듯 눈앞이 환해졌다.

〈SYSTEM〉 평판 하락으로 인해 명성이 −10 되었습니다. (total : 80)

명성이 떨어졌다. 나는 잠시 입술을 삐죽이다가 대수롭지 않게 시스템 창을 지나쳤다.

호감도처럼 목숨과 직결된 게 아니고서야……. 평판이든 명성이든 마구잡이로 떨어져도 내 알 바 아니었다.

Chapter 7

Chapter 7

"이봐. 소동물 사냥 구역은 어디로 가야 하지?"

지나가던 근위병 하나를 붙잡고 길을 물은 나는, 대답을 들은 후 아침에 생각했던 본 목적을 위해 걸음을 옮겼다. 사냥터의 초입을 지나면 바로 갈래 길이 나오는데, 오른쪽 길이 내가 가려는 목적지였다.

'뭘 잡아다 주지?'

무기질적인 잿빛 눈동자를 떠올리며 나는 가벼운 발걸음으로 숲길을 거닐었다. 하지만 막상 가 본 길 저편은 내가 상상하던 소동물 사냥터가 전혀 아니었다.

"이게 뭐야……."

나는 끝없이 펼쳐진 울창한 나무와 풀숲을 황망히 바라보았다.

내가 생각했던 것은 당연히 시종들이 소동물만 따로 모아 일정한 구역에 울타리를 쳐 두고 가둬 두는 것이었다. 초보자도 쉽게 체험

할 수 있도록.

"아이들도 잡을 수 있는 곳이라며. 이건 그냥 숲이잖아."

그렇다. 이건 그냥 숲이었다. 사방을 샅샅이 둘러보아도 소동물은 코빼기도 비치지 않았다.

갈림길을 기점으로 대형 동물과 소형 동물을 따로 풀어 놓는 식으로 대충 구색만 맞춰 둔 듯했다. 어차피 어린아이를 데리고 오는 부모들도 드물고, 여성 귀족들은 대부분 참여하지 않으니.

"하…… 이 게임은 뭐가 이렇게 하나씩 이상한 거야."

나는 불만을 구시렁대며 터덜터덜 숲길을 따라 걸었다. 그나마 다행인 것은 길이 잘 다져져 있어 길을 잃을 일은 없다는 것이었다.

그러나 길을 따라 더 깊숙이 들어간다고 하더라도 내가 과연 자유롭게 뛰어다니는 재빠른 동물들을 잡을 수 있을지, 아니, 발견이나 할 수 있을지도 의문이었다.

'이왕 여기까지 온 김에 산책이나 하고 간다고 생각하자.'

나는 깔끔하게 사냥을 하겠다는 다짐을 포기하고 길을 거닐었다. 하지만 얼마 걷지 않아 그것은 섣부른 포기였다는 사실을 깨달았다.

'와! 토끼다!'

눈처럼 새하얀 토끼가 얼마 떨어지지 않은 곳에서 깡충깡충 뛰고 있었다. 어지간히도 많이 풀어 놓긴 했는지, 한 마리도 아니고 무려 네 마리나 됐다.

'귀여워…….'

사실 나는 태어나서 강아지나 고양이 외의 동물은 처음 보았다. 남들은 지겹도록 갔다 왔다던 동물원을 한 번도 못 가 봤기 때문이다.

때문에 고대하던 사냥감을 발견했음에도 바로 잡을 생각을 하지 못했다.

'안 돼! 가지 마!'

미적거리는 사이, 인간의 기척을 기민하게 알아챈 토끼 무리들이 빠른 속도로 도망가 버렸다.

나는 시무룩해져서 다시 길을 걸었다. 얼마 가지 않아 다시 방금 전과 같은 일이 반복됐다.

다람쥐, 청설모, 너구리, 닭, 살쾡이, 작은 사슴까지. 소동물을 풀어 둔 구역이 맞긴 맞는지 걸음을 옮기는 족족 사냥감을 마주쳤다.

슬프게도, '마주치기만' 했다. 구경하거나 석궁을 돌려 메는 사이에 사냥감들은 빠르게 도망가 버렸다.

'아씨…… 사냥 초보 티 너무 나잖아.'

주변에 나 혼자뿐이라 다행이었다. 괜한 객기로 공작을 따라 사냥에 정식으로 참여했다면 큰일 날 뻔했다.

몰려오는 자괴감에 나는 반쯤 해탈한 채 아예 석궁을 바로 쏠 수 있는 자세를 취한 채 걸었다.

점점 더 깊은 숲속으로 들어가던 중이었다. 나는 이제껏 만난 그 어떤 것보다 마음에 드는 사냥감을 발견했다.

'대박.'

이클리스의 눈동자 색과 똑 닮은 잿빛 털의 여우였다.

'저거다!'

단번에 확신했다. 저것이 내가 오늘 잡아서 가져가야 할 사냥감이라는 것을.

잿빛의 여우는 경사 아래 작은 개울가에서 목을 축이고 있었다. 희귀한 종류이긴 한지, 다른 동물들과 달리 딱 한 마리뿐이었다.

'놓치면 국물도 없는 거야.'

나는 신중히 발을 옮겼다. 비탈에 있는 한 그루의 나무가 겨눌 수 있는 각도를 미묘하게 가리고 있었기 때문에 좀 더 가까이 가야 했다.

소리 내지 않기 위해 조심스레 움직이던 나는, 이윽고 목표했던 나무까지 당도했다. 나무 기둥에 반쯤 몸을 숨긴 채 천천히 크랭크를 돌렸다.

그 순간 여우의 귀가 쫑긋거렸다. 하지만 기척을 느낀 것은 아닌지 여전히 물을 할짝대는 중이었다.

철컥. 마침내 장전이 끝났다. 나는 천천히 석궁을 들어 활을 겨눴다. 활 몸의 정중앙에 목표물이 완벽하게 들어왔을 무렵. 한가로이 물을 마시던 여우가 갑작스레 고개를 쳐들었다. 그리고 내가 방아쇠를 당김과 동시에 내달리기 시작했다.

타앙—!

한 끗 차이로 발사된 구슬이 빗나갔다. 위협을 감지한 여우와의 거리가 순식간에 벌어지기 시작했다.

'놓치면 안 돼!'

다 잡은 사냥감을 코앞에서 놓친 사냥꾼의 마음이 이런 것일까.

나는 여우의 뒤를 쫓아 무작정 달리기 시작했다. 간발의 차로 잡지 못한 게 너무 아깝고 안달 났다.

'금방 다시 잡을 수 있어!'

안타깝게도 그것은 내 오만이었다. 여우는 엄청나게 빨랐다. 저 작은 몸집에 어떻게 저런 속력과 체력이 나오는지 믿기지 않을 만큼.

뒤따라 달리고 싶은 마음이 굴뚝같았지만 나약한 몸뚱이는 얼마

뛰지 않아 금방 지쳐 버렸다.

"헉, 허억……."

나는 결국 여우를 놓치고 말았다. 하지만 그놈의 여우가 문제가 아니었다. 사냥감을 쫓느라 정신없이 달린 탓에 숲 깊숙한 곳까지 들어온 것이었다.

"여기가 대체 어디야……."

주변을 둘러보니 잘 다져 있던 길마저 찾을 수 없었다.

"하…… 일단 표식부터 찾자."

숲이라 해 봤자 어차피 황궁 내에 있다. 혹시 모를 실로(失路)를 방지하기 위해 사냥터 곳곳에 표식들이 설치되어 있다는 것을 용케 떠올렸다.

사냥에 완전히 실패한 나는 터덜터덜 걸음을 옮겼다.다행히 나무에 묶인 황금색 천을 금방 찾을 수 있었다.

"다행이다……."

나는 안도했다. 이제 저것을 따라 걷다 보면 다른 이들을 만나거나, 숲을 빠져나갈 수 있을 것이기에.

그러나 나의 패착은, 표식의 색깔이 무엇을 뜻하는지까지는 기억해 내지 못했다는 것이다.

"크으, 크워어—."

얼마 걷지 않아 나는 또 다른 사냥감을 만날 수 있었다. 아니, 주객이 바뀌어 나를 사냥할 사냥꾼이라 칭할 수 있는 동물을.

"크워어어—!"

"악! 뭐야!"

예고 없이 갑자기 수풀 저편에서 튀어나온 거대한 곰을 보고 나는 입을 떡 벌렸다.

그제야 기억이 났다. 황금색 표식이 사자와 호랑이 같은 맹수들을 풀어 놓은 구역을 뜻한다는 것을.

그 순간이었다.

〈SYSTEM〉 돌발 퀘스트 발생! 흥분한 거대 불곰이 나타났다!

[거대한 곰]을 사냥하여 [퀸]이 되기 위한 초석을 다지시겠습니까? (제한시간 : 30초, 보상 : 거대한 곰 가죽과 쓸개, 명성 +50, [???]의 호감도 +5%)

[수락 / 거절]

'이 미친 게임아, 전개가 왜 이렇게 되는 건데!'

나는 떠오른 시스템 창을 보며 기가 막혀서 부들부들 떨었다.

"크르으……."

내 키의 족히 두 배는 돼 보이는 커다란 맹수는 인간을 알아보고 콧김을 씩씩 내뿜으며 경계했다. 동물이 아니라 괴물이라 해도 믿을 만큼 엄청난 크기였다.

'대체…….'

나는 혼미해지는 정신을 가까스로 붙들고 맹수와의 거리를 재었다. 곰과는 석궁을 쏠 수 있을 만큼 꽤 떨어져 있었다. 물론 거리와 관계없이 야생 곰이 얼마나 빠르고 위험한지 잘 알고 있었다.

하지만 그나마 '돌발 퀘스트'를 위한 게임의 안배가 있긴 있는지, 곰은 어깨와 다리에 화살이 하나씩 꽂힌 채 피를 흘리고 있었다. 다른 사냥꾼들에게 쫓기다가 하필 최약체인 나를 맞닥뜨린 것 같았다.

"크허어엉—!"

화살과 피 따윈 눈에 들어오지도 않을 만큼 곰이 살벌하게도 우짖었다. 살기등등한 눈이 금방이라도 내게 달려들 것 같았다. 다친 다리를 절뚝거리는 게 보였지만, 나는 그게 조금도 다행으로 느껴지지 않았다.

'X발…….'

나는 좌절했다.

'무슨 연애 시뮬레이션 게임에서 곰 사냥까지 해야 되냐고요!'

눈물을 머금고 [수락]을 눌렀다. 선택의 여지가 없었기 때문이다.

〈SYSTEM〉 가지고 있는 무기로 [빨간 점]을 타격하십시오!

~START!~

'30'

"크우워어어어!"

네모 창에 새로운 글이 뜨는 것과 동시에 곰이 내게로 돌진하기 시작했다.

"아악!"

나는 글을 제대로 읽어 볼 새도 없이 허겁지겁 석궁을 겨눴다. 다시 보니 네 발로 달려오는 곰의 머리, 몸, 다리 세 곳에 축구공만 한 빨간 점이 깜빡거렸다. 그리고 허공에 막 '29'로 떨어진 숫자가 보였다.

익숙한 장면이었다. 노멀 모드에서도 이러한 게임 속 '미니 게임'이 존재했었기 때문이다.

'하지만 그건 기껏해야 틀린 그림 찾기나 퍼즐 맞추기였잖아!'

악녀로 빙의한 것도 서러워 죽겠는데, 왜 하드 모드는 주어지는 퀘스트마저 우악스럽기 그지없단 말인가!

천만다행이게도 다리의 부상이 큰지 곰이 달려오는 속도가 느렸다. 나는 그동안 연습해 온 것들을 되살려 깜빡이는 빨간 점을 겨눴다.

과녁의 크기가 커서 다행이었다. 우선 가장 맞히기 쉬울 것 같던 몸통 쪽부터.

철컥, 타앙—!

"쿠오오오오!"

달려오던 곰이 우뚝 멈춰서더니 괴성을 지르며 경련했다. 구슬이 적중해 충격이 가해진 탓이었다.

'맞혔다!'

나는 가쁜 숨을 몰아쉬며 심장을 쓸어내렸다.

"하아, 하아……."

나도 모르는 새 어찌나 긴장했는지 뒷목이 식은땀으로 흥건했다.

'이제 다 끝난 거겠지?'

나는 숨죽인 채 곰이 쓰러지기를 기다렸다. 그런데 맞혔는데도 성공했다는 퀘스트 창이 뜨지 않았다. 게다가.

'21'

커다란 숫자가 여전히 허공에 뜬 채 카운트되고 있는 게 아닌가.

"크르으……."

나는 허겁지겁 시선을 내렸다. 비틀거리던 곰이 조금 멍한 표정으로 한차례 투레질을 했다. 그러더니 번뜩 고개를 쳐들었다.

"크르르르!"

눈이 마주쳤다. 쓰러지긴커녕, 곰은 마주한 먹잇감을 보며 이를 드러냈다. 거대한 몸통에 있던 빨간 점 하나가 사라지고 남은 두 개가 계속 깜빡거렸다.

"설마……."

식은땀 한 줄기가 이마를 타고 흘렀다.

'세 개를 모두 맞혀야 되는 거……?'

예상치 못한 상황에 당황하고 있을 즈음.

"쿠오오오오—!"

곰이 다시금 뛰어오기 시작했다. 방금 전보다 속도가 훨씬 빨랐다. 나는 그 이유를 알아차렸다. 구슬에 걸린 마법 때문에 찰나의 기억이 지워져, 순간적으로 다리의 고통을 잊은 것이다.

"어, 어……."

빠르게 가까워지는 거리에 나는 겁에 질린 채 뒷걸음질 쳤다. 침착함을 잃은 손이 자신도 모르게 마구 방아쇠를 당겼다.

타앙—! 탕, 탕! 구슬이 몇 발 더 쏘아져 나가 맹수의 몸에 적중했다.

"크르르, 쿠워어어!"

방금 전과 같은 일이 반복됐다. 충격으로 잠시 경련을 하던 곰은 몽롱한 표정으로 투레질을 한 후 나를 발견하고 다시금 달려오기 시작했다. 쿵, 쿵. 육중한 무게로 인해 미약한 진동이 울렸다.

'뭐야! 어떡해!'

이제 제한 시간은 '14초'가 남았다. 나는 비틀거리면서도 또다시 돌진하려 드는 곰을 예의 주시하며 빨간 점에 석궁을 겨눴다.

'이거 좀 위험한 것 같은데.'

두려움이 슬금슬금 다리를 타고 올랐다. 너무 정신이 없어서 그런지 자꾸만 화살 끝이 흔들렸다.

나는 숙련된 궁사가 전혀 아니었다. 때문에 과녁을 맞히려면 그 자리에서 움직이지 말아야 했다. 나는 곰과의 거리가 부쩍 가까워지는 것을 감수하고 뒷걸음질 치는 것을 멈췄다.

철컥, 타앙—!

간신히 머리 쪽에 있는 빨간 점 하나를 맞혔다.

"쿠워워어어!"

이번에는 타격이 컸는지, 곰이 괭음을 내며 쓰러졌다. 쿠우우우웅—!

"하아!"

나는 참았던 숨을 몰아쉬며 후다닥 몇 발자국 물러섰다.

'9'

카운트다운은 어느새 채 10초도 남지 않은 상태였다. 이제 다리 쪽에 있는 빨간 점 하나만 맞히면 끝이었다. 헐레벌떡 석궁을 다시 쳐들었다.

그사이 곰이 비척거리며 몸을 일으켰다. 벌써 몇 번을 구슬에 맞았는데도, 참으로 괴물 같은 맷집이었다.

'5'

이제 5초. 급박한 상황이었다. 나는 긴장을 놓지 않은 채 서둘러 석궁을 겨눴다.

마지막 한 번만 더 맞히면 되는데, 마지막답게 고난이도였다. 거대한 덩치의 곰도 수명이 얼마 남지 않았는지, 몸을 제대로 가누지 못하고 계속 비틀거렸기 때문이다. 빨간 점이 깜빡이는 다리가 이리저리 움직였다.

탕, 타앙—! 발사된 구슬이 아슬아슬하게 두터운 다리를 빗겨 나 땅에 맞았다.

'3'

그사이 제한 시간이 끝나기 일보 직전이 됐다.

'……그런데, 시간이 다 끝나면 어떻게 되는 거지?'

문득 섬뜩한 한기가 등골을 타고 흘렀다. 게임 시스템상 곰의 약점이 되는 [빨간 점]을 모두 맞혀야만 곰을 죽일 수 있는 거라면.

'……퀘스트 실패한 후에도 저 망할 곰 새끼가 계속 살아 있을 수도 있다는 거잖아.'

시스템 창과 달리 내가 직접 겪고 구르는 이것은 현실이었다. 석궁에 몇 번을 맞아도 거대한 맹수는 죽지 않았다.

'1'

그리고 마침내 카운트다운이 완료됐다.

타앙—! 머릿속을 점령한 생각 때문에 집중하지 못해 결국, 마지막 일격마저 빗겨 갔다.

〈SYSTEM〉 [거대한 곰 사냥하기] 퀘스트 실패!

또 한 번 도전하시겠습니까? (제한시간 : 10초, 보상 : 거대한 곰 가죽과 쓸개, 명성 +50, [???]의 호감도 +5%)

[수락 / 거절]

퀘스트가 실패했다. 그리고 재도전의 제한 시간이 10초로 확 줄었다. 나는 그것에 의문을 가질 새도 없이 빠르게 [수락]을 눌렀다.

“쿠워어어—!”

곰이 입을 쩍 벌리며 내게로 달려들 준비를 하고 있었기 때문이다.

전 시도에 이어 진행되는 건지 깜빡이는 빨간 점은 못 맞힌 마지막 다리 지점 하나뿐이었다. 하지만 전혀 다행스럽지 않았다.

‘저거 못 맞히면 죽는다.’

확실한 죽음의 예감이 목 밑까지 잠식했다. 석궁을 겨누는 데 집중하느라 곰과의 거리를 많이 벌리지 못한 상태였다. 나는 약간의 시간이라도 벌기 위해 다급하게 방아쇠를 당겼다.

철컥, 철컥.

“……어?”

그러나 아무것도 발사되는 것이 없었다. 볼트가 장착되는 홈이 텅 비어 있었다. 구슬을 다 쓴 것이다.

나는 멍하니 입을 벌렸다. 주머니에 여분의 구슬들이 담긴 천을 챙겨 왔지만, 꺼낼 수 없었다.

"쿠으어어어—!"

거대한 괴수가 한 치 앞까지 다가왔기에.

날카로운 발톱이 삐죽삐죽 달린 곰의 앞발이 높이 쳐들렸다. 그 크기가 내 얼굴보다 컸다. 당장 피해야 하는데, 머리로는 알고 있는데, 몸이 얼어붙기라도 한 양 꿈쩍도 하질 않았다.

후웅—!

거대한 앞발이 묵직하게 바람을 가르고 엄청난 속도로 내게 활강하던 그 찰나.

"히히이이잉—!"

"허리 숙여."

어디선가 구원처럼 말 울음소리와 남자의 나지막한 음성이 들렸다. 그 소리에 최면에서 풀려나듯 몸이 움직였다. 나는 반사적으로 허리를 숙였고, 간발의 차로 곰의 앞발이 정수리를 스쳐 지나갔다.

허공을 후려치는 맹수의 풀 스윙에 머리카락이 서늘하게 들썩였다.

스르릉, 푸욱—! 무언가를 쑤석이는 듯한 소름 끼치는 소리가 연이어 들리고.

"꾸워억—!"

정신을 차렸을 때는 이미 모든 것이 끝나 있었다. 짧은 단말마와 함께 거대한 신형이 무너져 내렸다.

쿠웅—! 온 숲을 뒤흔드는 듯한 묵직한 진동이 울렸다. 육중한 곰의 몸뚱이가 바닥에 널브러진 탓이었다.

땅바닥에 물처럼 주르륵 퍼지는 피가 내 신발 코를 적셨다. 나는 그제야 천천히 고개를 들었다. 거대한 괴물 곰의 목 한가운데에 커다란 장검이 깊게 꽂혀 있었다.

"여기서 대체 뭐 하는 거지?"

나뭇잎 사이로 새어 들어오는 햇빛에 황금빛 머리카락이 찬란히 반짝였다.

"공작가의 미친개라더니 미쳐도 보통 미친 게 아니군."

"……."

"혼자서 이 큰곰을 잡으려 한 건가?"

타악—. 제 눈처럼 붉은 적마 위에서 훌쩍 뛰어내리며 내게로 다가오는 남자.

황태자였다.

'2'

'1'

장신의 남자 너머로 카운트다운이 모두 끝났다.

〈SYSTEM〉 제한 시간 초과로 인해 [칼리스토]가 등장하여 [거대한 곰]을 처치했습니다.

〈SYSTEM〉 [거대한 곰 사냥하기] 퀘스트 실패!

'망할, 제한 시간이 남주 등장까지 걸리는 시간이었냐고!'

나는 얕게 숨을 헐떡이며 황태자 너머로 떠오른 흰 네모 창을 노려보았다.

"뭘 그렇게 멍청하게 보고 있는 거지?"

마침내 한 치 앞까지 도달한 황태자가 그런 내 모습을 보며 입을 열었다. 그러더니 이내 한쪽 입꼬리를 비틀어 픽, 웃었다.

"왜. 이제 와서 새삼 다시 반하기라도 했나?"

나는 그제야 퍼뜩 정신을 차리고 눈살을 찌푸렸다.

"……그럴 리가요."

"내가 구해 주기까지 했는데 서운하군, 공녀."

황태자가 전혀 서운하지 않은 표정으로 잘도 읊조렸다. 그 빈정대는 듯한 목소리에 이상하게도, 빠르게 뛰는 심장이 찬찬히 진정됐다.

'……하. 진짜 곰한테 후려 맞아 죽는 줄 알았어.'

구슬이 텅 비어 있는 홈과 괴성을 지르며 다가오던 곰의 거대한 앞발. 다시 한번 그 가슴 철렁이던 순간을 떠올리니 다리가 후들거리고 눈앞이 아찔해졌다.

나는 천천히 호흡하며, 아직도 벌렁거리는 가슴을 쓸어내렸다. 생각해 보면 돌발 퀘스트를 실패했다고 죽음으로 이어지지 않는 게 더 당연했다.

그건 노멀 모드는 물론 하드 모드에서도 마찬가지였다. [데릭 혹은 레널드와 함께 축제 구경하기] 퀘스트를 실패했다고 죽지는 않았으니까.

'사냥 대회'는 게임의 주 에피소드 중 하나일 테니, '곰 사냥 실패' 같은 위급 상황에 남주들 중 하나와 엮이는 것은 지극히 자연스러웠다.

'근데 왜 하필 이놈이냐고…….'

나는 인사를 가장한 채 고개를 숙여 구겨진 얼굴을 숨겼다. 그리고 억지로 감사 인사를 짜냈다.

"……구해 주셔서 감사합니다, 전하. 덕분에 위기를 모면할 수 있었어요."

"홀로 맹수 구역을 돌아다닐 생각을 하다니, 참으로 용기가 대단해."

짝, 짝, 짝. 황태자 놈은 감사 인사에 대한 답변 대신 뜬금없이 박수를 쳤다.

"머리통에 대체 무슨 생각이 들었는지 궁금할 지경이야."

"……."

"하지만 공녀가 아무리 미쳐 날뛴다더라도 저 정도 크기의 곰을 여인 홀로 잡을 수는 없어."

철부지 어린아이를 훈계라도 하는 듯한 말투에 나는 불쑥 억울해졌다.

'내가 그러고 싶어서 그런 줄 알아? 퀘스트가 시켰다고, 퀘스트가!'

답답해서 가슴을 치며 버럭 외치고 싶었지만, 놈의 머리 위 [호감도 12%]가 나를 막았다.

"저도 알아요."

대신 불퉁한 목소리로 대꾸했다. 황태자가 어깨를 들썩이며 과장되게 놀란 행동을 취했다.

"안다고?"

"네."

"오, 알고도 그랬던 거군. 내가 괜히 나서서 공녀의 사냥감을 가로챈 건가?"

"사냥감으로 잡으려던 게 아니라……!"

성질을 박박 긁는 놈의 어투에 버럭 반박하려던 나는 재차 참을 인을 새겼다.
“하…… 갑자기 곰이 나타나서 저도 깜짝 놀랐어요.”
“…….”
“원래는 여우를 쫓다가 길을 잃어버린 거라고요…….”
나는 우울한 얼굴로 중얼거렸다. 쫓던 여우는 결국 놓쳐 버렸다. 사냥은커녕 미쳐 날뛰는 곰 잡다가 죽을 뻔한 것도 모자라, 사냥 대회 경계 대상 1호까지 만났다. 그러니 어찌 우울하지 않을쏘냐.
‘이게 다 이클리스 그 발칙한 놈 때문이야.’
그 망할 놈의 호감도 좀 얻어 보겠다고 이게 무슨 개고생이란 말인가. 빌어먹을 처지에 한탄하며 찔끔 나오는 눈물을 삼켰다.
“아무튼 구해 주셔서 황은이 망극합니다, 전하. 그럼 전 이만.”
나는 서둘러 인사했다. 죽음에서 호감도가 멀어진 것과 관련 없이 어쨌든 황태자 놈이랑 엮여 봐야 좋을 것 하나 없었다. 허둥지둥 인사를 하고 몸을 돌리던 순간.
“잠깐.”
황태자가 내 팔을 꽉 붙잡았다.
“저건 가져가.”
“무슨…….”
의아한 얼굴로 그를 돌아볼 때였다. 잡은 팔을 놓은 황태자는 불현듯 죽은 곰의 사체가 있는 곳으로 성큼성큼 걸어갔다. 그리고 곰의 두터운 목에 박아 넣었던 장검의 손잡이를 잡더니, 아래로 힘껏 잡아당겼다.
우득, 우드둑—. 뼈가 부서지는 끔찍한 소리와 함께, 얼마 후 곰의 머리가 몸통에서 깔끔하게 분리되었다.

'미친…….'

나는 입을 벌린 채 그 엄청난 광경을 막연히 바라보았다.

황태자는 피가 잔뜩 묻은 칼을 한번 털어 낸 후 칼집에 집어넣었다. 그리고 나뒹구는 곰의 커다란 대가리를 한 손으로 집어 든 채 내 쪽으로 걸어왔다. 아직 굳지 않은 피가 뚝뚝 떨어져 흙 위에 점선을 그렸다.

"자, 받아."

황태자는 대뜸 들고 온 괴물 곰의 머리를 내게 건넸다. 나는 마구 흔들리는 눈으로 놈이 건넨 것을 바라보았다.

황태자에게 급살당하는 바람에 눈도 감지 못한 곰의 대가리가, 아직도 살아서 나를 형형하게 노려보는 것만 같았다.

'이건…… 게임에서 설명해 주지 않은 결투 신청 방식인 건가?'

그게 아니고서야 죽인 동물의 목을 잘라 건넬 이유가 없지 않은가.

짧은 새 안간힘을 쓰며 기억을 되살려 보았지만, 아무리 생각해도 게임에서 이와 같은 장면을 본 기억이 떠오르지 않았다.

나는 황금빛 정수리 위를 연신 곁눈질하며 떨리는 목소리로 입을 열었다.

"아뢰옵기 황송하오나, 저에게는 지금 당장 가지고 있는 검이 없어서……."

검이 없으니 너와 결투는 할 수 없다는 뜻이었다. 그러나 황태자는 영 엉뚱한 소리를 했다.

"그러니 내 친히 잘라 줬지 않나."

"……네?"

"몸통은 무거워서 당장은 못 끌고 가니, 이거라도 가져가서 보여 준 후 시종들에게 끌고 가라 시켜."

나는 그제야 그가 곰의 머리를 주는 이유가 '결투 신청' 따위가 아님을 인지했다. 내가 그만 간다고 하니, 아무래도 내게 심부름을 시키고 본인은 사냥을 지속하려는 모양이었다.

'못 돼먹은 자식.'

어떻게 가녀린 레이디한테 이런 것을 시켜 먹을 수가 있단 말인가. 나는 피가 뚝뚝 흐르는 커다란 곰의 머리를 도저히 들고 갈 자신이 없었다.

"굳이 제가…… 해야 할까요?"

하여 놈의 눈치를 보며 조심스럽게 되물었다.

"그게 무슨 헛소리지?"

그러자 그가 눈살을 와락 찌푸렸다.

"그대가 가져가야 곰을 직접 잡았다는 것을 증명할 수 있을 것 아닌가."

"네?!"

나는 눈이 튀어나올 만큼 휘둥그레 떴다.

'내가 가지고 가야 직접 곰을 잡았다는 것을 증명할 수 있다니?'

그게 무슨 소린지 한참을 되뇌던 나는, 그가 내게 사냥감을 양보하려는 것이란 사실을 깨달았다.

"저는……."

너무 뜻밖의 말이라 새어 나오는 목소리가 떨떠름하기만 했다.

"저는 별로 안 그래도 되는데요."

지금도 가는 길마다 나를 향한 수군거림을 듣기 바쁜 마당에, 저 커다란 곰 대가리를 들고 가서 '홀로 곰을 때려잡은 공작가의 미친 침팬지'라는 악명까지 떨칠 생각은 전혀 없었다. 게다가.

"그리고 그게 왜 제 거예요? 황태자 전하께서 잡으신 거잖습니까."

"그대가 기운을 거의 다 소진시켜 놓은 상태에서 숨통만 내가 끊은 것이지. 그러니 공녀가 잡은 것이나 진배없다."

'이놈이 이렇게 정상적인 말을……?'

나는 좀 전보다 더 새삼스러워진 눈으로 황태자를 바라보다가, 정중히 거절했다.

"괜찮습니다. 호의는 감사하지만, 전 정말로 필요 없어요. 제가 잡은 것이라고 생각도 하지 않고요."

"그럼 아까 전 받은 선물에 대한 보답이라고 생각해."

갑자기 생뚱맞게 무슨 답례 얘기인지 어리둥절하던 중.

— 선물에 대한 보답으로 내 친히 공녀에게 어울리는 사냥감을 잡아다 주지.

놈이 내게서 애뮬릿을 강탈해 가며 했던 말이 떠올랐다. 나는 반사적으로 찡그려지는 눈가에 억지로 힘을 줬다.

"보답도 괜찮아요."

"그깟 여우보다 훨씬 값이 나가는 것이다. 멍청한 고집 부리지 말고 가져가."

"멍청한 고집이 아니라…… 저기요, 조심 좀!"

내가 통 받지 않자 황태자는 짜증이 났는지, 사납게 표정을 굳혔다. 그리고 강제로 떠넘기려는 듯 귀를 붙잡고 달랑달랑 흔들며 한 걸음 다가왔다.

아직 굳지 않은 피가 사방으로 튀었다. 나는 오만상을 찌푸리며 화다닥 물러섰다.

"옷에 피가 튀잖아요, 전하!"

"사냥꾼이 옷에 피가 묻으면 오히려 자랑스러운 일인 줄 알아야지."

"저는 그런 자랑 필요 없다니……!"

"설마 피를 무서워하나? 의외인걸?"

그런 게 아니라고 답할 틈도 없었다. 놈이 히죽 웃으며 일부러 들고 있던 사체의 머리를 뒤흔들었기 때문이다.

"악!"

나는 짧게 비명을 지르며 놈에게서 물러났다. 재빠르게 피했음에도 재킷 안에 입은 와이셔츠에 핏방울이 튀었다.

비린내가 훅 풍겼다. 이래 봬도 비위가 엄청나게 약한 편이었다. 단순한 피만의 문제가 아니라, 놈이 들고 있는 동물의 머리 자체가 몸서리치게 싫고 무서웠다.

나는 한껏 경악을 담은 얼굴로 그를 올려다보았다.

"지금 뭐 하시는 겁니까?"

"어서 가져가래도."

"악! 그만하시라고요!"

또다시 달랑달랑 머리를 뒤흔드는 미친 짓거리를 하는 놈의 행동에, 결국 기겁을 하고 도망쳤다. 후다닥 거리를 벌리고 나무 뒤로 숨었을 즈음.

"하하."

뒤쪽에서 나지막한 웃음소리가 들렸다. 돌아보니 황태자의 입가에 퍽 즐거워 보이는 미소가 걸쳐져 있었다. 그 순간, 놈의 머리 위가 반짝이더니.

[호감도 15%]

'허…….'

3%나 오르는 호감도가 기가 막혀서 멍하니 놈과 놈의 머리 위를 번갈아 바라보았다.

눈을 부릅뜬 곰 대가리를 든 채 나를 응시하며 휘어진 빨간 눈매. 칼리스토의 몰골은 꼭 지옥에서 갓 올라온 악마 같았다.

"……그게, 재밌습니까?"

"응. 에카르트의 미친개가 질겁을 하며 도망가는 꼴도 다 보고. 꽤 재밌는걸?"

"하. 죽은 동물의 사체로 굳이 그런 장난을 치셔야겠어요?"

"죽기 직전까지 석궁을 쏴 대던 사람이 할 말은 아닌 것 같군."

'망할 놈.'

부들부들 떨리는 주먹을 꽉 쥐고 그를 노려보고 있을 때였다. 문득 이마에 차가운 물방울이 '뚝' 떨어졌다.

"응?"

쿠르르릉―. 불현듯 사위가 어두컴컴해졌다. 황태자와 옥신각신하는 사이 하늘이 심상치 않게 변해 있었다. 먹구름이 순식간에 몰려와 해를 가렸다.

"소나기로군."

황태자가 중얼거렸다. 그 불길한 말이 현실이 되기까진 얼마 걸리지 않았다.

뚝, 뚝. 한 방울씩 떨어지던 물방울의 수가 기하급수적으로 늘기 시작했다.

"전하, 다시 한번 구해 주신 건 감사했습니다. 안녕히 계세요."

나는 황태자에게 허겁지겁 대충 인사를 건넸다. 비가 쏟아지기 전에 서둘러 숲속에서 빠져나가야 했다. 이 빌어먹을 사냥터에 한시라도 더 있고 싶지 않았다.

서둘러 몸을 돌려 걸음을 옮기던 차였다. 저벅저벅, 놈이 여전히 곰의 머리를 붙들고 그런 내 뒤를 바짝 따라붙었다.

"어딜 가는 거지?"

"사냥터 밖으로요."

"곧 비가 쏟아질 텐데?"

"그러니 오기 전에 나가야죠."

나는 시큰둥하게 답했다. 놈이 고개를 모로 기울이며 입꼬리를 비틀었다.

"공녀는 여기가 맹수들을 잔뜩 풀어 놓은 깊은 숲 한가운데라는 사실을 벌써 잊었나 봐."

"……."

나는 그를 무시하고 그냥 내 갈 길 가려 했다.

'게임 제작자가 양심이란 게 있으면 이런 미친 돌발 퀘스트는 한 번만 배치해 뒀겠지.'

그런 생각 때문이었다. 그러나 그 순간, 스치듯이 무언가가 떠올랐다.

[보상 : 거대한 곰 가죽과 쓸개, 명성 +50, [???]의 호감도 +5%]

'[???]의 호감도……?'

나는 우뚝 걸음을 멈췄다. 그러고 보니 황태자를 만났지만, 보상에 황태자의 이름이 적혀 있지는 않았다. 그렇기에 놈이 날 구해주리란 예상은 전혀 하지 못했고.

'……그럼 숲을 빠져나갈 때까지 또 이런 돌발 퀘스트가 있을지도 모른다는 거 아냐.'

보상 대상이 특정되지 않은 이상 황태자 말고도 또 다른 남주와 만날 가능성이 있다는 소리다.

'미친…….'

맹수를 잡는 돌발 퀘스트보다 놈들을 차례대로 만날 생각이 더 끔찍하게 느껴졌다.

나는 그야말로 진저리를 치며 우뚝 자리에서 멈춰 섰다. 그리고 주머니에서 허겁지겁 여분의 구슬을 담은 천을 꺼낸 후 석궁을 돌려 메어 홈에 구슬을 끼워 넣었다.

또르르, 달칵. 또르르르, 달칵…….

"뭐 하는 거지?"

그런 내 모습에 황태자가 옆으로 바싹 다가와 물었다. '신경 끄고 네 갈 길이나 가라'라고 튀어나오려는 말들을 애써 내리누르며 입을 열었다.

"보다시피 볼트 장착 중입니다."

"왜?"

"혹시 모르잖아요. 전하의 말씀처럼 가는 길에 맹수가 또 나올지도 모르니까요."

"허."

황태자가 어이없다는 듯 헛웃음을 터뜨렸다.

"그런 조잡한 무기로는 대형 동물들을 상대할 수 없어, 공녀. 방금 겪어 보고도 모르나?"

"걱정해 주셔서 감사합니다만 제가 알아서 해 볼게요, 전하."

나는 놈과 동행할 생각이 전혀 없어서 심드렁하게 답했다.

어차피 퀘스트대로만 하면 될 것이다. 게다가 숲을 활보하는 맹수들도 쏟아지는 비는 피할 것이니, 이건 어디까지나 대비용이었다.

"어제 운 좋게 마물 좀 잡았다고 기고만장해져 있나 본데."

그러나 속사정을 모르는 황태자는 이런 내 행동이 퍽이나 무모해 보이는 듯했다.

"그 석궁은 소동물 혹은 인간에게나 먹힐 만한 무기야. 살상용은 더더욱 아니고."

"……."

"이번에야말로 진짜 산 채로 곰 밥이 되는 진풍경을 구경할 수 있겠어. 그러려면 나도 공녀를 따라가야 하는 건가?"

히죽 웃으면서 덧붙이는 놈의 잔인한 말에 오만상이 절로 찌푸려졌다. 그러다 문득 놈이 석궁에 대해 낱낱이 꿰뚫어 본 사실에 좀 놀랐다.

"……어떻게 아셨어요?"

"뭐가?"

"제 석궁이 살상용이 아닌 거요."

"느껴지는 마력이 그 정도뿐이니까. 그러니 황궁 반입도 허용될 수 있었던 거겠지."

새삼스럽게 그를 보던 중이었다.

쏴아아아—.

거짓말처럼 장대비가 쏟아지기 시작했다.

"하……."

나는 기가 막혀서 고개를 들어 하늘을 올려다보았다.

'왜 이렇게 재수가 없는 거야…….'

비가 많이 오기 전에 숲을 빠져나가겠다는 계획은 말짱 도루묵이었다. 그럴 새도 없이 굵직한 장대비부터 쏟아져 내렸으니까.

시커먼 하늘을 올려다보자니, 다시 울 것 같은 기분에 휩싸였다. 나는 비 맞는 것을 끔찍하게 싫어했다. 이도 저도 못 한 채, 그저 우두커니 서서 쏟아지는 비를 맞고 있는 찰나였다.

풀썩— 머리 위에 묵직한 무언가가 덮어씌워졌다.

"그거 쓰고 이리 와."

불현듯 손목에 온기가 느껴졌다. 남은 몇 걸음마저 따라잡은 황태자가 내 손목을 살며시 붙들었기 때문이다.

"어……."

황태자는 자신의 말이 있는 곳까지 나를 이끌었다. 말은 똑똑하게도 가지가 무성한 나무 아래에서 비를 피하고 있었다.

그는 기어이 말의 안장 가장 앞에 자른 곰 대가리를 올려 두었다. 그리고 이어서 저 또한 훌쩍 그 위로 올라탄 후 내게 손을 내밀었다.

"타."

젖은 금빛 머리칼에서 물이 뚝뚝 떨어졌다. 입고 있던 붉은색의 망토를 벗어 준 탓에, 그는 어느새 비로 흠뻑 젖은 상태였다.

"걸어서 가다가는 맹수 밥이 되기 전에 고뿔부터 들 거야."

"……."

“그건 방수와 방한 마법이 걸려 있는 망토이니, 쓰고 같이 돌아가지.”

나는 내게 내밀어진 남자의 커다란 손을 멍하니 바라보았다. 그리고 이어 내 위에 대충 올려진 그의 붉은색 망토로 시선을 내렸다.

기분이 이상했다. 내 머릿속에 황태자와 같이 말을 타고 돌아가는 선택지는 존재조차 하지 않았기에.

“저한테…… 주셔도 돼요? 전하께서는요?”

“쥐새끼가 고양이 생각해 주는 건가? 싫으면 석궁 쳐 들고 걸어오든지.”

놈이 팩 고개를 돌리며 싸가지 없이 말했다.

‘두 번 권하면 입에 가시라도 돋니?’

나는 속으로 비꼬면서도, 허겁지겁 석궁을 뒤로 돌려 메며 황태자가 씌워 준 망토를 단단히 여몄다.

신장 차이가 꽤 난다고는 생각했지만, 놈의 망토는 무슨 이불이라도 덮은 것처럼 컸다. 때문에 잘 여미지 않은 상태로 말을 타고 빠르게 달리다 보면, 펄럭거리다 어디 걸릴 수도 있었다.

“……감사합니다.”

마침내 목 아래로 그의 망토를 잘 묶은 나는 작게 감사 인사를 중얼거리며 고개를 들었다. 내게 내밀어진 황태자의 손은 여전히 거둬지지 않은 상태였다.

천천히 손을 뻗어 그의 커다란 손을 맞잡으려던 그 순간이었다.

쉬이이이익—. 숲 저편 어딘가에서 무언가가 엄청난 속도로 날아왔다.

퍼억—!

그리고 그것은 오차 없이 황태자의 가슴에 꽂혔다.

"히이이잉—!"

갑작스러운 공격에 놀란 말이 앞발을 구르며 울부짖는 소리가 아득하게 들려왔다. 나를 향해 뻗은 손이 사라졌다.

"……전하?"

말에서 떨어져 바닥으로 추락하는 황태자. 그를 바라보던 나는 천천히 눈을 크게 떴다.

"저…… 전하!"

마침내 그가 바닥에 처참하게 처박혔을 때, 나는 정신없이 그에게 달려갔다. 대체 무슨 일이 일어나고 있는 건지 알아차릴 새도 없었다.

눈이 감긴 황태자의 얼굴이 죽은 사람처럼 창백했다.

사람이 죽는다. 가슴이 덜컥 내려앉았다. 곰을 맞닥뜨렸을 때도 느껴 보지 못했던 공포가 눈앞을 엄습했다.

"전하! 전하, 눈 좀 떠 보세요!"

나는 미친 듯이 황태자의 몸뚱이를 흔들었다. 그러나 황태자는 미동이 없었다. 그의 왼 가슴에 꽂힌 커다란 화살.

무서워. 무서워. 이건 게임이잖아. 게임일 뿐인데, 대체 왜……!

울음이 튀어나왔다. 난생처음 보는 잔혹한 장면은 사고를 정지하게 만들었다.

"전하! 제발, 제발 정신 좀……!"

"……시끄러워."

천만다행히도 아직 죽은 것은 아닌지, 눈꺼풀이 움찔움찔하더니 붉은 동공이 드러났다.

"호들갑 떨지 마. 아직 안 죽었으니까."

"저, 전하!"

나는 진심으로 안도했다. 뒤늦게 남주가 죽을 리 없다는 것이 떠올랐다.

그러나 칼리스토가 화살에 맞는 모습이 너무 생생하게 그려져서, 그 순간엔 그가 정말로 죽는 줄 알았다. 아무리 엑스 친 놈이라도 내 앞에서 사람이 죽는 것을 보고 싶지는 않았다.

울먹이는 나를 바라보며 황태자 놈이 희미하게 웃었다.

"그래도 그대가 준 것이 효과가 아예 없진 않은 모양이야."

그러더니 왼 가슴에 박힌 화살을 쑥 뽑아내어 건넸다.

"이건……."

얇고 동그란 작은 토큰 모양의 장식. 화살촉에 박혀 있는 것은 다름 아닌, 놈이 내게서 강탈해 간 황금색의 애뮬릿이었다.

날카롭고 튼튼한 화살을 막기에 애뮬릿은 너무 얇았다. 하지만 정말로 방어 마법의 효능이 발동되긴 했는지, 그것은 본래의 황금빛을 잃고 시커멓게 그을려 있었다. 나는 묘한 눈으로 그것을 바라보다 물었다.

"이거…… 안 버리셨어요?"

당연히 버릴 줄 알았다. 날 골리기 위해 억지로 빼앗아 간 것이라 여겼기에. 의아하다는 내 표정에 황태자가 한쪽 눈썹을 위로 휙 쳐들었다.

"버리다니? 한때 연모의 감정을 나눈 이가 준 정표를 그리 다루면 쓰나."

"무슨 그런 끔찍한 말을……."

그 순간이었다. 쉬이이익— 퍽!

또다시 어디선가 화살이 비를 가르며 날아와 앉아 있는 머리 위 나무 밑동에 박혔다.

"악!"

나는 놀라서 반사적으로 짧게 비명을 질렀다. 그와 동시에 황태자가 자리에서 벌떡 일어났다.

"황비가 또 지랄병이 도졌나 보군. 어서 일어나, 공녀. 피해야 해."

"네?"

그가 내 어깨를 우악스럽게 잡아끌었다. 얼떨결에 따라 일어나면서도 나는 도통 이해가 가지 않았다.

"저는 왜요?"

"그럼 여기 가만있다가 화살 맞고 뒈지고 싶은 건가?"

"황비마마가 보낸 사람들이라면 전하를 노리는 거잖아요. 그러니까 전하만 다른 곳으로 가시면…… 꺄악!"

나는 '나를 놓고 너만 가라'는 말을 채 잇지 못했다. 황태자가 나를 망토로 둘둘 만 채 번쩍 안아 들었기 때문이다. 방금 전에 화살을 맞고 말 위에서 떨어진 사람이라고는 믿기지 않는 힘이었다.

놈은 나를 짐짝처럼 말의 안장 위에 턱 얹었다. 철퍽. 그 바람에 올려 두었던 곰 대가리가 바닥으로 굴러떨어졌지만, 아무도 개의치 않았다.

"뭐, 뭐 하시는 거예요?"

나는 순식간에 일어난 일에 황당해서 따져 물었다.

"헛소리 좀 작작 해, 공녀. 황태자를 암살하러 온 놈들이 하나뿐인 목격자를 보고 퍽이나 고이 돌려보내 드리겠군."

황태자가 짜증스럽게 뇌까리며 말 위로 훌쩍 뛰어올랐다.

"이랴!"

그리고 그는 두 팔 사이에 나를 가둔 채 말의 고삐를 바짝 당겼다.

"히이이이잉—!"

적마가 쏜살같이 내달리기 시작했다.

휘익, 휘이이익— 퍽, 퍽! 그와 동시에 이번엔 옆쪽에서 표창 두 개가 교차되어 날아왔다.

"쯧."

황태자는 성가시다는 듯 혀를 차며, 고개를 숙여서 그것들을 가볍게 피했다. 그리고 나를 보호하듯 품 안에 더 꽉 껴안았다. 급박한 상황 때문인지, 그게 썩 감동스럽게 다가오지는 않았다.

'망할…… 이젠 하다못해 암살에까지 휘말리는 거냐고.'

나는 이 미친 게임의 개연성에 이제 그냥 울고 싶었다.

먹구름이 낄 때, 그냥 뒤도 돌아보지 않고 이놈의 곁에서 멀어졌어야 했다. 두두두두, 거세게 내달리는 말과 하염없이 내리는 빗줄기 때문에 정신이 하나도 없었다.

황태자의 등 너머로 쫓아오는 한 무리가 희미하게 보였다. 휘익, 휘익, 그쪽으로부터 연달아 화살과 표창이 날아왔다.

챙캉—! 황태자가 엄청난 반응 속도로 검을 빼내 날아오는 화살과 표창을 쳐 냈다.

"제기랄."

계속해서 퍼부어지는 공격을 쳐 내며 도망을 치기가 여의치 않은지 황태자가 나지막이 욕설을 뇌까렸다.

"위험하니 움직이지 말고 가만있어, 공녀."

챙—! 칼리스토가 또 한 번 화살을 쳐 내며 낮게 읊조렸다.

맞닿은 그의 몸이 긴장으로 조여진 것이 느껴졌다. 나 역시 바짝 긴장했다. 아무리 주인공은 죽지 않는다고 하지만, 죽지 않을 만큼 다칠 수는 있었기에.

'게다가 이거, 퀘스트도 아니야.'

리셋이 없는 이상 내게는 게임이 아닌 현실이다. 서서히 두려움이 발끝을 적시기 시작했다.

쏴아아아—. 비 내리는 숲길에서 치열한 추격전이 벌어졌다. 점점 정체 모를 습격자의 형체를 알아볼 수 있을 만큼 거리가 좁혀졌다. 검은색 복면과 암복을 차려입은 한 무리의 인간들. 누가 봐도 암살자들이었다.

문득 일전에 2황자의 탄신 연회 때 황태자가 끌고 온 암살자의 목을 베었던 경악스러운 장면이 떠올랐다.

'……황태자는 이런 일이 잦은 건가? 노멀 모드에선 전혀 안 나왔었는데.'

그 순간이었다. 불현듯 눈앞이 환해지더니.

〈SYSTEM〉 ~메인 퀘스트 : 사냥제의 퀸이 되어 보자!~

[두 번째. 암살자로부터 황태자 지키기] 퀘스트를 진행하시겠습니까? (목표물 : 암살자 20명, 보상 : 암살자의 증표, 칼리스토의 호감도 +10%, 명성 +50)

[수락 / 거절]

황태자의 등 뒤로 느닷없이 하얀 네모 창이 나타났다.

"하…… 하하……."

나는 너무도 기가 막혀, 초탈하게 웃었다. 그러다 이내 얼굴을 일그러뜨리며 분노했다.

'난 퀸 같은 거 되기 싫다고! 게다가…… 스무 명?!'

당장이라도 [거절]을 수없이 연타하고 싶었다. 하지만 그럴 수 없었다. 보상으로 주어지는 호감도가 무려 '10%'였다.

노멀 모드에서는 말만 몇 번 섞으면 올릴 수 있지만, 하드 모드에서는 상상도 못 할, 무려 10%.

〈SYSTEM〉 메인 퀘스트이므로 5초 후 자동 수락됩니다.

〈SYSTEM〉 5

〈SYSTEM〉 4

나는 결국, 울며 겨자 먹기로 석궁을 앞으로 돌려 메며 쏠 준비를 했다.

"움직이지 말라니까."

품에서 꿈틀거리는 내가 신경 쓰였는지, 황태자가 딱딱하게 주의를 줬다.

"……전하."

나는 음울한 목소리로 그를 불렀다.

"제가 도울 수 있을 것 같아요."

"……뭐?"

"저 석궁 있잖아요."

나는 망토 자락을 슬쩍 들춰 보이며 어느새 가슴 앞으로 돌려 멘 석궁을 보여 줬다.

"제가 쫓아오는 놈들 다 쏴 죽일 테니까 엄호만 좀 해 주세요."

"공녀, 그게 무슨……."

칼리스토가 무어라 말을 건네기 위해 입술을 달싹였지만, 나는 그것을 들을 틈이 없었다. 마침내 5초의 유예가 지나 버렸기에.

〈SYSTEM〉 퀘스트가 자동 수락됩니다.

'(0/20)'

네모 창 안의 흰 글씨가 숫자로 바뀌는 것과 동시에, 황태자의 품에 안온하게 움츠려 있던 몸이 벌떡 솟구쳤다.

이어서 그의 넓은 어깨를 팔꿈치 지지대로 삼은 후, 기계적인 손놀림으로 크랭크를 마구 돌려 장전했다.

달칵. 방아쇠에 도르레가 걸리는 소리가 들렸다. 그러기 무섭게 한쪽 눈을 감고 암살자를 조준했다.

장대비가 쏟아져 시야를 가리는 것과 말의 움직임으로 인한 들썩거림은 내게, 아니 시스템에게 아무런 문제도 되지 않았다.

암살자 한 놈이 솟아오른 나를 보고 활을 마주 조준하려는 찰나 철컥, 방아쇠에 걸쳐진 검지가 곧장 움직였다.

타앙—!

"윽!"

조준했던 암살자가 말 위에서 휙 사라졌다.

'맞았다!'

구슬은 오차 없이 적중했다. 말에서 굴러떨어진 놈이 충격에 덜

덜덜 경련하는 것이 보였다. 하지만 그것을 바라보며 희열을 느낄 새도 없었다.

철컥, 탕—! 탕, 타앙—!

내 몸은 곧장 다른 놈들을 저격하여 쏘기 바빴기 때문에.

"윽!"

"아악!"

"억!"

'(7/20)'

방아쇠를 당기는 족족 쫓아오던 놈들을 맞췄다. 순식간에 일곱 명을 처치했다. 바싹 추격하던 놈들이 말 위에서 우르르 떨어져 땅을 기었다.

예상치 못한 반격에 암살자 놈들이 당황한 걸까. 휘이익, 휙—. 화살이 떼거지로 날아오기 시작했다.

퍽, 퍽! 간발의 차로 스쳐 지나간 화살들이 나무에 살벌하게 꽂혔다. 하지만 통제를 잃은 몸은 쏟아지는 화살 세례에도 굴하지 않고, 마구 석궁을 쏴 댔다.

철걱, 탕! 탕, 타앙—!

'(10/20)'

아슬아슬하게 화살이 관자놀이를 스치는 순간, 나는 세 명의 암살자를 추가로 처단했다.

'작작 해—!'

그쯤 되자 나는 이 퀘스트가 정말로 암살자를 처치하려는 건지 나를 처지하려는 건지 알 수가 없었다.

불현듯 옆쪽에서 싸한 위화감이 느껴졌다. 시스템에 점령된 몸이 그쪽으로 격하게 방향을 틀었다. 철컥, 탕—!

"으악!"

대열을 나눠 사방에서 접근하는 중이었는지, 단말마의 비명과 함께 나무 위에서 한 놈이 바닥으로 콱 떨어졌다. 그 순간.

"공녀!"

황태자가 와락 내 허리를 끌어 내려 나를 강하게 껴안았다. 휘익—!

"읏."

황태자가 나지막이 신음했다. 그의 왼 어깨에 표창이 꽂혀 있었다.

"전하!"

옆쪽으로 접근하던 암살자 중 한 놈이, 황태자가 칼을 들고 있지 않은 왼쪽을 노려 표창을 던진 것이다.

타앙—! 마저 그놈을 쏴 맞힌 후 다시 허리를 번쩍 일으키며 석궁을 조준했다.

"괘, 괜찮으세요, 전하?"

정신없이 석궁을 쏴 대면서도 나는 솔직히 기절하고 싶은 심정이었다. 그의 상처를 돌아보고 싶었지만, 쉴 새 없이 휘둘리는 몸에 의해 그럴 수 없었다.

"안 괜찮으면 어쩌게?"

꽤 고통스러운지, 황태자가 신경질적으로 말했다. 그러나 곧 누그러진 목소리로 덧붙였다.

“신경 쓰지 마. 경량 갑옷을 입고 있어 깊게 박히지는 않았다.”

챙-! 황태자가 한 번 더 날아오는 표창을 칼로 쳐 내며 대꾸했다.

나는 깊게 안도했다. 그리고 이런 빌어먹을 상황에 엮이게 만든 원망을 조금 털어 냈다. 방금 전에 그가 나를 끌어안지 않았다면, 표창을 맞는 것은 내 머리통이 되었을지도 몰랐기 때문이다.

“……감사해요.”

나는 소심하게 웅얼거렸다. 그나마 입은 내 마음대로 움직일 수 있어 다행이었다. 황태자가 삐딱하게 지껄였다.

“어떻지? 이 정도면 공녀가 원래 내게 답을 주기로 했던 연모의 연유에 충분히 부합하지 않나?”

“전 한 번 아닌 건 아니라서요.”

“그거 참 애석하군.”

칼같은 답에 놈이 혀를 찼다. 또 헛소리하는 걸 보니 멀쩡한 듯했다. 다행이었다.

탕, 타앙! 탕! 탕—!

이후로도 나는 황태자의 엄호를 받으며 정신없이 석궁을 쐈다. 재빠른 암살자들은 커다랗고 움직임이 둔했던 마물과는 달랐다. 하지만 게임 시스템의 위력이란, 석궁을 쏘는 족족 백발백중이었다.

스무 개를 장착했던 구슬이 착실하게 줄어들수록 암살자들의 수 또한 착실하게 줄었다. 이제 남은 것은 네 명.

‘(16/20)’

타앙—!

"공녀. 수가 얼마나 남았지?"

불현듯 황태자가 물었다. 막 한 명을 추가로 더 맞히며 나는 가쁜 숨을 몰아쉬었다.

"한 세 마리쯤 남은 것 같은데…… 왜요?"

"막다른 길이야."

"히이이잉—!"

그 순간, 쉴 새 없이 내달리던 말이 급정거했다. 눈을 굴려 주변을 확인하니, 좁다란 절벽 끝이었다. 말을 돌리기도 힘든 폭이었다.

"어차피 근접한 상태에선 저놈들도 활을 쏘기 어려울 테니 나머지는 내려서 처치하는 게 좋겠어."

황태자가 그렇게 중얼거리며 나를 번쩍 들어 말에서 내렸다. 그리고 본인 또한 훌쩍 뛰어내렸다.

보이는 암살자가 없으니, 시스템에 강제됐던 몸이 잠시 풀렸다. 그러나 아직 세 명이 남았기에, 나는 석궁을 바짝 쳐들고 사방을 경계했다.

"위험하니 뒤에 있어."

황태자가 내 앞을 막아서며 말했다. 뜻밖의 남주다운 말이었다.

하지만 이번 퀘스트는 무려 [암살자로부터 황태자 지키기]였다. 그러므로 나는 그의 뒤에서 나와 대등하게 옆에 섰다.

"괜찮아요. 제 몸은 제가 알아서 할 테니까 전하께서는 옥체 보전하시는 데 전념하세요."

놈이 별 희한한 소리를 다 듣는다는 얼굴로 나를 슬쩍 돌아보았다.

"나만 노리는 것이니 가 버리랄 땐 언제고, 퍽 든든하군그래."

"……."

나는 좀 뜨끔해서, 그냥 무시하고 숲 쪽을 바라보았다. 숲은 고요했다. 어느새 약해진 빗줄기가 추적추적 내리는 소리를 제외하고 아무런 기척도 들리지 않았다.

나는 물기 때문에 얼굴에 달라붙은 잔머리들을 떼어 내며 허공에 떠 있는 흰 글씨를 노려보았다.

'(17/20)'

빨리 나머지 세 명을 마저 처치하고 이 지긋지긋한 퀘스트를 끝내고 싶었다. 그때였다.

휘익—!

낭떠러지 바로 앞 수풀에서 황태자 쪽으로 여러 개의 표창이 날아왔다. 챙, 챙—! 황태자는 능히 날아오는 것들을 쳐 냈다.

그러나 교란 작전이었는지, 그것들을 쳐 냄과 동시에 두 놈이 수풀에서 확 튀어나왔다. 단검을 빼 든 놈들은 곧장 표창들을 아슬아슬하게 모두 쳐 낸 황태자 쪽으로 달려갔다.

"전하!"

깜짝 놀라 외치기 무섭게, 시스템에 점령된 몸이 먼저 움직였다. 철컥, 타앙—!

"으윽!"

구슬에 맞은 한 놈이 고꾸라진 채 벌벌 경련했다. 채앵—! 그러나 나머지 한 놈과 황태자의 칼이 맞부딪쳤다.

나머지 놈마저 쏴 맞히기 위해 곧장 이어 조준을 하던 중이었다. 순식간에 일어난 격돌에 남아 있는 놈이 하나 더 있다는 사실을 간과했다.

일부러 시차를 둔 것인지, 한 놈이 쓰러지자마자 수풀에 몸을 숨기고 있던 마지막 암살자가 기다란 검을 빼 들고 튀어나왔다.

"죽어라, 계집!"

그런데 놈이 노리는 것은 황태자가 아니라 나였다.

시스템이라고 모든 변수에 최적화된 것은 아니었다. 황태자와 겨루고 있던 놈을 조준 중이었던 내 몸은 한 박자 늦게 나를 덮치는 괴한 쪽으로 돌아갔다. 그러나 이미 늦은 상태였다.

"제길! 피해, 공녀!"

황태자의 외침이 들림과 동시에, 철컥, 탕—! 방아쇠를 당겼다. 구슬이 쏘아져 나가는 그 찰나, 암살자가 휘두르는 칼 또한 한 치 앞으로 다가왔다.

놈은 분명 내가 쏜 구슬에 맞고 쓰러지겠지만, 거리가 너무 가까운 상태였다. 이미 한 번 겪었지만, 시스템은 내가 죽든 말든 석궁을 쏘기만을 실행할 뿐이다.

때문에 허공을 가르며 시시각각 가까워지는 예리한 칼을 피할 수 없었다.

눈이 절로 질끈 감겼다. 그러나 그 순간, 단단하고 커다란 것이 나를 와락 감싸 안았다. 강한 힘과 묵직한 무게에 거칠게 뒤로 떠밀릴 즈음.

푸욱—.

"으윽."

섬뜩한 소리와 함께 나지막한 신음 소리가 들렸다.

나는 질끈 감았던 눈을 떴다. 빗물에 젖은 금발이 흩날리는 것이 보였다. 검을 겨루던 놈을 내팽개치고 달려와 나를 감싸 안은 황태자의 것이었다.

그의 등 뒤에 꽂혀 있는 칼과 내가 쏜 석궁에 맞아 쓰러지는 암살자.

"이제 끝이다—!"

그리고 완전히 끝을 내기 위해 달려오는 또 다른 놈의 모습이 차례대로 보였다. 그 모든 과정들이 영원처럼 천천히 진행됐다.

"아……."

나는 다급히 나를 덮치느라 힘 조절을 하지 못한 황태자의 몸을 지탱할 수 없었다. 내 몸은 절벽 끝으로 속절없이 밀렸다.

"공녀, 미안한데."

두 손으로 내 허리를 바짝 껴안은 황태자가 귓가에 작게 속삭였다.

"우리 지금 떨어지기 직전인 것 같군."

머리끝이 쭈뼛 섰다. 등 뒤가 허전하다는 생각이 드는 순간, 아찔한 감각이 온몸을 엄습했다.

절벽 아래로 떨어지는 그 찰나에도, 석궁을 든 내 손은 자동으로 움직여 황태자의 어깨 너머를 겨눴다.

탕—!

"으악!"

'(20/20)'

마지막 남은 놈마저 처치했을 무렵.

〈SYSTEM〉 ~메인 퀘스트 : 사냥제의 퀸이 되어 보자!~

[두 번째. 암살자로부터 황태자 지키기] 퀘스트 성공!
〈SYSTEM〉 보상으로 [암살자의 증표], [칼리스토의 호감도 +10%], [명성 +50]을 얻었습니다. (명성 total : 130)

'미친.'

하늘 대신 하얀 글씨들을 배경 삼은 채, 나와 황태자는 까마득한 낭떠러지 아래로 쏜살같이 떨어지기 시작했다.

"아아아악—!"

타닥, 타닥. 어디선가 장작불이 타들어 가는 소리가 들렸다.

"으……."

나는 가물가물 눈을 떴다. 흐릿한 시야로, 제일 먼저 일렁이는 불꽃이 보였다. 그 뒤로 낯선 암벽 또한.

"여기가 어디……."

나는 두 팔에 힘을 주고 비척비척 누워 있던 몸을 일으켰다. 스르륵- 그 순간 내 위에 덮여 있던 천이 흘러내리면서 피부에 서늘한 공기가 느껴졌다.

"헉."

무심결에 고개를 내리던 나는 훤히 드러난 어깨에 눈을 부릅떴다. 허겁지겁 천 안을 살펴보니 나는 속옷만 입은 채로 벌거벗고 있는 상태였다. 게다가 위에 덮여 있는 천은, 황태자의 붉은 망토였고.

"이, 이게 무슨……."

"깼나?"

그때, 저편에서 묵직한 저음이 울려 퍼졌다. 반사적으로 고개를 돌리던 나는 입을 떡 벌렸다. 이곳저곳 흉터가 새겨진 단단한 가슴, 울퉁불퉁한 복근.

그렇다. 황태자가 상체를 벌거벗은 채 이쪽으로 당당히 걸어왔다.

"꺄악! 뭐, 뭐 하는 거예요!"

나는 뒤늦게 양손으로 눈을 가리며 경악했다.

"뭐가?"

"왜 옷을 홀딱 벗고 돌아다니시는 겁니까?!"

그는 들고 온 장작들을 피워 놓은 모닥불 옆에 우르르 떨어뜨렸다. 그리고 그 앞에 털썩 주저앉으며 대수롭지 않게 대꾸했다.

"그럼 젖은 옷을 입은 채로 계속 돌아다녀야 하나? 난 그러기 싫은데 어쩌지."

슬쩍 내게 눈짓한 놈이 히죽거리며 덧붙였다.

"그리고, 홀딱 벗은 건 공녀도 피차 마찬가지 아닌가?"

"이, 이 저질스러운……!"

"그렇게 손가락 다 벌리고 보는 사람이 할 말은 아닌 것 같군. 그냥 대놓고 보지그래?"

"크흠!"

나는 크게 헛기침을 하며 슬그머니 손을 내렸다. 그러자 놈이 비웃음 담긴 시선을 보내왔다. 나는 억울해졌다.

'혹여 눈 가린 사이에 네놈이 흑심이라도 품을까 봐 그런 거라고!'

절대로 놈의 상체를 보기 위해 그런 것이 아니었다. 절. 대. 로.

나는 황태자의 망토를 바짝 여미며 놈을 경계 어린 눈빛으로 바라보았다.

"그럼 제, 제 옷도 전하께서……?"

"뭐."

놈이 어깨를 으쓱이며 긍정했다.

"덕분에 이제 볼 거 다 본 사이가 됐지."

"제발 그런 끔찍한 소리 좀 그만하세요."

나는 놈의 대꾸에 진저리를 쳤다. 황태자가 어처구니없다는 듯 나를 돌아보았다.

"힘들게 살려서 데리고 온 사람한테 너무한 거 아닌가?"

"그러게 왜 허락도 없이 레이디의 몸에 손을 대고 그러십니까?"

"그럼 고뿔에 걸려서 뒈지든 말든 가만 내버려 뒀어야 했나?"

"네."

"뭐?"

"신사의 도리를 지키며 그냥 내버려 뒀어야죠. 아니면 깨우시든가요."

"허."

당당한 내 대답에 놈이 헛웃음을 짓다가 툭 내뱉었다.

"볼 것도 없으면서."

"지금…… 뭐, 뭐라 하셨습니까?"

나는 놈의 어마어마한 발언에 기가 막혀서 말을 더듬었다.

"볼 것도 없다고 했다."

"보, 볼 게 없긴 왜 없어요!"

"그럼 볼 거 많이 있나? 사실 동굴이 너무 어두워서 제대로 못 봤는데, 지금이라도 같이 확인해 볼까?"

"이……!"

나는 튀어나오는 욕설을 가까스로 삼켰다.

'참아야 하느니……. 놈은 엑스 친 황태자야, 황태자. 황태자가 누구냐면 호감도 2%…….'

'참을 인'을 새기며 속으로 중얼거리던 나는, 문득 눈에 띈 흰 글씨에 눈이 커졌다.

[호감도 25%]

변한 황태자의 호감도에 잊고 있었던 퀘스트가 떠올랐다.

〈SYSTEM〉 보상으로 [암살자의 증표], [칼리스토의 호감도 +10%], [명성 +50]을 얻었습니다. (명성 total : 130)

황태자의 호감도가 죽음으로부터 꽤 많이 멀어졌다. 결국, 그 빌어먹을 퀘스트를 성공한 것이다.

멍하니 칼리스토의 머리 위를 바라보던 나는 뒤늦게 전말을 물었다.

"우리…… 어떻게 된 거예요? 절벽에서 떨어졌잖아요."

"절벽 아래 폭포가 있었다. 강물에 빠진 덕에 죽지 않고 살 수 있었지."

황태자는 나뭇가지를 불쏘시개 삼아 모닥불을 뒤적거리며 무심한 어조로 답했다.

"기절한 그대를 둘러메고 나오니, 근처에 이 동굴이 있더군."

나는 그제야 주변을 좀 더 자세히 둘러보았다. 우리는 현재 입구에서 얼마 떨어지지 않은 곳에 모닥불을 피워 놓은 상태였다.

어느새 비는 멈춘 것 같지만, 입구 밖은 해가 저물어 한 치 앞도 보이지 않았다. 간간이 들려오는 청량한 물소리만이 폭포가 있다는 말이 사실임을 입증했다.

나는 다시 고개를 돌려 동굴 안쪽을 바라보았다. 꽤 깊은 굴인지, 안쪽 너머로 컴컴한 어둠이 이어져 있었다.

'여기…… 맹수의 영역이면 어쩌지? 아니면 뱀이라든지…….'

꽤 현실적인 생각들이 머리를 스쳤다. 손을 더듬어 옆에 놓여 있던 석궁을 찾았지만, 곧 암살자들을 죽이느라 구슬을 다 쓴 사실이 떠올랐다.

"동물의 은신처는 아니야."

퍽 불안한 얼굴로 보고 있었는지, 황태자가 무뚝뚝하게 덧붙였다.

"그대가 잠든 사이 대충 훑어봤는데 이상할 정도로 텅 빈 곳이더군."

"……여기가 어디쯤인지 아세요?"

나는 가장 중요한 것부터 물었다. 해가 저물어 이동하지 못한다 치더라도, 날이 밝으면 빨리 돌아가야 하기 때문이다. 황궁 출신에게 기대를 걸었지만, 그는 무참히도 고개를 내저었다.

"매번 사냥 대회를 북쪽 숲에서 개최했지만, 이런 곳이 있었는지도 몰랐다."

나는 한숨을 내쉬었다.

'지금쯤 난리가 났겠네.'

사라진 나와 황태자로 인해 뒤집어졌을 숲 밖을 예상하며, 착잡한 얼굴로 황태자를 바라볼 때쯤이었다. 모닥불에 비친 그의 한쪽 어깨 위에 핏자국이 말라붙은 상처가 보였다. 표창에 맞은 곳이었다.

그와 동시에 절벽에서 떨어지기 직전, 그가 암살자의 검에 찔리는 모습이 떠올랐다.
"몸은 좀…… 괜찮으세요?"
놈 때문에 가만있던 나까지 휩쓸려 암살당할 뻔한 것이지만…… 그래도 나를 대신해서 다친 것이 신경 쓰였다.
"이제야 묻는 건가? 퍽이나 일찍도 물어봐 주는군. 눈물 나게 고마워."
빈정거리는 놈의 말에 좀 민망해졌다. 사실 남주가 죽을 리 없다는 걸 알아서인지 딱히 걱정되진 않았다.
"크게 다치셨어요? 어디 좀 봐요."
"됐어."
상흔을 보기 위해 자리에서 일어나려던 나를 놈이 쌀쌀맞게 저지했다.
"갑옷을 입고 있었기에 깊게 박히지 않았다. 피만 조금 본 것뿐이야."
다행이었다. 하지만 피가 났다는 말에 미간이 찌푸려지는 것은 어쩔 수 없었다.
"빨리 돌아가서 치료를 받아야 할 텐데……."
"걱정이 되긴 하나 보지?"
"당연하죠."
나는 정색하고 대답했다. 물론 놈을 향한 걱정은 아니었다.
"제 앞에서 죽지 마세요."
내가 걱정하는 건 오로지 나뿐이었기에.
'죽으려면 딴 데 가서 죽어. 내 앞에서 죽지 말고…….'
속으로 중얼거리며 시선을 들었을 때였다. 그가 묘한 얼굴로 나를 응시하고 있었다.

뒤늦게 내 말이 그에게 이상하게 들릴 여지가 있음을 깨닫고, 얼굴이 확 뜨거워졌다.

'꼭 절대 죽지 말란 소리처럼 들리잖아!'

나는 당황해서 허겁지겁 말을 돌렸다.

"그리고……."

"……."

"늦었지만, 구해 주셔서 감사해요."

어쨌든 인정할 건 인정해야 했다. 빌어먹을 퀘스트와는 별개로 칼리스토가 나를 대신해 다쳤다는 것을. 게다가 절벽에서 떨어진 후에도 내팽개치지 않고 나를 여기까지 구해 온 것 또한.

'……이제 만나면 큰일 나는 수준에서는 좀 벗어난 건가?'

목에 칼을 들이밀며 마지막 인사를 하라던 미친놈 같았던 모습이 아직도 이렇게 생생한데.

새삼스럽게 그를 바라보던 중, 시뻘건 눈동자와 정면으로 마주쳤다. 놈은 여전히 알 수 없는 표정으로 나를 빤히 바라보고 있었다. 괜히 좀 멋쩍어져서 먼저 시선을 돌리던 찰나였다.

[호감도 27%]

호감도가 상승했다. 그가 입꼬리를 픽, 비틀어 올렸다.

"그렇게 감사하면 내게 다시 반하도록 해."

나는 또 시작된 놈의 집요함에 와락 오만상을 찌푸렸다.

"또 그 소리세요?"

"이번에야말로 공녀가 날 좋아하게 된 연유에 딱 알맞은 계기가 아닌가?"

"전혀요."

나는 즉답했다. 그러다가 너무 답답해서 되물었다.

"대체 왜 그렇게 제 연유를 듣는 것에 집착하시는 거예요?"

'연유를 말해 주기로 하는 약속을 잊지 말라'는 협박 편지까지 보낼 정도로 놈의 집착은 끝을 달렸다. 내 물음에 황태자는 나보다 더 어이없는 표정을 지었다.

"나야말로 공녀가 왜 그날 뜬금없이 날 쫓아와 사랑 고백을 했는지, 궁금해서 도무지 참을 수가 없어."

"그, 그건……."

'리셋 버튼'이 생기는지 알기 위해 한번 죽어 보려고 그랬다고는 말할 수 없었다.

나는 다시 한번 한순간의 위기를 모면하고자 그런 헛소리를 한 내 과거에 피눈물을 흘리며 입을 열었다.

"……그땐 제가 제정신이 아니었나 봅니다. 죄송해요, 전하."

"허."

황태자가 차게 조소했다.

"그 연유 하나 듣자고 쉿독이 낫기를 몇 주나 기다려 주었더니, 갑자기 낯을 바꾸고 싫어졌다는데 공녀 같으면 안 억울하겠나?"

그 쉿독이 대체 누구 때문에 걸린 줄 아느냐고 반박하고 싶은 마음이 굴뚝같았다.

하지만 나는 그날의 그 끔찍한 기억을 더는 되새기고 싶지 않았다. 그래서 놈의 과도한 매도만 정정했다.

"……싫다고는 안 했어요."

"그럼 아직 좋다는 건가?"

"아니요!"

나는 치를 떨며 다시 말을 바꿨다.

"그럼 갑자기 싫어지게 된 연유도 같이 물어봐 주세요."

'그 연유에 대해선 온종일 네놈과 얘기할 수 있으니까!'

하지만 황태자가 이를 드러내며 귀신처럼 씨익 웃었다.

"황족 모독으로 황궁 지하 감옥의 고문실에서 단둘이 대화 나누기 딱 좋은 주제야. 그렇지?"

'무서운 새끼…….'

나는 아연해져서 입을 다물었다.

한차례 동굴 안에 서늘한 적막이 내려앉았다. 일렁이며 춤을 추는 모닥불 끝을 멍하니 바라보며, 대체 어쩌다가 이렇게 됐는지 고민하고 있을 때였다.

"……왜 싫어진 건데?"

고요했던 황태자가 불쑥 물었다.

"……네?"

"왜 갑자기 마음이 바뀐 거냐고."

"황족 모독이라면서요."

"이번 한 번은 봐줄 테니까, 어디 한번 지껄여 봐."

나는 얼떨떨하게 놈을 바라보다 이내 찬찬히 얼굴을 구겼다.

'정말 몰라서 묻는 걸까?'

그렇다면 이놈은 천하의 몹쓸 놈이었다.

"절 죽이려고 하셨잖아요."

봐준다고 했으니, 나는 과감하게 그 이유를 쏴붙였다. 애당초 '엑스'를 수도 없이 친 이유가 그 때문이다. 상식적으로 나를 죽이려

드는 미친놈을 어떤 정신 나간 여자가 좋아하겠는가.
그러나 황태자는 내 대답에 전혀 모르겠다는 표정을 지었다.
"내가 언제?"
"내가, 언제……?"
이렇게 황당할 수가 없었다. 잠시 입을 뻐끔거리던 나는 버럭 외쳤다.
"그날요, 2황자님의 탄신 연회 날! 미로 정원에서 황태자님이 칼로 제 목을 치려고 했잖아요! 그것 때문에 제가 얼마나……!"
온갖 악몽을 꾸며 며칠을 끙끙 앓았었다. 목에 붕대를 둘둘 감고 다니는 모습이 오죽 병자 같았으면 공작도 데릭도 큰 꾸지람 없이 넘어갔을까.
"그건……."
내 말에 황태자가 드물게 당황한 낯을 했다.
"……진짜 죽이려고 한 건 아니다."
'X랄 마.'
나는 차마 입으로는 내뱉을 수 없어, 내 생각이 여과 없이 드러난 눈으로 그를 바라보았다. 게임을 할 때 미로 정원에서 하도 죽어서 황태자 루트를 진행할 수 없을 지경이었다.
"그땐 기분이 정말 개같았을 때였다. 눈에 뵈는 게 없던 상태라, 앞에 나타난 게 누구라도 칼을 뽑아 들었을 거야."
그런 내 생각을 알 리 없는 황태자가 변명하듯 읊조렸다.
"그래도 공녀가 날 좋아한다는 소리에 흥미가 생겨서 잘 살려 놨지 않나?"
"……정말이지 손발이 벌벌 떨리고 눈물이 줄줄 날 만큼 황송하네요, 전하."

"비꼬는 건가?"

"그럴 리가요."

나는 퉁명스럽게 대꾸하며 고개를 돌렸다. 그러나 대화를 단절하려는 내 태도에도 황태자는 도무지 끝이란 걸 몰랐다.

"그럼 왜 반하게 됐는지도 말해 봐."

"하…… 그때 이미 말씀드렸잖아요."

나는 깊은 한숨을 쉬며 지친 목소리로 중얼거렸다.

"외모가 출중하시고, 용맹하고, 칼을 잘 쓰셔서라고……."

"마음에도 없는 소리 지껄이지 말고. 내가 눈이 없는 병신인 줄 아나?"

내 성의 없는 태도에 황태자가 붉은 눈을 번뜩였다.

"내 얼굴만 보면 그따위 표정을 지으면서, 지금 그걸 나보고 믿으라고?"

"제 표정이 어때서요?"

"개똥이라도 씹은 얼굴이잖아."

"……."

너무 제대로 봐서 할 말이 없었다. 말을 잃은 나를 보며 황태자가 조금 누그러진 목소리로 설득했다.

"솔직히 말해 봐. 누가 내게 그런 고백을 하지 않으면 죽이겠다고 협박이라도 했나?"

나는 생각했다.

'차라리 그랬으면 좋겠다…….'

나도 내가 그때 왜 그따위 막말을 했는지 도무지 모르겠는데, 연유를 자꾸 추궁해 봤자 대체 무슨 대답을 하냔 말이다.

"……."

나는 거의 나를 쏴죽일 듯 들끓는 눈으로 바라보는 황태자를 황망하게 마주 보다가, 체념조로 아무 말이나 털어놨다.

"……머리 색이 예뻤어요."

황태자의 눈이 살짝 커졌다.

"……뭐?"

"……전하의 귀환 축하 연회에서 봤을 때 말이에요."

나는 위화감을 조성하지 않기 위해 용케 첫 만남을 바꿔 말했다. 기실 내가 황태자를 처음 본 것은 2황자의 탄신 연회 때였지만.

때문에 자연스럽게 그날의 황태자의 모습이 머릿속에 그려졌다. 붉은 망토를 휘날리며 레드 카펫을 당당히 가로지르던 장신의 남자.

"머리카락이 샹들리에 빛에 반사돼서 반짝반짝 빛나는데…… 그게 꼭 황금 가루가 떠다니는 것 같았어요."

그가 질질 끌고 오던 암살자를 발견하기 전까진, 참으로 황족다운 외모라고 생각했다.

일러스트로만 보던 황태자의 현실 모습은 충격적일 만큼 고결하고 위압감 넘쳤다. 나는 그때 내가 느꼈던 감상을 여지없이 내뱉었다.

"게다가 눈은 꼭 상등품 루비를 박아 놓은 것 같아서, 부티가 나 보였어요."

"부…… 티?"

내 말에 황태자가 기가 막힌다는 말투로 되물었다.

"그게, 내게 첫눈에 반한 이유가?"

"사람이 돈 좀 있어 보이면 좋잖아요."

진짜 반한 것은 전혀 아니었으므로 나는 긍정 대신 적당히 에둘러 답했다.

"제가 원래 보석을 좀 좋아해요. 물론 황금도요."

"허."

그토록 고대하던 연유가 황당하기 그지없었는지, 황태자는 연신 헛바람을 터뜨렸다.

"그대는 정말……."

황태자는 알 수 없는 얼굴로 나를 보며 혼잣말처럼 중얼거렸다.

"이상한 여자군."

"……?"

"정말 이상해."

그와 동시에 그의 머리 위가 반짝였다.

[호감도 29%]

이상하다면서 호감도가 오르는 이유는 뭐란 말인가.

'네가 더 이상하거든?'

괜히 욕을 얻어먹은 것 같은 찝찝함에 나는 뚱하게 물었다.

"이제 됐죠? 전 다 말했으니까, 이제 더 묻지 마세요."

"……하."

황태자는 한참 동안 나를 물끄러미 바라보다 헛웃음을 지었다. 그리고 턱짓하며 말했다.

"……동이 트면 바로 숲을 빠져나가야 하니 그만 잠자리에 들지."

내가 지어낸 연유에 대해 대충은 납득한 것 같았다.

"안녕히 주무세요, 전하."

마치 그 말을 기다리고 있었던 사람처럼 나는 바로 등을 돌리고 누웠다. 뒤에서 못마땅한 듯 혀를 차는 소리가 들렸지만, 못 들은 체했다.

'드디어 해방이다!'

나는 마침내 놈의 집착에서 벗어났다는 생각에 홀가분한 심정으로 눈을 감았다.

내가 황태자의 망토를 덮고 있었으므로, 뒤늦게 그는 바지만 입은 채 맨몸뚱이로 자야 한다는 사실이 떠올랐지만, 신경 쓰지 않았다.

'내 알 바 아니지.'

기절했다가 깨어난 상태였음에도 나는 몹시 피곤하고 지쳤다. 오늘 하루는 정말이지, 엄청나게 스펙터클했다. 이른 아침부터 대체 얼마나 많은 일이 있었던가.

매일 이런 식으로 게임을 진행하다가는 호감도를 얻기도 전에 요절할 것 같았다.

'아냐! 요절은 무슨!'

나는 불길한 상념들을 마구 털어 내며 잠을 청했다. 그러나 시간이 흘러도 도통 잠이 오지 않았다.

애써 눈을 꾹 감고 초원에 널려 있는 양을 상상하며 개수를 셌다.

'9, 10, 11, 12…….'

양의 수를 셀수록 점점 무의식의 세계로 빠져들어 가던 중이었다.

'11…… 10…… 9…….'

초원 위에 뿅뿅 생겨나던 양들이 갑자기 줄어들기 시작했다.

우둑, 우드두둑—. 거대한 무언가가 가장 멀리 떨어져 있던 양부터 하나하나 잡아먹었기 때문이다. 잔디밭을 거닐던 양들이 빠른 속도로 줄어들었다.

마침내 양을 모두 잡아먹고 거대한 무언가가 피를 뚝뚝 흘리며 내 앞에 다가왔다. 그것은 곧바로 내 위로 손을 번쩍 쳐들었다.

후웅—. 시시각각 앞발이 다가온다. 나를 먹어치우기 위해 입을 쩍 벌린 채 울부짖는 것은 바로…….

괴물 곰의 대가리였다.

— 쿠워워어어억!

"헉."

나는 몸을 퍼덕이며 번쩍 눈을 떴다. 반사적으로 눈알을 굴려 이리저리 확인했지만, 괴물 곰은 온데간데없었다.

타닥타닥, 타오르는 모닥불 소리. 여전히 어두컴컴한 동굴 안이었다.

'다행이다.'

나는 얕은 숨을 헐떡이며 비척비척 자리에서 일어났다. 그러다 불쏘시개로 모닥불을 뒤적이고 있던 남자와 눈이 마주쳤다.

"……아, 안 주무세요, 전하?"

아까 그 자리 그대로 앉아 있는 황태자가 갑자기 일어난 나를 잠시 놀란 눈으로 바라보았다. 그러다 퉁명스레 대답했다.

"둘이 같이 자다가 사이좋게 짐승 밥이 되면 딱 좋겠군, 그래."

불침번을 서겠다는 소리를 저렇게 배배 꽈서 말하는 것도 대단한 능력이었다.

생각지 못한 놈의 듬직한 모습에 일순 멍해졌다. 그때, 황태자가 불쑥 입을 열었다.

"잠이 안 오는 건가?"

"네? 아, 네……."

이미 자다가 악몽을 꾸고 일어났다는 말은 차마 할 수 없어서 대충 얼버무렸다. 그의 변함없는 자세나 어두컴컴한 시야로 보아, 얼마 지나지 않은 시간 동안 깜빡 잠이 든 것 같았다.

잠이 완전히 깬 상태인데도, 머리가 몽롱했다.

'추워…….'

문득 으슬으슬 한기가 느껴졌다. 연약한 몸뚱이에 장대비를 맞고 강물에 빠지기까지 한 것이 썩 좋지 않은 영향을 끼친 듯했다.

나는 망토를 단단히 여미며 모닥불 앞에 쭈그려 앉았다. 불을 쬐기 위해서였다.

"……."

황태자는 그런 나를 보며 한쪽 눈썹을 추켜세울 뿐 별말 하지 않았다. 하지만 불 앞에 앉아 있음에도, 추위는 가시지 않았다.

'왜 이러지?'

나아지기는커녕 오히려 내가 느끼기에도 몸이 덜덜 떨렸다. 주체할 수 없었다. 뒤늦게 이것이 추위 때문만이 아님을 인지했다.

'……돌아가면 진정제 같은 거라도 먹어야 하나?'

나는 원래 감정의 자각이 둔한 편이었다. 그리고 그만큼 후유증도 늦었다.

마치 전날 마수를 처치하고 뷘터 앞에서 바르르 떨리는 손을 주체하지 못할 때처럼, 나도 모르는 새 크게 놀랐던 상황에 대한 트라우마가 지금에서야 후폭풍처럼 찾아온 것이다.

사실 어느 하나 놀라지 않는 게 이상한 하루였다. 앞발을 휘두르는 곰, 화살에 맞아 쓰러지던 황태자, 뒤를 바짝 추격하던 암살자들…….
"……추운가?"
망토에 가려 보이지 않으리라 생각했는데, 황태자는 바로 내 이상을 알아차렸다.
"……네? 아니요."
나는 부정했다. 이런 내 상태를 굳이 알려 봤자 좋을 게 없었으므로. 그러나 황태자는 미심쩍은 얼굴로 옆에 놓여 있는 장작을 모닥불 안에 몇 개 더 집어넣었다.
화아악—. 불의 세기가 한층 더 세졌다. 그러나 여전히 떨림은 멈추지 않았다.
"쯧. 번거롭게도 하는군."
그 순간, 황태자가 벌떡 자리에서 일어났다. 일렁이는 불 그림자 때문에 잘 보이지 않던 탄탄한 상체가 고스란히 드러났다.
"꺅! 뭐, 뭐 하시는 겁니까!"
나는 작게 비명을 지르며 양손으로 눈을 가렸다. 물론 놈이 무슨 행동을 하는지 살피기 위해 검지와 중지 사이를 활짝 벌린 상태였다.
황태자는 모닥불을 돌아 성큼성큼 내 쪽으로 걸어왔다.
"우습지도 않은 짓거리 그만하고 옆으로 비켜."
갑작스러운 놈의 행태에 나는 매우 당황했다.
"왜, 왜 이러세요?"
"안 비켜?"
놈이 눈썹을 휙 추켜세우며 무섭게 압박했다. 그러나 내가 영 움직일 생각을 안 하자, 털썩 바닥에 주저앉으며 제 몸뚱이로 우악스럽게 밀어붙였다.

"저기요!"

나는 기겁을 하고 벌떡 일어났다. 원래 놈의 자리였던 반대편으로 도망가기 위해서였다.

그러나 그조차 여의치 못했다. 놈이 내가 걸치고 있는 망토 끝자락을 확 잡아당겼기 때문이다.

"악!"

단말마와 함께 나는 속절없이 쓰러졌다. 딱딱한 바닥 위로 철푸덕 넘어질 거란 생각에 눈이 질끈 감겼다. 그러나 내가 쓰러진 곳은 차가운 동굴 바닥이 아닌…….

'……응?'

황태자의 품 안이었다. 타인의 몸에서 뿜어져 나오는 뜨끈한 열기가 느껴졌다. 고작 망토 한 겹을 사이에 두고 몸이 꽉 밀착됐다.

'헉. 지, 지금 대체 무슨 상황이야?'

나는 입을 떡 벌린 채 나무토막처럼 굳었다.

"저, 저기요, 지금 뭐 하시는 겁니까? 놔, 놔주세요!"

한발 늦게 정신을 차린 나는 버둥거리며 놈의 품 안에서 벗어나려 했다. 그러나 허리와 등을 옥죄고 있는 팔뚝은 꿈쩍도 하지 않았다.

"무례하군. 감히 제국의 황태자에게, 저기요?"

놈이 낯 하나 바꾸지 않고 잘도 지껄였다.

"버둥거리지 말고 가만있어. 나도 공녀가 좋아서 이러는 거 아니니까."

"그, 그러니까 놔요! 이게 무슨 추행……!"

"머리통에 무슨 엄한 생각이 들었는지 모르겠지만, 집어치워."

추행범 취급하는 내 음성에 황태자가 불쾌하다는 듯 낯을 굳혔다.

“전장에서 고립되었을 때는 전우들끼리의 체온 유지가 가장 중요하다. 추위를 가벼이 여기다가 고작 한두 시간 차이로 명을 달리하곤 하지.”

“…….”

나는 그 말에 움직임을 멈칫했다. 난데없이 다가와 나를 덥석 껴안은 이유가 나름 타당했기 때문이다.

그 얼굴을 다시 살펴보자니, 정말로 내키지 않는 일인 듯 나를 보는 눈빛이 너무나도 심기 불편해 보였다.

‘하긴. 얼마 전까지 죽이네, 마네 했는데 아무리 게임이라지만 그렇게 개막장일 리가…….’

노멀 모드의 여주였다면 모를까. 나와 황태자 사이에 그런 야릇한 기류가 피어날 가능성은 조금도 없었다.

‘아니. 그런데, 갑자기 봉변당한 건 난데 왜 지가 더 싫다는 표정을 지어?!’

놈의 행동이 이해가 가면서도 마지못해 한다는 얼굴이 묘하게 기분 나빴다. 나는 불퉁한 목소리로 투덜거렸다.

“여긴 전장 아니잖아요.”

“그럼 계속 버티다가 1시간 후에 저체온증으로 뒈지시든지.”

“…….”

나는 저주나 다름없는 악담에 힘겹게 입을 꾹 다물었다. 안 그러면 간신히 올려 둔 ‘29%’를 다 깎아 먹을 만한 말을 할 것 같았다.

황태자와 나의 공방이 한차례 지나간 동굴 안에는 다시 적막이 내려앉았다. 놈의 품에 어색하게 안겨 굳은 채로 모닥불 너머 암벽

어드메를 노려보고만 있을 때였다.

"……왜 계속 개 떨듯이 떠는 거지?"

놈이 미간을 좁히며 이해가 가지 않는다는 투로 물었다. 그와 동시에, 허리에 둘러진 팔에도 바싹 힘이 들어갔다. 최대한 내색하지 않으려고 몸에 힘을 꽉 주고 있던 것이 무색하게도, 맞닿은 몸으로 진동이 전해진 듯했다.

'개 떨듯이 떤다니!'

나는 놈의 저질스러운 언어 선택에 얼굴을 와락 일그러뜨렸다. 그러다 화낼 힘도 없어 무기력하게 대꾸했다.

"……추워서만 그런 거 아니에요."

"그러면?"

황태자 놈이 득달같이 물었다.

"그냥……."

"그냥?"

대충 얼버무리려 했지만 집요함이 남다른 놈에게는 통하지 않았다. 나는 황태자의 커다란 망토 아래에서 간헐적으로 벌벌 떨리는 차가운 손을 맞잡고 문지르며 애써 아무렇지 않은 척 말했다.

"눈을 감으니까…… 아까 일이 자꾸 생각나서요."

"아까 일?"

황태자가 눈살을 찌푸리며 고민하다가 곧 뭔가를 떠올렸는지, '아' 하는 소릴 냈다.

"……절벽에서 떨어질 때? 아, 떨어지자마자 바로 졸도했으니 그건 아니겠군."

"……."

"겁도 없이 나서다가 곰에게 후려 맞을 뻔한 일을 말하는 건가?"
"하…… 네."
이젠 뭐 일일이 반응하기도 지쳤다.
"겁도 없이 나서다가 곰한테 후려 맞을 뻔한 게 떠올라서 몸이 계속 개 떨듯이 떨리네요."
나는 두려워서 떠는 사람치곤 버석하기 그지없는 목소리로 중얼거렸다.
깊은 한숨과 함께 과장되게 인정하자, 황태자에게서는 더 들려오는 소리가 없었다. 분명 '미친개가 그럴 때도 있냐' 어쩌고 하면서 빈정거릴 줄 알았는데…… 의외였다.
모닥불이 피어오른 아늑한 동굴 안에 잠시간 평화가 찾아왔다.
확실히 황태자와 이야기를 나누며 차차 의식을 차리다 보니, 머리끝까지 엄습했던 추위와 떨림이 조금씩 잦아들었다. 그러나 그 자리를 대신하듯 묵직한 피로감이 찾아왔다.
나는 귀 옆을 감싼 두꺼운 타인의 팔뚝에 대놓고 머리를 턱 기댔다.
'동의도 없이 먼저 껴안았으니까, 배개 역할 정도는 해야지.'
감을 듯 말 듯 눈꺼풀만 느릿느릿 껌뻑이고 있을 즈음이었다.
"……내가 어릴 적에 말이야."
문득 머리맡에서 한숨과도 같은 음성이 흘러나왔다. 나는 고개를 돌리는 것도 귀찮아 스르륵 눈동자만 돌려 확인했다. 황태자는 미묘한 얼굴로 그런 나를 내려다보다가 다시 입을 열었다.
"정확히는 아홉 살인가, 열 살 때쯤이었던 것 같군."
"……."
"이 숲에서 오늘 공녀가 마주쳤던 것과 비슷한 크기의 곰을 마주쳤던 적이 있다."

"……곰이요?"

"그래."

뜬금없이 그런 얘기를 왜 꺼내는지 의아했다. 하지만 나는 잠자코 그의 이야기를 들었다.

"2황자의 탄생일과 사냥 대회가 겹치던 때가 한 번 있었지. 나는 그때 아우를 처음 보았다."

그때를 떠올리는지 황태자의 눈빛이 조금 아련해졌다. 그 모습이 그를 아주 조금 인간적으로 느껴지게 했다.

하지만 그것은 찰나였다. 칼리스토는 바로 입매를 비틀며 사나운 표정을 지었다.

"어린아이였던 내가 갓 태어난 애새끼를 해치기라도 할 줄 알았는지, 황비가 몇 년간 꽁꽁 싸맨 탓에 머리털 하나 구경 못 했었거든."

"……."

"모든 귀족들이 사냥 대회에 참석하기 위해 모였지만, 그건 어디까지나 명목상일 뿐이었지. 2황자에게 바칠 선물이 대회 기간 내내 줄을 이었다."

"……."

"그 자리에 빈손으로 참여한 것은 나뿐이었지."

중얼거리는 그의 얼굴이 일순 공허해졌다. 다시 보니 조금 허탈해 보이기도 했다.

"나는 하나뿐인 동생에게 멋들어진 선물을 주고 싶었다."

"……."

"그래서 부왕의 반대에도 불구하고 몰래 활을 들고 사냥터에 숨어들었지.”

“…….”

“그대처럼 토끼 같은 작은 소동물을 잡아다가 선물로 줄 생각이었거든.”

칼리스토는 언제 허탈함을 느꼈냐는 듯, 금방 기세를 회복했다. 나를 돌아보며 웃는 얼굴이 짓궂기 그지없었다.

‘이놈한테 그런 순진무구하고 서글픈 시절이 있었다니…….’

어쩐지 그 사실이 퍽 신기하게만 느껴졌다. 나는 내게 이야기를 해 주는 황태자를 낯설게 바라보았다.

어쨌든 죽기 바빠서 하드 모드 시절의 남주들에 대한 정보가 턱없이 부족했다. 앞으로 살아남기 위해선 뭐든 주워듣고 이용하는 편이 좋았다. 때문에 나는 황태자가 제 입으로 털어놓는 유년 시절을 진중히 새겨들었다.

“그런데 막상 마음에 드는 사냥감을 찾긴 찾았는데, 너무 재빠르게 도망을 쳐서 화살이 영 맞지를 않더군. 사냥감을 쫓다가 나도 모르게 깊은 숲속까지 들어와 버렸다.”

“…….”

“그리고 곰을 맞닥뜨렸지.”

나는 좀 놀랐다. 내가 오늘 하루 겪은 일과 무척 흡사한 일화였기에. 내가 흥미를 갖는 것을 알아차렸는지 황태자는 쉼 없이 바로 말을 이었다.

“나는 공녀와 달리 달려오는 곰에게 화살조차 쏘지 못했어.”

“…….”

“지랄 맞게 무서웠거든. 그저 앞발에 후려 맞기 직전에 간신히 몸을 피한 것이 다였지.”

“……지금의 저와는 달리 전하께선 훨씬 더 어렸을 때 마주친 거잖아요?”

자조적인 칼리스토의 어투에 나는 눈을 껌뻑이다가 대꾸했다.

성인식을 앞둔 나 또한 곰을 맞닥뜨린 공포가 아직도 가시지 않아 벌벌 떨고 있는 건데. 고작 아홉, 열 살. 그 어린 나이에 거대한 맹수를 마주했을 황태자의 두려움은 어느 정도였을까.

어쩌다 보니 위로의 말을 건네는 양상이 되었지만, 칼리스토는 단호하게 고개를 저었다.

“황위를 이을 자에게 그깟 나이는 중요하지 않다. 황제는 언제나 무결해야 하지.”

“그렇지만…….”

“게다가 그도 완전히 피한 것이 아니라 멍청하게도 발톱에 팔이 스쳐 버렸다. 조금만 더 늦었더라면 찢어지는 것에 그치지 않고 아예 이쪽 팔이 날아갔을 테지. 운이 좋았어.”

“흐으…….”

왼팔을 들어 보이며 서슴없이 하는 잔인한 묘사에 나는 진저리를 쳤다. 그런 내 모습이 우스운지 황태자가 피식 입꼬리를 당겼다.

“쫓아오는 괴물을 피해서 정신없이 도망치고 있는데 말이야……. 갑자기 반대쪽에서 화살이 날아오더군.”

“근위병들이 온 거예요?”

“나도 처음엔 그런 줄 알았지.”

황태자가 불현듯 미간을 좁혔다.

“막상 그쪽으로 죽자 사자 뛰어가니까, 검은 옷을 입은 암살자들이 나에게 활을 쏘더군."

"아, 암살자요?"

"고작 10살짜리 아이 하나를 죽이려고 바글바글하게도 보냈어."

나는 그의 담담한 설명에 입을 떡 벌렸다. 지금의 황태자라면 모를까, 어린아이를 죽이기 위해 사냥터에 수십 명의 암살자를 푸는 것이 과연 정상적인 건가?

오늘 맞닥뜨린 스무 명의 암살자들이 떠올랐다.

'……자주 겪는 일이구나.'

어쩐지, 느닷없이 사냥터 한가운데에서 암살자를 마주한 황태자는 놀라울 만큼 침착하고 담담했다. 게임에서 자세히 나오지 않던 폭군의 어린 시절은 생각보다 더 불우했다.

"……누가 보낸 건데요?"

"글쎄. 결국 조사가 흐지부지 마무리돼서 암살을 사주한 자가 누군지는 밝혀지지 않았지만……."

그는 한 손으로 턱을 쓰다듬다가, 문득 시뻘건 눈을 번뜩였다.

"굳이 밝히지 않아도 황비나 그 외척이 보낸 것이겠지. 그때 2황자는 글도 제대로 못 뗀 부진아였으니까."

스스럼없이 하나뿐인 아우를 '부진아'라 칭하는 그 목소리에는 한 줌의 애정도 느껴지지 않았다.

나는 불쑥 걱정이 들었다.

"그런데 이런 얘기…… 저한테 이렇게 막 하셔도 돼요?"

"뭐 어떤가? 그대가 지금 와서 2황자와 붙어먹을 것도 아니고. 만약 그렇다 하더라도 무슨 쓸모가 있을지 모르겠군."

분했지만 맞는 말이었다. 그런데 주먹이 불끈 쥐어지는 건 왜일까.

'어렸을 때부터 이 모양이었으니, 인성이 철저하게 파탄 날 수밖에…….'

나는 다시 한번 속으로 그의 성격 형성에 깊이 납득하며, 이야기를 재촉하는 눈빛을 보냈다.

"그래서요?"

"아무튼 곰을 피해 나를 죽이러 온 암살자들 쪽으로 도망가고 있는데, 별안간 놈들이 쏜 활에 가슴을 맞고 비탈로 떨어졌다."

"가, 가슴을요?"

"그래. 다행히 목에 걸고 있던 어마마마의 유품 덕에 죽진 않았지."

나는 반사적으로 시선을 내려 칼리스토의 목 주변을 바라보았다. 그러나 유품은커녕 천 자락 하나 걸치지 않은 단단한 맨가슴뿐이었다.

"지금은 없다. 그때 이후 못 쓰게 돼서 따로 보관해 뒀거든."

황태자가 비식 웃으며 조롱했다.

"이제 내외하는 모습은 집어치우기로 했나?"

"크흠!"

뒤늦게 얼굴이 화끈해졌다. 나는 헛기침을 하며 황급히 고개를 돌렸다.

"그, 그래서, 그다음은 어떻게 됐는데요? 쫓아오던 곰은요?"

애써 화두를 돌리자 황태자는 픽, 조소하면서도 순순히 어울려 주었다.

"웃기게도 비탈 아래로 떨어진 덕분에, 쫓아오던 곰이 그대로 나를 지나쳐 암살자들에게 달려들더군."

그는 그때를 떠올리는지 다시금 입꼬리를 비틀어 올렸다.

"피 튀기는 혈투였다. 그 곰, 지능이 아주 대단했어. 무기를 든 인간 열댓 명을 상대로 능히 싸우더군."

'크워어어억—!'

어디서 곰이 울부짖는 소리가 울려 퍼지는 것 같았다. 미쳐 날뛰는 거대한 괴물 곰. 그런 곰이 휘두른 발에 쓸려 나가는 암살자들을 숨죽인 채 지켜보는 어린 날의 황태자의 모습이 그려졌다.

"……그래서 누가 이겼어요?"

황태자는 무표정한 얼굴로 즉답했다.

"둘 다 전멸했다."

"둘…… 다요?"

"암살자 놈들은 수적으로는 우세했지만, 흔적을 최소화하기 위해 근접 무기를 소지하지 않았다."

"……."

"반대로 곰은 놈들을 다 쓸어버리고 승리했지만, 화살에 발린 독이 퍼져 끝내 죽어 버렸지."

결국, 그 엄청난 살육의 현장에서 살아남은 건 어린 황태자뿐이었다.

"그대는 살아남은 내가, 그다음 어떻게 했을 것 같지?"

이번에는 황태자가 돌연 내게 질문을 던졌다.

"……."

나는 입술을 달싹이다가 끝내 아무런 답도 못 했다.

뭘 어떻게 한단 말인가? 나였다면 곰과 암살자들이 격돌했을 무렵에 필사적으로 도망쳐 이미 숲을 빠져나갔을 것이다.

"나는 죽은 곰의 목을 잘라 갔다."

하지만 당사자의 입을 통해 듣는 어린 시절의 황태자는, 꿈에도 생각지 못한 행동을 저질렀다.

"그리고 당당히 사냥 대회의 우승을 차지했지."

"……."

"시상식이 끝나고, 가지고 온 곰 대가리는 2황자의 생일 선물이 쌓여 있는 곳에 던져두었다. 아직 식지 않은 피가 질질 흐르는 꼴이 꽤 장관이었어."

일화의 끝을 들은 나는, 아연해졌다.

'대체 어떤 사고를 거치면 그 자리에서 죽은 곰의 목을 잘라 갈 수가 있지?'

잘 흘러가던 이야기가 갑자기 거센 폭풍을 만나 방향이 확 꺾인 것 같았다. 황태자는 말이 없는 내가 충격을 받았다고 여긴 건지 실실 비웃음을 흘렸다.

"그래도 공녀는 참으로 용기가 가상하지 않나? 기회주의자인 나와는 달리, 거기서 곰을 직접 상대하고 있었으니 말이야."

어느새 그는 평소와 같은 모습으로 돌아간 상태였다. 기분 나쁜 웃음이 가득한 황태자의 낯짝을 멀거니 바라보자니…….

어쩌면 그는 나를 조롱하는 게 아니라 그 시절의 자신을 조롱하는 게 아닌가 하는 생각이 들었다.

"석궁 실력이 생각보다 상당하더군."

"……."

"웬만큼 숙련된 사냥꾼들도 갑자기 곰을 맞닥뜨리면 그대만큼 침착하게 행동하지 못할 것이다. 그때 등을 보이고 달아났다면, 얼마 가지 않아 곰에게 따라잡혀 사지가 찢겼을 테니까."

“…….”

“그러니 쓸데없는 상념은 집어치우고, 본인의 직감과 대처 능력을 자랑스럽게만 여겨.”

뜻밖의 위로였다. 나는 눈을 크게 뜨고 칼리스토를 응시했다.

확실히 비슷한 상황을 겪어서 그런 걸까. 무뚝뚝하고 성의 없기 짝이 없는 말임에도 불구하고 마음이 진정됐다. 동시에 그런 말을 해 주는 이가 다른 누구도 아닌 황태자라는 것이 아이러니하게 느껴졌다.

“……칭찬 감사합니다.”

꽤 오랜 시간이 흐른 후, 나는 가까스로 입을 열어 어색하게 답했다.

“전하께서도 어린 나이에 용기가 무척 대단하셨네요.”

그리고 나름대로 칭찬을 돌려주었다.

황태자가 들려준 이야기에 대해서는 딱히 그것 말고 할 말이 없었다. 그의 유년 시절에 대해 안타까움이 들긴 했지만, 그건 잠시뿐이었다. 죽은 곰의 머리를 잘라 가서 우승해 먹었다는 대목부터 생각이 뒤바뀌었다.

‘이 자식은 이미 그때부터 글러 먹었던 거야.’

그런데 칭찬을 해 줬음에도 대체 뭐가 마음에 들지 않는 건지, 그 순간 황태자의 얼굴이 와락 찌푸려졌다.

“그게 끝인가?”

“네? 뭐가요?”

나는 어리둥절해져서 되물었다. 황태자의 미간의 골이 더 깊어졌다.

“내 이야기에 대한 감상 말이다.”

“네. 끝인데요?”

“공녀는 감정이란 게 없나?”

“……예?”

난데없는 디스에 나는 어안이 벙벙해졌다. 그러자 황태자가 시뻘건 눈으로 나를 노려보며 대뜸 내뱉었다.

“사람이 왜 그렇게 못 돼먹었어?”

“뭐라…… 고요?”

나는 생소한 말이라도 들은 것처럼 흰 눈을 떴다.

‘허! 지가 나한테 그런 말 할 처지야?’

기가 막혀서 연신 입만 뻐끔거리는 사이, 놈은 제가 더 기분 나쁘다는 투로 쏘아붙였다.

“전장에서 벌벌 떠는 병사들에게 이런 얘길 해 주면 눈물 콧물 질질 짜면서 울던데.”

“…….”

“공녀는 어린 시절의 내가 가엽지도 않나?”

뭐가 불만인지 토로한 놈의 말에 나는 그저 헛웃음을 지었다.

‘안 가여워. 하나도 안 가여워!’

대체 어느 부분을 가엾이 여겨야 하는 거란 말인가.

이 망할 게임 속에선 내가 제일 가엽고 불쌍했다. 적어도 황태자 놈은 자신을 극도로 혐오하는 인간의 호감이 떨어질까 전전긍긍하며 비굴하게 굴 일은 없을 테니까.

답을 기다리듯 빤히 나를 응시하는 붉은 동공을 향해, 나는 그 모든 것을 적당히 에둘러 말했다.

“……어쨌든 지금은 멀쩡히 잘 살아 계시잖아요. 원래 슬픈 이야기는 죽음으로써 완성되는 거예요."

내가 그 새드엔딩 피하려고 얼마나 개고생하고 있는지, 이놈은 죽었다 깨어나도 모를 것이다.

"허."

내 대답에 놈이 혀를 차며 중얼거렸다.

"과연 소문대로 피도 눈물도 없는 악녀군."

"지금 누가 할 소리를……!"

다른 남주 놈들은 다 참아도 이 자식의 매도만은 참을 수 없었다. 기어코 버럭 터지려던 분노는 '어디 더 해 보라며' 흥미롭게 빛나는 놈의 적안에 곧장 길을 잃었다. 나는 깊게 심호흡을 들이쉬며 참을 인을 새겼다.

'개XX.'

입을 꾹 다물고 놈을 노려보며 눈빛으로 쌍욕을 되뇌는 중이었다.

"하……."

놈이 느닷없이 살벌한 표정을 풀고 헛바람을 터뜨렸다.

"공녀와 있으면 정말이지, 지루할 틈이 없어."

그리고.

[호감도 34%]

놈의 얼굴에 떠오른 희미한 웃음 조각과 함께 호감도가 올랐다. 나는 서서히 눈을 크게 떴다. 5%. 꽤 큰 상승 폭이었다.

멍하니 금빛이 부스러지는 그의 머리 위를 바라보았다. 노멀 모드에서 기본으로 주어지는 호감도 '30%'를 넘겼다. 이제 황태자의 호감도는 죽음에서 꽤 멀어졌다고 할 수 있을 수준에 이르렀다.

하지만 잘 실감 나지 않았다. 안도해서 그런 걸까. 나를 보며 웃는 놈의 얼굴을 보니 그저 기분이 이상해졌다.

"떨림이 멎었군."

그때, 등 뒤를 옥죄던 사슬이 탁 풀렸다. 덥석 껴안을 때와는 달리, 칼리스토는 퍽 조심스러운 손길로 나를 놓아주었다.

"이제 진짜 자도록 해."

그는 자리에서 일어나 미련 없이 모닥불 저편으로 돌아갔다. 뜨끈하게 주위를 감싸던 온기가 순식간에 멀어졌다.

그의 말처럼, 어느새 몸을 점령했던 떨림이 정말로 잦아든 후였다.

"아버지."

"돌아왔느냐?"

초조하게 탁상을 두드리던 에카르트 공작은 막 카바나 안으로 들어서는 장남을 보고 반색했다. 그러나 고개를 젓는 데릭의 모습에 와작 눈살을 찌푸렸다.

"……아직인 게야?"

"레널드가 사냥개들을 데리고 다시 숲으로 들어갔습니다. 곧 소식이 들릴 겁니다."

"마지막으로 본 자는."

"소동물 사냥터로 가는 길을 묻기에 답해 주었다는 기사 한 명을 찾았습니다."

"그래서. 그쪽으로 갔다더냐?"

데릭은 이번엔 조용히 고개를 끄덕였다. 쾅—! 공작은 답답하다는 듯 주먹으로 탁상을 내리쳤다.

"이제 해도 다 저물었는데, 아직 성년도 안 된 여자애가 대체 숲에서 홀로 어쩌려고……!"

사냥터를 구경하겠다는 말을 하긴 했지만, 정말 그러리라곤 생각하지 않았다. 페넬로페는 원래 변덕이 심했다.

설사 그렇다 하더라도, 소동물 사냥 구역은 사냥 대회를 주관하는 천막이 있는 공터와 그다지 멀지 않은 거리였다. 무슨 일이 생기더라도 주둔하고 있던 근위병들이 금방 찾아낼 수 있을 만큼.

문제는 맹수들을 풀어 놓은 깊은 숲속으로 들어갔을 때였다. 공작은 지끈지끈 아파져 오는 관자놀이를 꾹꾹 누르며 물었다.

"황태자 쪽은."

그 순간, 데릭의 미간이 미미하게 꿈틀거렸다. 머리를 주무르느라 딱딱하게 굳는 아들의 입매를 공작은 미처 보지 못했다.

"……황궁에서도 이제 막 수색대를 파견했습니다."

하필이면 이런 때, 공녀 하나만 사라진 게 아니었다. 모일 시간이 다 됐음을 알리는 각적 소리가 울린 지 한참이 지났음에도, 황태자 또한 돌아오지 않았다.

"찾으면 이쪽에도 알려 달라고 언질을 해 뒀으니, 기다리는 일만 남았습니다."

"설마 그 망나니 같은 자식이 페넬로페를 또 베어 죽인답시고 어디로 끌고 간 건……."

"아버지."

데릭이 공작을 막아섰다.

"듣는 귀가 많습니다."

그 또한 그런 생각을 하지 않은 게 아니었다. 다만, 이곳은 에카르트만의 영역이 아닌 온갖 귀족들이 몰려든 사냥제의 중심. 누가 어디에 귀를 심어 놓았을지 모를 일이었다.

"먼저 수색을 나섰던 레널드가 이상한 것을 목격했다 합니다."

데릭은 한층 더 낮아진 목소리로 읊조렸다.

"맹수를 풀어 놓은 금색 표식 구역에서 목이 잘린 불곰의 사체가 있었답니다."

"……곰의 사체?"

심각한 사안에 공작은 덩달아 목소리를 죽였다.

"네. 그런데 이상하게도, 잘린 머리는 몸뚱이에서 멀리 떨어진 곳에 나뒹굴고 있었다고 하더군요."

"음."

"또 몸뚱이에는 털이 군데군데 그을려 살이 드러나 있었다고 합니다. 동그란 구슬 모양으로 말이죠."

"뭐, 뭐라고!"

동그란 구슬 모양. 틀림없이 페넬로페에게 준 석궁의 볼트였다. 데릭이 뭘 말하는지 알아차린 공작이 입을 떡 벌렸다.

"혹시 그 곰이 인간을 공격한 건……."

"그런 흔적은 없었다고 단언했습니다."

데릭이 단호하게 부정했다. 공작은 한시름 놓았다. 그나마 다행이었다.

"그래서. 그 곰의 사체는 어떻게 처리했다느냐."

"엘렌 후작가의 시종들이 먼저 도착해서 수습하고 있던 상태인지라, 사체 확인만 하고 물러설 수밖에 없었답니다."

"엘렌 후작가?"

뜻밖의 이름에 공작의 짙은 눈썹이 꿈틀거렸다.

"그럼…… 엘렌 후작이 그 곰을 잡은 것인가?"

"그럴 리가 있겠습니까. 황태자 전하의 악취미로 포악하게 개량된 개체임이 분명할 텐데요."

"하긴, 활도 제대로 못 쏘는 노친네가 곰을 잡을 수 있을 리 없지……."

"게다가 잡았다면 돌아올 때 자른 머리를 가져왔을 겁니다."

하지만 엘렌 후작의 사냥감은 고작 노루 두 마리뿐, 거대한 맹수의 머리는 어디에도 없었다.

"하…… 일이 어떻게 돌아가는지 도무지 알 수가 없구나."

공작은 통 골치가 아픈지 깊은 한숨을 내쉬며 중얼거렸다.

"페넬로페, 그 애는 또 왜 맹수를 풀어 놓은 구역까지 가서! 그놈의 석궁을 다시 쥐여 주는 게 아니었는데……."

"아버지."

잠자코 그의 중얼거림을 듣던 데릭이 불쑥 물었다.

"페넬로페에게 준 석궁, 무슨 마법을 새기신 겁니까?"

"……."

"무슨 마법을 새겼기에 그 애가 천지 분간도 못 하고 곰까지 쏘게 만든 겁니까."

"……크흠!"

공작은 바뀐 주제가 불편한지 헛기침을 하며 고개를 돌렸다. 그런 부친을 바라보는 데릭의 눈이 가느다래졌다.

"설마, 살상용 무기인데 마력을 눈속임한 겁니까?"

"살상용이라니! 그런 거 아니다."

공작이 휙 고개를 돌리며 무뚝뚝하게 덧붙였다.

"……맞아 봤자 잠시 기절하는 정도일 뿐이야. 사냥용으로 적합하니 검문에도 통과했겠지."

"정말 그것뿐입니까?"

예리한 놈 같으니라고. 도통 쉽게 넘어가지 않는 첫째 아들의 모습에 공작이 끄응, 침음 했다.

"……거기에, 맞기 전의 기억을 잃는 마법을 추가로 걸어 놓았다."

"……."

무표정했던 데릭의 얼굴이 와락 일그러졌다. 한동안 천막 안에 정적이 감돌았다. 데릭은 한참 후에서야 입을 열었다.

"……왜 그 애에게 그런 걸 주셨습니까?"

공작은 흘긋 아들을 곁눈질하며 태연히 답했다.

"정 쏘고 싶은 사람이 생기거든 끌고 가서 몰래 쏘라고 달랠 겸 주었다."

"그 애 성격을 알면서, 그런 위험한 물건을 손에 쥐여 주셨습니까?"

분노를 억누르는 듯, 데릭의 음성이 한층 더 가라앉았다.

"그러다가 작년처럼 날뛰며 사람들을 마구잡이로 쏘고 다니면요."

"……."

"석궁에 맞고 기억을 잃는 자가 수두룩하게 나오면, 그 뒷수습은 어쩌려고 그러셨습니까."

"스읍, 앞서 나가지 마라."

공작이 혀를 차며 변명하듯 말했다.

"만약을 대비한 것뿐이야. 충분히 반성했다고 하니 저도 알아서 조심하겠지."

"켈린 백작 하나도 모자라, 이번에는 여러 귀족들에게 남은 광산들마저 다 넘겨줄 생각이십니까?"

"데릭 에카르트."

공작이 단호히 데릭의 말을 끊어냈다. 페넬로페의 행패를 끝까지 물고 늘어지며 난리를 치는 켈린 백작에게 다이아몬드 광산 하나를 통째로 넘겨주었던 일은, 기실 에카르트로서도 큰 손실이었다.

그러나 엄연히 계보에 정식으로 입적된 공녀. 그것도 어린애가 철모르고 저지른 일로 감옥에 투옥되는 것을 어찌 가만 보고만 있는단 말인가.

"……그만하거라. 줄만 했으니 주었겠지. 요즘 집 안에서 일어난 잡다한 일 때문에 기가 팍 죽어 다녔지 않느냐."

"아버지!"

데릭이 답지 않게 언성을 높였다. 이를 악문 턱이 단단해졌다.

"고작 그런 이유로 마법까지 새긴 석궁을……!"

"도나 부인에 이어 연무장에서의 일 때문에 상심이 커 보이더구나."

반박하려던 데릭의 말허리를 공작이 불쑥 끊었다.

"그 노예 놈이 기사의 목을 조른 것도, 다 보는 데서 대놓고 페넬로페의 험담을 했기에 그렇다던데. 알고 있었느냐?"

"그건……."

데릭의 입이 다물어졌다. 뒤늦게 전해 들어 알고는 있었다. 집사에게 석궁 연습을 하러 갔다는 언질을 받고 연무장으로 향한 것도 그 때문이었다. 감히 공녀를 모욕한 불경한 놈을 파면했다는 소식을 전하기 위해.

하지만 노예 새끼에게 반쯤 안긴 채로 석궁을 쏘는 모습을 보니,

순간 눈이 뒤집혔다. 결국, 알려 주고자 했던 말은 아무것도 전할 수 없었다.

"……욕을 얻어먹고 와서 차라리 근신을 할 테니 사냥 대회에 참석하기 싫다는 애한테 그럼 꾸중을 하겠느냐, 뭘 하겠느냐."

"……."

"그래서 석궁을 주면서 달랬다. 언제까지 집에만 박혀 있게 할 수는 없지 않니."

이어지는 공작의 말에 데릭은 잠시 침묵했다.

"……마크란 놈과 그 패거리들은 바로 파면했습니다."

한참 후 그는 서늘하기 그지없는 목소리로 입을 열었다.

"아버지나 저에게…… 아니, 하다못해 집사에게라도 말을 했다면 쉽게 해결될 일이었습니다."

"……."

"그런데 매번 최악의 상황으로 치닫게 만드는 것은 누구도 아닌……."

그 애인데.

"데릭."

미처 다 내뱉지 못한 말은 공작의 부름으로 아스라이 사라졌다.

"그 아이를 너무 미워하지 말거라."

"……."

"페넬로페가 그렇게 천방지축이 된 것도 어찌 보면 다 내 허물이다. 내 욕심 채우겠다고 데리고 와서 제대로 돌보지도 못했으니."

"……."

"지금이라도 정신 차리고 철이 좀 들려는 것 같으니 잘 챙겨 주거라. 하나뿐인 여동생이지 않느냐."

공작의 마지막 말에 데릭이 부서져라 주먹을 쥐었다.

"제게 여동생은 이본 하나뿐입니다."

딱딱하게 굳어진 입술 사이로 이를 악문 소리가 흘러나왔다. 공작은 그런 그를 물끄러미 바라보다가 한숨을 쉬며 고개를 돌렸다.

"……이제 이본은 그만 놔주자꾸나."

"아버지."

그는 방금 들은 소리가 믿기지 않는다는 얼굴로 공작을 홱 돌아보았다.

어떻게 그런 말을 할 수 있단 말인가. 그 누구도 아닌, 이본과 자신들의 친부가.

"……이본을 잃어버린 것은 어쩔 수 없는 사고였다."

그러나 공작은 멈추지 않았다.

"그간 단 한 번도 찾는 것을 멈추지 않았지만, 목격했다는 사람조차 나타나지 않았지. 이젠 그만 인정할 때다. 그 애가 더는 이 세상에 없다는 것을."

"아버지!"

"페넬로페가 공작저로 온 지도 벌써 6년이다."

일그러진 아들의 얼굴을 바라보는 공작의 눈빛에 괴로움이 서렸다.

"내 너희들의 의견을 미처 묻지 않고 짧은 판단으로 데리고 온 것은 사실인지라, 그간 집 안에서 무슨 일이 벌어지든 신경 쓰지 않고 내버려 두었다."

"……."

"하지만 언제까지 이본에 대한 죄책감을 그 애를 괴롭히고 증오

함으로써 풀 게야.”

그 말에 데릭의 파란 동공이 부릅떠졌다. 차라리 신경을 껐으면 껐지, 한 번도 그런 생각은 한 적 없었다.

레널드라면 모를까, 여동생을 잃어버리고 그 자리를 차지한 여자애에게 유치한 화풀이 같은 걸 자신이 할 리가…….

“저는…….”

데릭은 꽉 잠긴 목소리로 대답했다.

“저는 한 번도 페넬로페를 증오하고 괴롭힌 적 없습니다, 아버지.”

페넬로페를 싫어하게 된 건 오로지 눈살을 찌푸리게 만드는 그녀의 패악과 행동거지 때문이었다.

그러니까, 썩 인간다워진 요즘은 딱히 싫어할 만한 일도 없었다. 때문에 그런 티도 별로 내지 않았었…….

그 순간이었다.

— 아니요, 소공작님.

건조한 목소리가 번뜩 귓가를 스쳐 지나갔다.

— 에밀리가 소공작님께 이런 부탁을 하던가요?

— 어떤 벌을 내려 주시든 달게 받을게요, 소공작님.

그간 꼬박꼬박 자신을 ‘오라버니’라고 칭하던 그 애가, 어느 순간부터 자신을 ‘소공작님’이라 부르기 시작했다. 다른 이의 앞에서는 여전했지만, 단둘이 있을 때는 철저하리만치 호칭을 구별했다.

그 계집애가 자신을 '오라버니'라고 살갑게 부를 때마다 진저리가 쳐질 만큼 짜증이 났었는데…….

— 앞으로는 쭉, 신경 쓰실 일 없이, 쥐죽은 듯 살겠습니다.

이제 자신만 보면 차갑게 얼굴을 굳히며 선을 긋기 바빴다. 데릭은 그 깨달음에 새삼 충격을 받았다.

"오히려, 저를 싫어하는 건……."

그가 조금 얼떨떨한 얼굴로 무어라 말하기 위해 입을 열던 그 순간이었다.

쾅—!

"아버지!"

카바나의 문이 거칠게 열렸다. 그 사이로 레널드가 다급히 뛰어 들어왔다.

"레널드."

"페넬로페를 봤다는 목격자가 나왔습니다."

가쁜 숨을 몰아쉬며 속사포처럼 쏟아낸 레널드의 말에 공작도 데릭도 눈이 휘둥그레졌다.

"뭐? 그게 누구냐!"

"툴릿 남작이요."

"툴릿 남작? 그자는……."

"켈린 백작 영애의 약혼자입니다."

가물가물한 기억을 되살리는 공작 대신, 데릭이 빠르게 내뱉었다. 공작이 쉽게 떠올리지 못할 만큼 보잘것없는 자였다. 엘렌 후작가의 먼 방계로 황비에게 줄을 대어 간신히 작위나 얻은.

그런데 올 초, 갑작스레 남작가와 백작가의 약혼이 성사되어 사교계가 한참 떠들썩했다. 일간에서는 딸밖에 없는 두 가문이 동맹을 위해 먼 인척을 동원하여 억지스러운 결합을 맺은 게 아니냐는 소문이 돌기도 했다. 두 가문 모두 2황자파였으므로 일리 있는 말이었다.

"그래서. 툴릿 남작, 그놈이 대체 어디서 페넬로페를 봤다는 게야!"

공작이 다급한 목소리로 레널드를 재촉했다. 레널드가 미묘한 얼굴로 잠시 입을 열기를 주저하다가 말했다.

"숲속에서 페넬로페가 쏜 석궁에 맞고 정신이 나갔답니다."

"뭐, 뭐라?!"

"발견된 직후부터 백치처럼 침을 질질 흘리면서 계속 진분홍빛 머리칼을 휘날리는 사냥의 여신을 찾고 있다는데요."

"하……!"

공작은 말을 잇지 못하고 입을 벌렸다. 하지만 그게 끝이 아니었다.

"게다가, 정신을 잃었다 깨어난 것으로 추정되는 귀족들이 여러 명 속출하고 있답니다."

데릭이 우려하던 일이 기어코 벌어졌다.

Chapter 8

후우우우웅—.

나는 불현듯 선득함을 느끼고 잠에서 깼다.

이른 새벽인 듯, 동굴 안에 푸르른 여명이 가득했다. 밤새 타오르던 모닥불은 어느새 매캐한 연기만 피어오른 채 꺼져 있었다. 그 너머로 벽에 기댄 채 잠이 든 칼리스토의 모습이 보였다.

'자고 있을 때 얼른 옷부터 입어야겠어.'

망토 아래는 여전히 알몸인지라, 동굴 안으로 불어오는 미약한 바람이 더 싸늘하게만 느껴졌다. 나는 소리 내지 않으려고 노력하며 자리에서 일어났다. 다행히도 모닥불 근처에 널어 둔 옷은 바짝 말라 있었다.

황태자가 깨기 전에 허겁지겁 옷을 막 주워 입었을 때였다.

후우우우웅—.

마치 귀곡성처럼 음산한 진동음과 함께 서늘한 바람이 불었다.

앞머리가 바람결에 스산하게 흔들렸다. 재킷의 단추를 잠그던 나는 잠에서 깨기 전에 느꼈던 위화감에 멈칫했다.

'바람이…….'

바깥쪽에서 불어오는 게 아니라, 동굴 안쪽에서부터 불어오고 있었기 때문이다. 나는 숨을 죽이고 어두컴컴한 굴 저편을 응시했다.

그 순간.

~~후우우웅—~~.

또다시 불어오는 바람에 나는 흠칫 뒷걸음질 쳤다. 착각이 아니었다. 정말로 서늘한 바람이 동굴 내부에서 불어오는 것이다.

'동굴 반대편이 뚫려 있는 건가?'

반대편에서 부는 바람이 여기까지 느껴질 정도면, 동굴의 길이가 짧고 일직선으로 이어져 있다는 소리다. 하지만 내 앞에 펼쳐진 것은 시커먼 어둠뿐.

희미한 빛조차 보이지 않는 동굴 속은 길이가 전혀 짧아 보이지 않았다.

~~후우우우웅—~~.

그때 동굴 저편에서 또다시 귀곡성을 동반한 바람이 불어쳤다. 나는 몸을 돌려 황태자에게로 빠르게 다가갔다.

"전하, 일어나 보세요."

깊게 잠든 건지 그는 바로 깨어나지 않았다. 맨살이라 잡기 꺼려졌지만, 별수 없이 그의 어깨를 잡고 흔들었다.

"전하."

그러나 칼리스토는 도통 눈을 뜨지 않았다. 문득 손바닥에 닿는 그의 피부가 섬뜩하리만치 차갑다는 생각이 들었다.

'망토를 내게 주고 밤새 맨몸으로 자서 그런가?'

게다가 간밤의 황태자는 나름대로 나를 배려해서인지, 젖은 바지를 그대로 입고 있었다.

"전하, 전하?"

몇 번 더 흔들어도 도통 눈을 뜨지 않는 칼리스토의 모습에 덜컥 겁이 났다. 불현듯 그가 어제 표창과 칼에 맞았다는 사실이 떠올랐다.

'서, 설마 죽었나?'

나는 허겁지겁 그의 가슴에 머리를 가져다 댔다. 두근, 두근. 다행히 죽은 건 아닌지 그의 심장은 규칙적으로 뛰고 있었다.

머리를 뗀 나는 여전히 미동 없는 황태자를 깨우기 위해 살짝 뺨을 쳤다.

'흔들어도 깨지 않으니 별수 없지.'

짝—.

"전하, 눈 좀 떠 보세요!"

짝! 짝, 짜악—!

살짝 두드리는 것에 가깝던 손길이 점점 거세졌다. 절대 사심이 있어서 이러는 게 아니었다. 정말 어쩔 수가 없었다. 살짝 두드렸음에도 황태자가 눈을 뜨지 않았으므로…….

"전하, 전하!"

짝, 짜악!

철썩—!

마침내 제대로 뺨따귀를 갈기는 소리가 동굴 안에 울려 퍼진 순간.

"으음……."

황태자가 눈살을 와락 찌푸렸다. 눈꺼풀이 움찔거리더니, 이내 그 사이로 새빨간 동공이 드러났다.

"전하, 괜찮으세요? 혹시 어디 아프세요?"

나는 한 번 더 갈기려고 쳐들었던 손을 허겁지겁 뒤로 숨기며 걱정스러운 얼굴로 물었다.

"……공녀."

"네, 전하."

"방금…… 내 뺨을 때리지 않았나?"

"네? 그럴 리가 있겠습니까? 제가 어찌 감히 그러겠어요."

나는 눈을 휘둥그레 뜨고 고개를 저었다. 그런 내 시선은 벌게진 한쪽 뺨에 못 박혀 있었다.

"이상하군. 분명 볼을 후려 맞은 느낌이 들었는데."

"꿈을 꾸셨나 봅니다. 얼른 일어나세요."

나는 놈이 눈치채기 전에 벌떡 일어나 그의 옷가지와 경량 갑옷을 친히 가져다주었다. 일말의 양심이었다.

"지금 태평하게 꿈 얘기를 나눌 때가 아니에요, 전하. 동굴 안쪽에서 바람이 불어오고 있어요."

"……바람?"

"네. 분명 짧은 굴도 아닌 것 같은데……."

~~후우우웅~~.

그 순간, 내 말을 뒷받침하듯 동굴 안쪽에서 또다시 서늘한 바람이 불어닥쳤다. 내게 전달받은 옷을 주섬주섬 껴입던 황태자가 멈칫하고 동굴 저편을 바라보았다.

"이건……."

그의 얼굴이 설핏 굳었다.

"왜…… 그러세요?"

"마력이 느껴져."

그는 심각해진 표정으로 나와 눈을 마주쳤다.

"동굴 안에 누가 있는 것 같군."

나는 예상치 못한 말에 눈을 깜빡였다.

"누가…… 있다고요?"

동굴 저편에 누군가 있을지 모른다는 사실보단 그걸 알아차린 황태자가 더 놀라웠다.

'귀신같은 놈…….'

눈을 번뜩이는 칼리스토와는 달리, 나는 딱히 큰 걱정은 들지 않았다. 위험한 에피소드가 진행 중인 거라면 빌어먹을 시스템 창이 먼저 알려 줬을 것이기 때문이다.

혹여, 진짜로 스토리를 벗어난 돌발 상황이라도 상관없었다. 어차피 죽지 않는 황태자가 검으로 모두 썰어 버릴 테니까.

"확인을 좀 해 봐야겠어."

어느새 망토까지 모두 차려입은 황태자는 옆에 둔 칼을 챙겨 들며 자리에서 일어났다. 그 순간이었다.

"으윽……."

그가 불현듯 짧은 신음을 흘리며 비틀거렸다.

"저, 전하!"

나는 이번에야말로 화들짝 놀라서 허둥지둥 황태자의 팔을 잡고 부축했다. 다시 보니 그의 안색이 썩 좋지 않았다.

"전하, 정말 어디 편찮으세요? 다시 앉아 보세요."

"됐어. 잠깐 현기증이 난 것뿐이다."

"혹시 어제 다친 곳이 잘못된 거 아니에요? 안색이 너무 창백해요."

걱정스러운 내 목소리에 황태자가 돌연 피식 웃음을 터뜨렸다.

"왜. 내 뺨을 내리치던 걸 보니 내가 죽으면 춤이라도 출 기세던데."

"아…… 알고 계셨어요?"

"궁 근처였으면 그대는 황족 시해범으로 지하 감옥에 끌려갔을 거야."

"황족 시해범이라니요!"

나는 펄쩍 뛰며 부정했다.

"그건 전하를 깨우기 위해 불가피한 선택……."

우우우우웅—.

그때, 내 민망한 변명을 막듯 또 한 번 동굴 안쪽에서 진동음을 동반한 서늘한 바람이 불어왔다. 나는 우뚝 말을 멈췄다.

날카로운 눈으로 동굴 저편을 바라보던 황태자는 바람이 멈추자 빠르게 움직이기 시작했다.

꺼진 모닥불이 있는 자리로 다가간 그가 부싯돌을 몇 번 어루만지더니 능히 불을 피웠다. 그리고 장작으로 가져온 것 중 가장 길고 굵직한 나무토막에 불을 옮겨 붙였다. 금세 횃불 하나가 탄생했다.

"뭐, 뭐 하시는 거예요?"

"그대는 여기 남아 있어. 금방 갔다 오지."

"저, 전하!"

나는 횃불을 들고 어두컴컴한 동굴 속으로 걸음을 옮기려는 황태자의 망토 자락을 황급히 붙잡았다.

"굳이…… 지금 확인할 필요가 있을까요?"

황태자의 눈썹이 꿈틀거렸다.

“그게 무슨 소리지?”

“위험할지도 모르잖아요. 차라리 먼저 숲을 빠져나간 후에 기사들을 데리고 와서 확인하는 게…….”

그 순간이었다. 황태자의 뒤쪽에 자욱이 깔려 있는 어둠 위로 선명한 네모 창이 떠올랐다.

〈SYSTEM〉 히든 퀘스트 발생!

[수상한 동굴]을 탐색하시겠습니까? (보상 : 알 수 없는 무언가)

[수락 / 거절]

나는 그것을 멍하니 바라보았다. 방금 전에 ‘위험한 에피소드가 진행 중인 거라면, 빌어먹을 시스템 창이 먼저 알려 줬을 것이다.’란 생각이 그야말로 씨가 됐다. 소름 끼칠 지경이었다.

“그 전에 사라지면 어쩌려고.”

황태자는 갑자기 말을 멈춘 내가 이상한지 흘깃 뒤를 돌아보며 대꾸했다.

“황궁 내에서는 맹약으로 엮인 마법사를 제외하곤 그 누구도 마법을 쓸 수 없다. 불온분자는 즉결 처분이 원칙이지.”

“…….”

“마력이 크지 않은 걸 보니 여러 명은 아닌 것 같군. 금방 죽이고 올 테니 기다려.”

스르릉—. 그가 검집에서 칼을 빼 들며 당장이라도 뛰어갈 것처럼 굴었다. 깊이 고민할 새도 없었다.

“그, 그럼 저도 같이 가요!”

나는 눈물을 머금고 [수락]을 눌렀다. [거절]을 누르고 가고 싶지 않았지만, 별수 없었다. 괜히 황태자 혼자만 보냈다가 무슨 일이라도 생기면 호감도에 어떤 영향을 끼칠지 모른다.

게다가 지금껏 완료한 '히든 퀘스트'의 보상들은, 돌아보면 모두 도움이 되는 것들뿐이었다.

"볼트가 다 떨어졌지 않나, 공녀?"

바닥에 놓여 있던 석궁을 챙겨 드는 나를 보며 황태자가 삐딱하게 지껄였다. 마치 석궁이 없다면 나란 존재는 별 볼 일 없다는 소리로 들렸다.

"혼자보다는 둘이 낫잖아요?"

"짐만 될 것 같은데."

"걱정 마세요. 이젠 쏠 볼트도 없으니, 암살자를 마주쳐도 저는 알아서 잘 도망칠 테니까요."

"하! 무엄하기가 아주 이루 말할 수가 없군. 에카르트에서는 황족에 대한 예법을 그따위로 가르치는 건가?"

황태자가 버르장머리 없는 아이를 보는 듯한 눈빛으로 혀를 찼다.

'네가 먼저 시작했잖아!'

나는 속으로 짜증스럽게 대꾸했다. 그리고 석궁을 줍느라 숙였던 허리를 펼 때였다.

'……응?'

문득 반짝거리는 무언가가 눈길을 끌었다. 석궁이 놓여 있던 자리 옆에 낯선 무기들이 놓여 있었다. 피 묻은 표창과 단도였다.

"이건……."

나는 그것이 어제 황태자의 몸에 박혔던 무기들이라는 것을 바로 알아차렸다. 하지만 아이러니하게도 반짝거리는 것은 날카로운 표창의 날이 아닌, 투박한 단도의 손잡이였다.

'이게 왜…….'

마치 내가 집어 주길 바라듯 가까이 다가가니 반짝거리는 속도가 빨라졌다. 나는 얼떨떨한 얼굴로 단도를 집었다. 그와 동시에.

〈SYSTEM〉 보상으로 [문양이 새겨진 단도]를 획득했습니다.

갑작스럽게 떠오른 시스템 창에 어안이 벙벙해졌다.

'……그럼 이게 암살자의 증표?'

미심쩍은 얼굴로 단도를 내려다보고 있을 때였다.

"언제까지 거기 죽치고 앉아 있을 거지? 가기 싫으면 싫다고 말해."

황태자가 신경질적으로 재촉했다.

"가, 가요!"

거참, 성질 급하긴. 나는 단도도 같이 챙겨 들며 서둘러 황태자에게 다가갔다.

"그건 왜 들고 오는 거지?"

"석궁을 쓸 수 없으니, 호신용으로 쓰려고요."

"검술도 할 줄 아는 건가?"

황태자는 의외라는 표정을 지었다. 물론 할 줄 몰랐지만 내색하지 않았다.

"이제 들어가요."

나는 그렇게 황태자와 같이 [수상한 동굴] 탐색을 떠났다.

동굴은 안쪽으로 들어갈수록 폭이 좁아지고, 구불구불해졌다. 그리고 간간이 천장에서 떨어지는 물로 인해 축축했다. 어디선가 불어오는 바람의 세기 또한 점차 거세졌다.

~~우우우우웅―~~. 또 한 번 불어오는 바람에 칼리스토가 든 횃불이 '화르륵' 흔들렸다.

'뭔가 있긴 있나 봐.'

나는 내키지 않은 걸음을 억지로 옮겼다. 오싹한 귀곡성 때문에 머리끝이 쭈뼛 섰다. 퀘스트 수락에 대한 약간의 후회가 들 때마다 나는 간절한 눈으로 황태자의 뒤통수 위를 올려다보았다.

'제발 별일 없기를…….'

나한테는 귀곡성보다 호감도가 폭락하는 게 더 무서웠다.

구불구불한 동굴 길을 따라 한참을 걸었을 때였다. 문득 앞서 걷던 황태자가 걸음을 멈췄다.

"공녀, 저길 봐."

그가 가리키는 방향을 따라 시선을 돌리자, 까마득히 먼 곳에서 희미한 빛이 새어 나오는 게 보였다.

"저기에 있나 보군. 마력이 전보다 강하게 느껴져."

~~후우우웅―~~.

그 순간, 확실히 아까보다 더 강한 바람이 불어왔다. 아슬아슬하게 일렁거리던 횃불이 기어이 '훅' 꺼졌다. 좁은 동굴 안이 순식간에 어둠에 잠겼다.

바람이 멈추는 것과 동시에 멀리서 새어 나오던 빛마저 사라졌다. 영문 모를 일이었다.

"어서 저기로 가 봐요! 어서요!"

빨리 퀘스트를 깰 생각에 마음이 급해졌다. 서둘러 뛰어가고 싶었지만, 한 명도 버거울 만큼 동굴의 폭이 바짝 좁아진 터라 황태자를 앞지를 수 없었다. 나는 그의 등을 떠밀며 마구 재촉했다.

"공녀는 대체……."

내게 떠밀린 황태자가 떨떠름한 음성을 내며 다시 걸음을 옮겼다.

"귀족 여식이 맞긴 한 건가?"

"그게 무슨 소리세요?"

"보통 이런 때 다른 영애들은 비명을 지르면서 품에 뛰어들기 마련인데 말이야……."

놈이 뭘 비꼬는 건지 알아들은 나는, 코웃음을 쳤다.

'꿈 깨시지.'

"애석하게도 길이 좁아서 그럴 수가 없네요, 전하. 다음에 널찍한 대로변에 있으면 잊지 않고 꼭 안길게요."

"기대하지."

황태자가 비웃음을 흘리며 답했다.

기대는 무슨, 숲을 빠져나가기만 하면 네놈과 단둘이 있을 일은 꿈에도 없을 것이다. 그런 생각을 하며 바지런히 황태자의 뒤를 따라 걷던 중.

마침내 우리는 빛이 새어 나오는 근원지에 도착할 수 있었다. 동굴의 폭보다 훨씬 좁은 틈새였다.

"벽면이 날카로우니 쓸리지 않도록 조심해."

황태자가 틈새로 몸을 욱여넣다시피 하며 힘겹게 들어갔다. 그보다 체구가 작은 나는 생각보다 수월하게 통과할 수 있었다.

막상 틈을 비집고 나오니, 황태자가 훌쩍 아래에 있었다.

'뛰어내려야 하나?'

당황하는 내게 그가 손을 내밀었다.

"잡아."

의외라는 심정으로 잠시 그것을 바라보다가, 이내 손을 내밀었다. 강한 힘이 내 체중을 떠받쳐 주었다.

타닥, 그의 도움을 받아 수월히 바닥에 안착했을 무렵이었다.

화악—. 돌연 앞쪽에서 강렬한 푸른빛이 뿜어져 나오더니, 전에 없던 강한 돌풍이 몰아쳤다.

"윽!"

나는 반사적으로 눈을 감았다. 한데 묶은 머리가 풀릴 것처럼 거세게 휘날렸다.

후우욱! 다행히 돌풍은 금세 잦아들었다. 나는 시린 눈을 가물가물 떴다. 어느새 넘실거리던 푸른빛은 사라진 후였다.

황태자는 일언반구 없이 먼저 앞으로 확 나아갔다. 나는 주변을 두리번거리며 그 뒤를 천천히 따랐다. 방금 전까지 걸어온 통로와는 달리 꽤 널찍한 공간이었다.

하지만 자연적으로 생긴 굴이 아닌 인위적으로 조성한 공간인 듯, 한가운데에 거대한 암석을 다진 듯한 동그랗고 평평한 단이 솟아 있었다. 높이가 웬만한 사람의 키를 훌쩍 넘는지라 그 너머에 뭐가 있는지는 보이지 않았다.

황태자는 울퉁불퉁한 암석들을 잘도 밟으며 단 위로 금방 올라섰다. 그가 밟은 자리를 따라 밟으며 힘겹게 옆에 섰을 때였다.

나는 앞에 펼쳐진 광경을 보고 눈을 부릅떴다.

"이건……."

평평히 다져진 암석 정중앙에는 놀랍게도, 하체가 없는 해골이 꼿꼿이 서 있었다. 마치 만세를 하듯 위로 펼쳐 든 양손에는 알 수 없는 커다란 스크롤이 하나씩 들려 있었다.

그 순간, 시체 주변으로 푸른빛이 피어오르기 시작하더니.

화악—!

눈앞이 새파랗게 점멸되면서, 지금까지와는 비교할 수 없는 돌풍이 몰아쳤다.

"읏."

칼리스토를 따라 가까스로 암석의 끄트머리에 올라섰던 나는, 몰아치는 바람에 일순 중심을 잡지 못하고 휘청거렸다.

아래로 떨어질 듯 아찔한 감각이 전신을 덮쳤을 때였다.

"조심."

강한 힘이 팔목을 휘어잡았다. 불어치는 바람에 아무런 타격도 없는지, 황태자는 굳건히 선 채로 나를 가뿐히 붙들었다.

휘이이이익—. 휘날리는 머리를 한 손으로 부여잡고 힘겹게 눈을 떴을 때였다.

"이건……."

해골 주변에 커다란 원 모양이 생겼다. 그 안에 보이지 않는 누군가가 그림을 그리듯 복잡한 문양이 그려지기 시작하더니, 이내 그 위로 푸른빛이 폭발적으로 터져 나왔다.

일렁이는 불처럼, 알 수 없는 무형의 힘이 해골 주변으로 미친 듯이 휘몰아쳤다. 강한 돌풍은 그에 의해 발생하는 것 같았다. 유골 위에 걸쳐진 문드러진 천 자락이 거칠게 펄럭거렸다.

"마법진이군."

묵묵히 지켜보던 황태자가 그것의 정체를 툭 내뱉었다.

'마법진……?'

생소한 소리에 멍하니 푸른빛이 뿜어져 나오는 문양을 바라보고 있을 때였다.

얼마 가지 않아 바람이 멈췄다. 일렁이는 무형의 힘도 차츰 범위를 줄이더니 이내 문양과 함께 소리 소문 없이 자취를 감추었다. 소란스럽던 동굴 안은 어느새 다시 잠잠해졌다.

"감히 황궁에서 허락 없이 마법을 쓰는 불온분자가 있긴 했군. 이미 오래전에 뒈져 버렸지만 말이야."

황태자가 밀려나지 않도록 꽉 붙들고 있던 내 팔목을 놓아주며 말했다. 그의 말처럼 사라진 마법진 한가운데에 우뚝 선 유골의 상태는 한눈에 봐도 엄청나게 오래된 것 같았다.

'마법으로 보존이 된 건가?'

동굴 안은 습한 편이니 저 정도로 오래된 유골은 보통 녹아서 형체를 유지할 수 없었다.

게다가 멀쩡한 사람도 휘청거릴 만큼 거친 돌풍이 몰아치는 환경에서 저렇게 꼿꼿이 서 있을 수 있다는 게 신기했다.

"……허리 아래는 왜 없어진 거지?"

가끔 꼿꼿이 선 채로 발견되는 미라들이 있었지만, 그건 하체의 피부와 근육이 보존된 상태이기에 가능했다.

하지만 내 앞에 있는 유골은 전혀 미라라고 칭할 수 없는 상태였다. 살점 하나 없는 갈비뼈와 절단된 척추뼈의 모습이 꼭, 암석에 융화되기 직전의 모습 같았다.

"석수 때문에 녹은 유해가 암석 틈으로 스며들어서 붙은 건가?"

흥미로운 눈으로 유골을 관찰하던 중이었다.

"남은 마력 때문에 형체가 아직까지 유지되는 것이다."

"네?"

"영혼을 이 장소에 묶기 위해 마법진에 필요한 제물로 본인의 신체를 쓴 것 같군."

문득 황태자가 입을 열어 답했다. 나는 그제야 의문을 소리 내서 중얼거렸다는 사실을 깨달았다.

"해골바가지를 몇 번 본 적이 있나 보지? 놀라지 않는 걸 보니."

그는 유골을 흥미롭게 관찰하는 나를 흥미로운 눈으로 응시하고 있었다.

"보통은 동물로 대신하곤 하는데…… 저자는 마법 시전 중에 산 채로 몸뚱이가 반쯤 갈리다가 버티지 못하고 죽은 듯하군."

"몸뚱이가…… 반쯤 갈렸다고요?"

나는 한발 늦게 경악했다. 칼리스토가 고개를 까딱이며 시큰둥하게 대답했다.

"마법진을 발동할 땐 강한 생명력을 공급해야 하니까."

"……강한 생명력?"

마법진의 발동이고 생명력이고, 나는 그런 거 하나도 모른다.

'뭐야. 노멀 모드에서는 이런 거 자세히 안 나왔단 말이야.'

게다가 내가 추측하던 방향과는 전혀 다른 대답이라 퍽 당황스러웠다.

'무슨 판타지 영화도 아니고, 영혼을 대체 어떻게 묶어 둬?'

그러나 나는 바로 납득했다. 여기는 현실이 아니라, 마법이 실생활에서 자행되는 게임 세상이라는 것을.

"……저 사람은 영혼을 왜 이 장소에 묶어 놓으려고 한 걸까요?"

"죽은 후에도 이 마법진이 계속 시전되게 하려고 그랬나 보지. 어떤 마법을 걸려고 했는지, 아주 지독하군."

칼리스토는 눈살을 와락 찌푸리며 덧붙였다.

"황궁으로선 이 새끼가 중간에 뒈진 것이 천만다행이겠어."

나는 고개를 끄덕이며 그 말에 동의했다. 황궁 내부에 있는 숲 깊숙한 곳에서 은밀히 마법을 시행하려고 한 것이 꽤 섬뜩하게 느껴졌다.

황태자는 마법진의 원형 테두리가 새겨졌던 자리를 따라 천천히 걸으며 유골의 상태를 확인했다.

"묶어 두려던 영혼은 소멸했고 신체에 있던 마력만 남아서 마법진에 붙들려 있는 모양새인 듯한데……."

"……."

"아직까지도 그것으로 마법진이 발동할 정도이니, 살아생전에 한가락 했던 놈인가 보군."

대략 마력이 아직 남아 있어서 유골이 저만큼 보존될 수 있었단 소리로 이해했다.

'잡다한 화학물질 없이 마력 하나만 있으면 유골을 보존할 수 있다니…….'

참으로 신기하고 편리한 세상이 아닐 수 없었다. 그때였다.

우우우우웅—. 미약한 진동과 함께 또 한 번 푸른빛이 암석 위에 선명히 그려지기 시작했다. 마법진이 다시 발동되려는 듯했다.

"위험하니 잠시 물러서 있어, 공녀."

칼리스토가 나를 향해 팔을 뻗어 제지하며 명령했다. 나는 착실히 단 아래로 물러섰다.

휘이이이이익—! 유골에 남은 마력이 마법진에 의해 요동치기 시작한 찰나.

스르릉, 콰직!

칼을 빼 든 황태자가 무형의 소용돌이 위로 가차 없이 칼을 내리꽂았다.

콰앙—!

요란한 파열음이 동굴 안에 쩌렁쩌렁 울려 퍼졌다. 뭉쳐 있던 마력과 그를 썰어 내려는 검기가 격돌했다. 마구 불어치는 거센 바람 때문에 찬란한 금발이 사정없이 휘날렸다.

하지만 전혀 개의치 않는 듯, 황태자는 검을 바닥에 꽂아 넣은 채 시뻘건 눈을 허공을 향해 번뜩였다. 그의 주변으로 푸른 스파크가 '파즛, 파짓' 튀었다.

콰직, 콰즈즈즉, 콰직—. 얼마 안 가 그가 칼을 꽂은 곳을 기점으로 암석 위에 금이 가기 시작했다. 가는 실금은 곧 깊은 틈새가 되어 마법진 전체에 걸쳐 파죽지세로 뻗어 나갔다.

콰지직, 콰지직—. 그와 함께 거친 바람이 점차 잦아들었다. 정신없이 요동치던 마력과 마법진이 어느 순간 '팟' 하고 사라졌다.

"후……."

황태자가 꽂아 둔 검을 뽑아냈다. 꽤 많은 힘을 쓴 건지, 그의 이마에 식은땀이 송골송골 맺혀 있었다.

"……다 된 거예요, 전하?"

나는 굉음 때문에 귀를 틀어막고 있던 손을 내리고 물었다.

"완전히 파훼했다."

칼리스토가 성의 없이 고개를 끄덕이며 답했다.

“이제 무슨 마법을 시전하려고 한 건지 한번 알아나 볼까.”

그는 손에 검을 그대로 든 채 금이 간 암석 위를 거침없이 가로질렀다. 두꺼운 스크롤을 각각 들고 있는 유골의 앙상한 팔 쪽이었다.

“흠.”

그 앞에 멈춰 서서 잠시 고민하듯 턱을 쓰다듬던 그는 불현듯 들고 있던 칼을 번쩍 쳐들었다. 필시 유골을 썰어 낼 태세였다.

그제야 그가 뭘 하려는지 눈치챈 나는 눈을 부릅뜨고 외쳤다.

“저, 전하!”

“……음?”

칼리스토가 멈칫 하고 나를 돌아보았다. 나는 허겁지겁 그가 있는 곳까지 달려갔다.

“지금 뭐 하시게요?”

“팔뼈를 썰게.”

“왜요?”

“스크롤을 봐야 무슨 연유로 황궁 안에 마법진을 새기려 들었는지 단서를 얻을 거 아니야.”

“굳이 유골을 훼손하면서 꺼내지 않아도 되잖아요.”

황태자는 내 말이 도통 이해가 가지 않는다는 듯 눈썹을 꿈틀거렸다.

“그럼 공녀가 유골을 만져서 저걸 빼 줄 건가?”

“네.”

“……뭐?”

“제가 꺼내 드릴게요.”

나는 얼른 고개를 끄덕였다. 잘됐다. 사실 인골 발굴도 해 보고 싶은 것 중 하나였다.

게다가 황태자가 휘두른 검 때문에 한순간에 유골의 형체가 무너지는 꼴을 볼 수가 없었다. 특이한 형태로 오랜 시간 보존된 유골이 아닌가.

"잠시 물러서 계세요, 전하. 특히 그 칼부터 어서 치우시고요."

나는 위험하기 그지없는 황태자를 은근슬쩍 뒤로 떠밀었다.

"허."

황태자는 기가 막힌다는 듯 헛웃음을 터뜨렸다. 스르릉—. 그러면서도 순순히 칼을 칼집에 집어넣었다. 삐딱한 눈빛이 '어디 한번, 네가 뭔 짓거리를 하는지 보자.' 이런 것 같았다.

나는 놈이 완전히 물러선 것을 확인하고, 유골 앞에 정면으로 섰다. 그리고 두 손을 모아 짧게 묵례했다.

'죄송합니다. 손 좀 댈게요.'

고고학자들은 인골이나 무덤을 발굴할 때, 가장 긴장감을 가진다. 믿기지 않지만, 생각보다 초자연적인 현상들이 많이 일어나기 때문이다. 하여 발굴 작업 착수 전에 고사를 지내거나 기도를 드리는 경우가 왕왕 있었다.

"……뭐 하는 거지?"

유골을 향한 묵념을 막 마쳤을 때였다. 물러섰던 황태자가 어느덧 바싹 옆에 붙어 나를 이상하다는 듯 내려다보고 있었다.

"유골을 건드리는 거니까 약간의 예를 차리는 거예요."

"그걸 왜 해?"

"고인의 명복도 빌 겸, 유품을 빼내도 별 탈 없도록 기원할 겸요."

"별 쓸데없는 짓을 다 하는군."

황태자는 나를 이상한 눈초리로 노려보며 미간을 좁혔다.

"공녀가 이렇게 미신을 맹신할 줄은 몰랐어."

"……."

나는 놈의 빈정거림을 바로 무시했다.

발굴 직전에는 우선 상태 조사가 필요했다. 나는 허리를 숙여, 스크롤과 그것을 쥐고 있는 손가락뼈를 자세히 들여다보았다.

붙잡은 상태로 사망해서 그런지, 스크롤의 종이와 뼈가 닿은 부분이 거멓게 썩어 있었다. 그 주위로 먼지와 모래 같은 이물질들이 더덕더덕 붙어 있었다.

'붓 같은 거 없나?'

이 삭막한 동굴 안에 그런 것이 있을 리가 없었다.

'아!'

주변을 둘러보며 도구를 찾던 중, 머릿속에 반짝 아이디어가 떠올랐다. 나는 들고 있던 석궁을 바닥에 내려놓고, 챙겨 온 단검을 품에서 주섬주섬 꺼내 들었다. 그리고 머리칼을 한 움큼 집고 서걱, 잘라냈다.

그때였다.

"공녀!"

휙—. 단도를 든 손이 잡힌 채 몸이 거칠게 돌아갔다.

"지금 뭐 하는 짓거리지?"

나는 눈을 동그랗게 뜨고 사납게 얼굴을 굳힌 황태자를 올려다보았다.

"……머리 자르는데요?"

"왜 위험하게 멀쩡한 머리를 칼로 자르는 건데?"

"솔로 쓰려고요."

"솔……?"

나는 행동 하나하나에도 득달같이 달려들어 묻는 황태자의 모습에 어이가 없어졌다.

"제가 알아서 할 테니까 잠깐만 기다려 달라고 말씀드렸잖아요, 전하."

나는 그에게 잡힌 손을 억지로 빼내며 심드렁하게 대꾸했다.

"저 이제 바쁘니까 방해하지 마시고 옆에서 기다리세요."

"……무례하군. 감히 제국의 황태자에게 방해라니."

손가락으로 물러서야 할 곳을 찌르듯 가리키며 말하자, 놈이 불퉁하게 지껄이면서도 순순히 물러섰다.

나는 꺼내었던 단도를 다시 품 안에 집어넣었다. 그리고 길게 잘라 낸 한 움큼의 머리를 손에 잘 말아 쥐었다. 진분홍빛 머리칼이 탐스럽게 구불거렸다.

'직모였다면 더 좋았을 텐데…….'

아쉬움에 황태자의 금발을 슬쩍 바라보았지만, 죽기 싫으면 내 것으로 만족해야 했다.

나는 다시 유골 앞으로 다가가 왼쪽 손가락뼈를 머리카락으로 살살 쓸었다. 현장 수습 시 솔로 발굴 대상의 이물질을 제거하는 것은 기본 중의 기본이었다.

내 머리칼은 너무 보드라워서 털어 내는 것보단 오물을 닦아 내는 것에 가까웠지만, 닦기 전보단 훨씬 나았다.

얼마 후 완벽히는 아니나, 대강 눈에 보이는 이물질들이 제거되었다. 하지만 스크롤을 바로 뺄 수는 없었다. 시체가 썩으며 나온 진물과 축축한 동굴의 습도 때문에, 뼈와 종이 부분이 거의 붙다시피 했기 때문이다.

'……어떡하지?'

억지로 빼냈다가는 종이가 찢어질 가능성이 컸다.

'우선 수분부터 제거해야 돼.'

지류 문화재는 손상되기 무척 쉬운 부류였기에 조심히 다뤄야 했다. 원래는 무균실로 옮긴 후 방부 처리하고 건조시켜야 마땅했으나, 여기선 턱도 없는 소리였다.

스크롤을 빼낼 방법을 곰곰이 생각하던 나는, 일단 수분 제거에 쓸 만한 것이 없는지 주변을 둘러보았다. 그러다가 황태자가 아무렇게나 내팽개친 꺼진 횃불을 발견했다.

'저거다.'

나는 자른 머리카락을 바닥에 대충 털어 버리고 그쪽으로 빠르게 다가갔다. 이어서 나무토막을 주운 후, 끝부분을 암석 위에 마구 짓뭉갰다.

불이 붙어 새까맣게 타 숯이 된 부분은 쉽게 으스러졌다. 어느 정도 숯가루가 모이자 나는 나무토막을 내팽개치고 쭈그려 앉아 손으로 박박 긁어모았다.

그리고 다시 유골이 있는 곳으로 돌아가 숯가루를 스크롤 겉면에 살살 문질러 발랐다.

"그건 또 뭐 하는 거지?"

홀로 분주하게 움직이는 나를 말없이 지켜보던 황태자가, 아니나 다를까 또 다가와서 대뜸 물었다.

"뼈에 붙은 부분을 쉽게 뗄 수 있게 수분을 제거하는 중이에요."
황태자는 애매한 얼굴로 내 행동을 한참 동안 바라보다가 입을 열었다.
"왜 굳이 그런 번거로운 과정을 거쳐야 하는지 모르겠군. 그냥 뼈를 자르면 되잖아?"
"유골도, 종이도 최대한 안 상하게 하려면 이 방법뿐이니까요. 핀셋이나 포셉 같은 게 있었으면 더 좋았을 텐데……."
나는 황태자의 괴팍한 소리를 흘려들으며 혼잣말처럼 중얼거렸다. 쭈그려 앉아 처량 맞게 맨손으로 덕지덕지 숯가루를 바르고 있자니, 그 흔한 라텍스 장갑이 절실히 그리웠다.
"고고학을 배웠었나?"
문득 칼리스토가 물었다. 움직이던 내 손이 우뚝 멈췄다.
"그냥……."
나는 곧 다시 아무렇지도 않게 손을 움직였다.
"집에서 책 몇 권 읽어 본 게 다예요."
"공녀는 참으로 특이해. 귀족 여식들이 안 하는 짓만 굳이 골라 하는 것 같아."
"칭찬 감사합니다."
나는 이를 악물고 답한 후 마침내 유골의 양손에 숯 바르기를 끝마쳤다. 이제 숯이 수분을 빨아들이기를 잠시 기다리는 일만 남았다.
검댕이 잔뜩 묻은 손이 엉망이었다. 난감한 얼굴로 지저분한 손을 내려다보고 있을 때였다.
"자."
불쑥 무언가가 들이밀어졌다.

"닦아."

황태자가 손수건을 꺼내 내게 내밀고 있었다. 나는 의외라는 표정으로 그걸 내려다보다가 '감사하다'는 말과 함께 선선히 받아 들었다.

"이런 것도 다 가지고 다니시네요?"

별생각 없이 한 질문이었는데 황태자가 찔리는지 코웃음을 쳤다.

"허. 공녀는 날 대체 뭐라고 생각하는 거지?"

"그야 당연히……."

'미친 또라이.'

머릿속에 선명한 단어가 떠올랐다.

"……용맹하신 황태자 전하라고 생각하지요."

그러나 나는 가까스로 이성을 유지하고 변명처럼 읊조렸다.

"……손수건은 사냥처럼 역동적인 활동에는 보통 잘 안 들고 다니잖아요. 저희 오라버니들도 자주 깜빡하시는걸요."

그 두 놈이 진짜 손수건을 자주 깜빡하는지는 사실무근이었다. 황태자는 내 변명에도 수상쩍은 시선을 보내다가 툭 내뱉었다.

"선물 받으려고 안 들고 오는 거겠지."

"……네?"

"그거, 출전 전에 어떤 영애한테서 받은 거야."

놈이 실실 웃으며 덧붙인 말에 나는 멍하니 닦고 있는 손을 내려다보았다. 새하얬던 손수건은 어느새 시커멓게 더러워져 있었다. 뒤늦게 끝자락에 수놓아진 수선화를 발견했을 때였다.

"아아, 공녀 때문에 이제 그 손수건은 못 쓰게 되었군. 본의 아니게 그 영애의 성의를 무시한 게 되어 버렸어. 안 그런가?"

황태자 놈이 과장되게 제 가슴을 부여잡았다. 필시 나를 골려 먹기 위함이 분명했다. 나는 손을 닦던 손수건을 곧장 돌려주었다.

"빨아서 다시 쓰세요."

"새로 손수건을 선물로 주겠단 소린 절대로 안 하는군."

황태자가 와락 눈살을 찌푸렸다. 결국, 내게서 저 말을 듣기 위해 손수건을 빌려줬다는 소리로 들렸다.

나는 그의 말을 귓등으로도 듣지 않은 채 냉정하게 답했다.

"빌려주셔서 감사합니다."

"사람이 왜 그렇게 못 돼먹었어?"

못마땅한 얼굴로 손수건을 받아 든 황태자가 또다시 막말을 지껄였다.

'네가 제일 못돼 처먹었어, 이 자식아!'

발끈하는 것도 잠시였다. 이제 스크롤을 뺄 시간이었기 때문이다.

나는 주섬주섬 입고 있던 재킷을 벗었다. 오래된 종이를 온기가 있는 맨손으로 잡고 빼내다간 손상될 수 있기 때문이었다. 좀 찝찝했지만, 별수 없이 재킷의 얇은 부분으로 스크롤을 감싸 쥐고 조심조심 뽑아냈다.

다행히도, 수분을 빨아들이기 위해 숯을 이용한 내 생각은 틀리지 않았다. 다소 빡빡하긴 했지만, 나는 마침내 유골의 손가락뼈 사이에서 스크롤을 빼낼 수 있었다.

"휴……."

혹여나 종이가 부스러지기라도 할까 봐, 얼마나 호흡을 참고 열중했는지 모른다.

두 개의 스크롤을 감싼 재킷을 바닥에 내려놨을 땐, 안도의 한숨이 절로 튀어나왔다.

“끝났나?”
“네.”
“뭘 그렇게 애지중지하고 그러지? 대충 확인만 하면 될 것을.”
구겨진 재킷을 조심스럽게 펼쳐 드는 내 모습에, 황태자가 혀를 차며 다가왔다. 그 말을 한 귀로 흘려들은 나는 스크롤의 상태를 신중히 살폈다.
두 개의 스크롤은 각각 빨간색과 파란색의 삭은 가죽 끈으로 묶여 있었다. 가운데 거멓게 썩어 들어간 자국 빼곤 종이의 상태는 꽤 양호했다. 곰팡이나 벌레가 낀 자국은 보이지 않았다.
‘이것도 유골처럼 마법 때문에 어느 정도 보존이 된 건가?’
열어 봐야 알겠지만, 종이가 여러 겹으로 견고하게 배접(褙接)된 상태라 의외로 썩은 부분의 안쪽도 멀쩡할지 모른다.
무사히 빼내는 데 성공했으니, 나는 당연히 이것을 안전한 곳으로 옮겨 갈 줄 알았다. 수습한 유물이란 보존 처리 이후에 연구 자료로 쓰기 마련이니까.
“뭐 해, 어서 열어 보지 않고.”
하지만 황태자 놈이 제 앞쪽에 있는 파란색 끈을 냅다 잡아당겼다.
“자, 잠깐……!”
막을 새도 없이 매듭이 풀리면서 말려 있던 스크롤이 저절로 촤르륵 펼쳐졌다.
“그렇게 함부로……!”
나는 유물을 그렇게 무식하게 다루면 안 된다고 화를 내려 했다. 그 순간이었다. 불현듯 눈앞이 환해졌다.

〈SYSTEM〉 히든 퀘스트 [수상한 동굴 탐색] 미션 완료!

〈SYSYEM〉 보상으로 [고대 마법 지도]를 획득했습니다. 받으시겠습니까?

[예. / 아니오.]

'어…….'

느닷없이 나타난 시스템 창을 멍하니 바라보고 있을 때였다.

"이건…… 북쪽 숲의 지도로군."

지도를 샅샅이 살피던 황태자가 굳은 목소리로 중얼거렸다. 나는 그 말에 시스템 창에서 시선을 돌려 스크롤 안을 바라보았다. 놀랍게도, 종이 안에 움직이는 지도가 그려져 있었다.

황태자가 지도의 이곳저곳을 누르자, 그 지역이 확대되었다. 그러더니 빛바랜 종이 위에 산들산들 움직이는 나무와 풀숲이 비쳤다. 무슨 흑백 잉크로 그려진 영상이 재생되고 있는 것 같았다.

'대박. 무슨 태블릿PC 같잖아?'

나는 신기한 마법 지도에 까무러칠 듯 놀랐다. 하지만 황태자는 대수롭지 않다는 듯 읊조렸다.

"저 뒈진 놈은 황궁 안에 이동 포털을 새기려 했던 모양이야."

"포털이요?"

나는 어리둥절한 얼굴로 되물었다. 황태자는 손을 뻗어 옆에 고이 놓여 있던 빨간색 스크롤도 덥석 집어 들었다. 그리고 뭐라 할 새도 없이 매듭을 풀고 펼쳐 들었다.

다른 스크롤 안에 그려진 것 또한 알 수 없는 곳의 지도였다.

"이건…… 고대 발타의 지도다."

그를 샅샅이 훑던 황태자의 날카로운 적안이 천천히 커졌다.

"발타의 흔적이라니, 이거 꽤 놀라운데?"

"발타……?"

"그래. 지금의 아르키나 제도이지. 그대는 잘 모르겠군. 발타에 관한 역사는 대부분 지워졌으니까."

나는 지금의 아르키나가 어딘지도 몰랐다. 대충 옆 나라 어딘가 싶어서 그냥 아는 척했다.

"그렇군요."

"그대도 마법사들이 배척받는 것에 대해선 알고 있겠지?"

문득 황태자가 물었다. 뷘터로 인해 꽤 신경 쓰고 있던 주제였다.

"발타는 마법사 탄압의 시작이다."

이어지는 황태자의 말에 나는 눈을 휘둥그레 떴다.

"……탄압의 시작이요?"

"그래. 마법이 이렇게까지 상용화되지 않았던 시절, 몇몇 마법사 놈들이 발타라는 나라를 세워 세계를 점령하려 들었었지."

"……."

"치열한 전쟁 끝에 승리를 거머쥔 고대인들은 발타를 지도에서 지우고, 마법사를 배척했다."

"……."

"그냥 고대 신화 중 하나라고 여겼는데 말이야…… 이걸 보니 그게 모두 사실이었군."

황태자는 헛웃음을 지으며 두 개의 스크롤을 팔락팔락 흔들었다.

"발타에서 황궁까지 바로 올 수 있는 포털을 새기려 했던 모양이야. 거리 때문에 스크롤로는 한계가 있으니까."

나는 조금 아연한 눈으로 하체가 없는 유골을 돌아보았다. 황태자의 말이 맞았다. 마법을 시전하는 도중 저 고대 마법사가 죽지 않았다면.

'지금의 잉카 제국은 황궁을 점령당하여 마법사들의 속국이 되었을지도…….'

머릿속에서 빈터와 그가 숨기고 있는 동물 가면들의 얼굴이 동동 떠올랐다.

역사의 흔적은 언제 봐도 참으로 경이롭고 신기했다. 나는 그래서 고고학을 좋아했다. 한 끗 차이로 인간들의 처지가 바뀔 수 있다는 것을 적나라하게 보여 주곤 했으니까.

"……시동어를 안다면 이 스크롤을 사용해서 바로 숲을 빠져나갈 수 있었을 텐데 말이야."

멍하니 생각에 잠겨 있을 때였다.

"결론적으로 이건 그냥 오래된 지도 쪼가리에 불과하군."

황태자가 애석하다는 혀를 차며 덧붙였다.

"그래도 보면서 길을 찾을 수는 있겠군. 이건 필요 없어."

그는 들고 있던 고대 발타 지도를 내버리듯 재킷 위에 대충 던졌다. 그때까지도 시스템 창은 여전히 떠 있었다. 나는 네모 창과 보상이랍시고 주어진 스크롤들을 번갈아 바라보았다.

'이게 과연 쓸모가 있을까……?'

하지만 밑져야 본전 아닌가. 이 미친 게임에선 뭐든지 없는 것보단 있는 게 나았다.

나는 고민하다 [예.]를 눌렀다. 그와 동시에, 시스템 창 안의 글씨가 바뀌었다.

〈SYSTEM〉 [고대 마법 지도 스크롤] 2개를 획득했습니다. 마법 스크롤은 각 3회씩 사용 가능합니다.

〈SYSTEM〉 사용을 원한다면 지도 안의 이동할 장소를 짚으며 시동어를 외칩시오. (시동어 : 예타 뚜 따시 빠시)

'발음이 왜 저래.'

나는 괴상한 시동어에 진저리를 쳤다. 하지만 별수 없었다. 이 빌어먹을 숲을 빠져나가고 싶은 마음이 굴뚝같았기에.

"……그 스크롤, 제가 사용할 수 있을 것 같아요."

나는 놈이 들고 있는 북쪽 숲 지도를 가리키며 말했다.

"……공녀가?"

"네."

"그대가…… 고대 마어를 할 줄 안다고?"

황태자는 기괴한 것을 들은 사람처럼 나를 돌아보았다. '네 주제에 어떻게.' 하는 뜻이 뻔히 내포돼 있는지라 나는 좀 기분이 나빠졌다.

"왜 그렇게 보시는 거죠?"

"아니……. 공녀는 마력이 쥐뿔도 없지 않나?"

"혹시 모를 상황에 대비해 고대 마어 시동어를 몇 개 배워 뒀습니다. 다행히 이동 마법은 보편적인 편이잖아요."

나는 태연한 얼굴로 거짓말을 지어냈다. 실제로도 보편적인지, 아닌지 알 게 뭔가. 나가기만 하면 그만인 것을.

"이 정도는 귀족의 기. 본. 소양이죠."

하지만 무시하는 듯한 놈의 눈빛만은 참을 수 없었다. '기본'에 빡 힘을 주며 말하자, 황태자의 얼굴이 묘해졌다.

"……내가 전쟁에 나간 사이 귀족들의 기본 소양이 바뀌었나 보군."

그는 떨떠름한 음성으로 종용했다.

"어디 한번 시도해 보시지."

"어디로 가면 좋을까요?"

"이것들에 대한 건 다른 놈들에게 되도록 알리지 않는 게 좋으니, 사람들이 있는 초입에서 좀 떨어진 곳이 좋겠군."

그는 지도를 펼쳐 든 채 신중히 확인하다 한 곳을 짚었다.

"여기로 가지."

그가 손으로 짚자마자 종이 안이 휙휙, 확대되었다. 얼마 안 가, 흑백 선으로 그려진 숲 속의 정경이 나타났다. 문득 그 위를 토끼 한 마리가 깡충깡충 뛰어갔다. 다시 봐도 놀라운 장면이었다.

"소동물 사냥 구역이다."

황태자가 짚은 곳이 어딘지 덧붙였다. 이 모든 일의 시작인 곳이었다.

나는 발타 지도 스크롤을 둘둘 말아 묶고 바닥에 깔아 뒀던 재킷을 빠르게 입었다. 잊지 않고 석궁도 챙겼다.

"그럼 해 볼 테니까 계속 거기 짚고 계세요."

칼리스토 놈은 영 미심쩍은 얼굴로 고개를 까딱였다.

'내 덕에 빠져나가는 줄 알아라.'

나는 떼 놓고 가고 싶은 놈을 향해 속으로 불퉁대며, 서서히 입을 열었다.

"……예타 뚜 따시 빠시."

우습기 그지없는 주문을 마지못해 외쳤을 때였다.

〈SYSTEM〉 [고대 마법 지도 스크롤]을 1회 사용하여 해당 지역으로 이동하겠습니까?

[예. / 아니오.]

눈앞에 하얀 네모 창이 떠올랐다. 나는 망설임 없이 [예.]를 눌렀다. 그리고 그와 동시에 눈앞이 환하게 점멸하더니…….

"……정말이었군."

문득 들려오는 목소리에 다시 눈을 떴을 때, 우리는 어느덧 망할 동굴을 빠져나와 한적한 숲 한가운데에 앉아 있는 상태였다.

〈SYSTEM〉 [고대 마법 지도 스크롤 : 북쪽 숲]을 사용하여 이동하였습니다. (1/3)

"공녀가 이렇게 쓸모 있는 능력을 가지고 있을 줄은 미처 몰랐어. 항간에서 떠들어 대는 소문과는 전혀 다른걸?"

황태자가 정말로 놀랍다는 시선으로 나를 바라보았다.

[호감도 35%]

그와 동시에 호감도가 소폭 상승했다.

'칭찬인지, 욕인지…….'

전혀 기쁘지 않았다. 나는 이른 아침 햇살에 반짝거리는 금발 위를 짜게 식은 눈으로 바라보았다.

"정식으로 조사를 해야 하니 이것들은 내가 가져가겠다."

황태자는 펼쳐져 있던 북쪽 숲 지도를 직접 둘둘 말아 챙겨 들었다.

"그러세요."

나는 내가 들고 있던 발타 지도도 순순히 넘겼다. 어차피 가지고 있어 봤자, 딱히 쓸 일도 없었기 때문이다.

주변을 돌아보니, 내가 길을 잃어버렸던 소동물 사냥 구역을 가로지르는 길이 보였다.

"그럼 이제 돌아가요, 전하."

헤매지 않고 빨리 돌아올 수 있어 다행이었다. 나는 곧바로 자리를 털고 일어났다. 품에 스크롤들을 챙긴 황태자 또한 마찬가지였다. 그런데, 그 순간.

"윽."

막 몸을 일으킨 황태자가 돌연 머리를 붙잡고 휘청거렸다.

"전하!"

나는 깜짝 놀라 그의 팔을 와락 붙잡고 부축했다.

동굴 안은 어두컴컴해서 알아차릴 수 없었다. 환한 햇살 아래에서 다시 본 황태자의 안색이 백지장 같았다.

"전하, 괜찮으세요?"

언제부터 이런 상태였던 걸까. 하얗게 질린 칼리스토의 얼굴선을 따라 식은땀이 뚝뚝 떨어졌다. 나도 모르게 손을 뻗어 그의 얼굴에 흥건한 물기를 닦아 주었다.

손바닥에 닿는 그의 피부가 소름 끼칠 만큼 차가웠다. 새벽녘에 깨웠을 때 통 정신을 차리지 못했던 그의 모습과 겹쳤다.

"다친 데 잘못된 거 맞죠, 네?"

"……앞에서 죽지 말라더니, 시체 치우기는 싫은가 보지?"

"지금 그런 농담이 나와요?!"

나는 빽 고함을 질렀다. 황태자가 창백한 낯빛으로 희미하게 웃었다.
“괜찮아, 안 죽어.”
“안 되겠어요. 저한테 기대세요. 어서 돌아가요!”
“공녀.”
그를 끌고 황급히 걸음을 재촉하던 나를 황태자가 문득 저지했다.
“악녀처럼 매정하게 내버려 두지 말고, 가서 아무나 날 데려가라고 말 좀 전해 주도록 해.”
“그게 무슨…….”
“안 그러면 내가 깨어났을 때 후회하게 될…….”
그때였다. 힘없는 목소리로 끝까지 협박을 하던 황태자가 끈 떨어진 인형처럼 풀썩 쓰러졌다.
“저, 전하!”
나는 비명을 지르며 덩달아 바닥에 주저앉았다.
“전하! 전하!”
칼리스토의 몸을 세게 흔들었지만, 굳게 내리감긴 적안이 다시 보이는 일은 없었다.
나는 겁에 질려 허겁지겁 그의 가슴에 머리를 기댔다. 아침과는 달리 들리는 고동 소리가 느리고 작았다. 남주는 죽지 않는다는 걸 알면서도 더럭 겁이 났다.
“이대론 안 돼.”
나는 자리에서 벌떡 일어났다.
“전하, 금방 사람들 데리고 돌아올 테니까, 잠시만 기다리세요! 알았죠?”
대답 없는 황태자를 뒤로한 채 나는 이를 악물고 길을 내달리기 시작했다.

'빨리 아무나 데리고 와야 해!'

그나마 다행인 점은 소동물 사냥 구역이 숲의 초입에서 얼마 떨어지지 않은 곳에 있다는 점이었다. 스크롤로 이동한 것은 신의 한 수였다.

얼마 가지 않아, 처음 사냥터에 들어설 때 봤던 갈림길에 이르렀다. 근위병들이 엄청나게 포진해 있는 공터에 도달하기까지는 삽시간이었다.

"이봐! 헉, 허억…… 숲에, 숲에 황태자님이……!"

나는 거친 숨을 몰아쉬며 가장 가까이 있는 기사 두 명에게 소리쳤다. 그런데 그 순간, 난데없이 나타난 나를 보며 놀란 표정을 짓던 두 기사가 덥석 내 양팔을 붙들었다.

"공녀님이 돌아왔습니다!"

기사들은 사냥 대회를 주관하는 천막이 있는 쪽으로 커다랗게 소리쳤다. 그러자 다른 기사들이 우르르 몰려와 순식간에 나를 둘러쌌다.

'뭐지? ……꼭 죄인이라도 포박하는 모양샌데.'

불길한 예감이 다리 끝을 타고 올랐다.

"이봐. 지금 이럴 때가 아니라, 숲속에 황태자 전하께서……!"

나는 눈살을 찌푸린 채 내 양팔을 단단히 붙든 근위병들에게 다시 한번 외쳤다. 그때였다. 나를 둘러싼 기사들을 헤치고 누군가 빠르게 걸어왔다. 엊그제 일면식이 있던 근위대장이었다.

"페넬로페 에카르트 공녀. 귀족 시해 미수로 당신을 긴급 체포합니다."

나는 입을 떡 벌렸다.

'……갑자기 분위기 체포요?'

불안한 예감은 언제나 틀리지 않고 적중했다.

"후작님!"

엘렌 후작의 카바나에 그의 보좌관이 급히 들어섰다.

"에카르트 공녀가 방금 전 숲에서 홀로 돌아왔다 합니다! 그 자리에서 바로 체포되어 감옥으로 압송되었습니다."

"홀로? 그럼 황태자는? 황태자는 어떻게 되었다는가!"

"공녀의 증언으로 쓰러진 황태자도 발견해서 황태자궁으로 긴급 이송되었습니다."

"상태는?"

"아직 정신을 못 차리고 있다 합니다. 그리고 귀를 좀……."

귀를 대주는 엘렌 후작의 위로 보좌관이 허리를 숙여 속삭였다.

"……세작의 말로는 독에 의한 것인지는 밝혀지지 않았답니다. 하지만 몸에 경미한 상처들이 군데군데 있는 것을 확인했답니다."

"그래? 그렇단 말이지……."

노인의 얼굴이 환해졌다. 격전을 대비하여 몇몇 무기에 독을 발라 두라 지시하길 잘했다.

먼 사막 나라까지 쥐 잡듯이 뒤지고 뒤져 찾아낸 독이었다. 독효가 곧장 나타나지 않고, 하루 이틀 후 서서히 퍼지는 것이기에 혹여 암살 실패 시 용의 선상에서 벗어나기 알맞았다.

‘어쩌면 이대로 초상을 치를 수도 있겠군.’

엘렌 후작이 행복한 미래를 상상하다 불쑥 날카롭게 눈을 빛냈다.

“뒷수습은 잘했겠지? 절벽에서 흔적이 끊겼다며.”

“네. 흔적을 따라 숲을 샅샅이 뒤져 떨어진 무기들을 모두 회수했습니다. 레일라 신국인들은 황비님의 궁 지하에 잘 숨겼습니다.”

“잘했다. 깨어난 자들은 아직도 쓰러지기 직전의 기억을 못 한다는가?”

“네, 후작님.”

“차라리 잘됐어…….”

엘렌 후작은 눈을 번뜩였다. 이번 거사까지 얼마나 많은 공을 들였던가.

전쟁에서 돌아온 황태자는 제일 먼저 2황자파와 지하 세력과의 유착을 끊어 내기 시작했다. 때문에 예전처럼 암살단을 고용할 수 없었다. 하여 2황자파의 주력 세력인 여섯 가문에서 야망을 품은 사내들을 차출할 수밖에 없었다.

사냥 대회를 거사 시일로 잡고, 그들을 수도 귀족으로 탈바꿈시킨 후에 암살 훈련을 시켰다. 그중 한 명이 엘렌가의 먼 방계, 툴릿 남작이었다.

하지만 고작 대여섯 명으로는 황태자를 상대할 수 없었다. 마침 레일라 신국과 이해관계가 맞아떨어졌다. 지원해 준다던 놈들을 황궁 안으로 들이기 위해 황비까지 동원됐다.

그리하여, 무려 스무 명에 달하는 수의 암살자를 황태자 놈에게 보냈는데…….

— 뭐, 뭐라! 모두, 기절했다고?!

뒷수습하러 보낸 시종들로부터 암살자들이 모조리 기절한 채로 발견됐다는 소식을 전해 들었던 엘렌 후작은 기절하는 심정이었다.

다행히 황태자와 같이 있었던 목격자이자 조력자를 찾아내는 것은 어렵지 않았다.

— 석궁에 맞으면 백치가 된다고 협박했어요. 남작님을 이렇게 만든 건 그 여자가 틀림없어요!

백치가 된 약혼자를 보고 분개하여 소리치던 켈린 영애의 증언과 더불어 공녀의 행방이 묘연했다. 게다가 황태자라면 분명 암살자들을 칼로 도륙 내었을 터.

암살을 실패한 것도 모자라, 목격자가 존재한다는 사실에 2황자파는 하늘이 무너지는 것 같았다. 그러나 어느 때에도 솟아날 구멍은 있다지 않은가.

"……이제 공녀에게 뒤집어씌우는 일만 남았군."

엘렌 후작이 꾀를 냈다. 역으로 유일한 목격자인 공녀에게 죄를 뒤집어씌우기로.

어차피 공녀는 '공작가의 미친개'라 불리며 평판이 최악 중 최악을 달리는 중이니, 사람들을 납득시키는 것은 쉬울 것이다.

처음엔 '귀족 시해'로 선수를 쳐서 논점을 흐리려 했지만, 마침 황태자마저 의식 불명에 빠졌다. 레일라 신이 도운 것이 분명했다.

"꼴 보기 싫은 에카르트 놈들에게도 한 방 먹일 수 있겠어!"

엘렌 후작은 흡족한 얼굴로 킬킬 웃었다. 어차피 가장 중요한 건 당장 용의 선상에서 벗어나는 일이었다. 그래야 후일을 도모할 수 있으니.

그런 의미에서 암살 실패의 주범인 공녀는 아주 좋은 먹잇감이었다. 에카르트의 미친개에게 시선이 쏠린 사이 신국에서 보내 온 암살자들을 황궁에서 내보내고 모든 증거를 인멸한다.

사경을 헤매는 황태자가 이대로 죽으면 금상첨화겠지만, 당장 죽지 않더라도 상관없었다. 지금껏 시도했던 수많은 암살 시도처럼, 증거가 없으면 황태자의 주장은 아무 의미도 없을 테니.

"귀족 시해뿐만 아니라 황족 시해도 뒤집어씌우는 게 좋겠지."

황태자가 다시 깨어났을 땐 암살과 관련된 것들은 모두 에카르트 공녀의 범행이 된 채 깔끔히 끝나 있을 것이다.

완벽한 계획에 엘렌 후작은 속이 후련하다는 듯한 얼굴로 다시 한번 껄껄 웃음을 터뜨렸다.

"그나저나 툴릿 쪽은. 아직도 정신을 못 차린다던가?"

"네. 여전히……."

"쯧, 쓸모없는 놈 같으니라고!"

말끝을 흐리는 보좌관의 모습에 엘렌 후작이 혀를 찼다.

"비싼 용혈을 구해다 먹여서 사람 구실 좀 하게 만들었더니, 어째 전보다 더 정신이 빠졌어!"

툴릿 남작은 본디 어렸을 때부터 발달이 늦은 지진아였다. 명색이 황비의 외가씩이나 돼서 거사에 내놓을 사내가 없다는 게 말이 되지 않았다.

찾다 찾다 결국, 머리는 좀 아둔하지만 신체 건강한 방계를 데리고 왔다. 비싼 돈을 들여 마력이 잔뜩 응축된 용혈로 만든 총명탕을 먹이고, 켈린 쪽과 약혼도 시켜 수도 귀족답게 만들었다.

'이제야 사람 구실을 좀 하나 했더니…… 쯧쯧.'

못마땅한 표정으로 입을 씰룩거리던 엘렌 후작이 문득 자리에서 일어났다.

"일단 툴릿 남작 쪽으로 가지."

툴릿 남작의 카바나 안은 여전히 혼돈의 도가니였다.

"마력 부작용입니다."

진찰을 본 황궁의가 고개를 설레설레 흔들며 말했다.

"마력 부작용……? 그, 그럼 어떻게 되는 거란 말이오!"

"단기간 몸이 마력에 과도하게 노출되어 일시적으로 뇌 기능이 떨어진 겁니다. 시간을 두고 차차 회복하는 수밖에……."

당장 할 수 있는 일은 없다고 유감을 표한 황궁의가 카바나를 빠져나갔다.

"헤헤, 헤헤. 숲에서, 사, 사냥의 여신을 봤다. 헤헤, 헤헤……."

"제발 정신 좀 차려 보라고요!"

침을 질질 흘리는 정신 나간 약혼자를 바라보는 여자가 신경질적으로 소리를 질렀다. 안절부절못하고 서 있던 켈린 백작이 그런 딸을 달랬다.

"글로리아, 아가. 진정하여라."

"이게 다 무슨 꼴이에요, 아버지! 창피해서 얼굴을 들고 다닐 수가 없다고요!"
"글로리아……."
"그러니까, 왜 이번 사냥 대회에 그 미친년이 참여하는 꼴을 가만 보고 계셨어요!"
글로리아는 파란 머리를 마구 헝클이며 분을 참지 못했다. 켈린 백작은 차마 그런 딸에게 에카르트에게서 받은 다이아몬드 광산에 '더는 그 일을 언급하지 않는다.'라는 조건이 붙었다고 실토할 수 없었다.
"헤헤, 헤헤. 여신님! 여신님……."
그 와중에도 엘렌 후작의 조카는 침을 질질 흘리며 정신 나간 소리를 뇌까렸다. 그때였다.
"켈린 백작."
툴릿 남작의 카바나 안으로 한 인영이 들어섰다.
"후작님, 오셨습니까."
"앉아 있게."
엘렌 후작이 일어나 인사를 하려는 두 사람을 보고 손사래를 쳤다.
"영애도 와 있었군. 마침 잘됐소."
"밖이 소란스럽던데, 무슨 일……."
"에카르트 공녀가 돌아왔네."
후작의 말에 켈린 백작 영애가 벌떡 일어나며 외쳤다.
"그 여자, 지금 어디 있어요?!"
"긴급 체포돼서 지금 감옥으로 압송됐지. 신이 도운 게야."
득달같이 일어서는 켈린 영애를 후작이 잘 달랬다.
"이제 가장 중요한 건 영애의 증언뿐이야. 잘할 수 있겠지?"

“네, 그럼요! 티 파티 자리엔 저만 있던 것도 아닌걸요!”

켈린 영애는 분노로 몸을 떨며 고개를 끄덕였다. 티 파티에서 에카르트 공녀와 무슨 일이 있긴 있었는지, 뿜어져 나오는 적개심이 불같기 그지없었다.

“영애만 믿겠네.”

“에카르트 쪽이 심히 반발할 텐데 괜찮겠습니까, 후작님? 게다가 황태자 전하께서 금방 정신을 되찾으시면 어쩌시렵니까.”

켈린 백작만이 걱정스러운 얼굴로 우려를 표했다. 에카르트는 결코 만만한 상대가 아니었기 때문이다.

“걱정 말게. 증거물도 없고, 유일한 목격자이자 당사자인 황태자마저 사경을 헤매고 있으니까.”

그러나 엘렌 후작은 회심의 미소를 지으며 켈린 백작의 어깨를 두드렸다.

“게다가 황제 폐하께서도 수도에 아니 계시지 않나. 여차하면 암살도 뒤집어씌워 꼴 보기 싫은 에카르트 놈들을 제거할 수 있을지도.”

이 위기는 오히려 기회였다. ‘암살 실패’로 인한 해결책을 위해 이미 판을 모두 짜 둔 상태였다.

본래는 곰의 피를 본 황태자가 갑자기 미쳐 날뛰며 틀릿 남작을 비롯한 귀족들을 공격하였다고 발뺌할 작정이었다.

어차피 그쪽은 황태자 한 명뿐이고 이쪽은 귀족이 여러 명이기에. 목격자 하나 없는 깊은 숲에서 일어난 일이니, 막무가내로 우기는 건 어려운 일이 아니었다.

그런데 뜬금없는 에카르트 공녀의 등장과 의식을 잃어버린 황태자로 인해 오히려 상황이 썩 유리하게 돌아가고 있었다.

"설령 황태자가 눈을 뜨더라도 이전처럼 날뛰기 힘들 걸세. 깨어나기 전에 이미 모든 일은 끝나 있을 테니."

허공을 향한 엘렌 후작의 눈빛이 음험하게 빛났다.

나는 들고 있던 석궁을 압수당한 채, 그대로 기사들에게 끌려가 황궁 북쪽 탑에 갇혔다.

다행히도 흉악범들이 갇힐 법한 지하 감옥은 아니었다. 재판 직전의 귀족들이 머무르는 곳인지 나름 청결하고 준수한 방이었다. 문에 달린 철창만 아니었다면 감옥이라고 믿기 어려울 것이다.

'이게 대체 무슨 일이냐…….'

방 안을 대충 둘러보던 나는 깊은 한숨을 내쉬며 침상에 걸터앉았다.

'데릭 놈이 얼마나 지랄을 할지…….'

나는 솔직히 귀족 시해범으로 몰린 것보다, 음산하게 읊조리던 데릭 놈이 더 걱정됐다.

— 또 가문에 먹칠을 한다면, 감옥에 구금되는 것으로 끝나지 않을 테니까.

가문에 먹칠을 하면 가만두지 않겠다고 했는데, 기어이 여기까지 오게 되었다.

"하하."

나는 체념하고 웃었다. 이 미친 게임의 스토리가 대체 어디까지 뻗어 나갈지 모르겠다. 그러나 한 가지 확실한 건, 지금 내가 처한 상황은 에피소드 중 하나라는 것이다.

나는 주섬주섬 재킷 안쪽에 넣어 두었던 단검을 꺼냈다.

과연 나는 새도 떨어뜨리는 에카르트의 세가 무섭긴 했다. 들고 있던 석궁은 압수했을지언정 공녀의 몸을 수색하거나 하는 일은 없었다. 그렇기에 내가 지금 이렇게 침착할 수 있는 것이리라.

"암살자의 증표라……."

동굴 안에서는 정신이 없어서 보상을 미처 자세히 살피지 못했다. 황태자를 찔렀던 독 묻은 단도의 칼날 하단에는 알 수 없는 문양이 새겨져 있었다. 모르긴 몰라도 어느 가문을 상징하는 문양이 분명했다.

— 공녀! 지금 뭐 하는 짓거리지?

— 왜 위험하게 멀쩡한 머리를 칼로 자르는 건데?

머리카락을 잘라 솔로 쓰려고 할 때, 덥석 손을 잡아채던 황태자의 모습이 떠올랐다. 그땐 참으로 유난이구나 싶었는데…….

'이미 독이 묻은 걸 알고 있었던 건가.'

나는 조금 착잡해진 기분으로 단도를 이리저리 돌려 가며 관찰했다.

문양뿐만 아니라, 단도의 끄트머리에는 파란색 비단실을 꼬아 만든 장식도 달려 있었다. 안녕을 기원하며 누군가 선물해 준 듯한 모양새였다.

"……이제 이 문양이 어디 건지만 알아내면 악녀라는 시련을 딛고 일어난 영웅이 되는 건가?”

혼잣말처럼 중얼거리던 나는 일단 단도를 다시 재킷 안에 고이 집어넣었다. 암살의 증거물을 가지고 있다는 것이 누군가의 눈에 띄어 봤자 좋지 않을 테니까.

그 순간이었다.

“페넬로페 에카르트.”

불현듯 감옥의 철창 사이로 누군가가 나를 불렀다. 음산한 횃불 아래 드러난 서늘한 푸른 눈.

“……소공작님?”

데릭이었다. 나는 얼떨떨한 심정으로 자리에서 천천히 일어나 문 앞에 다가섰다.

감옥이라는 특수 환경 때문일까. 분명 내게 폭언을 하러 온 것이 분명할 텐데, 근 이틀 만에 다시 본 그 얼굴이 퍽 반갑게 느껴졌다.

나는 우선 그의 머리 위부터 확인했다.

[호감도 29%]

마지막으로 봤을 때보다 더 떨어지거나 하지는 않은 상태였다. 천만다행이었다.

“곰에게 석궁을 쐈다던데.”

안도의 한숨을 내쉬고 있는데, 족치기의 시작인지 데릭이 입을 열었다.

“아, 네. 그건…….”

마지못해 변명을 하려던 순간이었다.

“어디…… 다친 덴 없느냐.”

문득 내 귀로 듣고도 믿기 힘든 소리가 들려왔다.

나는 생소한 눈으로 데릭을 다시 보았다. 그의 얼굴은 무표정하기 그지없어, 지금 어떤 감정을 느끼고 있을지 예측할 수 없었다.

다만, 보자마자 구박을 하는 게 아닌 걱정의 말을 꺼내 주는 것에 갑자기 턱, 목이 메었다. 어쩌면 나도 모르는 사이, '귀족 시해범'이 된 이 상황이 퍽 억울했던 건지 모른다.

"아버지나 소공작님은…… 괜찮으세요? 레널드 오라버니는……."

"레널드는 네 석궁 볼트에 마법을 새긴 마법사를 데리고 오기 위해 급히 황궁을 나갔다. 살상용이 아닌 것부터 입증해야 하니까."

"죄송해요. 일을 크게 만들어서……."

나는 다소 힘없이 중얼거렸다. 하지만 그와 달리 머리는 재빠르게 돌아갔다.

어쨌든 '진짜 공녀'가 등장하기 전까지 에카르트의 일원들은 '가짜 공녀'를 비호해 왔다. 비록 그것들이 쌓이고 쌓여 죽음까지 이어지게 만들었지만…….

'어쩌면 지금 데릭에게 증표를 넘기는 게 해결책일 수도 있겠어.'

생각을 마친 나는 그에게 단도를 넘기기로 마음먹었다.

"소공작님. 이번 일은 명백한 모함이에요. 해결할 방법이 있어요. 사실 제게……."

"페넬로페 에카르트."

그에게 어제 하루 동안 겪었던 일을 소상히 털어놓으려고 막 입을 연 찰나였다. 데릭이 불쑥 말을 끊었다.

"네가 쏜 석궁에 맞았다는 증언자가 여섯이 넘은 상태다."

"……네? 그게 무슨……."

"게다가 사건 당일에 참여한 티 파티에서도 석궁을 들고 백치로 만들어 버리겠다고 여인들을 겁박했다지."

나는 눈을 휘둥그레 떴다. 벌써 소문이 그렇게 파다하게 났단 말인가.

"그, 그건……."

"네 석궁은 뇌전이 터져 기절하고, 기억을 잃는 마법만 걸려 있는 상태지."

"……."

"하지만 켈린 백작 영애의 약혼자이자 엘렌 후작의 조카뻘인 툴릿 남작이 네 화살을 맞고 정말로 정신이 나갔다."

"네?!"

"침을 줄줄 흘리며 진분홍빛 머리칼을 가진 사냥의 여신을 찾는다더군."

"허……."

황당하기 그지없는 소리에 입이 절로 떡 벌어졌다.

'어떻게 된 거지? 암살자 중 그 파란 머리의 약혼자도 있었다는 소리인가?'

나는 눈살을 찌푸리며 심각하게 고민했다. 켈린 백작의 정파가 어느 쪽인지, 툴릿 남작이란 놈이 누군지 몰랐다. 하지만 황비의 외척인 엘렌 후작의 '조카'라는 것에서 대충 답이 나왔다.

"그러니 왜 티 파티에서 사실과 다른 말을 했는지, 아니."

내가 생각에 잠긴 사이, 데릭은 이미 추측을 모두 끝낸 듯했다.

"이번엔 또 뭐 때문에 심기가 뒤틀려서 귀족들을 향해 석궁을 쏘았는지 말해."

"……."

"정상참작이라도 해야 하니까."

그 순간 머릿속이 멍해지면서, 말문이 턱 막혔다. 나는 당연히 데릭이 내게 자초지종을 물을 줄 알았다. 지금, 이 상황이 억울한 누명을 벗고 과거의 악명을 떨쳐 내는 에피소드로 이어질 줄 알았으니까.

그러나 데릭의 말은 꼭.

'……내가 심보가 뒤틀려 귀족들을 쏜 게 기정사실이란 가정하에 말하고 있는 것 같잖아.'

물론 내가 석궁을 쏜 건 사실이었다. 하지만 복면을 쓴 암살자들을 향해 쏜 것이지, 얼굴을 드러낸 귀족들을 향해 난사한 게 아니었다.

뭐라 할 말을 찾지 못하고 입을 뻐끔대던 나는 허탈한 목소리로 물었다.

"……제게 어떤 이유가 있어서 정당방위를 한 것이라고는 생각하지 않으세요?"

"기절한 채 시종에게 실려 온 가보일 자작이 증언하기를."

데릭은 서늘한 얼굴로 즉답했다.

"힘을 모아 곰을 잡고 있던 자신들의 앞에 느닷없이 나타난 네가, 사냥감을 빼앗겠다며 석궁을 난사했다더군."

"뭐라…… 고요?"

"곰마저 날뛰는 통에 미처 피할 틈도 없었다고 읍소하던데."

"하, 그걸 믿으세요?"

나는 헛웃음을 터뜨리며 되물었다. 진짜 페넬로페였더라도, 그건 말도 안 되는 일이었다. 상식적으로 고작 귀족 영애 혼자서 그

많은 인원들을 어떻게 처리한단 말인가?

'물론 그러긴 했지만.'

그러나 시스템에 의한 게 아니었다면, 지금쯤 난 황태자와 손잡고 황천길을 거닐고 있었을 것이다.

"내가 믿고 안 믿고는 중요한 게 아니지."

그러나 데릭 놈은 전혀 그렇게 생각하지 않는 듯했다.

"더 큰 문제는, 일각에서 네가 황태자를 암살하기 위해 목격자들을 모두 제거했던 게 아니냐는 괴소문이 퍼지고 있다는 것이다."

"암살……?"

갈수록 점입가경이다. 나는 황당하다는 심정을 감추지 않고 얼굴에 고스란히 드러냈다.

"제가 황태자 전하를 암살해서 득 볼 게 뭐가 있는데요?"

"널 앞세워 에카르트를 제거하려는 목적이겠지."

"소공작님. 우선 암살자는 제가 아니라, 그쪽 무리였어요."

데릭과 대화의 초점이 점점 빗나가고 있음을 인지한 나는, 진실부터 말했다.

"그 곰은 제 사냥감이었고요. 지나가던 황태자 전하께서 난항을 겪고 있는 저를 도와 곰의 목을 베어 주셨어요."

"……."

"상식적으로 저 혼자서 어떻게 그 많은 수의 남성들을 쓰러뜨릴 수 있겠어요? 그런 터무니없는 소리를 믿는 자가 있다는 것이 놀랍네요. 조사하다 보면 뻔히 밝혀질 진실을……."

"진실은."

불현듯 데릭이 내 말을 끊으며 낮은 음성으로 읊조렸다.

"진실은 네가 귀족들과 곰에게 석궁을 쏜 일이 있느냐, 없느냐야."

나는 그의 입술에 못 박았던 시선을 들어 천천히 그를 마주 보았다.

"……소공작님."

"그리고 유일하게 네 말이 사실임을 증언해 줄 황태자가 지금 사경을 헤매고 있다는 것이 진실이지."

"……."

흔들림 없이 나를 보는 시리도록 푸른 눈.

'아.'

나는 그제야 깨달았다. 놈에겐 애초에 나에 대한 일말의 믿음도 없었다는 사실을.

"천둥벌거숭이의 짓궂은 장난이라면 어떻게든 수습 가능한 선이다."

바꿔 말하면 그 이상으로는 수습할 수 없다는 소리였다.

"하……."

허탈한 웃음이 터져 나왔다. 그런 줄도 모르고 나는, 외면하지 않고 감옥을 찾아와 준 놈이 내심 고맙고 또 반가워서……. 하나뿐인 증거물을 넘길 생각이나 하고 있었다.

"소공작님께서는…… 애초에 제가 무슨 말을 하든 믿으실, 아니."

"……."

"사람들이 떠들어 대는 말이 사실인지 아닌지, 저에게 확인할 생각도 없으셨군요."

"괴소문이 더 확산되기 전에 빠르게 마무리 짓는 편이 좋다."

데릭은 한결 목소리를 누그러뜨렸다. 토라진 어린 여동생을 달래는 듯한 그 모습이 퍽 익숙해 보였다.

"그래야 너도 거기서 바로 빠져나올 수 있을 테니까. 괜히 질질 끌다간 오히려…….”

“아니요.”

나는 차갑게 가라앉은 시선으로 그를 마주 보았다.

“그냥 저를 귀족 시해범으로 모는 편이 수습하기 쉽고 편할 테니 그렇겠죠.”

“페넬로페.”

“저 미친년은 원래 숨 쉬듯 패악을 일삼는 못 돼 처먹은 계집앤 걸 잘 알지 않느냐.”

“너…….”

“사실과는 관계없이 저를 세상에서 둘도 없는 쓰레기로 만들고 돈 몇 푼 뿌리면, 다들 그러려니 하고 넘어갈 테니 이러시는 거잖아요.”

“입조심해라.”

적나라한 어투에 데릭이 딱딱하게 턱을 굳혔다.

“지금 누구 때문에 일이 이렇게 됐는데, 그딴 식으로 함부로 지껄이는…….”

“함부로 지껄이는 건 내가 아니라 너겠지.”

나는 이를 꽉 깨물고 뇌까렸다. 반쯤은 충동적인 언행이었다. 철창 사이로 보이는 파란 눈이 서서히 커졌다. 그리고 그 순간.

‘호감도 −3%’

[호감도 26%]

호감도가 떨어졌다. 나는 그것을 아무런 표정 없이 응시했다. 떨어진 호감도와는 달리, 놈은 내 말을 바로 알아듣지 못한 듯했다.

“……뭐?”

한발 늦게 되묻는 얼굴이 조금 얼떨떨해 보였다.

"돌아가세요."

한 방 먹였지만 통쾌함 같은 건 전혀 들지 않았다.

"더 이상 당신이랑 할 말 없으니까."

"페넬로페 에카르트."

풀네임을 부르는 목소리가 한층 더 낮아졌다.

'호감도 -2%'

[호감도 24%]

30%에 근접했던 호감도가 떨어지는 건 순식간이었다. 하지만 후회는 없었다. 애당초 엑스 친 놈이었다.

그간 일말의 기대감도 없었다고 자신할 수 있는데. 그런데 자꾸만 일그러지는 표정을 가다듬기 힘들었다.

"이번 일은 제가 알아서 할 테니까 소공작님께서도 수습해 주실 필요 없어요. 이제껏 그래 왔듯 그냥 내버려 두세요. 죽든지, 감옥에 갇히든지."

"너, 그게 무슨…… 페넬로페!"

내 방자한 어투에 데릭이 버럭 화를 내려 했지만, 나는 더 듣기 싫어 홱 몸을 돌렸다.

위험 수위를 넘나드는 발언이었지만 이제 와 철회할 생각 따윈 없었다. 죽지만 않는다면, 빌어먹을 호감도가 더 떨어지든 말든 알 바 아니다.

신경질적으로 철문을 등지고 침상 위에 앉았을 때였다. 뚜벅뚜벅—. 얼마 후 멀어지는 발소리가 들렸다.

"하."

기가 막혔다. 가란다고 진짜로 명목상의 여동생을 감옥에 내팽개치고 떠나가는 걸음에는 미련 하나 느껴지지 않아서.

'……그래. 넌 원래 이런 놈이었지.'

데릭에게 두 번째로 받은 선물을 보석함에 따로 고이 보관해 둘 때, 나는 사실 우리의 관계가 조금쯤은 나아지고 있다고 여겼다.

딱히 기존의 인상을 벗어나기 위한 노력을 하진 않았지만, 그렇다고 '천둥벌거숭이' 소리를 들을 만한 행동도 하지 않았으니까.

비록 게임에서 요구하는 남녀의 애정 관계로 발전하지는 못하더라도, 남매간의 우애 정도는 나아져도 괜찮을 거라 생각했다. 그편이 엔딩을 볼 때까지 버티기도 수월할 테니.

하지만 그건 모두 나만의 착각이었다.

'적선하듯 주는 네 도움 같은 거 없어도 알아서 잘 해결할 수 있어.'

나는 어느새 텅 빈 철창 너머를 싸늘한 눈으로 노려보며 생각했다.

뚝. 어디선가, 잡고 있던 끈 하나가 끊어지는 듯한 소리가 들리는 듯했다.

감옥에서 하룻밤을 보낸 나는 이른 아침, 배식된 간단한 식사를 마치고 기사들에게 이끌려 회의장으로 이동했다. 귀족 남성 일곱 명을 이유 없이 습격한 흉악범치곤, 퍽 후한 대우였다.

'과연 VIP라 이건가.'

양 손목을 포박한 밧줄이 썩 널널했다. 게다가 황궁 내의 회의장 안으로 들어서는데도 여타 몸수색도 없었다.

'석궁 없으면 아무것도 못 하는 철부지 영애라고 생각한 거겠지.'

모순되는 놈들의 취급이 좀 웃겼다.

"페넬로페 에카르트 공녀 입장하십니다."

시종의 알림과 함께 대회의장의 거대한 문이 천천히 열렸다. 뚜벅뚜벅. 안으로 들어서는 내 모습에 웅성거리던 장내가 빠르게 고요해졌다.

정무에 참여하는 고위급 귀족들이 모두 착석해 있는 상태였다. 꼿꼿이 허리를 세운 채 그 앞을 스쳐 지나가던 나는, 무언가를 발견하고 눈을 번쩍 빛냈다.

명패처럼, 각 가문의 문양이 새겨진 판이 자리마다 꽂혀 있었기 때문이다.

'다행이야.'

상석으로 갈수록 문양 패는 화려해졌다. 곁눈질로 정신없이 그것들을 살펴보던 나는, 거의 끄트머리에 이르렀을 때에서야 찾고자 하던 것을 발견했다.

'저기 있다!'

칼에 새겨진 문양과 일치하는 문양이었다. 그 뒤에 앉은 인간을 확인하자 긴장이 확 풀렸다. 스토리대로 잘 진행되고 있다는 확신을 얻었기 때문이다.

안도의 한숨을 내쉬며 무심결에 고개를 돌리던 나는, 반대편 상석에 앉아 있던 이들을 발견했다. 공작과 그의 장남이었다.

눈이 마주치자 공작의 얼굴이 와락 일그러졌다. 양손이 묶인 채로 회의장 안에 끌려 온 수양딸의 모습이 착잡하게 느껴지는 모양이었다.

반면에 데릭 쪽은 아무런 표정 변화가 없었다.

[호감도 22%]

마지막으로 봤을 때보다 2%가 더 떨어져 있었다. 결과적으로 총 '7%'의 호감도가 하락했다.

당장 데드 엔딩까지 이어지는 것은 아닌지라, 크게 와 닿진 않았다. 그러나 그건 이곳에 온 지 꽤 오랜 시간이 흐른 탓이었다. 게임 초반이었으면 숨이 턱 막힐 만큼 엄청난 하락 폭이 맞긴 했다.

'신경 안 써.'

나는 놈의 까만 정수리로부터 냉정하게 고개를 돌렸다. 내겐 그깟 엑스 친 놈의 호감도보다 지금 이 에피소드를 타파하는 일이 더 중요했다.

"모두 자중하시오."

그때 재판을 시작하려는 모양인지 앞쪽에서 진중한 목소리가 들렸다. 황제가 앉는 황좌가 놓여 있는 최상석보다 한층 아래에 놓인 간이 단상 앞에, 머리와 수염이 하얗게 센 노인이 서 있었다.

"황제 폐하께서 출타 중이신 상황에서 황태자 전하마저 옥체 미령하신 탓으로, 본 법무 대신이 재판을 주관하게 됐소. 이에 이의를 제기할 이가 있다면 손을 드시오."

황태자가 전쟁에 나간 이후 종종 있던 일이었으므로 이의를 제기하는 사람은 아무도 없었다.

게다가 게임에서 법무 대신은 청렴하고 철저한 원리원칙주의자라 나오기 때문에 재판을 주관하기 적합한 인물이었다. 내겐 손해 볼 것 없는 일이다.

"페넬로페 에카르트 공녀."

"네."

"그대는 이번 사냥 대회 도중, 일곱 명의 귀족 시해 혐의로 이 재판정에 서게 됐소. 대잉카 제국인의 명예를 걸고 성실하게 재판에 임할 것을 맹세하시오."

"성실하게 재판에 임할 것을 맹세합니다."

나는 순순히 대꾸했다. 그러자 법무 대신이 고개를 돌려 누군가를 불렀다.

"그럼 피해자들의 진술부터 시작하지. 가보일 자작."

먼 끝 쪽에 앉아 있던 남자 하나가 일어나 내 옆쪽으로 다가왔다. 재판관을 향해 짧게 묵례한 그는 조금의 망설임도 없이 곧장 진술을 시작했다.

"어제 저를 포함한 일곱 명은 합심하여 곰을 잡기 위해 금색 표식 구역 깊숙한 곳까지 들어갔습니다. 그리고 운 좋게도 정말 곰을 맞닥뜨렸지요."

"……."

"정신없이 곰과 사투를 벌인 끝에 잡기 직전이었습니다. 갑자기 페넬로페 공녀님이 나타나 저희에게 석궁을 겨누며 그 사냥감을 넘기라고 협박을 하는 게 아닙니까!"

"저런……."

"말세군, 말세야. 쯧, 쯧."

이곳저곳에서 혀를 차는 소리가 터져 나왔다. 흘끔 확인한 공작의 얼굴이 아까보다 더더욱 굳어져 있었다.

"우리가 먼저 잡은 사냥감이니 다른 곰을 같이 찾아보자고 설득했는데도 요지부동이었습니다."

"계속하시오."

"그러던 중 툴릿 남작이 공녀님께 따지기 위해 나섰고, 그 순간 공녀님이 망설임 없이 석궁을 쐈습니다!"

"세상에!"

탕—! 그때 공작의 반대편에 앉아 있는 엘렌 후작이 책상을 쾅 내리치며 분통을 터뜨렸다.

"어찌 그리 잔악무도할 수가 있단 말인가!"

그 주변에 있는 귀족들이 모두 격하게 고개를 끄덕이며 '옳소, 옳소!' 하고 동조했다. 그에 힘입은 가보일 자작이 더욱더 열연을 펼쳤다.

"당황한 저희들이 우왕좌왕하는 틈에 공녀님은 차례대로 석궁을 쏘았고, 저희는 모두 기절해 버렸습니다. 눈을 뜨니 야영장으로 돌아와 있는 상태이고, 저의 하나뿐인 친우인 툴릿 남작은…… 크흡!"

가보일 자작은 정신이 나간 툴릿 남작이 안타까워 미칠 것 같다는 듯 얼굴을 가리며 고개를 돌렸다. 나를 '황태자 암살자'로 몰아넣게 된 퍼즐들이 하나하나 맞춰지고 있었다.

나는 한 편의 희극을 구경하듯 그 모든 상황들을 관조했다. 최후, 극이 클라이맥스에 올랐을 때 판을 뒤집어엎는 것이 가장 효과적이었기 때문이다.

그때였다.

"이의 있습니다."

가만있는 당사자를 대신해서 누군가 벌떡 자리에서 일어났다.

[호감도 22%]

자리에서 일어난 데릭이 차분히 입을 열었다.

"페넬로페의 석궁은 살상용이 전혀 아닙니다."

어제 꺼지랬다고 뒤도 돌아보지 않고 진짜 꺼진 사람치곤 정말로 의외였다. 난 갑자기 일어서서 나서는 그를 멍하니 응시했다.

"볼트 또한 단순한 소동물 사냥용으로, 기절시키는 마법과 석궁에 맞기 전의 단기 기억을 상실하게 만드는 마법만 걸려 있습니다."

"……."

"그런데 페넬로페가 쏜 석궁에 맞았다면서, 어떻게 맞기 전의 일들을 그리도 상세히 기억하는지 의아하군요."

"그, 그런……! 거, 거짓말 마십시오!"

가보일 자작이 벌게진 얼굴로 반박했다. 너무 정곡을 찔려서 그런 듯했다. 그와 달리 데릭은 표정 하나 바뀌지 않고 대답했다.

"거짓이 아닙니다. 석궁에 직접 마법을 새긴 마법사를 회의장 밖에 대기시켜 둔 상태이니 불러들여 확인하지요."

"소공작님. 아무리 팔은 안으로 굽는다지만 역성이 너무 심한 거 아니십니까? 마법사를 매수해 두었을지 어찌 압니까!"

"의뢰를 맡길 때 써 뒀던 계약서가 있……."

아예 준비하지 않은 건 아닌지 데릭은 곧장 반발하려 했다. 그러나 가보일 자작이 버럭 소리 지르다시피 말을 끊었다.

"게다가 공녀님이 직접 백치로 만드는 마법이라고 말하는 것을 들었다는 증인들이 있습니다! 재판관님, 증인들의 증언을 듣는 것을 허락해 주십시오!"

주변이 술렁였다. 귀족들은 명예를 중시한다는 전제가 깔려 있기에 우습게도, 돈으로 매수가 가능한 마법사보다 귀족의 증언을 더 신뢰했다.

"허락하오."

법무 대신이 고개를 끄덕였다. 그러자 기다렸다는 듯 회의장의 문이 열리고, 세 사람이 걸어 들어오기 시작했다.

드르르륵—. 휠체어처럼 바퀴가 달린 의자가 바닥에 끌리면서 조용한 장내에 소란을 일으켰다.

왜소한 남자 하나가 그 위에 눕듯 앉아 있고, 파란 머리가 오만한 표정으로 그것을 끌며 걸어왔다. 도르테아 백작 부인이 도도한 표정으로 그 옆을 따랐다.

이글이글 타오르는 눈으로 나를 노려보며 피식 조소하는 파란 머리의 모습에서 악의가 철철 흘러넘쳤다.

'대체 누가 악녀인지…….'

나는 점점 이 망할 에피소드가 억울해지기 시작했다. 게임 속 최고의 악녀라더니, 지금 가만있는 공녀를 모함하고 있는 건 저 악의 무리가 아닌가!

"흐, 흐헤! 여, 여신이다! 여신!"

하지만 그 억울함은 곧 휠체어 위에서 펄떡이는 남자로 인해 와장창 부서졌다.

"여신님! 헤에, 여, 여신님!"

남자가 침을 질질 흘리며 내게로 허우적거리며 손을 뻗었다.

"가, 가만히 있어요!"

"어머나, 세상에!"

켈린 영애가 사색이 되어 제 약혼자를 붙들었다. 도르테아 부인은 기겁을 하고 한발 물러섰다.

결국, 시종이 툴릿 남작의 입과 손을 천으로 묶은 후에야 소동은 잠잠해졌다.

"크흠. 켈린 영애, 증언하시오."

법무 대신이 헛기침하며 술렁이는 분위기를 진정시켰다.

"티 파티에서 에카르트 공녀님이 저희에게 석궁을 겨누면서, 맞으면 백치가 되는 마법이 걸렸다고 밝히셨어요."

파란 머리는 기다렸다는 듯 나를 쏘아보며 입을 열었다.

"그 자리에는 주최자인 도르테아 부인을 포함해서 여러 가문의 부인들과 영애들이 함께 있었습니다. 그렇죠, 부인?"

"네, 네. 저도 그렇게 듣기는……."

도르테아 부인은 내 눈치를 살살 보며 소심하게 답했다. 나와 눈이 마주치자 그녀는 흠칫 몸을 떨며 입을 다물었다. 나는 그런 그녀를 향해 비죽 웃어 보였다.

'다행히도, 아직 내 협박이 유효한 것 같네.'

긍정적인 반응이었다. 파란 머리의 분에 찬 증언이 끝나자, 법무 대신이 곧장 내게 질의했다.

"에카르트 공녀. 켈린 영애의 진술에 이의 있소?"

"없습니다."

나는 짧게 대답했다. 아니나 다를까 곧바로 엘렌 후작의 진영에서 비꼬는 목소리가 튀어나왔다.

"허!"

"쯧쯧, 작년에 이어서 또……."

"말세요, 말세. 공작 각하는 대체 자식 교육을 어떻게 하는 모양인지…….”

순식간에 내겐 썩 불리한 분위기가 형성됐다.

“재판관님!”

그때, 데릭이 다시 한번 자리에서 일어났다. 그는 다급한 어투로 나를 변호했다.

“사실 제 하나뿐인 여동생은 병석에서 일어난 지 얼마 되지 않았습니다.”

나는 놈의 말에 눈살을 찌푸렸다. 멀쩡한 나로서는 달갑게 느껴지지 않은 변명이었기에.

“게다가 실종됐다가 돌아온 지, 이제 하루가 지난 상태입니다. 당연히 현재 일어난 상황들을 제대로 분별할 능력이……!”

“저는 지극히 제정신이에요.”

더는 못 들어 줄 것 같아, 나는 데릭의 말을 불쑥 끊으며 앞으로 나섰다.

“증언들이 모두 끝났으면 이제 제 진술을 할까 하는데요.”

“페넬로페……!”

데릭이 험악하게 나를 불렀지만, 나는 가뿐히 무시하고 재판관을 바라보았다. 법무 대신이 고개를 끄덕이며 허락했다.

“공녀의 진술을 시작하시오.”

“우선, 켈린 영애의 증언 빼고는 하나부터 열까지 제가 겪은 일과는 현저히 다르군요.”

“그, 그런……!”

“자중하시오, 가보일 자작.”

내 말에 가보일 자작이 버럭 반박하려 들었다. 그러나 법무 대신의 주의에 금방 입을 다물었다. 덕분에 나는 수월히 말을 이을 수 있었다.

“게다가 켈린 영애가 증언한 상황 또한, 티 파티에서 으레 일어나는 사소한 농담과 장난이었을 뿐인데…….”

나는 주변을 둘러보며 최대한 얄밉게 보일 수 있도록 어깨를 으쓱거렸다.

“이런 식으로 매도를 당하다니 심히 유감스럽네요.”

“매, 매도라니요!”

켈린 영애가 나를 째려보며 날카롭게 소리쳤다.

“정말 너무하시네요, 공녀님! 사람한테 석궁을 겨눈 것이 어떻게 사소한 장난이에요?!”

“먼저 석궁 솜씨를 뽐내 달라며 요청했던 것은 영애가 아니었나요? 그리고, 장난인지 아닌지는 도르테아 부인께서 증언해 주실 거예요.”

나는 태연히 답한 후, 눈알을 뒤룩뒤룩 굴리며 서 있던 도르테아 부인 쪽으로 돌아섰다.

“마지막에 부인께서 제 농담에 동감하시면서 직접 웃음을 주도하셨거든요. 그렇죠, 부인?”

나는 피어나는 꽃처럼 활짝 웃으며 무언의 압박을 가했다.

“지금 제가, 없는 말을 지어내고 있나요?”

“아, 아니요! 네, 네……. 그렇긴 했죠…… 물론 공녀님께서 농담이라 말씀하시긴 했는데…….”

“도르테아 부인!”

파란 머리가 비명을 지르다시피 그녀를 불렀다. 도르테아 부인은 혼비백산한 얼굴로 더듬거리다가 결국 입을 다물었다.

티 파티에 짧은 시간 머물렀지만, 주최자인 도르테아 부인을 판단하기엔 충분했다.

그녀는 누군가를 골리고 괴롭히는 것을 즐기긴 했지만, 절대 앞장서서 나서지 않는 야비한 인간이었다. 켈린의 뒤에서 은근히 말을 보태며 부추기던 것만 생각해도 쉽게 파악할 수 있었다.

이번에야말로 나를 골로 보낼 수 있다는 켈린의 설득에, 티 파티에서 겪은 수모도 갚을 겸 말을 보태러 나온 것이 분명했다.

하지만 저런 인간들은 자신에게 정면으로 화살이 쏠리는 것을 못 참기 마련이다.

'게다가 저 여자는 나를 무서워하지.'

무언의 압박이 제대로 먹혀들었다. 나는 통 나와 눈을 마주치지 못하고 쭈뼛거리는 그녀를 보며 삐져나오는 웃음을 숨기지 않았다.

"하지만, 재판관님! 공녀님은 작년에도 제게 활을 쏠 뻔한 전적이……."

"재판관님. 가보일 자작이 주장하는 불곰은 처음부터 제 사냥감이었습니다."

나는 켈린이 물타기를 하려 들기 전에 재빨리 화제를 전환했다. 완전히 상반된 주장이었다. 법무 대신은 곧바로 눈을 빛내며 흥미를 가졌다.

"흠, 계속 말해 보시오."

"제가 석궁을 쏘았고 완전히 제압하는 것이 여의치 않자, 황태자 전하께서 목을 베어 주셨습니다."

"아, 아닙니다! 공녀님의 말은 모두 거짓……!"

가보일 자작이 황급히 고개를 저으며 외쳤다.

"곰의 사체를 보면 답이 나오겠죠."

나는 칼같이 그의 말을 잘랐다.

"가보일 자작의 주장대로 여럿이서 공격을 했다면, 사체에 그 흔적이 남아 있을 것 아니겠습니까?"

"바로 확인을 해 보겠소. 데니스 경. 부검사와 곰의 사체를 확인하고 오게."

"네!"

내 타당한 주장에 법무 대신은 곧장 회의장 내에 시립 중이던 기사 한 명에게 명령했다.

일이 일사천리로 진행됐다. 혼신의 연기를 하던 가보일 자작만이 당황스러움을 감추지 못해 어물거렸다.

"그, 그건…… 다, 단번에 목을 베어서 그런 것입니다……."

앞뒤가 안 맞는 것은 물론, 말도 안 되는 주장이었다. 그 또한 제 말에 자신이 없는지, 점점 목소리가 작게 수그러들었다.

"그럼 에카르트 공녀는 어째서 황태자 전하와 숲속에 같이 있던 거요?"

그때였다. 불쑥 왼쪽에서 들려온 나이 든 음성에 나는 그쪽으로 고개를 돌렸다.

'드디어 본체가 등장하셨구만.'

꼭두각시가 성에 차지 않았는지, 엘렌 후작이 초조한 얼굴로 나를 바라보고 있었다.

"황태자 전하와 공녀는 일면식도 제대로 없는 사이인 걸로 알고 있는데. 뜬금없이 두 사람이 같이 사냥을 했다는 게 믿기지 않는군."

엘렌 후작이 던진 의문에 '그건 그렇지.' 하며 고개를 끄덕이는 좌중들이 보였다. 사실, '황태자 암살범'으로 몰렸음을 알고 난 후부터 저 부분을 필히 걸고넘어질 거란 걸 예상했다.

내게 '암살자의 증표'가 있더라도, 단둘이 곰 사냥을 하게 된 경위에 대해 모두가 납득할 만한 설명을 하지 않으면 안 됐다. 왜냐하면, 그와 만난 것은 모두 게임 제작자의 안배였기 때문이다.

'우연히'라는 말로는 석연치 않음을 풀 수 없었다. 그리고 그것은 누명을 씌운 놈들에게 꼬투리 잡힐 여지만 줄 뿐이다.

하여 나는, 작은 의심의 싹조차 남기지 않고 짓밟기 위해 눈물을 머금고 입을 열었다.

"황태자 전하와는…… 밀회를 하기 위해 만났습니다."

'이건 내가 말하는 게 아니다. 시스템이 시킨 거다.'

나는 이를 꽉 깨물고 억지로 웃으며 유체이탈 화법을 썼다.

"저와 전하는 사실 서로를 향해 연, 연모…… 의 감정을 가지고 있는……."

하지만 그럼에도 불구하고 목소리가 부들부들 떨렸다.

'도저히 못 하겠어!'

위기였다. 하지만 여기서 입을 다물면 이상하게 여길 것이 분명했다. 어떻게서든 이 위기를 타파해야 한다.

"……큼, 서로에게 연모의 감정을 가지고 있는 상태였습니다."

간신히 목을 가다듬고 말을 마쳤을 때였다.

"뭐, 뭣이?!"

쾅—! 그 순간 오른쪽 테이블에서 책상을 부술 듯한 굉음이 울려 퍼졌다. 공작이 찢어질 듯 커다래진 눈으로 나를 바라보았다.

"페넬로페 에카르트! 그, 그게 대체……!"

"공작 각하, 법정입니다."

버럭 소리를 지르려던 그에게 법무 대신이 주의를 줬다. 공작이 거칠게 씨근덕거리며 간신히 입을 다물었다. 그 심정이 이해가 갔다.

황태자 놈에게 목이 베여 왔던 막내딸이 갑자기 '연모'의 감정을 갖고 있다고 고백하다니. 나 같아도 환장스러울 것이다.

"화, 황태자 전하와 공녀가……!"

내 한마디가 일으킨 파장은 대단했다. 적막했던 회의장 안이 순식간에 소란스러워졌다.

그 속에서 나는 충격으로 굳어진 또 하나의 파란 눈과 마주쳤다. 데릭이 두 주먹을 꽉 쥔 채 나를 뚫어져라 응시하는 중이었다.

'당장 뛰쳐나와서 멱살이라도 잡을 기세네…….'

새카만 머리 위가 위태롭게 깜빡이기 시작했다. 그에게서 퍼져 나오는 엄청난 기세에 등골이 섬찟했다.

'22%'에서 더 떨어지면 사실 위험하긴 했다. 나도 모르게 연신 그의 머리 위를 흘깃대고 있을 때였다.

"조용! 다들 자중들 하시오!"

탕, 탕, 법무 대신이 의사봉을 내리치며 소란스러운 장내를 가라앉혔다.

"에카르트 공녀, 계속해 진술하시오."

"……그런데 얼마 전, 전하께 제가 이별을 고했습니다."

나는 고개를 끄덕이며 다시 유체이탈 화법을 사용했다. 마치 내가 그런 게 아닌 듯, 남 얘기를 하는 듯.

"전야제에 참석한 분 중 그것으로 연회장에서 전하와 제가 다투는 것을 분명 본 사람들이 있을 거예요."

"그러고 보니 사냥 전야제에서 본 것 같기도……."

몇 명이 잊고 있던 게 생각난 듯 고개를 갸웃거렸다.

'그때 크게 말하기를 잘했어.'

중요한 건 황태자와 공녀의 엄청난 스캔들이었다. 나는 허겁지겁 본론으로 돌아갔다.

"곰 사냥 직후, 황태자 전하를 해하러 온 암살자들을 맞닥뜨렸습니다."

"그, 그런……!"

"암살자에게 쫓기던 중 전하께선 그들의 공격으로 부상을 당하셨고, 수세에 몰려 절벽 아래로 같이 떨어졌습니다."

가보일 자작과는 판이한 진술에 귀족들은 모두 혼란과 충격에 빠졌다. 나는 기세를 몰아 가보일 자작을 돌아보며 물었다.

"저는 분명 곰과 암살자 외에는 석궁을 쏜 적이 없는데, 제 석궁에 맞아 기절하셨다는 분들은 대체 어떤 영문인지를 모르겠네요."

"거, 거짓말입니다! 저, 저는…… 저희는 분명 공녀님께……."

가보일 자작은 누가 봐도 수상하리만치 말을 더듬었다. 엘렌 후작이 굳은 얼굴로 재빨리 말을 받았다.

"하지만 공녀의 말대로라면 좀 이상한 부분이 있지 않소이까."

"무엇이요?"

"전하께선 지금 원인을 알 수 없는 혼수상태에 빠져 계시오. 진찰을 본 황궁의가 말하길, 겉으로 드러난 부상은 경미하여 다른 이유가 있을 거라더군."

"네. 그런데요?"

나는 황태자와 연인이었다고 주장한 사람치곤 퍽 심드렁한 목소리로 되물었다.

"만약 공녀의 주장대로 암살자의 습격을 받아 전하께서 부상을 당하셨고, 그로 인해 절벽에서 떨어졌다면 수색대가 찾아낼 때까지 이동이 불가해야 마땅하지."

"……."

"하지만 황태자 전하와 공녀는 다음 날 숲의 초입 근처까지 걸어온 상태이지 않소. 그 직후 황태자 전하께서 쓰러졌지. 그건 마치……."

엘렌 후작은 의미심장한 투로 말끝을 흐렸다.

'그건 마치, 네가 일부러 따로 유인해 독살이라도 시도한 것 아니냐.'

다 하지 않은 뒷말은 뭐 대충 예상이 갔다. 엘렌 후작은 암살의 증거가 없다고 굳게 믿고 있는 듯했다.

'사실, 뭐 맞는 말이지.'

고대 마법 지도를 찾지 못하고 황태자가 쓰러져 버렸다면, 여태 동굴을 빠져나오지 못했을 것이다.

장내에 숨 막히는 정적이 내려앉았을 무렵.

"이보시오, 엘렌 후작!"

불현듯 공작이 '탕!' 의자 팔걸이를 치며 노성을 토해 냈다.

"가만히 지켜만 보니 도가 지나치군. 감히 누굴 모함하는 게요! 그럼 내 여식이 황태자 전하를 음해하려 들기라도 했다는 거요, 뭐요!"

"꼭 따님만의 독단적인 행동이라고 볼 수는 없지요."

"이, 이런 건방진……!"

"말씀이 심하십니다, 각하. 저는 타당한 의심을 하는 것뿐입니다."

엘렌 후작이 분통을 터뜨리는 공작을 향해 얄밉게도 이죽거렸다.

그리고 내게로 다시 시위를 돌렸다.

“에카르트 공녀, 그대가 말해 보시오. 전하께서 어찌하여 정신을 잃으신 건지.”

“독에라도 당하신 건가 보죠.”

나는 무표정한 얼굴로 대꾸했다. 내가 이렇게 대놓고 답할 줄은 몰랐는지 엘렌 후작의 낯이 확 달라졌다.

“그, 그걸 공녀가 어떻게 확신하지? 꼭, 공녀가 전하께 독을 사용하기라도 한 것처럼 들리는군!”

“글쎄요. 그건 제가 암살자로부터 빼앗아 온 증거물을 조사해 보면 알 수 있겠지요.”

“뭐, 뭐라?!”

여유로운 태도를 고수했던 후작이 그 순간 자리에서 벌떡 일어났다.

“증거가 있었다니……!”

“암살자에게 습격을 받았다는 공녀의 진술이 사실이란 말이오?”

지금까지와는 차원이 다를 만큼 장내가 폭발적으로 뜨거워졌다.

“거, 거짓이요! 다, 다 거짓으로…….”

그 와중에도 가보일 자작만이 눈치 없이 사람들을 회유하려 들었다.

“재판관님. 황태자 전하를 해치려 했던 암살자의 단도를 증거물로…….”

널널하게 묶인 손으로 품 안에 있는 단도를 꺼내며 말을 내뱉는 순간이었다. 문득 눈앞이 환해지더니.

〈SYSTEM〉 ~메인 퀘스트 : 사냥제의 퀸이 되어 보자!~

[세 번째. 암살자 밝혀내기] 퀘스트를 진행하시겠습니까? (보상

: 모든 남자 주인공들의 호감도 +7%, 명성 +70)

[수락 / 거절]

시스템 창을 읽은 나는 눈을 번뜩였다.

'모든 남주 호감도 7%……!'

지금까지 했던 빌어먹을 퀘스트 중 역대급으로 후한 보상이었다.

〈SYSTEM〉 메인 퀘스트임으로 5초 후 자동 수락됩니다.

〈SYSTEM〉 5

나는 채 1초가 지나기도 전에 [수락]을 연타했다. 보상도 후한 데다, 지금까지 해 왔던 빌어먹을 퀘스트들에 비해 수월한 난이도였기에 수락하지 않을 이유가 없었다.

그와 동시에 네모 창 안의 글씨가 새로이 바뀌었다.

〈SYSTEM〉 [두 번째. 암살자로부터 황태자 지키기] 퀘스트 보상으로 얻은 [암살자의 증표]의 주인을 찾으십시오.

[보기]

1. 엘렌 후작

2. 가보일 자작

3. 튤릿 남작

4. 켈린 백작

나는 느닷없이 뜬 객관식에 내심 놀랐다. 당연히 1번이 정답일 줄 알았기 때문이다. 앞서 훑었던 엘렌 후작가의 문양과 단도에 새겨진 문양이 일치했기에.

하지만 이 망할 게임이 그리 단순하게 진행될 리 없었다.

"에카르트 공녀. 하려던 말을 계속하시오."

뒤늦게 재판관이 나를 불렀다. 방금 전까지 시끄럽게 떠들어 대는 귀족들의 입을 다물게 하느라, 그는 다소 지쳐 보였다. 덕분에 내가 말을 하다 우뚝 멈춘 것을 이상하게 여기진 않는 것 같았다.

나는 품에 있는 단도의 모습을 빠르게 되새겼다. 엘렌 후작가의 문양이 새겨진 단도를 쓰고, 비단실로 꼬아 만든 장식 선물을 암살 도구에 달 만큼 어리석은 자.

게다가 비단실의 색은 낯익은 파란색이었다. 정답을 추론하긴 어렵지 않았다.

'3번!'

나는 재빨리 보기 중 하나를 눌렀다. 마지막까지 끈질기게 황태자를 찔러 죽이려 했던 이는 다름 아닌, 켈린 영애의 약혼자였다.

〈SYSTEM〉 정답! 이제 [암살자] 세력을 밝히십시오!

새 글씨가 떠오름과 동시에 나는 입을 열었다.

"황태자 전하를 찔렀던 암살자의 단도를 증거물로 제출합니다."

시스템 창으로 인해 품에서 꺼내다 멈춘 단도를 당당하게 꺼내 들었다.

"그게 암살자의 단도라는 것을 어, 어떻게 알 수 있단 말이오!"

"엘렌 후작가의 문양이 칼날 하단에 새겨져 있습니다."

"뭐, 뭐라?!"

나는 문양이 법무 대신과 상석에 앉아 있는 고위 귀족들에게 잘 보이게끔 앞으로 쭉 쳐들었다. 엘렌 후작이 입을 떡 벌렸다.

"게다가 이 비단실의 주인이 누군지 추적하면 암살을 사주한 세력 전체를 알 수 있겠지요."

말을 마저 이으며 단도의 손잡이를 살며시 흔들었다. 그 끄트머리에 매어진 파란색 비단 장식이 내 손짓에 따라 달랑달랑 흔들렸다.

"저, 저건…… 켈린 영애가 얼마 전에 만들었다고 자랑한 장식인데…… 어머나."

비단 끈을 알아본 도르테아 부인이 무심결에 말을 하다가 아차 하며 서둘러 두 손으로 입을 막았다. 하지만 이미 들릴 대로 다 들린 후였다.

"모, 모함이오!"

"모, 모함이에요!"

엘렌 후작과 켈린 영애는 무슨 '이구동성' 게임이라도 하듯 거의 동시에 '모함'을 부르짖었다.

"공녀가 툴릿 남작과 그의 동료들을 기절시킨 후 빼앗아 온 걸지 어찌 안단 말……!"

"공녀님께서 직접 곰을 사냥하시는 것을 제가 목격했습니다."

그 순간, 회의장 문이 벌컥 열리더니 누군가 빠른 걸음으로 걸어와 단상 옆 비어 있는 자리에 앉았다.

"늦어서 정말 죄송합니다. 신병을 넘겨받은 아이 중 하나가 발작을 일으킨지라……."

[호감도 32%]

뷘터가 멋쩍은 얼굴로 늦게 나타난 것에 대한 사과를 읊조렸다.

'그러고 보니…… 쟤도 고위 귀족이긴 했지.'

나는 그가 자리에 있는지 없는지도 몰라서 조금 얼떨떨한 얼굴로 그를 응시했다.

"베르단디 후작! 그, 그게 무슨 소리요!"

뷘터가 채 자리에 완전히 착석하기도 전에 엘렌 후작이 숨넘어갈 듯 물었다.

"재판관님. 제가 목격한 것에 대해 진술해도 되겠습니까?"

뷘터는 엘렌 후작에 대한 답 대신, 차분하게 손을 들고 법무 대신을 향해 양해를 구했다.

"허락하오."

허락이 떨어지자, 그가 다시 자리에서 일어났다.

"엊그제 공녀님이 실종되기 전, 금색 표식 구역에서 불곰에 맞서 홀로 용맹하게 사냥하는 모습을 목격했습니다."

"모, 모함입니다! 베르단디 후작은 그 주변에서 본 적도……!"

"어허, 가보일 자작!"

탕, 탕! 법무 대신이 의사봉을 쳤다.

"자중 좀 하시오! 다른 이가 진술 중이지 않소."

그러면서 자꾸만 입을 여는 가보일 자작에게 짜증스럽게 소리쳤다.

"계속하시오, 베르단디 후작."

"하지만 공녀님께선 볼트가 떨어지셨는지 석궁을 쏘는 것을 중간에 잠시 멈추셨습니다."

"……."

"자칫 위험한 상황으로 이어질 것 같아 공녀님께 도움을 드리기 위해 나서려는 순간, 황태자 전하께서 나타나 곰의 목을 베었습니다."

거짓말이라기엔 그는 너무나도 내 상황과 일치하는 진술을 했다. 그때, 정말로 어딘가에서 그가 나를 지켜보고 있었단 소리다.

나는 뷘터의 진술에 새삼 소름이 끼쳤다.

'역시, 내가 생각했던 게 맞았어.'

빌어먹을 '돌발 퀘스트'는 불곰에서 끝이 아니었던 것이다. 황태자가 먼저 나서지 않았더라면 필연적으로 뷘터, 아니면 데릭, 레널드 놈들을 돌아가면서 만났을 게 뻔했다.

그러면서 결정적인 순간에 남주 놈들이 나타날 때까지 나는 끊임없이 날뛰는 맹수를 상대했어야 할 테지.

'미친 게임 같으니라고…….'

등골이 오싹해져서 남몰래 몸을 떠는 동안, 뷘터는 차분히 진술을 마쳤다.

"두 분께서 진중한 대화를 나누시는 것 같기에 저는 자리를 옮겼습니다. 제가 본 것은 여기까지입니다."

회의장 안은 다시 충격의 도가니가 몰아쳤다.

"그렇다면 가보일 자작의 말이 다 거짓이란 소리가 아니요?"

"공녀의 진술이 사실이었군."

"세상에, 툴릿 남작이 황족 시해범이었다니……."

나는 술렁이는 주변을 돌아보며 흘긋 에카르트 쪽을 곁눈질했다. 공작의 얼굴은 다른 이와 별다를 바 없었다.

의외인 것은 데릭의 얼굴이었다. 나와 눈이 마주치자 놈의 얼굴이 천천히 일그러졌다. 놀랍고 충격적인 것보다는, 분노한 것에 가까워 보였다.

끝내 믿지 못했던 망나니 같은 양동생의 말이 진실이었다는 것이 화가 난 것인지, 아니면 내가 앞서 말한 '황태자와 밀회하기 위해 만났다'는 말이 사실이라 화가 난 건지는 몰랐다.

다행인 건, 처참하게 구겨진 놈의 얼굴과는 달리 느릿하게 깜빡이던 호감도는 끝내 변동이 없다는 것이었다.

'봐.'

나는 눈을 피하지 않고 보란 듯이 고개를 쳐들었다.

'네 같잖은 도움 따위 없어도, 나 혼자서 충분히 알아서 할 수 있으니까.'

서늘하게 식은 눈으로 그를 마주 보던 중. 탕, 탕—!

"판결을 내리겠소!"

소란스러운 인파 사이로 재판관이 위엄 있게 외쳤다.

"이 사건과 관계없는 제3의 목격자가 존재하고, 그 증언이 용의자였던 공녀의 진술과 일치하고 있소."

"……."

"게다가 공녀가 가지고 있는 증거물이 너무나도 명백한 바."

판결 직전, 주위가 쥐죽은 듯 고요해졌다. 법무 대신은 잠시 숨을 돌리고 마저 이어 말했다.

"조사를 받아야 할 이들은 에카르트 공녀가 아닌 툴릿 남작, 가보일 자작을 포함한 일곱 명의 귀족들, 그리고 엘렌 후작일 듯하오."

"재, 재판관님! 이의 있습……!"

"황태자 전하께서 아직도 의식 불명이신 상태요. 이것은 황족 시해 미수로 이어질 수 있는 중대한 사건이니, 그와 관련된 귀족들을 모두 구금할 것을 명하오!"

탕, 탕, 탕—.

법무 대신의 손에 들린 의사봉이 세 번의 소리를 내며 판결을 확정 지었다. 그 순간이었다.

〈SYSTEM〉 ~메인 퀘스트 : 사냥제의 퀸이 되어 보자!~

[세 번째. 암살자 밝혀내기] 퀘스트 성공!

〈SYSTEM〉 보상으로 [모든 남자 주인공들의 호감도 +7%]와 [명성 +70]를 얻었습니다.

(명성 total : 200)

'됐어. 끝났어!'

나는 두 주먹을 꽉 쥐고 환호했다.

"황제 폐하께 즉시 이에 관한 전갈을 보내야겠소. 발터 경! 명령을 바로 이행하시오!"

재판관은 이어서 단상 바로 옆에 앉아 있던 근위대장을 불렀다. 그러자 회의장의 문이 열리면서 우르르 기사들이 쏟아져 들어왔다.

"이, 이건 모두 모함이오, 모함!"

포박하기 위해 다가오는 근위병들을 보며 엘렌 후작이 발작하듯 고개를 저었다.

"난 아니오! 투, 툴릿 저 자식이 독단으로 저지른 일이오! 난 관계없는 일이오!"

"저, 저는 모르는 일이에요! 왜, 왜 저까지……!"

그것은 파란 머리 또한 마찬가지였다. 팔이 뒤로 꺾인 채 거칠게 제압당하던 그녀는 정신없이 주변을 두리번거렸다. 저를 도와줄

만한 이를 찾는 것이다.

그러나 켈린 백작가는 귀족 회의에 참석할 수 있을 만큼 세가 강한 가문이 아니었다. 어쩌다 엘렌 후작에게 줄을 대서 도약을 노린 것 같은데…….

그러기 위해 권력의 중심인 에카르트 공녀를 짓누르고 사교계를 휘어잡으려던 것임이 분명하다.

'내가 작년처럼 멍청하게 당하고만 있을 거라 생각했겠지.'

나는 흉한 몰골로 질질 끌려가는 그녀를 냉정하게 바라보았다. 그리고 생각했다.

'이 게임 속 최고 악녀는 나야.'

관련된 자들이 모두 근위병에게 끌려 나가고 슬슬 회의장이 정리되는 양상을 띠었다.

빠져나가는 몇몇 귀족들이 말을 걸고 싶은지 연신 나를 흘깃댔지만, 워낙에 살벌한 얼굴을 하고 있는지라 다가오는 이는 없었다.

"공녀님. 증거물을 주시겠습니까?"

그때, 근엄하게 생긴 중년의 근위대장이 직접 내게 다가와 손을 내밀었다.

"여기요."

나는 순순히 들고 있던 칼을 넘겼다. 그것을 품에 챙긴 그는 이내 다른 것을 요청했다.

"포박도 풀어드리겠습니다. 손을 좀 주십시오."

얇은 밧줄에 묶인 양손을 내밀자 그가 '실례하겠습니다.' 하고 내 양 손목 위에 손을 올렸다. 그리고 무어라 알아들을 수 없는 말을 짧게 중얼거렸다.

그러자 두 손목을 연결한 채 묶여 있던 밧줄이 스르륵 풀려 바닥에 떨어졌다. 근위대장은 내게 묵례한 후 그것을 챙겨 들고 떠났다.

'뭐야. 마도구였어?'

어쩐지 허술하게 묶어 뒀다 했더니. 시동어 없이는 절대로 끊거나 풀 수 없었던 것이다. 'VIP'라고 착각했던 아까 전의 내가 떠올라 머쓱해졌다.

긴장이 풀려서 그런지 묵직한 피로감이 목 뒤를 엄습했다. 휴식이 필요했다. 서둘러 회의장을 빠져나가기 위해 막 뒤로 돈 차였다.

"페넬로페 영애."

누군가 내 앞을 막아섰다.

[호감도 39%]

결 좋은 은발 위로 흰 글씨가 반짝였다. 훌쩍 오른 호감도가 흡족했다.

"……후작님."

생각해 보니 뜬금없이 나서 준 뷘터에게 고마워해야 했다. 어쨌든 그가 나서 확인 사살을 해 준 덕에 판결이 더 빨리 진행되었기 때문이다. 내게 '천둥벌거숭이'처럼 석궁 쏜 것을 인정하라며 강요했던 누구와는 다르게 말이다.

"도와주셔서…… 감사했습니다."

나는 살며시 고개를 숙이며 감사 인사를 전했다.

"덕분에 누명을 빨리 벗을 수 있게 되었네요."

"……제가 할 수 있는 일을 한 것뿐입니다."

뷘터는 이전에 내가 했던 말을 인용하여 답했다.

"게다가 전야제에서 저를 도와주신 것에 대한 은혜를 갚을 수 있어 기쁩니다.”

문득 웃음이 새어 나왔다. 뵌터를 만날 때마다 매번 ‘답례’를 해야 한다는 소리를 듣는 것 같았기 때문이다. 그는 정말로 뼛속까지 철저한 상인이었다.

“후작님은 매번 셈이 정말로 확실하시네요.”

“…….”

갑작스레 터져 나온 웃음에, 군청색 동공이 약간 커졌다. 그는 말없이 물끄러미 나를 바라보기만 했다. 좀 민망해져서, 나는 띠고 있던 웃음을 지웠다.

“받지 않는다고 했지만 그래도 주신 답례, 이번에는 감사히 받겠습니다.”

“…….”

“그럼 이만.”

다시 한번 고개 숙여 인사하고 그를 스쳐 지나가려 하던 때였다.

“그럼 필요할 때 다시 찾아와 주시는 겁니까?”

불현듯 그가 입을 열었다. 우뚝, 걸음이 멈췄다.

“신뢰를 완전히 회복했지 않습니까.”

나는 천천히 그를 다시 돌아보았다. 그는 지금, 상단에서의 일을 꺼내고 있었다.

‘……뭐지? 떠보는 건가?’

내가 먼저 알아보는 상황을 만들 생각만 했지, 그가 직접 자신의 정체를 밝히리란 생각은 전혀 하지 못했다. 게다가 이렇게 대놓고 떠볼 줄은 더더욱.

나는 잠시 뭐라고 대답하면 좋을지 고민했다. 뵌터는 여전히 보험이라 할 수도, 그렇다고 엑스라 칭할 수도 없는 존재였다. 나는 결국 모호하게 대꾸했다.

"딱히 다시 찾을 만한 일이 생길 것 같진 않은데요."

"역시, 알고 계셨군요."

곧장 답이 돌아왔다. 역시, 떠본 게 맞았다.

"……제가 사람들의 특징을 잘 기억하는 편이어서요."

나는 애매한 미소를 지으며 그와 눈을 지그시 마주쳤다.

"아."

예상치 못한 한 방이었는지, 그로부터 미약한 신음이 새어 나왔다.

노멀 모드에서 여주가 빈터의 호감을 단번에 샀던 방법을 변명 삼은 것이었다. 눈동자 색만으로 후작과 마법사가 동일 인물임을 알아맞힌다는 설정.

그러나 직접 겪어 보니 이 게임 속 세상에서는 나름대로 개연성이 있었다. 상인을 무시하는 오만한 귀족들은 가면을 쓴 정보상의 눈동자 색까지 일일이 기억하지 않기에.

"입조심이 걱정되시는 거라면, 아이들에 대한 기억을 지우셔도 돼요."

"그런 것이 아닙니다."

그가 나를 떠본 이유에 대해 대강 추측한 나는 미련 없이 말했다. 빈터는 강하게 고개를 저었다.

"그런 것이 아니라……."

말끝을 흐리던 그는 내 쪽으로 불쑥 손을 뻗었다.

"……영애는, 마주칠 때마다 다쳐 계시는 것 같군요."

기다랗고 견고한 손가락이 목가에 닿을 듯 말 듯 스쳤다.

"아."

따끔한 통증에 나도 모르게 신음이 튀어나왔다. 뷘터는 내 짧은 신음에 움찔하며 손을 거뒀다.

이번엔 그 대신 내가 손을 들어 그 자리를 어루만졌다. 손에 까슬까슬한 피딱지가 느껴졌다. 생채기가 나서 레널드가 약을 발라 줬던 곳이다.

그때는 아무런 감각도 못 느꼈는데, 이번에는 화끈거리는 통증이 피어올랐다. 나도 모르는 새에 같은 자리를 또 쓸린 듯했다.

연신 상처를 어루만지자, 뷘터가 진중한 어투로 말했다.

"만지지 마십시오. 혹시 모르니 치료소를 가시는 것이……."

"페넬로페."

그때였다. 누군가 나를 불렀다. 뷘터에게 향했던 고개가 반사적으로 돌아갔다.

[호감도 29%]

퀘스트 보상 덕분에 어느새 하락하기 전과 같이 복원된 호감도. 데릭 놈이 딱딱하게 굳은 얼굴로 다가오고 있었다.

'공작은 먼저 갔나 보네.'

비어 있는 그의 곁을 바라보며 나는 조금 의외라고 생각했다.

"안녕하십니까, 에카르트 소공작님."

뷘터가 다가온 데릭에게 살짝 묵례하며 인사했다. 바로 내게 용건을 밀어붙이려던 데릭이 멈칫하다가 마지못해 고개 숙여 마주 인사했다.

"아까 전 증언해 주어서 고맙습니다."

"아닙니다. 마땅히 해야 할 일이었는걸요."

"제 여동생과 무슨 할 얘기가 있는지 모르겠으나, 가족끼리 긴히 모여야 할 일이 있으니 그만 데리고 가 봐도 되겠습니까."

"그러시군요."

다소 예의 없는 데릭의 발언에도 뷘터는 사람 좋은 웃음을 지으며 순순히 물러섰다.

"영애, 그럼 하던 이야기는 다음 기회에……."

"아니요. 그러실 필요 없어요."

그런 뷘터의 손목을 살며시 잡아 붙든 것은 다름 아닌, 그와의 대화를 파하려던 나였다.

"마저 대화 나누시죠, 후작님."

"페넬로페 에카르트."

데릭 놈이 얼음장 같은 음성으로 내 이름을 불렀다. 검은 머리칼 위로 느릿하게 호감도가 깜빡거리기 시작했다.

"……이게 뭐 하는 짓이냐."

뷘터의 손목을 붙잡고 있는 내 손을 발견한 데릭의 얼굴이 무시무시하게 변했다. 미묘해지는 뷘터의 표정을 뒤로한 채, 나는 서늘한 눈으로 데릭을 마주 보았다.

"저는 더 나눌 얘기 없다고 말씀드렸을 텐데요."

"……보는 눈이 많다."

데릭의 양쪽 턱에 불끈 힘이 들어갔다.

"그 손 놓고 당장 따라와."

그 소리를 들은 순간, 가장 먼저 떠오른 생각은 이것이었다.

'내가 왜 저 명령을 들어야 하는 거지?'

나는 정말로 놈과 더 할 말이 없었다. 가문에 피해를 준 일도 없었고, 저지른 일도 말끔히 해결해 놓은 상태지 않은가.

“언제는 보는 눈, 안 보는 눈 구별하셨나요?”

나도 모르는 새 삐딱한 웃음이 절로 튀어 나갔다.

“다들 저를 보고 병석에서 일어난 지 얼마 안 돼 온전치 못한 사람인 줄 알겠죠. 신경 쓰지 마세요.”

“너…….”

내 변호라고 지껄였던 말을 토대로 비아냥거리자, 깔끔하게 넘겨 올린 이마 위에 핏줄이 솟았다.

빈터는 꽤 좋은 방패막이었다. 다른 이들의 이목이 영 신경 쓰이는지, 데릭은 섣불리 나를 끌고 가려 들지는 않았다. 그는 크게 숨을 들이쉬며 가까스로 화를 누그러뜨렸다.

“그래, 인정하지.”

“……뭘요?”

“내 생각에 착오가 있었다.”

“…….”

“하지만 지금껏 네 행실을 돌이켜 보아라. 그간의 네 평판과 무도함을 생각하면, 누구든 그렇게 판단할 수밖에 없을 것이다.”

“……하.”

헛웃음이 터져 나왔다.

‘무슨 할 말이 남았을까 했더니.’

고작 변명과 탓뿐이었다. 나를 끝까지 믿지 않고, 내게 사실 여부를 확인할 생각도 없이 날 ‘귀족 시해범’으로 본 것에 대한.

게임을 할 때 내가 동경했던 이성적인 냉미남 남주는, 이토록이나 졸렬한 놈이었다.

“소공작님껜 참 쉽네요.”

“……뭐?”

“귀족 시해란 누명을 씌우는 것도, 정신이 온전치 못한 천둥벌거숭이로 모는 것도.”

“…….”

“모든 걸 다 제 탓으로 치부하면, 쉽게 해결할 수 있으니까요.”

내 빈정거림에 데릭의 눈이 부릅떠졌다. 호감도가 위태롭게 깜빡이기 시작했다.

“저한테 하실 말씀이, 네가 잘못 처신해서 누명을 쓴 거니 남 탓하지 말라는 소리뿐인가요?”

“페넬로페 에카르트.”

‘호감도 −2%’

[호감도 27%]

쉽게도 올랐다, 쉽게도 떨어지는 호감도는 내게 아무런 감흥도 주지 못했다. 바닥을 기는 이 기분으로는, 한 번에 한 10%까지 떨어져도 괜찮을 것 같았다.

놈의 얼굴이 흉악하게 일그러졌다. 반면에 나는 미소를 만면에 띠운 채 싱긋 웃었다.

“걱정 마세요. 저도 다 제 탓이란 걸 알아요. 그러니 저 혼자 알아서 수습할 거겠죠.”

“너 혼자 하겠다는 수습이 결국, 에카르트의 이름에 먹칠하는 것이었나? 황태자 전하와 밀회라니. 어디 할 말이 없어서…….”

“그럼 뭘 어떻게 했어야 하는데요?”

나는 정말로 알 수가 없어서 어깨를 으쓱였다.

“우연히 맞닥뜨린 곰과 사투를 벌이는 중, 우연히 지나가던 황태자 전하께서 그 곰의 목을 베어 주신 와중에 우연히 암살자를 만나 같이 쫓겼다…….”

“…….”

“이렇게 진술해야 했을까요?”

나는 전날 밤 데릭에게 말했던 정황을 그대로 읊었다. 사실대로 말하는 것뿐이지만 이렇게 말했다면 아무도 믿지 않았을 것이다. 엘렌 후작이 그렇게 몰아갔을 테니까.

“그래서 그대로 황족 시해범이 됐어야 속이 시원하시겠어요?”

“비약하지 마라.”

가까스로 분을 참고 있는지, 데릭이 잇새로 짓씹듯 뇌까렸다. 내게로 쏘아지는 눈빛에 시퍼런 살기가 담기기 시작했다.

“일찍이 증거물이 있다는 말을 했더라면, 가문의 명예를 실추시키는 터무니없는 스캔들 없이도 해결할 수 있었겠지.”

“그런 터무니없는 스캔들까지 지어내도록 만든 게 누군데요.”

나는 이를 악물고 악착같이 대꾸했다.

“제게 증거물이 있다는 말을 할 틈은 주셨고요?”

표정 관리를 하기 힘들었다. 나는 내가 엉망진창이 된 얼굴로 입꼬리만 간신히 들어 올리고 있다는 사실을 알았다. 옆쪽에서 빈터의 시선이 느껴졌다. 그럼에도 멈출 수 없었다.

“아무것도 듣지 않으셨잖아요. 모함이란 말도, 해결할 방법이 있다는 말도, 힘겹게 털어놓은 진실조차.”

“……페넬로페.”

“듣지 않은 건 소공작님이시잖아요. 왜요, 이것도 제 탓이라고 하시게요?"
너무 격양된 탓일까. 나는 남들 앞에선 '오라버니'라고 불러야 한다는 것조차 상기할 틈이 없었다.

—소공작님. 이번 일은 명백한 모함이에요. 해결할 방법이 있어요. 사실 제게…….
—……제게 어떤 이유가 있어서 정당방위를 한 것이라고는 생각하지 않으세요?
—지나가던 황태자 전하께서 난항을 겪고 있는 저를 도와 곰의 목을 베어 주셨어요.

황태자와 밀회니, 연인이니. 그것들을 입에 담는 것을 가장 피하고 싶던 것은 바로 나였다. 그러나 밤새 머리를 쥐어짰지만, 내겐 그것이 한계였다.
어쩌면, 더 좋은 방법이 있을지도 몰랐다. 데릭의 명민한 머리와 에카르트의 이름을 빌렸더라면, 훨씬 더 괜찮은 증언으로 입을 맞출 수도 있었다. 그러기 위해 나는 분명 데릭에게 암살자의 증표를 넘기려 마음먹었었다.
하지만 그것들을 무시하고 끝내 혼자 알아서 수습하도록 만든 것은 바로 네가 아니던가.
"하실 말씀 다 끝나셨으면 저는 이만 후작님과 마저 대화를 나누고 싶은데요. 아시다시피, 재판의 증언과 관련해서 긴히 얘기를 나누던 중인지라."
"대화가 부족했다."

뷘터를 끌고 당장이라도 떠날 기세처럼 보였는지, 데릭이 앞을 막아서며 다소 성급하게 답했다.

"너도 알다시피, 상황이 무척 급박하게 돌아갔고 우리 쪽에 전달된 정보들은 극히 제한됐었다."

"……."

"저들은 계속해 에카르트를 황족 시해의 배후로 몰고 있었고, 암살을 위해 네게 석궁을 훈련시켰다는 말도 안 되는 낭설이 기정사실화되었지."

데릭은 답답하다는 표정으로 말을 이었다. 나는 그게 어제의 연장선처럼 느껴졌다.

"너를 바로 감옥에서 빼내기 위해선, 빠르게 일을 마무리 짓는 것이 최선이라고 생각했을 뿐이야."

"무슨 말씀을 하시려는 건진 모르겠지만 전 괜찮아요, 소공작님."

나는 단호한 어투로 즉답했다.

"어차피 일말의 기대도 안 했으니까."

그 순간, 데릭의 얼굴이 처참하게 구겨졌다. 이유는 알 수 없었다. 언제나 무표정했던 그의 얼굴에 분노보단, 뭐라 형용할 수 없는 감정이 선명하게 떠올라 있었다.

"……페넬로페."

그가 꽉 잠긴 목소리로 나를 불렀다. 그리고.

[호감도 32%]

깜빡이던 호감도가 훅 상승했다. 나는 조금 놀란 채로 그것을 바라보았다.

하지만 잠깐 가졌던 흥미도 빠르게 털어냈다. 그리고 이내 짧은 묵례로 그를 일별했다.

"가시죠, 후작님."

뷘터의 손을 이끌고 지나치는 동안, 데릭은 석상처럼 굳은 채 우두커니 서 있기만 했다.

그가 다시 나를 붙잡는 일은 없었다.

회의장 밖을 빠져나온 나는, 사람이 없는 한적한 곳에 이르렀을 때에서야 손을 놓고 뷘터에게 사과했다.

"죄송해요, 후작님. 실례가 많았습니다."

본의 아니게 나와 데릭 사이에 끼어 봉변을 당한 그에게 사과의 말을 건넸다.

뷘터는 아무 말 없이 나를 바라보다, 품에서 무언가를 꺼냈다. 그리고 내게 내밀며 뜬금없는 말을 꺼냈다.

"울지 마십시오."

"……네?"

영문 모를 소리에 나는 고개를 갸웃거리다가, 손을 들어 얼굴을 더듬었다. 물기는커녕, 며칠간 잠을 설친 탓에 꺼칠해진 피부만 만져졌다.

당연했다. 나는 전혀 울고 있지 않으니까.

"그게 무슨 말씀……."

"고운 눈에서 슬픔이 가셔 있는 것이 제게 줄 답례라고 말씀드렸는데."

"……."

"영애의 눈은 항상 웃음보단 슬픔만 가득하군요."

뷘터의 말에 까맣게 잊고 있었던 그와의 첫 만남이 떠올랐다. 그 말을 듣는 순간, 나는 얼굴이 와락 일그러지는 것을 참을 수 없었다.

사실 거짓말이었다. 나는 감옥에 찾아온 데릭이 내 말을 듣고 도와주길 기대했다. 빌어먹을 하드 모드인 것을 알면서도, 게임이니 현실과는 다른 점이 있을 거라고. 개연성 상관없이 극적인 변화가 있을지 모른다고.

"……그러게요."

나는 힘없이 웃으며 꽤 늦은 대꾸를 했다.

"제게도 과연 마음 놓고 웃을 수 있는 날이 올까요."

엔딩을 본 후 이 게임에서 탈출하기 직전까진 아마, 그럴 일은 없을 것이다. 자조 섞인 말을 중얼거리며 고개를 막 든 그 순간이었다.

어디선가 서늘한 바람이 몰아쳤다. 뷘터의 손바닥 위에 놓여 있던 접힌 손수건이 바람결을 따라 두둥실 떠오르더니 '화악!' 하고 펼쳐졌다.

보이지 않는 누군가가 뷘터의 손바닥 위, 허공에서 장난을 치듯 천 자락이 이리저리 접혔다. 휙휙, 구겨지고, 묶이고, 부풀기를 반복하던 그것은 마침내, 작은 토끼 모양으로 변했다.

"어……."

나는 눈을 크게 뜬 채 그것을 멍하니 바라보았다. 얇은 손수건으로 이루어진 토끼가 천천히 뷘터의 손바닥 아래로 낙하했다.

작은 귀가 인사를 하듯 쫑긋거렸다. 눈으로 보고도 좀체 실감 나지 않은 장면이었다.

"두 손 좀 펴 주시겠습니까?"

문득 뷘터가 부탁조로 말했다. 나는 얼떨떨한 얼굴로 천천히 두 손을 들어 펼쳤다. 그러자 뷘터의 손바닥 위에 놓여 있던 토끼가 깡총 뛰어 내 손바닥 위에 사뿐히 착지했다.

진짜 살아 있는 생물체라도 되는 양 내 손바닥에 얼굴을 비비는 모습이 기이하게만 느껴졌다. 그러다 번뜩 뷘터가 황궁 안에서, 그것도 후작의 모습으로 마법을 썼다는 자각이 들었다.

"……그런데 막 이러셔도 되는 거예요?"

나는 불안한 눈으로 휘휘 주변을 둘러보았다. 인적 드문 곳이었지만 혹시 모르는 일이었기 때문이다.

"보는 사람도 없는데, 뭐 어떻습니까."

뷘터는 내 반응에 심상하게 답했다.

'어차피 다 까발려진 거, 이제 그냥 막 나가기로 한 거니?'

내게 비밀을 밝힌 지 얼마나 됐다고. 너무 극단적인 태도 변화가 아닌가. 나는 미심쩍은 눈으로 그를 바라보았다.

"이 정도는 기본 중의 기본이라 마력도 거의 사용하지 않으니 들킬 일은 없을 겁니다. 걱정하지 마십시오."

그러자 뷘터가 어색한 미소와 함께 변명처럼 덧붙였다.

"그보다…… 동물, 싫어하십니까?"

그의 물음과 함께 토끼가 폴짝폴짝 내 손바닥 위에서 뛰어올랐다. 그러다 발라당 배를 까뒤집으며 애교를 피웠다.

천으로 만들어진 무생물에 불과했지만, 움직임은 영락없는 아기 토끼와 같았다. 그 모습에 작게 미소가 지어졌다.

"……좋아해요."

"이제야 웃으시는군요."

순순히 답하자, 뷘터가 말했다. 나는 그제야 그가 이것을 내게 보여 준 이유를 알게 되었다. 나를 위로하기 위해서였다.

불현듯 가슴이 울렁거렸다. 나는 내 손바닥 위에서 뒹구는 손수건 토끼에게서 시선을 옮겨 그와 눈을 마주쳤다. 그리고 그를 향해 처음으로 사심 없는 환한 웃음을 지어 주었다.

"고마워요, 후작님."

찰나, 그의 동공에 한차례 파동이 일었다. 그리고,

[호감도 44%]

5%. 그의 호감도가 꽤 큰 폭으로 상승했다. 나는 차오른 은빛 머리칼 위, 게이지 바를 보며 만면에 띠운 웃음을 천천히 지웠다.

[노멀 모드에서 마법사는 여주가 슬프거나 기분이 안 좋을 때마다 귀신같이 나타나 기상천외한 마법들을 선보인다.]

이런 와중에도 온전히 이 순간을 즐기는 게 아닌, 그를 다시 보험으로 삼을 생각이나 하는 내가.

조금 허탈하게 느껴졌다.

황태자 암살 시도라는 엄청난 일이 벌어졌지만, 사냥 대회는 계속해서 진행되었다.

정확한 내막을 아는 것은 재판에 참여한 소수의 고위 귀족들뿐. 게다가 타국인들까지 대거 참여한 상황이었다.

전야제 때 벌어진 피습 사건에도 강행했던 사냥 대회인데, 또 문제가 터져 완전히 중단된다면 잉카 제국의 위신이 말이 아닐 터.

때문에 주최자 없는 사냥 대회가 계속되었다. 우승자 선발까지는 앞으로 나흘.

"……하여 돌아오실 때까지 안전을 위하여 아무도 사냥터 밖으로 내보내지 말라는 명을 전합니다."

재판 다음 날 이른 아침, 각 가문의 야영장을 돌아다니며 시종이 황제의 명령을 전했다. 귀환할 때까지 귀족들을 모두 황궁에 구류하라는 명령이었다.

'……나는 왜죠?'

나는 억울한 표정으로 황가의 문장이 새겨진 스크롤을 가져온 시종을 바라보았다. 누명을 벗었으니 나는 바로 집으로 돌아가도 될 줄 알았기 때문이다.

그러나 곧바로 이어진 말에 안도했다.

"하지만 에카르트 공녀는 황태자를 보필하는 데 지대한 공헌을 한 바."

"……."

"그를 마땅히 치하하고 숙녀임을 배려하여, 원한다면 사냥터가 아닌 황궁으로 거처를 옮겨도 된다는 지시 사항도 덧붙이셨습니다."

"옮길게요."

나는 시종의 말이 끝나자마자 번쩍 손을 들고 외쳤다.

"……페넬로페."

공작이 음울한 목소리로 나를 불렀다. 아무것도 모르겠다는 표정으로 돌아보자 그는 어두운 낯을 굳힐 뿐 더 만류하지는 않았다.

재판 이후 쉽사리 내게 말을 붙이는 사람이 아무도 없었다. 썩 괜찮은 일이었다.

"그럼 마차를 준비해 두도록 하겠습니다."

시종은 공작가의 일원을 향해 예의 바르게 인사한 후 돌아갔다.

"옮길 채비를 해야 해서요. 먼저 나가 볼게요."

나 또한 기다렸다는 듯 벌떡 자리에서 일어났다. 숨 막히는 공작의 카바나 속에 더 남아 있고 싶은 생각은 없었기 때문이다.

"야. 너 진짜……!"

싸늘해진 분위기에 보다 못한 레널드가 한마디 하기 위해 입을 벌리던 차.

"스읍, 레널드."

공작이 막아섰다. 그는 깊은 한숨과 함께 고개를 끄덕였다.

"그래. 그렇게 하도록 해라. 여기보단 황궁이 더 쉬기 편할 테지."

"네. 나중에 다시 봬요."

나는 짤막한 인사 후 미련 없이 카바나를 빠져나갔다. 끝끝내 뒤통수에 와 박히는 세 쌍의 푸른 시선들이 진득하게 느껴졌다.

공작의 카바나를 빠져나왔던 기세와는 달리, 막상 밖으로 나오자 걸음에 힘이 확 빠졌다.

"에휴……."

분명 사냥 대회의 첫날이 밝았을 때만 해도 이렇게까지 사이가 나쁘지는 않았던 것 같은데. 나는 한숨을 내쉬며 터덜터덜 내가 쓰는 카바나 쪽으로 걸었다.

어쩌면 내가 지금 괜한 화풀이를 하는 건지도 모른다. 그간 페넬로페가 생각 없이 저지른 패악과 사고에 시달릴 대로 시달린 공작가 일원들이 이해는 갔다.

게다가 이번엔 무려, 황족 시해 사건과 연루되었으니 얼마나 속이 탔을까. 공작과 데릭으로서는 '철부지의 짓궂은 장난'으로 사건을 축소하여 일단락하려던 것이 최선이었을지 모른다.

'……그런데, 내가 왜 그 사람들 사정까지 이해해 줘야 돼?'

이해는 이해고, 내 기분이 더러운 건 별개의 문제였다.

자초지종을 먼저 물어보고 머리를 맞대 해결책을 강구했더라면, 아니 한 번이라도 페넬로페가 그럴 리 없다고 나서 주었더라면, 이렇게까지 에피소드가 엉망진창으로 끝나지는 않았을 텐데.

"……야."

그때였다. 불현듯 누군가 나를 불렀다. 그러나 깊은 생각에 잠겨 있던 나는 바로 알아듣지 못했다.

"야, 야! 페넬로페!"

버럭 이름을 외치는 소리가 들리고 나서야 걸음을 멈췄다.

'하…… 뒤돌아보기 싫다.'

저렇게 경우 없이 나를 부르는 놈은 이곳에서 한 명뿐이었다. 나는 멈춰 선 상태에서 고개만 흘긋 돌려 확인했다.

[호감도 37%]

역시나. 흩날리는 분홍 머리칼이 내게로 빠르게 다가오고 있었다.

"너 그거 사실 아니지?"

순식간에 내 앞에 당도한 레널드는 대뜸 뜬구름 잡는 물음을 던졌다.

"뭐가?"

"황태자 그 새끼랑 네가……!"

"레, 레널드!"

나는 흥분해서 목소리가 높아지는 레널드를 보며 화들짝 놀라 외쳤다.

'황궁에서 황태자 욕을 하다니!'

역시 보통 간 큰 놈이 아니었다. 다행히 이른 아침, 공작가의 야영장 근처를 서성이는 인간은 우리 둘뿐이었다. 정신을 차린 듯 바로 입을 다물었던 레널드가 가까스로 주어 없이 말하기를 시전했다.

"……그놈이랑 네가 그렇고 그런 사이였다는 게 사실이야?"

"그렇고 그런 사이가 뭔데?"

"나 지금 네 말장난 들어 줄 기분 아니다."

정말 몰라서 물어본 건데, 레널드가 정색하며 뇌까렸다.

"사냥터 어딜 가든 황태자랑 네 얘기뿐이라고! 알고 있어?"

"……."

"대체 재판정에서 무슨 말을 지껄인 거냐? 사실대로 말해, 아니지? 어?!"

레널드는 당장 나를 뒤흔들고 싶은 것을 간신히 참는 듯한 얼굴로 연신 채근했다. 나는 사실대로 답했다.

"응. 아니야."

"후……."

한시름 놓이는지, 놈은 깊은 한숨을 쉬며 머리를 박박 긁었다. 그리고 짜증스럽게 중얼거렸다.

"씨발, 왜 그런 헛소문이……."

"숲에서 밀회를 나눴다는 소문이라면, 그건 사실이야."

"……뭐?"

그러나 곧 덧붙여지는 내 말에 분홍 머리칼을 헤집던 손이 뚝 멈췄다. 그는 희번덕거리는 눈빛을 하고 물었다.

"너…… 너 그게 무슨 소리야?"

"말 그대로. 숲에서 단둘이 만났으니 암살자들에게 같이 쫓겼겠지."

나는 어깨를 으쓱이며 모호하게 답했다.

누군가 사실 여부를 물어볼 거라는 것은 예상했다. 엘렌 후작의 의심을 피하고자 지어낸 것이라고 사실대로 이야기해도 되지만, 공작가 인간들에게만은 구구절절 그러고 싶지 않았다.

"너…… 너 똑바로 말해."

레널드는 이를 악물고 음산한 목소리로 나를 다그쳤다.

"너 지난번에 그 새끼한테 칼침 맞고 돌아와서 치를 떨었잖아. 그런데 시발, 밀회는 무슨 놈의 밀회."

"칼침이라니."

나는 놈의 저급한 단어에 눈살을 찌푸렸다.

"전하와는 나눌 얘기가 있어서 따로 만난 거야."

"무슨 할 애기?"

"그런 게 있어. 넌 몰라도 돼."

사실 딱히 나눈 얘기도 없기에 알려 줄 말도 없었다.

"개소리 집어 치우고 사실대로 말해라. 연모의 감정을 가지고 있었다는 소린 또 뭔데!"

"벌써 그런 말까지 다 퍼졌어?"

명예를 중시하는 귀족이라더니, 입 싼 인간들 같으니라고.

나는 하루 저녁 만에 파다해진 소문에 혀를 내둘렀다. 그리고 깊은 한숨을 내쉬며 입을 열었다.

“……그건 그냥, 만남을 뒷받침하려고 지어낸 말이야.”

구구절절하게 설명해 주지 않겠다고 마음먹은 게 무색하게, 나는 바로 진실을 토해냈다. 아니라는 대답이 나올 때까지 나를 갈굴 기세라 별수 없기도 하거니와, 황태자와는 더 이상 ‘연모’의 ‘연’ 자와도 엮이기 싫었다.

내 말이 끝나기 무섭게 놈은 득달같이 물었다.

“그럼 그 새끼랑은 왜 만난 건데? 또 칼침 맞고 싶어서 환장했어?!”

“레널드.”

나는 다시 주변을 둘러보며 그를 만류했다.

“말 좀 가려서 해.”

아침부터 이런 소모전을 하고 싶지 않았다. 때문에 다소 지친 목소리가 튀어나왔다.

“……그리고 우연히 만난 거라고 말해 봤자 어차피 믿지도 않을 거잖아.”

“난 형이랑 달라.”

“……뭐?”

“네가 귀족들을 쏜 게 아니라고 했으면 곧이곧대로 믿었을 거다.”

나는 이어지는 레널드의 말을 한 번 더 되뇌었다. 형이랑 다르니, 믿었을 거라고.

나야말로 믿기지 않는 말이었다. 비틀린 웃음이 터져 나왔다.

“거짓말하지 마. 네가 나를, 믿었을 거라고?”

아니. 너도 데릭 놈 못지않게 나서서 나를 매도했겠지. 공작의 아들 두 놈이 쿵짝이 맞을 때는, 나를 사지로 몰 때뿐이었다.

“나, 나는 뭐 보는 눈도 없는 줄 아나?”

내 서늘한 시선에 레널드는 화를 내던 것도 멈추고 당황했다. 그리고 무작정 주절거렸다.

"네가 아무리 멍청하다고 해도 금제령이 풀리자마자 미쳐 날뛰진 않았겠지."

"……."

"게다가 너, 또 일 생길까 봐 사냥 대회 오기 싫어했잖아."

나는 새삼스러운 눈으로 레널드를 돌아보았다.

정확히는 모든 남주들과 만나는 것을 꺼린 것이었다. 그조차도 전혀 내색하지 않았다고 생각했는데, 다른 누구도 아닌 이놈이 정확히 내 상태를 파악하고 있었다는 것이 좀 놀라웠다.

"그러니까 나한텐 사실대로 털어놔 보라고. 너 진짜 그런 거 아니지? 어?"

내가 자신의 말에 집중하는 것을 알아차렸는지, 레널드는 한결 가라앉은 음성으로 재차 물었다.

"혹시 아냐? 내가 소문 잠재우는 데 도움될지."

"……그래. 밀회 같은 거 아니야."

졌다. 흡사 설득까지 하려는 양상을 띠는 레널드의 모습에 나는 결국 사실대로 털어놓았다.

"우연히 지나가던 황태자 전하와 마주쳤다는 시시콜콜한 말로는 의심을 잠재우기 힘든 분위기였고, 그래서 그 변명밖에 없다고 생각했어. 그게 끝이야."

"아오, 멍청아! 진작 그렇게 말했으면 좀 좋냐? 그게 뭐라고 그렇게 사람 애를 태워?"

내 말이 끝나자마자 레널드가 제 가슴을 팡팡 내리치며 답답함을 호소했다.

'그러게.'

이런 것 하나 믿어 주지 않는 놈이 있어서, 섣불리 말을 꺼낼 수 없었다. 나는 씁쓸한 미소를 애써 삼켰다.

"……그래. 네가 그놈이랑 그럴 리가 없지."

그사이 레널드는 퍽 안도한 표정으로 여러 차례 혼잣말을 중얼거렸다. 나는 불퉁하게 물었다.

"고작 이거 확인하자고 부른 거야?"

"고작이라니. 이게 얼마나 심각한 사안인데, 이 계집애야!"

레널드가 오만상을 찌푸리며 버럭 외쳤다. 나는 기가 막혔다. 심각한 사안임은 맞지만, 그게 본인한테도 심각한 사안이란 말인가?

당장 근시일 내로 황태자가 정신을 차리기라도 하면, 그 수습 하느라 죽어나는 건 나뿐일 텐데 말이다.

"그리고 그것 때문에 부른 것만은 아니거든?"

불만에 가득 찬 내 시선을 감지한 듯 레널드 놈이 거칠게 품을 뒤졌다.

"자, 이거 가져가."

놈이 불쑥 무언가를 꺼내 건넸다. 작고 넓적한 통. 일전에 본 적 있는 물건이었다.

"뭐 해, 안 받고."

가만히 내려다보고만 있자, 놈이 마구 손을 흔들었다. 나는 얼떨결에 그가 건넨 약통을 받아 들었다.

"전야제 때보다 상처 더 커졌어, 둔탱아. 하여간 둔해 터져서 아픈 줄도 모르지?"

놈이 끌끌 혀를 차며 막말을 지껄였다. 어제 뵌터도 한눈에 발견하더니, 확실히 상처가 더 커지긴 했나 보다. 나는 머쓱해져서 목 주변을 쓰다듬었다.

"심해?"

"건들지 마, 덧나니까."

놈이 인상을 쓰며 제지하는 바람에 바로 손을 내렸다.

"쯧. 황궁 가서 지내는 동안 잊어 먹지 말고 꼼꼼히 발라라. 귀찮다고 가만있지 말고, 시간 나면 치료소도 꼭 들르고. 알았냐?"

고작 사나흘 후면 다시 만날 텐데. 꼭 멀리 떨어지는 사람한테 하는 인사처럼 들려서 웃음이 나왔다.

"그렇게 할게. 신경 써 줘서 고마워, 레널드."

나는 순순히 고개를 끄덕이며 말했다. 그리고 잠시 머뭇거리다가 덧붙였다.

"……믿어 준다는 것도. 그런 말 해 준 사람은 오라버니뿐이네."

그냥 있는 그대로 사실을 말한 것뿐인데, 갑자기 레널드의 얼굴이 시뻘겋게 달아올랐다.

"그, 그런 걸 왜 말로 하고 그러냐?"

놈이 별안간 버럭 화를 내더니 이내 인사도 없이 나를 휙 스쳐 지나쳤다.

'참 나. 그럼 말로 하지 몸으로 하리?'

[호감도 40%]

제 카바나가 있는 쪽으로 빠르게 사라지는 분홍 머리를 바라보며 나는 입술을 삐죽였다.

황궁에서 지내는 동안 딱히 불편한 점은 없었다. 에밀리를 제외하고도 황궁 사용인들의 시중은 극진했고, 매끼마다 상다리가 부러져라 음식이 차려졌다.

가장 중요한 건 내가 뭘 하든, 어딜 가든 제약이 따르지 않는다는 것이었다.

'공작가보다 훨씬 있을 만한걸?'

삼 일째 황궁 서고를 들렀다 나오던 중에 문득 그런 생각이 들었다.

서고 근처는 사람이 없어 무척이나 고요하고 적막했다. 게다가 거대한 서고에는 내가 좋아할 만한 종류의 책들이 가득했다. 덕분에 나는 고대 마법사와 발타 신화에 관한 책들을 잔뜩 섭렵할 수 있었다.

빌려 온 아르키나 제도에 관련된 책을 꼭 끌어안은 채, 나는 부지런히 걸음을 옮겼다.

이젠 제법 익숙해진 길을 따라 얼마쯤 걸었을까. 근위병들이 살벌하게도 에워싼 입구 하나를 가뿐히 통과하자, 의원과 함께 건물에서 빠져나오고 있는 남자가 보였다.

"공녀님! 오늘도 오셨습니까?"

황태자의 보좌관이 막 들어선 나를 보고 반갑게 알은체했다. 고개를 까딱이며 인사를 받은 나는 곧장 본론을 물었다.

"오늘은 좀 어떠시지?"

"호흡이 많이 안정되셨습니다. 차도는 있는 것 같습니다."

"다행이네."

좋은 소식이었다. 사실 이틀 전 밤이 고비였다는 소식을 듣고 가슴이 철렁했었다.

"하지만 해독을 따로 하는 것이 아니니, 아무래도 며칠은 더 두고 봐야겠지요."

"……그래?"

"들어가…… 보시겠습니까?"

무미건조하게 대꾸하는 나를 보며 황태자의 보좌관이 슬며시 물었다. 대체 소문이 어떻게 난 건진 모르겠으나, 황태자궁에 올 때마다 나를 보는 눈빛들이 묘했다.

"10분만 있다 나오지."

나는 내색하지 않고 매번 하던 말을 했다.

"그러시지요."

보좌관은 애매한 미소를 지으며 길을 터 주었다.

따로 밀회를 나눌 만큼 황태자와 각별한 사이라는 소문과는 달리, 오늘도 어김없이 10분이 지나면 칼같이 빠져나올 터였다.

황태자가 기거하는 침실은, 내 방의 세 배에 이를 만큼 넓었다. 그리고 그의 성격을 반영하듯 무척이나 황량했다. 안을 채운 가구가 침대와 테이블 외에 아무것도 없었기 때문이다.

텅 빈 방 안에는 쓴 약 냄새가 가득했다. 나는 고약한 향기에 눈살을 찌푸리며 멈칫하다가, 이내 커다란 방을 가로질러 걸어갔다.

침대 옆에 의자 하나가 놓여 있었다. 조금 전 나간 의원이 앉아 있던 것일 테다. 그러나 나는 빈 의자를 보고도 앉지 않았다. 어차피 곧바로 갈 것이기 때문이다.

침대의 바로 옆에 다가선 나는 무엄하게도 눈을 내리깔고 황태자를 내려다보았다. 하얀 베개 위에 찬란한 금발이 흐트러져 있었다.

[호감도 42%]

눈을 꼭 감은 채 누워 있는 칼리스토의 모습은 꼭 살아 있는 명화 같았다.

'움직이지 않으니 진짜 게임 속 한 장면 같기도 하고.'

입을 열 땐 끔찍한 말만 골라 하던 남자가, 입을 다문 채 꿈쩍 않고 누워 있는 모습만 보고 있자니…… 기분이 너무 이상했다.

'그래도 차도가 있다는 게 사실인가 보네.'

어제까지만 해도 밀랍인지, 사람의 피분지 구별할 수 없을 만큼 허옇게 질려 있었다. 그러나 하루 새 낯빛이 훨씬 나아졌다. 숨소리 또한 확연히 고르게 변해 있었다.

황태자가 당한 독에는 해독제가 없었다. 오로지 그의 자연 치유력과 독에 대한 내성에 의존하며 신에게 비는 수밖에.

입고 있던 갑옷 덕분에 그렇게 깊게 찔린 것도 아니라 했는데……. 정적이 쓴 한 방울의 독이 이렇게나 무시무시했다.

"……저기요."

나는 오늘도 작은 목소리로 황태자를 불렀다. 그리고 천천히 손을 뻗어 그의 코 밑에 가져다 대었다. 새액, 새액— 미약한 바람이 손가락을 간질였다.

"……괜찮은 거 맞죠?"

남주는 당연히 죽지 않는다는 것을 알면서도, 나는 종종 마음 한 구석이 참을 수 없이 불안해졌다. 게임 이면에 깔린 잔인한 배경을 생각하면 어쩔 땐 오한까지 들었다.
매번 이곳으로 달려와 그의 숨소리를 확인하는 것은 그 때문일 것이다. 어쨌든 나로 인해 이렇게 됐다는 죄책감 때문에.
암살은 불가피한 일이었더라도, 그는 나를 구하다 칼에 맞았다. 게다가 제 몸 상태가 나쁘다는 것을 알면서도 기꺼이 내게 망토를 내어 주었다.
'그날 밤 내가 감기에 걸리든 말든 망토를 주지 않았더라면…….'
어쩌면 독이 좀 더 늦게 퍼지지 않았을까. 좀 더 상태가 양호했지 않았을까…… 하는.
'……아니야. 다 스토리대로 진행된 것뿐이지.'
나는 애써 고개를 저으며 번뇌를 털어냈다.
"죽진 마세요, 전하."
나 때문이라면, 더더욱. 죽어도 내가 아닌, 노멀 모드의 여주를 구하다가 죽으란 말이야.
삼 일째 했던 말을 또 한 번 작게 속삭인 나는, 이윽고 그의 코밑에 가져다 댄 손을 거뒀다. 벌써 10분이 다 되었다. 이제 갈 시간이었다. 몸을 돌려 침대에서 멀어지려던 바로 그 순간이었다.
탁—. 불현듯 무언가 손목을 붙잡았다.
"어……."
화들짝 놀라 고개를 막 돌리자, 거짓말처럼 새빨갛게 타오르는 눈과 시선이 마주쳤다.
"……기가 차서 더 들어 줄 수가 없군."
헛웃음 터지는 소리가 작게 들렸다.
"삼 일 내내 와서 한다는 소리가, 고작 죽지는 말란 말뿐인가?"

“…….”

“쾌차를 바라며 기도를 하는 것도 아니고 말이야.”

정말 아픈 사람은 맞는 듯 쇳소리가 섞인, 잠긴 음성이었다.

나는 의식을 차린 칼리스토를 그저 멍하니 바라보았다. 그는 창백한 안색으로도 비릿하게 조소하며 잘도 빈정댔다.

“게다가 감히 제국의 황태자에게, ‘저기요’? 방자하기가 이루 말할 수가 없군.”

며칠 내내 그가 눈을 꾹 감은 채 무력하게 누워 있는 모습만 보았기 때문일까. 정신을 차린 채 소리 내어 말하는 칼리스토의 모습이 눈으로 보고도 잘 믿기지 않았다.

“전하, 지금…… 정신 차리신 거예요?”

“그럼 죽어서 유령이 된 걸로 보이나?”

“분명 해독제가 따로 있는 게 아니라 며칠은 더 두고 봐야 한다고 그랬는데…….”

그래서 공작저로 돌아갈 때까지 깨어나지 않을 줄 알았다.

“애석하게도, 의식은 내내 있었다. 해독하느라 눈 뜰 기력이 없어서 그렇지.”

그의 대답에 입이 슬며시 벌어졌다. 남주는 죽지 않는다지만, 정말로 무시무시한 회복력이 아닌가.

명료하게 뜨인 채 나를 응시하는 새빨간 동공과 마주하자니, 기분이 정말 이상해졌다. 안도감이 듦과 동시에 이유를 알 수 없이 가슴이 울렁거렸다.

“몸은…… 좀 괜찮으세요?”

“아니. 안 괜찮아.”

가까스로 입을 떼서 묻기 무섭게 황태자는 즉답했다.

"더럽게 아프군. 혈관이 타들어 가고, 뼈 마디마디를 칼로 저미는 것 같아."

미간을 좁히며 덧붙이는 그의 말에 가슴이 철렁했다.

"의, 의원을 불러올게요!"

나는 서둘러 몸을 돌렸다. 하지만 황태자가 잡은 손목을 놓지 않아, 다시 원상태로 휙 돌아왔다. 방금 병석에서 일어난 환자라고 믿기지 않을 정도의 완력이었다.

"됐어."

"하지만……."

"어차피 아무 소용 없을 거다. 기껏해야 해독초나 좀 피우겠지."

그는 단호하게 고개를 저었다.

"또 어디서 듣도 보도 못한 독을 구해 가지고 온 듯한데, 아쉽게 됐어. 조금만 더 많이 묻혔더라면 황천길에 올랐을 텐데 말이야."

"……."

본인의 목숨을 갖고도 아낌없이 조롱거리로 삼는 황태자를 보며, 나는 오만상을 찌푸렸다. 그는 내 표정을 보며 피식 웃음을 터뜨렸다.

"거기 앉아 봐."

그러더니 침대 옆에 있는 의자를 향해 고개를 까딱였다.

"일어나신 거 확인했으니, 그만 가 볼까 해요."

환자에겐 휴식이 필요했기에 나는 서둘러 사라지려고 했다. 그러자 황태자가 눈썹을 꿈틀거리며 경악할 소리를 지껄였다.

"저 때문에 죽다 살아난 사람에게 그 정도도 못 해 주나? 쯧, 매정하기가 아주 악녀가 따로 없군."

"방금 깨셨으니까, 휴식을 위해 자리를 비켜 드리는 거……!"

"괜찮으니까 앉아."

엄청난 매도에 버럭 답변하던 나는, 불쑥 말을 끊고 손목을 끌어당기는 손길에 의해 별수 없이 의자에 앉게 됐다.

'별일은 없겠지.'

이제 황태자는 같이 있으면 당장 죽을까 걱정할 정도가 아니었다. 오히려…….

[호감도 42%]

금빛 머리칼 위의 게이지 바가, 상당히 차 있었다. 나는 뒤늦게 그의 호감도가 40%를 넘었다는 사실을 깨달았다.

"……지금 동굴에서 빠져나온 지 며칠이나 지났지?"

연신 그의 정수리 위를 흘깃거리고 있을 적, 황태자가 물었다.

"사흘 지났어요."

"내일이면 사냥 대회도 끝나겠군."

금방 상황 파악을 끝낸 황태자가 문득 나를 향해 한쪽 입꼬리를 비틀어 올렸다.

"의외야, 공녀. 무정하게 내버려 둘 줄 알았는데. 덕분에 아직까지 목숨이 붙어 있긴 하군."

나는 기가 막혔다. 쓰러지기 직전까지 나를 붙들고 협박하던 게 대체 누군데 말이다.

"안 그러면 깨어났을 때 후회하게 될 거라면서요?"

"그거야 공녀가 죽든 말든 저만 살겠다고 가 버릴 거라 생각했으니 그랬지."

"전 평화주의잡니다. 누구처럼 기분 하나로 사람을 죽이고 살릴 생각을 하지는 않아요.”

“이제 아예 대놓고 황족 모독을 하는군. 언제 한번 지하 감옥을 구경시켜 줘야겠어.”

그렇게 병자처럼 누운 채 허여멀건한 얼굴로 말하니 별로 협박처럼 느껴지지 않았다. 게다가 내 대꾸에도 비식 웃음을 터뜨리는 남자는 기분이 썩 괜찮아 보였다.

나는 잠시 물끄러미 그를 응시하다 어렵사리 물었다.

“……왜 말씀 안 하셨어요?”

“뭘?”

“독에 당한 것이요.”

“말했으면 뭐가 달라지나?”

“…….”

황태자의 되물음에 나는 입을 다물었다. 사실 그의 말이 맞았다. 알았더라도 내가 할 수 있는 일은 없었을 것이다.

숙연해진 내 표정에 황태자가 짓궂은 얼굴로 물었다.

“뒤늦게 뺨 때린 게 좀 미안해졌나 보지?”

“때리다니요.”

나는 펄쩍 뛰며 강하게 부정했다.

“그건 불가피한 상황이었다니까요…….”

“독성이 바로 나타나지 않아 나도 긴가민가했다.”

웅얼거리듯 점점 작아지는 목소리로 변명하는 내게, 황태자가 답했다.

“그리고 미리 알았어도 얘기하지 않았을 거야.”

“……어째서요?”

"황제가 될 자는 무결해야 하니까."

나는 좀 아연해졌다. 벌써 두 번째로 듣는 말이었다. 하드 모드 속 황태자는, 강박적으로 강한 황제가 되지 않으면 큰일 날 것처럼 굴었다.

이런 암살을 수도 없이 겪고 있는 이상 그래야 살아남을 테니 이해는 갔다. 하지만 노멀 모드에서는 한 번도 보지 못했던 일면을 발견할 때마다 생경하게 느껴지는 것은 별수 없었다.

"그렇게 뚱한 표정 짓고 앉아 있지만 말고, 말 좀 해 봐."

무슨 말을 해야 할지 몰라 그냥 가만히 있자, 황태자가 밉살맞게 채근했다. 잠시 피어올랐던 이름 모를 감정이 푸시시 꺼져 버렸다. 나는 시큰둥하게 되물었다.

"어떤 말이요?"

"그냥 이것저것. 내가 여기 처박혀 있는 동안 상황은 어떻게 돌아갔는지, 암살을 사주한 놈들은 다 색출됐는지."

나는 잠시 무어라 답할지 고민했다. 그가 쓰러지고 난 후 일어난 일들은 정말로 폭풍같이 지나갔다.

갑자기 체포를 당해서 감옥에 갇혔다가, 믿어 주는 이 하나 없이 재판이 열렸다. 그리고 퀘스트 보상으로 얻어 온 [암살자의 증표]로 알아서 판을 뒤집고…….

그 모든 것들을 말로 설명하자니, 어쩐지 황태자에게 고자질하는 것 같다는 생각이 들었다. 게다가 방금 일어난 환자를 너무 오랫동안 붙잡아 두면 안 되었으므로, 나는 적당히 핵심만 간추렸다.

"재판이 열리고 암살을 사주한 세력을 밝히긴 했는데, 황제 폐하께서 아직 돌아오시지 않아 조사가 제대로 이루어지지는 않고 있어요."

"뭐, 그렇겠지."

칼리스토는 예상했다는 듯 고개를 끄덕였다.

"그게 끝인가? 재판에선 공녀가 직접 증언했나?"

"네. 어쩌다 보니……."

귀족 시해범이 되어 직접 진술을 했다고 무심결에 흘려 말하려던 찰나, 나는 불현듯 떠오른 생각에 우뚝 말을 멈췄다.

'그러고 보니…… 이놈은 아직 내가 재판정에서 막말을 지껄인 것을 모르잖아.'

연인 사이였다고 진술했던 것이 황태자에게 전해질 생각을 하니, 갑자기 등골이 오싹해졌다.

"어쩌다 보니?"

갑자기 말을 멈춘 나를 보며, 황태자가 눈을 가느스름하게 떴다.

'촉이 귀신같은 놈이란 말이야.'

재판정에 폭탄을 투하한 나는, 사냥 대회가 끝나고 공작저로 돌아간 후 두문불출할 예정이었다. 그러나 예상보다 놈이 빨리 깨어나는 바람에 아주 난감해졌다.

목덜미를 타고 식은땀이 흘렀다. 나는 가까스로 목소리를 떨지 않고 답했다.

"……어쩌다 보니 제가 증언하게 됐다고요."

"고생했겠군."

다행히 황태자는 내 이런 피 마르는 심정을 알아채지 못했다.

"생각해 보니 이번 사냥 대회 동안 공녀의 활약이 대단했어. 황태자를 구한 공로까지 있으니 마땅히 포상을 내려 줘야겠지."

"그, 그렇게까지는……."

“원하는 게 있나?”

“아니요. 딱히 없습니다.”

나는 허겁지겁 거절했다. 모든 것은 시스템이 시킨 것이었다. 게다가 나중에 무슨 소리를 들으려고 놈이 주는 것을 덥석 받겠는가.

그러나 칼 같은 내 거절에 황태자가 핀잔을 주는 어투로 말했다.

“가지고 싶은 게 하나쯤은 있을 것 아니야.”

“별로 없는데요.”

“그러고 보니 내 머리 색과 닮아서 황금에 환장한다고 했지.”

“네?”

‘……음? 뭔가 말이 좀 이상한데.’

스치듯이 그런 생각이 들었지만, 놈이 뒤에 덧붙인 말에 금방 정신이 쏠렸다.

“황금 한 궤짝을 내려 줄까?”

“황금 한 궤짝…… 이요?”

귀가 솔깃해지는 말이었다. 하지만 나는 지금, 제국의 하나뿐인 에카르트 공녀였다. 알바로 힘겹게 생활을 연명하는 가난하고 구질구질한 대학 신입생이 아니라.

게다가 어차피 돌아가면 쓰지도 못할 게임 머니, 많이 가지고 있어 봤자 뭐에 쓰겠는가.

“괘…… 괜찮습니다.”

나는 못내 미련이 남은 목소리로 거절했다.

“준다고 할 때 말해. 마음 바뀌기 전에.”

연이은 거절에 기분이 상했는지, 황태자가 서늘해진 음성으로 투덜댔다.

“그럼…… 전하께 한 가지 부탁드릴 게 있습니다.”

나는 고민하다가, 계속 우려해 온 것에 대해 슬쩍 꺼냈다. 칼리스토가 고개를 갸웃댔다.

“뭐지?”

“꼭 들어주신다고 약속하세요. 꼭이요.”

“얼마나 큰 걸 달라 하려고 그러는 건지 좀 무서운데.”

“그렇게 엄청난 부탁은 아니에요.”

“그럼 어디 한번 말해 봐.”

그가 누운 채로 오만하게 턱을 까딱였다.

“당장 황비의 목을 따다 달라는 것만 아니면 들어줄 테니까. 시일이 좀 걸리겠지만, 엘렌 후작까진 가능할지도.”

“후작님의 목은 됐고요.”

꼭 저 같은 생각에 나는 질색 하다가, 바로 본론을 꺼냈다.

“나중에 혹시 어떤 소식을 듣더라도, 저를 죽이겠다고 그러지 마세요.”

“뭐?”

“무슨 일이 있어도 저를 죽이지 말라고 말씀드리는 거예요. 포상을 주실 거면 이걸로 주세요.”

“하.”

남은 진지하게 부탁을 하는 건데, 돌아오는 건 헛웃음뿐이었다. 황태자가 기가 막힌다는 얼굴로 물었다.

“공녀는 내가 무슨 피에 환장한 살인광으로 보이나?”

‘그럼 아니었니?’

입 밖으로 내어 말하고 싶었지만, 시뻘건 눈을 부라리는 놈의 모습에 그럴 수 없었다.

'……답 들을 생각도 없으면서 묻기는 왜 묻냐.'

속으로 불만을 중얼거리는 사이, 놈이 눈썹을 꿈틀거리며 되물었다.

"보통 영애들이라면 황궁에 또 초대해 달라거나, 황가의 보석 같은 걸 달라 그러지 않나? 대체 왜 다른 영애들은 하지도 않을, 그런 쓸데없는 것들만 골라서 행하는 거지?"

"전적이 있으시잖아요."

"……."

새침하게 쏘아붙이자 황태자의 입이 다물어졌다. 그는 잠시 골똘히 생각하는 눈치를 보이다가, 문득 눈을 가느스름하게 떴다.

"혹시…… 내가 잠든 사이에 재판장에서 무슨 짓거리라도 했나?"

"……!"

이번에는 내 입이 딱 다물렸다.

'귀신같은 놈.'

헉, 하고 튀어나오는 숨을 간신히 삼켰다. 무언가를 감지한 듯한 놈의 짐승 같은 직감에 소름이 끼칠 지경이었다.

"아, 아니요? 무슨 짓거리를 해요?"

"그럼 왜 그런 것을 부탁이랍시고 지껄이는 거지?"

"그냥 다음에 연회에서 전하와 우연히 마주쳤을 때, 일어날지도 모를 사태를 미연에 방지하고자 해서요. 저 그때 정말로 앓았다고요."

나는 아랫입술을 쭉 내밀며 불퉁하게 중얼거렸다.

"먼저 포상을 주신다면서요?"

제가 준다고 해서 얼른 얘기한 건데, 왜 이렇게 사족을 붙이냔 말이다.

"쯧."

황태자는 못마땅한 듯한 표정으로 혀를 찼다. 그리고 꽤 오랜 시간 고심하다 답했다.

"……알았다."

"정말이죠?"

나는 반색했다.

"전하의 이름을 걸고 약속하시는 거예요! 알았죠?"

"알았다고."

확답을 받아 내자, 입꼬리가 절로 들썩였다.

'아싸! 이걸로 그래도 몇 번은 고비를 넘길 수 있겠어!'

이곳에 와서 들은 소식 중 가장 좋은 소식이었다. 이번 사냥 대회를 겪으면서 느꼈다. 내가 아무리 엑스 친 놈들을 피하려고 노력하더라도, 메인 에피소드 진행 시 완전히 피할 수 없다는 것을.

희희낙락하는 나와는 달리 황태자는 영 불쾌한지, 낯을 구겼다.

"그게 그렇게 좋은가?"

"그럼요! 얼마나 좋게요."

가장 위험했던 네놈에게서 죽이지 않겠다는 약속을 받았으니 어찌 기쁘지 않을쏘냐.

나도 모르게 얼굴에 활짝 웃음꽃이 피었다. '피에 환장한 살인광' 취급을 받아서 기분이 나빠 보였던 칼리스토도 결국은 따라서 헛웃음을 터뜨렸다. 좋아서 해죽 웃는 내 모습이 어이가 없는 듯했다.

"그대는…… 정말로 이상하군."

그가 낯선 눈으로 나를 바라보며 혼잣말처럼 중얼거렸다.

"정말로 이상해."

[호감도 45%]

네가 더 이상하단 말은 애써 삼켰다. 어쨌든 호감도가 상승했기에.

놀랍게도, 이로써 칼리스토는 이클리스에 이어 두 번째로 호감도가 높은 남주가 됐다.

그리고 나는, 이 게임이 정말 미쳐 돌아가고 있는 것 같다는 생각이 들었다.

사냥 대회의 마지막 날이 밝았다. 우승자 선발과 폐회식을 위해 참가한 귀족들이 공터에 모두 모였다. 공작과 두 아들, 뷘터도 포함이었다.

대회를 주관하는 천막에는 각 가문에서 잡아 온 사냥감이 구역마다 가득 쌓여 있었다.

나는 그 자리에 조금 느지막이 도착했다. 원래는 아예 안 올 생각이었다. 그러나 황태자가 부득불 참여하라고 시종을 보내서 별 수 없었다.

정오의 햇살이 뜨거웠다. 나름 방패막으로 쓰기 위해 양산을 들고 왔으나, 아니나 다를까.

"저기 봐요! 에카르트 공녀님이에요!"

"들었어요? 공녀님이 석궁으로 귀족들을……."

"황태자님과의 밀회는 정말 사실일까요?"

내가 나타나자마자 흘깃거림과 수군거림이 여기저기서 터져 나왔다.

'그래. 마음껏 떠들어라, 떠들어.'

나는 신경 쓰지 않고 공터 가장자리에 쳐진 차양막 끄트머리에 섰다.

내 머릿속엔 소식을 들은 황태자가 득달같이 달려와 캐묻기 전에 튀어야겠다는 생각만 가득했다. 한번 보고 말 엑스트라들의 웅성거림 따윈 알 바 아니었다.

"황태자님 드십니다!"

얼마 안 가 커다란 알림과 함께 황태자가 단상 위로 걸어 올라왔다. 나는 놈이 바로 알아보지 못하도록 슬쩍 양산으로 얼굴을 가렸다.

"사냥감은 많이들 잡으셨나?"

모든 이들의 위에 우뚝 선 황태자가 눈을 내리깔고 오만한 표정으로 폐회사의 첫 포문을 열었다. 양산 너머로 그런 그를 훔쳐보던 나는, 좀 놀랐다.

'분명 어제까지만 해도 병색이 완연했는데…….'

단상 위에 있는 황태자에게선 그런 기색이 조금도 느껴지지 않았다.

"이번 사냥 대회도 별 탈 없이 마무리 짓게 되었군."

마치 아무 일도 없었다는 듯, 태연하게 읊조리는 말에 나는 아연해졌다.

— 황제가 될 자는 무결해야 하니까.

칼리스토는 충실히도 제 말을 실행하고 있었다. 정말로 '철혈의 황태자'다운 면모였다.

"다들 고생 많았소. 이번 대회에선 누가 가장 열정적으로 구애를 할지 궁금하군그래.”

그의 말에 귀족들이 저마다 웃음을 터뜨렸다.

“자, 사냥감 집계 발표부터 시작하지.”

황태자가 단상 아래로 고개를 까딱였다. 사냥감 집계를 마친 시종 한 명이 나흘간의 결과를 적어 둔 커다란 전지를 끌고 왔다.

이윽고 참여자의 이름과 최종 사냥감의 개수가 큰소리로 발표되기 시작했다.

“제 사냥감은 줄리 영애에게 바칩니다!”

“제 사냥감은 나탈리 영애에게……!”

중간중간 패기 넘치는 젊은 귀족들이 자신의 사냥감을 연인에게 바친다는 외침이 들려왔다. 시종들이 새로이 점수를 집계하느라 분주해졌다.

‘오, 생각보다 재밌는데.’

제 이름을 듣고 볼을 붉히는 영애들과 휘파람을 불며 환호하는 주변인들 덕분에 분위기가 금방 후끈해졌다. 왜 황태자가 우스갯소리를 했는지 알 법했다.

나는 처음 올 때와는 달리 흥미진진한 눈으로 우승자 선발식을 구경했다.

당연하게도, 뒤로 갈수록 점수는 더 높아졌다. 상금이 있어서 그런지 사냥감을 넘기지 않는 사람들도 속출했다. 그중에는 공작도 있었다.

남주들은 한참이 지나도 이름이 불리지 않았다. 연애 시뮬레이션 게임이 당연히 그렇듯, 상위권은 남주들이 모두 독차지하려는 모양이었다.

꽤 오랜 시간이 흐르고, 마침내.

"에카르트가의 차남, 레널드 에카르트 공자님!"

나도 잘 아는 이름에 귀가 번쩍 뜨였다.

"너구리 두 마리, 꿩 세 마리, 삵 한 마리, 노루 세 마리, 토끼 여덟 마리! 5위입니다!"

"꺄아악!"

그때, 차양막 한쪽에서 탄성이 터져 나왔다.

"세상에, 레널드 공자님이 5위라니!"

"어쩜, 너무 멋있으시다!"

"다른 사람한테 사냥감을 넘기실까?"

나와 얼마 떨어지지 않은 곳에서 몇몇 영애들이 난리를 치고 있었다. 소란을 들은 건지 레널드가 퍽 우쭐한 얼굴로 손을 한번 흔들었다.

"꺄아아악! 공자님!"

곧장 터져 나오는 비명에 나는 인상을 찌푸렸다.

'뭐야. 팬클럽이라도 돼?'

레널드 놈이 으스대는 꼴을 보기 싫었다. 나는 혹여라도 놈과 눈이 마주치지 않게 양산을 내려썼다.

레널드는 다른 이에게 사냥감을 넘길 생각이 없는지, 별다른 외침 없이 바로 다음 호명이 이어졌다.

"4위, 에카르트가의 데릭 에카르트 소공작님! 늑대 두 마리, 흰여우 두 마리, 예타 공국의 희귀 동물 플라포피뉴 한 마리!"

"꺄아악—!"

레널드와 비슷한 반응들이 한 번 더 반복됐다. 나는 좀 의외라는 생각이 들었다. 데릭 놈은 자존심이 무척 강한 편이었다. 때문에 황태자랑 1, 2위를 다툴 줄 알았는데…….

'나 때문인가?'

어쨌든 거나하게 일을 낸 나 때문에 사냥이고 뭐고 정신없긴 했을 것이다.

'하지만 내 알 바는 아니지.'

순위보단 놈이 잡았다는 생소한 이름의 사냥감에 더 흥미가 생겼다.

'예타 공국의 희귀 동물……?'

나는 바짝 내렸던 양산을 쳐들고 사냥감을 쌓아 둔 곳을 살폈다. 그러나 죽은 사냥감들을 눕혀 놓은 상태라, 내 쪽에서는 잘 보이지 않았다. 익숙한 사냥감들 사이로, 언뜻 자줏빛을 띠는 생경한 색이 비친 것 빼고는.

"다음 3위입니다! 베르단디 후작가의 뷘터 베르단디 후작님!"

좀 더 관찰하고 싶었지만, 바로 호명되는 이름에 관심이 옮겨졌다.

"사슴 세 마리, 멧돼지 성체 두 마리, 참매 두 마리, 카프리아산 매머드 한 마리!"

대형 동물이 많은 탓인지 에카르트 구역 옆, 베르단디 구역은 꽉 차 보였다.

'오, 제법인걸?'

마법만 할 줄 아는 샌님인 줄 알았는데 사냥도 잘하는 거친 사나이였다. 새삼스러운 눈으로 뷘터를 다시 볼 때였다.

"잠시만 기다려 주십시오."

불현듯 그가 번쩍 손을 들더니,

"제 사냥감은 이번 대회에서 가장 큰 활약을 보였던, 페넬로페 에카르트 영애에게 바칩니다.”

갑자기 폭탄을 떨궜다.

‘뭐…… 라고?’

나는 입을 떡 벌렸다.

“세상에나.”

“베, 베르단디 후작님이 고, 공녀님에게…….”

주변에 나를 알아본 인간들이 알 수 없는 탄성을 내며 흘끔거렸다. 덕분에 내 위치는 금방 탄로 났다.

“마침 저기 계시군요.”

귀신같이 나를 발견한 뷘터가 나를 손가락질했다. 눈이 마주치자, 놈이 눈을 휘며 웃었다. 웅성거림이 더욱 커졌다. 나는 이런 주목을 전혀 원치 않았다.

‘왜 그래! 그냥 너 가지라고!’

빌어먹을 호감도 때문에 메인 퀘스트를 거의 반강제로 수락하고 울며불며 진행했지만, 퀸이 되고 싶은 마음은 추호도 없었다.

우왕좌왕하는 사이, 바로 다음 호명으로 넘어갔다. 뷘터의 사냥감이 몽땅 내 차지가 된 채로.

“2위입니다! 칼리스토 레굴루스 황태자 전하! 백호랑이 한 마리!”

뜬금없이 폭탄선언을 한 뷘터 때문에 정신이 없는 와중에도, 나는 들리는 이름과 사냥감에 기겁했다.

칼리스토는 대회 첫날부터 암살자에 쫓긴 후 쭉 정신을 잃었으므로 사냥할 틈이 없었다. 그러니 분명 저 호랑이는 나와 마주치기 전, 반나절 새 잡았다는 건데…….

‘무서운 놈.’

오싹 소름이 돋아 몸서리를 치고 있을 때였다.

"이번 대회의 주인공은 공녀가 아니던가?"

황태자가 불쑥 입을 열었다.

"나 또한 에카르트 공녀에게 내 사냥감을 바치지."

나를 찾아내는 레이더라도 달렸는지, 어느새 황태자의 새빨간 눈이 내게 똑똑히 못 박혀 있었다. 경악을 금치 못하는 나를 보며 놈이 실실 웃었다.

'너네 미쳤니? 왜 그래!'

남주들은 물론이고, 공터의 모든 인간들의 시선이 내게로 꽂혔다. 수군거리는 소리가 더욱 거세졌다.

"그럼 이번 사냥제의 퀸은 공녀님……?"

"그런 소리 마. 아직 1위가 남았잖아!"

"그런데 황태자 전하께서 1위가 아니라면 대체 누가 1위인 거지?"

공터는 혼돈의 도가니가 되었다. 작년에는 금제령까지 내려진 공작가의 미친개가, 이번에는 사냥제의 퀸이 되게 생겼으니 그럴 만도 했다.

"……대망의 1위입니다!"

사람들의 궁금증을 풀어 줄, 그리고 공녀의 우승행을 막아 줄 대망의 1위가 곧바로 호명됐다.

나는 그때까지만 해도 전혀 기억하지 못했다.

"에카르트가의 페넬로페 에카르트 공녀님! 불곰 한 마리!"

암살에 휘말리기 전의 내가 불곰과 맞닥뜨렸었다는 사실을.

"……."

내 이름이 호명되자, 찬물이라도 끼얹은 것처럼 정적이 내려앉았다.

'미친…….'

대체 저 망할 곰이 어떻게 내가 잡은 것으로 처리된 건지 알 수 없었다. 뭐, 안 봐도 황태자의 짓이 틀림없겠지.

그러나 그보다 더 중요한 건, 우려했던 일이 현실이 되었다는 것이다.

'정말로 홀로 곰을 때려잡은 공작가의 미친 침팬지가 됐잖아!'

흰 눈으로 나를 응시하는 모든 이의 시선에서 직감했다. 이제 한동안 귀족들이 모였다 하면 내 얘기로 떠들썩할 것이 확정되었다는 사실을.

"베르단디 후작님의 사냥감과 황태자 전하의 사냥감까지 총합하여, 이번 사냥 대회의 우승자는 바로……!"

그리고 호명을 하던 시종이 아예 쐐기를 박았다.

"페넬로페 에카르트 공. 녀. 님!"

"……."

"상금과 우승 트로피 전달을 위해 단상 위로 올라오시길 바랍니다!"

나는 이대로 먼지가 되어서 사라지고 싶었다. 하지만 그런 일은 절대로 일어나지 않았다.

'하…….'

나는 깊은 한숨을 내쉬며 먼 단상 쪽으로 걸음을 옮겼다. 적막에 가득 찬 공터를 가로지르는 내내 묘한 시선들이 따라붙었다.

마침내 단상 아래 도달한 나는 화사한 연분홍색 양산을 접고 드레스 자락을 붙들었다.

'그냥 사냥복을 입고 올걸 그랬나.'

레이스 끝자락마다 연분홍빛을 띠는 하늘하늘한 드레스는 사냥 대회의 우승자 타이틀과 퍽 어울리지 않았다. 남주 두 명이 제 사냥감을 몰아주지 않았어도, 불곰으로 1등을 차지했기에…….

"우승을 축하한다, 공녀."

뚱한 표정으로 단상 위에 올라온 나를 황태자가 반겼다. 시종이 쿠션에 받치고 온 트로피가 바로 전달됐다. 시상식은 별거 없었다.

"이번 우승 상금은 1억 골드다. 시종을 통해 에카르트 저택으로 보내도록 하지."

황태자가 그 소리를 하기 전까지.

'1억!'

귀가 번쩍 뜨였다. 1억이면 내가 백지 수표로 이클리스를 사들인 돈이 아닌가! 아무리 게임 머니가 필요 없더라도 공짜로 주는 돈을 마다할 이유는 없었다.

눈빛이 달라진 나를 보며 황태자가 재밌다는 표정을 지었다. 그때, 또 다른 시종이 쿠션 위에 무언가를 얹은 채 걸어왔다.

"자, 받아."

황태자가 그 위에 올려진 무언가를 불쑥 들었다.

"저, 저건……!"

무엇인지 알아본 좌중 사이로 한차례 파문이 일었다. 황태자가 내게 건넨 것은, 범행 도구로 압수되었던 석궁이었다.

"내 특별히 곰을 잡는 데 지대한 공헌을 한 공녀의 석궁도 돌려줄 수 있도록 조치했다."

칼리스토가 입꼬리를 비틀어 올리며 내게 석궁을 내밀었다. 그는 이를 통해 '귀족 시해범'이라는 내 누명이 벗겨졌음을 완전히 공표했다. 공녀가 그간 저질러 온 패악들을 떠올리며 긴가민가하던 귀족들이 충격에 빠질 만도 했다.

"……감사합니다, 전하."

나는 떨떠름한 얼굴로 내 석궁을 돌려받았다.

"소감 한마디 하지 그래."

황태자가 옆쪽으로 몸을 피하며 은연중에 압박했다. 안 하면 안 되냐는 말이 목구멍까지 차올랐다. 나는 마지못해 단상 위 한가운데에 선 채 좌중을 둘러보았다.

높은 곳에 서 있으니, 수많은 사람들 사이에서도 남주들의 모습이 속속들이 잘 보였다.

[호감도 44%]

묘한 얼굴로 나를 차분히 응시하는 뷘터.

[호감도 40%]

무엇이 마음에 들지 않는지 오만상을 찌푸리고 있는 레널드. 그리고 마지막으로.

[호감도 32%]

데릭의 파란 눈과 정면으로 마주쳤다. 무표정한 얼굴이었지만, 눈이 마주치자 그의 푸른 눈에 알 수 없는 격정이 몰아쳤다.

'네 믿음 따위, 앞으로도 필요 없어.'

놈을 보니 삐딱한 마음이 치솟았다. 나는 고개를 바짝 쳐들었다. 그리고 오만하고 도도한 태도로 눈을 내리깔았다. 지금까지 페넬로페를 경멸하고 얕잡아 본 수많은 인간들이, 다시는 나를 우습게 보지 못하도록.

"……우선 이런 기회를 주신 제국의 작은 태양, 황태자 전하께 모든 영광을 바칩니다. 그리고……."

"……."

"불곰 사냥, 별거 아니더라고요."

나는 어깨를 으쓱이며 싱긋 웃었다. 그 한마디에 공터에 숨 막히는 정적이 내려앉았다.

한 번 더 단상 아래를 쭈욱 훑어보았다. 먼 차양막 아래에 모여 있는 사람들 사이에서, 파란 머리의 여자 하나가 벌건 얼굴로 씩씩거리며 나를 노려보는 게 보였다.

아비와는 달리, 딱히 드러난 혐의가 없어서 금방 풀려났다는 소식은 전해 들었었다. 폐회식에 참여할 만큼 철면피인지는 몰랐지만.

나는 그녀를 똑똑히 바라보며 읊조렸다.

"다음 사냥 대회 땐, 엘크의 목을 잘라 가지고 와야겠어요."

'히익!'

어디선가 날카롭게 숨을 들이마시는 소리가 들렸다.

엘크는 켈린 백작가의 상징이었다. 황궁의 서고를 오가며 미리 귀족 계보를 읽어 보길 잘했다.

"이상입니다."

무대 인사를 하는 연극배우처럼, 과장스럽게 허리를 숙여 인사한 후 막 고개를 들었을 때였다.

불현듯 눈앞이 하얘졌다.

〈SYSTEM〉 [사냥제의 퀸] 칭호 획득!

〈SYSTEM〉 보상으로 [1억 골드]와 [명성이 +200]을 얻었습니다. (명성 total : 400)

Chapter 9

Chapter 9

"아가씨! 지금 어딜 가나 아가씨께서 사냥제의 퀸이 되셨다는 얘기뿐인 거 아세요? 너무 좋아요!"

공작저로 돌아가는 마차 안에서 에밀리가 호들갑을 떨었다.

"그렇게 좋니?"

"그럼요! 켈린 백작가 애들 코를 아주 납작하게 만들어 주게 되었잖아요."

쌓인 게 꽤 많았는지 에밀리가 두 주먹을 힘껏 쥐고 외쳤다.

"기필코 박살을 내 줄 거예요! 우리 공녀님은 누구처럼 불쌍하다고 사냥감을 동냥받은 것도 아니고, 직접 곰을 사냥해서 당당히 1위를 차지한 거니까요!"

"혼자 가지 말고 저택에 있는 하녀들도 다 데리고 가."

"물론이죠!"

에밀리가 전투적으로 눈을 빛내며 고개를 끄덕였다. 당사자보다 더 좋아하며 투지를 불태우는 모습에, 피식 웃음이 흘러나왔다.

사실 나는 '사냥제의 퀸'이 된 보상이 생각보다 별거 없어서 실망한 상태였다. 원치는 않았지만, 어쨌든 그 개고생을 하면서 달성한 최종 보상이 달랑 돈이랑 명성뿐이라니.

'호감도 10% 정도는 팍팍 줘야 할 거 아니야.'

하지만 기뻐하는 에밀리를 보니 기분이 조금쯤 나아졌다.

'뭐, 그래도 나쁘지 않았어.'

한 명 빼고 모든 남주들의 호감도가 '40%'를 넘겼다. 길게 소요된 시간만큼 성과가 제법 괜찮았다.

특히 황태자. 고작 2%에서 무려 45%가 되었다. 게다가 1% 차이로 뷘터마저 앞섰다. 이제는 누구를 보험으로 둬야 할지 고민이 들 지경이었다.

하지만 나는 곧장 고개를 저었다.

'아니야. 아무리 그래도 황태자는 아니지.'

놈이 나를 찾기 전에 간신히 무사 탈출한 마당이었다. 내가 재판장에서 나오는 대로 지껄였던 막말들을 전해 듣는다면 그놈의 호감도가 하락할지도 모른다.

그런 생각을 하는 사이 마차가 서서히 멈추는 게 느껴졌다. 완전히 섰을 때쯤, 에밀리가 먼저 일어나 문을 열고 내려섰다.

"벌써 짐 마차가 도착했나 봐요!"

에밀리의 말마따나 간발의 차로 먼저 도착한 건지, 황궁에서 따로 보내 준 일꾼들이 공작저 앞마당에 수많은 사냥감을 내리고 있었다.

"이, 이게 무슨……!"

마중을 나온 듯한 집사와 고용인들이 하나같이 입을 떡 벌린 채 넋을 놓았다.

다행히 공작과 두 오라비는 먼저 도착하여 안으로 들어간 건지 보이지 않았다. 사냥터에서 곧바로 출발한 그들과는 달리 나는 황궁에서 느지막이 오찬까지 들고 난 후 출발했기에 좀 늦었다.

"아, 그거 다 내 거야."

나는 에밀리의 부축을 받아 마차에서 내려서며 나지막이 말했다.

"아, 아가씨!"

집사가 당황한 얼굴로 내게 다가오려 들었다. 쿵—! 그러나 일꾼들이 그 앞에 커다란 황금 궤짝을 내려놓은 탓에 바로 오진 못했다.

충격으로 궤짝의 뚜껑이 덜컥 열렸다 닫혔다. 그 바람에 그 안에 가득 쌓여 있던 금화 몇 개가 '후두둑' 떨어졌다.

"어머나! 우리 아가씨 금화가!"

에밀리가 나 대신 그쪽으로 달려가 허겁지겁 땅에 떨어진 금화를 주웠다.

"페넬로페 아가씨. 이, 이게…… 이 돈은 다 무엇입니까?"

집사가 뒤늦게 얼떨떨한 얼굴을 하고 다가와 물었다.

"저 동물들은 또 무엇이고요. 공작님과 도련님들의 사냥감은 조금 전에 다 도착했는데……."

"내 사냥감들이야, 집사."

"네? 그게 무슨……."

"아직 소식 못 들었나?"

난 답지 않게 상황 파악이 느린 집사, 그리고 공작저의 모든 고용인들을 쭈욱 둘러보며 상냥히 일러 주었다.

“내가 이번 사냥제의 퀸이야.”

사냥감의 가죽들은 모두 무두질 해 두라 지시했다. 나는 그걸로 몰빵 남주의 겨울 옷가지를 잔뜩 만들어서 줄 생각이었다.

‘기껏해야 목도리나 만들어 줄 줄 알았는데…….’

생각보다 스케일이 커졌지만 좋게 생각하기로 했다. 왜냐면 큰 건 무조건 좋은 거니까.

식용으로 쓸 수 있는 고기는 알아서 손질하여 주방으로 보내라 일렀다. 처음에는 우왕좌왕하던 집사도 곧 신이 나서 발 빠르게 움직였다. 특히 곰의 쓸개로 내 보약을 만들겠다는 것을 말리느라 진땀을 뺐다.

대충 지시를 마친 나는 내 방으로 올라와 침대에 벌러덩 드러누웠다.

“하…… 역시 집이 좋긴 좋아.”

뒹굴거리는 내 움직임을 따라 ‘쩔그럭’ 하는 소리가 따라붙었다.

이 맑고 고운 소리가 무엇이냐면, 그렇다. 아닌 척했지만, 나는 내심 1억 골드란 상금이 좋아 죽을 것 같았다. 부를 만끽하기 위해 에밀리에게 침대 가득 금화를 깔아 두라 지시해 둘 만큼.

‘히히! 나 이제 부자야! 이렇게 돈 깔고 자도 될 만큼!’

나는 히죽 웃으며 손에 닿는 금화들을 가득 집어 와르르 허공에 뿌렸다. 빛에 반사되어 반짝반짝 빛나는 황금색이 참으로 곱고 예뻤다. 곰팡이가 잔뜩 핀 반지하 방에서 얇은 담요 하나 덮고 잘 땐 꿈도 꿔 보지 못한 일이었다.

나는 신이 나서 한 번 더 금화를 가득 집어 침대 위에 뿌렸다. 짤그락—!

그때였다.

“참나. 그렇게 좋냐?”

맑고 고운 소리 사이로 불쑥 듣기 싫은 소리가 끼어들었다. 나는 슬쩍 눈만 돌려 소리가 들려온 쪽을 확인했다.

팔짱을 낀 채 열린 문에 삐딱하게 기대선 레널드가 보였다. 짐 정리 때문에 계속 분주히 오가느라 에밀리가 제대로 문을 닫지 않은 듯했다. 나는 눈살을 찌푸리며 입을 열었다.

“뭐야, 왜 왔어?”

“별짓을 다 하고 있네. 왜, 아예 욕조에 부어 달라고 하지 그러냐.”

놈이 어이가 없다는 얼굴로 빈정거렸다.

‘오, 그럴까? 금화 샤워 괜찮겠는걸?’

나는 기분이 무척 좋았으므로 놈의 비아냥거림도 기껍게 흘려들었다.

“나 바쁘니까 용건 없으면 다음에 얘기해.”

대답 없이 금화 쪽으로 관심을 돌리자, 레널드가 저벅저벅 방 안으로 걸어 들어왔다. 그리고 내 침대 끝자락에 걸터앉았다.

“하, 금화 가지고 노는 게 바쁜 일이냐?”

“어.”

“으휴, 이 화상아. 언제 철들래?”

나는 놈의 타박에 엄청난 충격을 받았다.

‘이, 이놈한테 그런 소리를 듣다니!’

한동안 얼어붙어 있다가 뒤늦게 정신을 차리고 휙 노려보자, 놈이 뻔뻔스럽게 턱을 쳐들었다.

"뭐."

"왜 왔냐니까?"

나는 짜증스럽게 되물었다. 레널드 놈은 온 이유를 바로 답하지 않고 머뭇댔다. 눈을 가느스름하게 뜨고 응시할 무렵, 놈이 마지못해 입을 열었다.

"……아버지가 다 같이 저녁 들잔다."

"뭐?!"

나는 너무 놀라 상체를 벌떡 일으켜 앉았다.

"왜?"

"사냥 대회도 무사히 끝났고, 뭐 하실 말씀이라도 있으신가 보지. 난들 알겠냐."

레널드는 어깨를 으쓱이며 태평하게도 답했다. 나는 말문이 막혀 버벅거렸다.

사냥터에 마련되었던 야영장은 아무리 호화스럽게 꾸몄더라도 대저택만 못했다. 시간을 아끼기 위해 아침은 공작의 카바나에서 다 같이 드는 것은 물론, 필수 불가결하게 공작가 일원들과 자주 마주쳐야 했다.

그나마 암살 사건에 휘말리기 전에는 버틸 만하다고 생각했지만, 재판 이후 급속도로 불편해졌다. 그래서 황궁으로 피신했다.

이제 공작저로 돌아왔으니, 예전처럼 두문불출할 일만 남았다고 생각했는데…….

'대체 왜 또 괴롭히는 거야. 나 좀 가만히 내버려 두라고!'

나는 돌아오자마자 겪어야 하는 가혹한 일에 진저리를 치며 말했다.
"나 속 안 좋아. 아침 먹은 게 얹혔어."
"해 다 저물었는데, 이제 와서 체했다고?"
코웃음을 치며 대꾸하는 레널드의 말에 나는 혀를 깨물었다.
'점심이라고 했어야 했는데.'
너무 당황해서 말이 헛나왔다.
"그냥 4일 전부터 얹혀 있었다고 그러지 그러냐."
"그럼 그렇게 전해 줘."
"야. 농담 작작……."
레널드는 내 말에 눈살을 와락 찌푸리며 휙 나를 돌아보았다. 한마디 하려는 듯 열린 입이, 무표정한 내 얼굴을 보고 다시 스르륵 닫혔다. 농담이 전혀 아니라는 것을 알아차린 것 같았다.
그는 제 분홍색 머리칼을 한 손으로 마구 흐트러뜨리며 외쳤다.
"……아, 몰라! 난 전했으니까 오든 말든 너 알아서 해."
"……."
그럴 생각이라서 나는 아무런 대꾸도 하지 않았다. 잠시 방 안에 서늘한 정적이 흘렀다.
"……야. 너 혹시 오해할까 봐 얘기하는 건데."
어색한 정적을 참지 못하고 먼저 깨트린 것은 레널드였다.
"우린 주고 싶어도 너한테 사냥감 못 넘겨준 거야. 알지?"
"……뭐?"
"순위 조작을 방지하기 위해 가족끼리는 못 넘기는 게 규칙이라고."
갑작스러운 놈의 말에 어안이 벙벙했다. 뜬금없이 다 끝난 사냥대회 규칙은 왜 설명하는 거란 말인가.

'게다가 넘겨주고 싶어도 못 넘겨준다는 말은 또 뭐…….'

의중을 생각하던 나는 문득 '아.' 하고 터져 나오는 침음을 삼켰다. 레널드가 이런 말을 내게 하는 이유를 이제야 알겠다. 사냥감을 넘겨주지 않아서 내가 화가 났다고 착각하는 것이다.

나는 어이가 없어서 잠시 말을 잃었다가, 이내 툭 내뱉었다.

"알고 있어."

사실 몰랐다. 레널드가 곧장 물었다.

"아는 애가 표정이 왜 그래?"

"내가 뭘?"

"너 삐져서 지랄하기 전 표정이잖아."

"그런 거 아니니까 신경 꺼."

"아씨, 딴 계집애한테 줄려고 그런 거 아니니까 오해 말라고!"

진짜 그런 거 아니었는데, 놈은 저 혼자 곡해하여 듣고 흥분했다.

"소동물 산 채로 잡는 게 얼마나 어려운지 아냐? 누구 때문에 내가 맹수 잡는 거 다 포기하고 소동물 구역이나 가서 뺑이 친……!"

버럭 신경질을 내던 그가 갑자기 입을 딱 다물었다. 그러더니 벌게진 얼굴로 연신 헛기침을 하는 게 아닌가.

"큼, 큼! 삐지지 말고, 가지고 싶은 거 있으면 말해. 다 줄 테니까."

놈의 감정 변화를 좀처럼 따라갈 수가 없었다.

'괜찮다는데 왜 부득불 난리야.'

나는 등 밑에 느껴지는 금화만으로 충분히 풍족한 사람이었다. 하지만 당장 가지고 싶은 것이 뭔지 대답하지 않으면 놈이 떠날 기미를 보이지 않을 것 같았다.

'얘가 뭐 잡았었더라…….'

나는 하는 수 없이 레널드가 잡은 사냥감들을 되새겨 보았다. 너구리, 꿩, 삵, 노루. 그리고…….

"……토끼."

입이 먼저 움직임과 동시에 머릿속에서 한 장면이 스쳐 지나갔다. 흰 손수건으로 만들어진 토끼.

그러고 보니 뷘터와 일별 후 더 움직이지 않는 토끼를 에밀리에게 넘긴 후 까맣게 잊고 있었다.

"토끼?"

"응, 토끼. 뛰어다니는 거 보고 싶어."

마침 레널드 놈이 토끼를 여덟 마리나 잡아 온 상태였다.

"알았다. 집사한테 숲에 풀어 두라고 말해 둘게."

내 말에 그는 고개를 끄덕이며 마침내 침대에서 일어났다. 그 모습이 어쩐지 좀 신이 나 보였다.

"됐지? 이제 삐진 거 풀어라."

"삐진 거 아니래도."

"웬만하면 저녁 먹으러 내려오고."

"……."

그럴 생각은 전혀 없었기에 답하지 않았다. 하지만 결과적으로 공작의 석찬 권유는 고의가 아닌, 불가피한 상황으로 참여하지 못하게 되었다.

레널드가 나간 후 나는 금화를 잔뜩 껴안은 채 까무룩 잠이 들었기에.

며칠간 방에 처박혀서 뒹굴거리는 사이, 집사를 통해 맡겨 뒀던 사냥감들의 손질이 대강 끝났다. 무두질이 완료된 털가죽 일부는 남성복 전문 디자이너에게 맡겼다. 이클리스 놈에게 줄 선물을 만들기 위해서였다.

그러나 옷을 짓는 데는 꽤 오랜 시간이 걸린다고 하였다. 나는 하는 수 없이 상대적으로 제작이 빠른 것부터 증정하기로 했다.

고급 케이스를 집사로부터 전달받은 나는 곧장 외출 준비에 나섰다.

'67%였지 아마.'

보지 못한 사이 훌쩍 올랐을 이클리스의 호감도를 확인하고 싶어서 마음이 급했다. 그러나 막상 준비를 모두 끝내고 방 밖을 나서려니, 날씨가 썩 좋지 못했다.

"이 날씨에 굳이 산책하러 나가셔야겠어요?"

에밀리가 창밖을 바라보며 걱정스러운 얼굴로 우산을 건넸다. 이른 아침임에도 먹구름 가득 낀 하늘이 저녁처럼 어두웠다.

휘이이잉—. 창틀 사이로 새어 들어오는 바람 소리가 을씨년스러웠다.

'그냥 다음에 갈까…….'

에밀리를 따라 창밖을 응시하자니 슬며시 망설임이 솟았다.

그러나 사냥 대회에서 돌아오고 나서도, 선물이 만들어지지 않았다는 핑계로 벌써 이클리스를 2주 가까이 보지 못했다.

그사이에 또 따돌림과 괴롭힘을 당해서 호감도가 떨어지기라도 했으면…….

'안 돼! 비 오기 전에 후딱 전해 주고 오자!'

나는 서둘러 우산을 건네받고 황급히 방을 나섰다.

"금방 다녀올게."

그러나 바삐 걸음을 옮기던 것이 무색하게도, 연무장으로 가는 숲길에 들어서자마자 '쏴아아—' 비가 쏟아지기 시작했다. 허겁지겁 우산을 펴 든 나는 불안한 얼굴로 꾸물거리는 하늘을 올려다보았다.

"하…… 재수가 없을 징존데."

하지만 이왕 나온 거, 다시 돌아가기도 뭐 했다. 나는 대신 걸음을 더 빨리했다. 집사에게 미리 훈련 중간 휴식 시간을 알아 놓은 상태였다. 곧 한 번뿐인 오전 휴식 시간이니 서두르는 편이 좋았다.

하지만 막상 도착한 연무장은 텅 비어 있었다.

"뭐야…… 다 어디 간 거지?"

나는 공활한 공터를 두리번거리며 걸음을 옮겼다. 그러고 보니 일전에 비 오는 날 산책하다 우연히 이클리스를 만났을 때도 훈련이 일찍 끝난 상태였다.

'비가 와서 휴식을 앞당긴 건가?'

나는 연무장 가장자리의 풀숲을 따라 천천히 거닐었다. 혹시나 남아 있을지 모를 기사들을 마주치지 않기 위해서였다. 그렇게 반 바퀴쯤 걸었을까.

휙, 휘익—!

불현듯 바람을 가르는 파공음이 들려왔다. 연무장의 한구석. 뿌연 안개 속에서 누군가 홀로 허수아비를 연달아 내리치고 있었다.

'……이클리스?'

누군지 알아본 나는 눈이 휘둥그레졌다. 지난번에도 비 오는 날 혼자 남아 훈련을 하더니, 이번에도 다를 게 없었다.

휙, 휘익—!

그가 들고 있는 목검을 거세게 내리칠 때마다 '퍽, 파슷—!' 하고 거칠게 짚이 튀었다. 뭉툭한 짚 뭉치가 뜯겨져 바닥을 나뒹굴었다.

'여전하네.'

나는 이제, 저 모습이 전혀 잘 휘두른 게 아니라는 것을 알았다.

다음 단계의 훈련으로 넘어가려면 목검에 검기를 담아 허수아비를 깔끔하게 잘라 내야 했다. 힘으로 내려쳐 짚을 끊어 낼 게 아니라.

마지막으로 훈련을 훔쳐보았을 때로부터 꽤 오랜 시간이 흘렀지만, 이클리스는 발전된 게 거의 없었다. 제아무리 귀재일지라도 가르침을 줄 스승이 없으면, 범인도 못 되는 수준에 그치는 것이다.

빠악—!

그때 커다란 파열음이 울려 퍼지더니, 이클리스가 휘두르던 목검이 두 동강 났다. 푸욱— 부러진 목검 조각이 멀리까지 거세게 날아가 땅에 처박혔다.

움직임을 멈춘 이클리스는 어깨를 들썩이며 거칠게 숨을 몰아쉬었다. 벗은 상체에서 뿌연 김이 솟아났다. 그런 그와 두 동강 난 목검의 잔해들이 너무나도 위험해 보였다. 불안감이 차올랐다.

'어휴, 훈련 끝날 때까지 얼씬도 말아야겠어.'

빨리 선물만 전달한 후 돌아가고 싶었지만, 생각이 바뀌었다. 섣불리 접근하지 않기로.

잠시 멈췄던 이클리스는 이윽고 옆에 있는 상자에서 목검을 하나 더 꺼내 들었다.

나는 눈을 크게 떴다. 상자에 낯익은 문양이 흐릿하게 새겨져 있는 게 보였다. 일전에 내가 목검을 600개 넘게 사들였던 무기 상단의 상표였다.

'그래도 잘 쓰고 있긴 한가 보네.'

퍽 익숙하게 목검을 꺼내는 모습에 차오른 불안이 좀 가셨다. 호감도를 확인하고 싶었지만, 거리 때문에 잘 보이지 않았다.

나는 별수 없이 그의 훈련이 끝나기를 기다렸다. 이클리스는 그 후로도 한참 동안 허수아비를 베는 데 매진했다.

나무 사이에 몸을 숨긴 채 그의 훈련을 훔쳐본 지 얼마나 지났을까.

뻐억—!

세 번째로 목검을 부러뜨린 그가, 결국 짜증이 난 듯 잡고 있던 손잡이를 집어 던졌다. 그리고 젖은 흙바닥에도 개의치 않고 바닥에 벌러덩 드러누웠다.

쏴아아—. 헐벗은 그의 몸 위로 차가운 빗줄기가 고스란히 쏟아졌다.

'저러다 감기 들 텐데…….'

나는 바로 나서기 전에 그의 주변부터 샅샅이 훑었다. 저번처럼 그가 휘두른 목검에 맞아 목이 부러질 뻔한 아찔한 경험을 또 하기는 싫었기 때문이다.

그의 주변에 위험 요소들이 없다는 것을 재차 확인한 후에야 살며시 걸음을 옮겼다.

쏟아지는 빗소리에 가벼운 내 발걸음 소리가 묻혔기 때문일까. 점점 가까워지는 거리에도 이클리스는 미동이 없었다.

찰박. 마침내 그의 머리맡에 다가선 나는, 들고 있던 우산을 살짝 앞으로 기울였다.

"안녕."

나지막한 목소리에 남자가 감고 있던 눈을 떴다. 물기 젖은 긴 속눈썹이 깜빡거렸다. 그 사이로 드러난 회갈색 눈동자가 천천히 커지는 것이 선명히 보였다.

"……주인님?"

이클리스는 얼이 나간 얼굴로 눈꺼풀을 몇 번 더 깜빡였다. 갑자기 나타난 내 모습이 진짜인지 가늠하는 모양새였다. 그 모습에 희미하게 웃음이 새어 나왔다.

"오랜만이네."

[호감도 69%]

그 순간, 그의 머리 위가 깜빡였다. 다행히 내가 저택에 없는 사이, 더 떨어지지는 않았다. 소폭 상승한 호감도에 나는 크게 안도했다.

그사이 이클리스가 천천히 몸을 일으켰다. 내려다보던 시선이 훌쩍 올라갔다. 덩달아 우산을 든 손도 더 높이 쳐들어야 했다.

"언제…… 돌아오셨어요?"

"음. 돌아온 지는 꽤 됐어."

내 대답에 이클리스의 눈꼬리가 아래로 조금 처졌다. 억지로 기사단에 끼워 넣은 노예에게까지 소식을 전달해 주는 이가 아무도 없었나 보다. 그는 감정이 미미하게 서린 눈으로 나를 올려다보았다.

"왜 저한테는 돌아왔다는 인사조차 하지 않으셨어요?"

"기다렸니?"

"호강시켜 주신다면서요."

비웃을 땐 언제고. 태연하게 그 말을 되뇌는 놈의 발칙한 모습에 헛웃음이 흘러나왔다.

"자."

나는 쥐고 있던 고급 케이스를 그에게 내밀었다.

"선물이야. 이걸 만드느라 좀 늦었단다."

이클리스의 눈이 강아지처럼 동그래졌다. 그는 케이스를 바로 받지 않고 주저했다.

"어서 받지 않고 뭐 해?"

"빗물 때문에……."

입을 달싹이던 그는, 내 재촉에 받지 않는 이유를 털어놓았다.

"주인님께서 주신 것을 어떻게 감히…… 젖은 손으로 받기 싫어요."

"괜찮아."

제법 기특한 소리를 하지 않는가. 나는 사르르 눈을 접어 웃어 주었다.

"네가 내 선물을 착용한 모습을 보고 싶어서 빗줄기도 마다치 않고 달려왔는데, 안 받아 줄 거니?"

케이스를 흔들어 보이며 서운한 투로 살근살근 속삭였다. 회갈색 동공이 한차례 흔들렸다. 이클리스는 잠시 침묵하다가, 이내 느릿하게 케이스를 건네받았다.

달칵. 그의 젖은 손이 이윽고 상자를 열었다.

"이게……."

내용물을 확인한 이클리스의 눈이 더없이 커다랗게 확장됐다.

"매머드의 상아와 백호랑이 이빨이야."

나는 그의 반응에 흡족한 미소를 지으며 선물에 대해 설명했다. 그에게 준 것은 상아 조각과 호랑이의 이빨을 엮어 만든 목걸이였다.

너무 흰색만 연달아 있으면 식상하니 중간중간 최고급 오닉스를 끼워 넣었다. 동글동글한 검은색 구슬이 삐죽삐죽한 이빨과 상아 조각과 썩 잘 어울렸다.

이것은 돈을 주고도 못 사는 진귀품이었다. 뒤늦게 집사를 통해 안 것이지만, 칼리스토와 빈터가 나란히 2, 3위를 차지한 이유가 있었다.

그들이 잡은 매머드와 백호랑이는, 사냥 대회같이 엄청난 규모의 행사가 아니면 구경하기 힘든 희귀 동물들이었기 때문이다.

당연히 그로 만든 장식도 귀했다. 상아와 호랑이 이빨, 그 둘을 모두 엮어 만든 장식품은 더더욱. 이클리스도 그것을 아는지 케이스 안에 못 박힌 시선이 떨어질 줄 몰랐다.

'몰빵 남주라면 이 정도는 해 줘야지.'

나는 의기양양하게 고개를 쳐들었다.

"마음에 드니?"

"……주인님."

이클리스는 어렵사리 고개를 들었다.

"이건 제겐 너무……."

"고대 카프리아에서는 가장 뛰어난 전사들만이 상아 목걸이를 걸 수 있었다더구나."

예상되는 이클리스의 말을 끊고 툭 내뱉었다. 책에서 본 내용이었다.

그러나 이건 나보다 이클리스가 더 잘 알고 있을 것이다. 카프리아 대륙에는 그의 고국인 델만이 있었다. 지금은 대륙 전체가 잉카 제국의 속국이 되었지만.

"그 초커, 이제 벗을 때가 됐잖니."

나는 여전히 그의 목을 죄고 있는 가죽과 노란 구슬을 흘깃 눈짓하며 오만하게 말했다.

"말했지. 내가 1등 해서 돌아오겠다고."

"……."

"이번 사냥 대회의 퀸이 바로 나란다."

"……."

"그러니 네 말대로, 내 하나뿐인 전사를 호강시켜 주는 일만 남았지."

이클리스는 다시 고개를 내려 우두커니 목걸이를 바라보았다. 유일하게 그의 감정을 엿볼 수 있던 눈동자가 보이지 않자, 나는 초조해졌다. 지금 그의 반응이 긍정적인 건지 부정적인 건지 알 수 없었기 때문이다.

'너무 부담스러운 걸 줬나?'

결국, 마음에 들지 않느냐고 물어보려던 찰나. 마침내 이클리스가 고개를 들어 나를 바라보았다.

그 순간 가슴이 덜컥 내려앉았다. 회갈색 동공 속에 처음 보는 격정이 휘몰아치고 있었다.

"주인님."

이클리스는 짐승같이 형형히 번뜩이는 눈으로 나를 바라보며 천천히 케이스 안에서 목걸이를 들어 올렸다. 그리고 그것을 아득 쥔 손을 제 입가에 가져다 대었다.

[호감도 77%]

그가 목걸이에 입을 맞췄고, 호감도가 폭등했다. 그리고 그와 동시에 눈앞에 새하얀 네모 창이 떠올랐다.

〈SYSTEM〉 공략 대상 중 한 명의 호감도를 [70% 이상] 달성했습니다.

〈SYSTEM〉 지금부터 호감도 수치가 제공되지 않습니다.

'뭐야.'

뜬금없이 떠오른 시스템 창에 반사적으로 시선이 이클리스의 머리 위로 올라갔다. 그리고 나는 눈을 부릅떴다.

'……사라졌어!'

방금 전까지 그의 정수리 위에서 선명히 빛나던 [호감도 77%] 글씨가 [호감도 확인하기]로 바뀌었다. 게다가 하얗게 채워져 있던 게이지 바가 검붉은색으로 변해 있는 게 아닌가.

그러나 무슨 일이 벌어졌는지 제대로 인지하기도 전에, 스르륵 새 글씨가 떴다.

〈SYSTEM〉 호감도 수치를 대신하여 게이지 바에 색깔이 표시됩니다.

〈SYSTEM〉 호감도를 확인하시려면 공략 대상들과 신체적 접촉을 하십시오.

"……이클리스."

흔들리는 눈으로 시스템 창을 바라보던 나는, 가까스로 목소리를 내었다. 숨통이 막힌 것처럼 꽉 잠긴 음성이 흘러나왔다.

"이리 주렴. 내가 직접 걸어 줄 테니까."

파르르 떨리는 입꼬리를 힘겹게 들어 올리며 명령했다.

이클리스는 제 입술에 가져다 대었던 손을 천천히 떼어 냈다. 촵. 야살스러운 소리와 함께 목걸이가 떨어졌다.

나는 우산을 들지 않은 손으로 그것을 거의 낚아채듯 성급히 받았다. 이클리스는 퍽 순종적인 태도로 내 앞에 고개를 숙였다.

빗물에 흠뻑 젖은 갈색 정수리가 가까워지자, [호감도 확인하기]란 흰 글씨와 검붉은색으로 변한 호감도 게이지 바가 더욱 선명히 보였다.

나는 뼛조각들로 이루어진 목걸이를 그의 목에 걸어 주며 은근슬쩍 머릿결을 손으로 쓸어내렸다. 그러자 다시 새하얀 네모 창이 떠올랐다.

〈SYSTEM〉 호감도를 확인하시려면 [200만 골드 / 명성 200]을 지불하십시오.

〈SYSTEM〉 [이클리스]의 호감도를 확인하겠습니까?

[200만 골드 / 명성 200]

"무슨……!"

내게 주어진 새로운 선택지에, 나도 모르게 비명 같은 소리가 터져 나왔다.

"주인님……?"

이클리스가 놀란 듯 고개를 들어 나를 바라보았다. 하지만 나는 그를 돌아볼 겨를도 없었다.

'미친, 이게 말이 돼? 게임 시스템인데 무슨……!'

거기까지 생각하던 난 돌연 숨을 멈췄다.

— 악! 왜! 왜 또 죽는데!

— 아씨…… 확 돈 주고 사 버려?

하드 모드를 플레이할 당시, 몇 번이나 결제를 할까 말까 고민하던 내 모습이 떠올랐다.

그렇다. 이 미친 게임은 '전체 무료' 게임이 전혀 아니었다. 현질 유도가 매우 수준급이었고, 스크루지같이 살던 나 또한 여러 번 그 유혹에 넘어갈 뻔했다.

나는 찢어 죽일 듯 네모 창을 노려보다가, [200만 골드]를 눌렀다. 처음 뜬 과금 시스템이기에 게임 머니가 어떻게 충전되는지 알 수 없었기 때문이다.

〈SYSTEM〉 [200만 골드]를 차감하여 [이클리스]의 호감도를 확인합니다. (남은 보유 자금 : 98,000,000 골드)

새로운 글씨와 함께 이클리스의 머리 위 [호감도 확인하기]가 사라졌다.

[호감도 78%]

1% 오른 이클리스의 호감도를 확인했지만, 나는 조금도 기쁘지 않았다. 차감된 돈이 사냥 대회 우승으로 받은 상금 1억이란 걸 알았기 때문이다.

'안 돼! 내 돈—!'

나는 꽉 쥔 주먹을 부르르 떨며 소리 없는 아우성을 질렀다.

'그게 어떻게 번 돈인데……!'

이토록이나 허무하게 200만 골드가 날아간단 말인가.

"주인님. 괜찮…… 으세요?"

한마디 없이 허공을 노려보는 내가 이상했는지, 이클리스가 조심스럽게 물었다.

"마음에 안 드세요?"

그의 눈꼬리가 알 듯 모를 듯 처져 있었다. 그제야 벗은 상체 위로 화려한 뼛조각들을 목에 건 그의 모습이 눈에 들어왔다. 어느새 78%를 알려 주던 머리 위의 호감도는 다시 가려진 상태였다.

"……아니, 잘 어울려. 마음에 드네."

나는 지어지지 않는 미소를 억지로 쥐어짜 냈다. 사실 모르겠다. 내가 지금 제대로 된 표정을 짓고 있는지.

내 대답에 무기질적이던 회갈색 동공에 번뜩 빛이 돌았다.

"선물을 전해 주었으니 됐어. 난 이만 가 볼게."

나는 속사포처럼 내뱉고는 휙 몸을 돌렸다. 그에 따라 이클리스 위로 쳐들고 있던 우산도 매정하리만치 휙 치워졌다. 몰빵 남주에게 그래선 안 됐지만, 정신이 하나도 없어서 신경 쓸 새가 없었다.

"이렇게……."

빠르게 걸음을 옮기려던 나를 이클리스가 붙들었다.

"이렇게 그냥 가시는 겁니까? 이거 하나 주시고요?"

나는 멈칫하다 뒤돌았다. 쏴아아—. 쏟아지는 빗줄기에 다시 고스란히 노출된 남자는, 퍽 처량 맞은 모습으로 나를 물끄러미 응시하고 있었다.

"아."

그 모습에 집 나갔던 정신이 천천히 돌아왔다. 뒤늦게 인사가 너무 성의 없었다는 생각이 들었다.

나는 다시 그에게로 다가갔다. 짧은 새 그의 얼굴이 흠뻑 젖어 있었다. 물방울이 끊임없이 흘러내려 눈이 아플 만도 한데, 이클리스는 꿈쩍도 하지 않고 내가 하는 양을 바라보았다.

"고작 이걸로 끝일 리가."

나는 손을 뻗어 그의 눈가를 스치듯 어루만지며 흥건한 물기를 닦아 주었다.

〈SYSTEM〉 [이클리스]의 호감도를 확인하겠습니까?

[400만 골드 / 명성 200]

이것도 접촉이라고, 바로 떠오르는 하얀 네모 창에 이가 절로 갈렸다. 그를 무시한 채 나는 간신히 자애로운 주인을 연기했다.

"호강시켜 준다고 했잖아. 네게 줄 선물은 아직 많이 남아 있어."

"선물을 받고 싶어서 이러는 게……."

"쉿. 그만큼 찾아올 날이 많다는 뜻이란다."

칭얼거리는 그의 말을 얼른 자르며 빠르게 속삭였다.

"이대로 계속 있다간 너나 나나 감기 걸리겠어. 너도 이제 훈련 그만하고 숙소로 돌아가렴."

"……."

"그렇게 할 거지?"

"……."

"응?"

대답을 종용하자 이클리스는 그제야 나를 뚫어져라 응시하던 눈을 내리깔았다. 그리고 순순히 답했다.

"……네."

"착하구나."

나는 눈 밑을 어루만지던 손가락으로 그의 뺨을 천천히 쓸어내리며 살갑게 웃었다. 마침내 턱에 이른 내 손이 그에게서 완전히 떨어져 나갈 때쯤, 나는 다시 몸을 돌렸다.

이클리스를 뒤로한 채 한 걸음 옮길 즈음. 어느새 내 얼굴에 미소 따위는 씻은 듯이 사라져 있었다.

빠르게 내 방으로 돌아온 나는 금화 상자부터 확인했다. 주기적으로 시트에 깔아 두려고 침대 근처에 둔 참이었다.

허겁지겁 자물쇠를 풀고 뚜껑을 열자 번쩍번쩍한 황금빛이 눈앞을 잠식했다. 금화들은 여전히 잘 있다.

그런데.

"내 돈!"

넘칠 만큼 상자 가득 쌓여 있던 금화의 수위가 미묘하게 줄어 있었다. 심심할 때마다 상자 안을 들여다봤던 나만은 바로 알 수 있었다.

고용인들 중 불곰을 때려잡은 미친개가 애지중지하는 상자를 건드릴 만큼 간 큰 인간은 없었다. 더군다나 보안 마법이 걸려 있는 특수 제작된 자물쇠의 열쇠는 나만이 가지고 있기에 공작이라도 열지 못했다.

그렇다면, 이것은 정말로 시스템에 자동 지불되었다는 소린데.

"하…… 제발 좀!"

퍼억―! 나는 진저리를 치며 쌓여 있는 금화 위로 주먹을 내리꽂았다.

이제 호감도를 보지 못하는 것도, 보려면 가지고 있는 돈이나 명성을 지불해야 한다는 사실도 끔찍하게 느껴졌다.

'X발, 분명 노멀 모드에는 없었잖아! 그런데 왜!'

퍽, 퍽―! 나는 두어 번 더 주먹을 내리치며 절규했다.

'게다가 200만 골드? 더럽게 비싸네, 이 미친 게임 같으니라고!'

내게 있는 자금이 1억이니 앞으로 호감도를 볼 수 있는 횟수가 50번 남았단 소리다. 아니, 조금 전 시험 삼아 쓰고 왔으니 49번.

그렇다고 명성을 마구잡이로 쓸 수도 없는 노릇이다. 이제 고작 400 모은 마당인데, 이걸 다 써 버리면 내 평판도 다시 바닥을 치게 될 것 아닌가.

'……명성이 이따위로 쓰이다니.'

노멀 모드에서 명성은 여주가 '진짜 공녀'로서 자리 잡을 수 있게 조력하는 역할에 지나지 않았다. 남주들은 물론 공작저 고용인들이나 다른 귀족들의 호감을 사거나, 돌발 퀘스트에 나오는 간단한 미니 게임을 스킵하는 데 쓰였다.

퀘스트만 통과해도 알아서 쌓였기에 딱히 신경 쓴 적 없었다. 그렇기에 이곳에 들어와서도 미련 없이 포기했던 건데…….

"이럴 줄 알았으면 열심히 쌓아 볼걸."

미리 알았더라면, 고용인들을 상대로 그렇게 막 나가지는 않았을 거 아닌가.

나는 피눈물을 삼키며 한 번 더 퍽, 주먹을 내리쳤다. 뭘 생각하든 하드 모드는 상상 그 이상이었다.

"하…… 아니야, 침착해. 그래도 곧 80%야."

나는 깊은 한숨을 쉬며 냉정을 되찾기 위해 노력했다. 어차피 이건 하드 모드에 설정된 난이도 시스템으로, 나로서는 불가항력인 일이었다.

'돌아가면 이 미친 난이도를 설정한 제작자 얼굴 좀 보러 가야겠어. 물론 총 들고서.'

그런 생각하며 나는 금화 상자의 뚜껑을 닫았다. 다시 자물쇠로 단단히 걸어 잠근 후 자리에서 비척비척 일어나 침대에 철퍽 드러누웠다.

예상치 못한 시스템 가동으로 인해 너무 놀라고 당황해서 진이 다 빠졌다. 하지만 다시 생각해 보니, 너무 비관할 필요는 없었다.

이클리스와의 엔딩이 부쩍 가까워진 상태였다. 그에게만 온 집중과 사력을 다하면, 금방 100%를 찍을 수 있지 않겠는가?

[200만 골드]는 앞으로 그의 호감도를 확인할 때만 쓰면 된다. 어쩌면 49번이나 확인하지 않아도 난 이 망할 곳에서 탈출할 수 있을지 모른다. 그렇게 생각하니 마음이 훨 편해졌다.

"……그런데, 그 색깔은 대체 뭐지?"

시스템 내용을 되새기던 나는, 문득 의문이 들었다.

그러고 보니, 돈에 눈이 멀어 깜빡 잊고 있었다. 호감도 게이지 바 또한 응고된 피처럼 검붉은색으로 변했다는 것을.

"어째 좀 불길한 색감인데……."

왠지 모를 불안함에 중얼거림이 새어 나올 때였다.

똑똑—.

누군가 노크를 했다. 나는 침대 위에 늘어진 채로 고개만 문 쪽으로 돌렸다. 어차피 내 방을 방문할 사람들이야 뻔했다.

"아가씨, 펜넬입니다."

예상대로 뻔한 사람들 중 한 명인 집사가 자신을 알렸다.

"들어와."

나지막이 읊조린 소리를 용케 알아들었는지, 얼마 후 '끼이익' 하고 문이 열리는 소리가 들렸다.

나는 그냥 엎어진 채로 집사를 맞이했다.

"……아가씨. 오수를 즐기고 계셨습니까?"

막 들어서던 집사가 그런 내 모습을 보고 눈을 휘둥그레 떴다.

"죄송합니다. 에밀리에게 산책에서 막 돌아오셨다는 소식을 전해 듣고 온 터인데……."

불현듯 집사가 고개를 숙여 가며 사과하는 통에 뻘쭘해졌다. 나는 그를 흘긋 눈짓하며 답했다.

"아니, 막 들어 온 거 맞아. 그냥 쉬고 있었어."

"정 자세로 편히 누워 계시지 않고요."

"금방 일어나려 했어. 무슨 일이야?"

"공작님께서……."

집사는 조금 머뭇거리다가 용건을 털어놓았다.

"가족끼리 간단히 오찬을 들자는 전언을 하셨습니다."

"……오찬?"

나는 바로 눈살을 찌푸렸다. 얼마 전 레널드를 통해 전한 정찬 초대에도 참여하지 않은 상태였다. 제법 무례한 짓이었으나 공작에게서 별다른 반응은 없었다. 그래서 그걸로 끝인 줄 알았거늘…….

"나까지 굳이 참여해야 하는 이유가 따로 있어? 오늘은 그냥 방에서 대충 먹고 좀 쉬고 싶은데."

"긴히 하실 말씀이 있으니 꼭 참여해 주었으면 한다고 당부하셨습니다."

'에휴.'

나는 집사에게 들리지 않게 한숨을 내쉬었다.

'가족끼리 간단히'라는 말 때문에 더 가기 싫었다.

공작과 레널드는 둘째 치고, 꼴 보기 싫은 첫째 놈 얼굴까지 봐야 한단 소리가 아닌가.

"그럼 뭐라도 지금 좀 갖다 줘. 간단한 빵이라든지, 수프라든지."

"……예? 정찬을 앞두고 어찌하여……."

"음식 앞두고 또 생으로 굶긴 싫으니까."

"아, 아가씨."

어깨를 으쓱이며 중얼거린 말에 집사가 사색이 되어 나를 불렀다.

"다시는, 다시는 그런 일이 일어나지 않을 겁니다."

내가 무슨 금기라도 내뱉은 것처럼 구는 집사의 모습이 좀 웃겼다. 나는 코웃음을 치며 되물었다.

"어떻게 그리 확신하지?"

"사냥 대회에 참여하시는 동안 식당의 고용인들을 물갈이했습니다."

그건 좀 놀라운 소식이었다. 새삼스러운 눈으로 다시 돌아보자, 집사가 말을 이었다. 왠지 모르게 조금 비장한 모습이었다.

"그리고 오늘 정찬 장소는 식당이 아닙니다, 아가씨."

"그럼?"

"공작님께서 특별히 유리 온실에 식사를 마련하라 명하셨습니다."

"유리…… 온실?"

"네. 가을꽃이 참 곱게도 만개하였습니다. 아가씨도 꼭 보셨으면 하는 바람입니다."

나는 이번에야말로 눈을 휘둥그레 떴다. 이 저택에는 내가 갈 수 없는 금지 구역이 몇 곳 있었다. 공작이 죽은 공작 부인이나 잃어버린 막내딸에 대한 추억이 가득한 곳을 폐쇄한 탓이었다.

그런 곳 중 한 곳이 바로 후원 한편에 있는 커다란 유리 온실이었다. 그간 후원을 몇 번이나 오가면서도 멀찍이서 존재만 확인할 뿐 한 번도 가 본 적 없었다.

"갑자기 왜 온실에서 식사를 하게 된 거지?"

"저택 내 식당은 곧 보수 공사에 들어갈 예정입니다."

"보수 공사?"

"네, 그래서 당분간은 이용하기 어려울 듯합니다."

집사가 내 물음에 답하면서 알 수 없는 강렬한 눈빛으로 나를 응시했다. 갑자기 왜 보수 공사를 하는지는 알 수 없었지만, 나는 고개를 끄덕이며 수긍했다.

'뭐, 나한텐 잘된 일인가?'

기실 식당에서 밥을 먹자 했다면 별별 핑계를 대고 안 갔을지도 모른다.

솔직히 불쾌하지 않은가. 재수 없는 기억만 가득한 공간에서 꾸역꾸역 억지로 밥을 처먹어야 한다는 게. 게다가 또 굶길 줄 어찌 알고.

"……일단 알았어."

하지만 나는 결국 긍정의 답을 내뱉었다. 만찬 장소가 바뀌어서가 아니라, 데릭과 레널드의 머리 위는 어떻게 변했는지 확인해 봐야겠다는 생각 때문이었다.

"비를 맞았으니 좀 씻고 시간 맞춰 온실로 갈게."

내 말에 집사의 얼굴이 단박에 밝아졌다.

"그럼 준비가 끝나면 다시 불러 주십시오."

깍듯이 묵례한 후 집사는 방을 빠져나갔다.

집사의 뒤를 따라 처음으로 유리 온실에 발을 디뎠다.

거대한 유리 온실 안은 따뜻하고, 향긋했다. 천장과 기둥에는 푸르른 덩굴 식물이 녹음 졌고, 수많은 꽃들이 가득 만개해 있었다.

만찬 식탁은 제비꽃이 오밀조밀 피어 있는, 온실 한가운데에 마련되어 있었다. 로맨틱한 배경과는 어울리지 않게 퍽 삭막한 표정의 남자 세 명이 옹기종기 앉아 있는 게 보였다.

"왔느냐."

상석에 앉아 있던 공작이 다가온 나를 보고 알은체했다. 나는 꾸벅 고개를 숙이며 입을 열었다.

"좀 늦어서 죄송해요."

"허, 좀? 드럽게 늦었……."

레널드 놈이 곧장 시비를 걸다가 갑자기 입을 다물었다. 고개를 들던 나는 의아했다. 놈은 퍽 불만스러운 얼굴로 콧구멍을 벌렁거리고 있을 뿐 더 타박하지 않았기 때문이다.

"됐다. 어서 앉아라, 페넬로페."

들리는 소란에 레널드를 바라보고 있던 공작이 내 쪽으로 고개를 돌리며 아무렇지 않게 말했다.

분명 공작도 늦은 것에 대해 한마디 할 줄 알았는데 의외였다. 데릭 또한 서늘한 눈으로 흘깃 곁눈질할 뿐 별말 없었다.

나는 영문을 모른 채 이번에도 공작의 왼편에 착석했다. 그리고 앉자마자 원래 목적이었던 남주 놈들의 머리 위부터 확인했다.

[호감도 확인하기]

'아오.'

아니나 다를까, 호감도 수치가 싹 다 가려져 있었다. 게다가 색색으로 화려하게 물든 게이지 바.

마치 경고 표지판처럼 선명한 주황색으로 변해 있는 데릭 놈의 머리 위를 보며 절로 고개가 끄덕여졌다.

'음. 역시 저놈은 아니라 이건가.'

대수롭지 않게 시선을 돌리던 나는, 문득 핑크빛 머리칼 위를 보며 와락 눈살을 찌푸렸다.

'연분홍 뭐야.'

레널드의 머리 위 바가 놈의 머리칼과 비슷한 색감으로 변해 있었다.

'대체 색깔이 뭘 뜻하는 거지?'

그 순간, 무심결에 푸른색 눈과 마주쳤다.

"뭘 봐?"

목깃에 냅킨을 꽂고 있던 놈이 눈썹을 꿈틀거리며 삐딱하게 물었다.

"너 본 거 아니야."

"그럼?"

"네 뒤에 화목 봤어."

"화목을 그렇게 죽일 듯이 쳐다보냐?"

레널드가 제 뒤를 흘끔거리며 황당하다는 듯 되물었다. 나도 모르게 너무 경멸의 눈초리로 노려보고 있었나 보다.

나는 어색하게 헛기침을 하며 뒤늦은 변명을 했다.

"꽃이 예뻐서……."

"디 엘런윅 로즈다."

그때 옆쪽에서 뜬금없는 답변이 돌아왔다. 아무 말이나 내뱉은 건데, 공작이 진중한 얼굴로 나를 바라보며 말했다.

"마음에 들면 꺾어서 화병을 만들어 두라 이르랴?"

나는 그제야 보지도 않았던 레널드 뒤에 있는 화목을 제대로 눈에 담았다. 탐스러운 살굿빛의 장미가 화려하게 피어 있었다.

"향이 좋더구나. 방에 두면 괜찮겠지."

"아뇨, 괜찮아요."

나는 곧바로 고개를 저었다.

"가지에 피어 있는 것을 볼 때가 가장 아름다운 법이잖아요."

"그건 그렇지."

다행히도 내 말에 공작이 수긍하며 넘어갔다. 이윽고 공작은 앞쪽에 놓여 있는 종을 흔들었다. 곧 음식들이 들어오기 시작했다.

'물갈이를 했다더니, 빈말은 아닌가 보네.'

트레이와 접시를 끌고 오는 하인들이 다 처음 보는 얼굴들이었다.

얼마 뒤 식탁 위에 음식이 담긴 접시들이 정갈하게 놓였다. 간단히 들자더니, 메뉴도 퍽 가벼웠다. 종류가 다양하긴 했지만, 가벼운 브런치 식의 스튜와 빵, 샐러드, 샌드위치 따위로 이루어져 있는 것이다.

나로서는 식사 메뉴가 달가웠다. 빨리 끝날 수 있고, 여차하면 손으로라도 주워 먹을 수 있으니까.

"들자꾸나."

그러나 이번엔 다행히도 멀쩡한 식기가 주어졌다. 나는 내 앞에 세팅된 식기를 내려다보며 또 장난질을 치진 않았는지 샅샅이 훑었다. 홍차를 홀짝이던 공작이 멈칫하며 또 입을 열었다.

"왜 먹지 않고."

"지금 먹으려고요."

그의 종용에 나는 떨떠름한 얼굴로 스푼을 들었다.

'오늘따라 왜 이렇게 나를 예의 주시하는 걸까.'

지난번 석찬 참여를 무시한 거 빼고 딱히 잘못한 일은 없었다. 이제 와서 내가 밥을 먹는지 아닌지 챙기려 함은 분명 아닐 것이다. 그 정도로 세심한 사람이었으면, 그간 페넬로페가 생으로 굶는 것을 바로 알아차렸을 테니까.

'아. 식탁이 작아서 그런가.'

나는 곧 공작이 내가 움직이지 않는 것을 바로 알아차릴 수 있었던 이유를 찾아냈다. 온실 안에 마련된 식탁은 저택 내 식당에 있는 것보다 훨씬 작았다.

때문에 앉은 이들과의 거리가 부쩍 가까워졌다. 신경 안 쓰려 해도 각 자리마다 세팅된 커틀러리(Cutlery)가 보일 수밖에 없었다.

나는 속으로 대강 납득하며 들고 있던 스푼으로 천천히 스튜부터 맛보았다. 향긋한 꽃 내음 속에서 고요한 식사가 시작되었다.

얼마 후 배가 어느 정도 차자, 나는 들고 있던 식기를 바로 내려놓았다.

“더 안 먹는 게야?”

달칵, 하는 소리에 역시나 이번에도 공작이 제일 먼저 반응했다.

“네. 이 정도면 충분한 것 같아요.”

“후식을 들라 할까?”

나는 고개를 저었다. 입맛이 없어서 더 먹고 싶은 생각이 안 들었다.

“이렇게 조금 먹어서야 되겠느냐? 그럼 샌드위치 좀 더 만들어서 방에 올려두라 하마.”

“아니요, 아버지. 괜찮아요.”

나는 자꾸만 뭘 더 먹이려 하는 공작을 서둘러 만류했다.

“그것보단 다 드셨으면 그만 올라가 볼까 합니다. 아침부터 산책을 했더니 좀 피곤해서요.”

그리고 에둘러 말했다. 빨리 부른 목적이나 말하라고.

“……그래.”

다행히 바로 알아들은 건지 공작이 무겁게 입을 열었다.

“오늘 부른 이유는 얼마 후 화가를 불러들여 우리 가족의 초상화를 그릴 예정이라는 말을 전하기 위해서다.”

느닷없는 소식에 다들 휘둥그레졌다. 되묻는 레널드는 물론이고, 데릭도 처음 듣는 소식인지 어리둥절한 표정이었다.

"갑자기 웬 초상화요, 아버지?"

"이제 한 달 후면 페넬로페의 생일이지 않느냐."

나는 처음 듣는 단어라도 들은 사람처럼 생소하게 공작을 돌아보았다.

'생일……?'

일순 머리가 멍해졌다. 생일이 어떤 날인가. 페넬로페가 성년이 되는 날.

'이렇게 빨리?'

도저히 믿지 못하는 와중, 공작이 잔인한 선고를 내렸다.

"성년식 연회를 열기 전에 가족 초상화를 그려 중앙 계단에 걸어 둘까 한다."

진짜 여주가 돌아오는 날이자 이 게임 하드 모드 기한의 끝을.

"……그렇게들 알고 다들 알아서 자중하도록 해라. 괜히 경거망동하다가 어디 다치지 말고."

공작이 무어라 말을 이었지만, 그 소리가 모두 아득하게만 느껴졌다.

'……성인식이 한 달 남았다고?'

사고가 정지했다. 갑작스러운 공격이라도 받은 것 같았다.

사냥 대회라는 큰 에피소드가 한창 진행 중이어서 나는 하드 모드의 기한이 꽤 남아 있을 줄 알았다. 적어도, 감정적으로 교류가 오갈 시간은 있어야 할 거 아닌가.

이제야 간신히 이클리스의 의중을 파악하고 그것을 호감으로 바꿔 나가는 마당인데…….

'고작 한 달.'

숨이 턱 막혔다. 한 달 안에 호감도 100%를 찍고 사랑 고백을 받지 못하면, 이곳에서 영원히 탈출하지 못할지도 모른다.

탈출도 탈출이지만, 더 큰 문제는 '진짜 공녀'가 돌아오면 나는 빼도 박도 못하고 악녀가 되어 죽을 운명이란 것이다. 왜냐하면, 이 망할 게임의 스토리가 그랬으니까.

무릎 위에 둔 손이 치맛자락을 아득 움켜쥐었다. 난 죽기 싫었다. 내가 어떤 심정으로 공부해서 그 집구석을 나온 건데.

"……로페."

다시 돌아가기 위해 이 빌어먹을 곳에서 어떤 심정으로 아득바득 버텼는데. 내가 어떻게 죽는단 말인가, 어떻게.

"……로페. 페넬로페, 얘야."

누군가 나를 부르는 소리에 퍼뜩 정신이 들었다.

"……네, 네?"

나는 화들짝 고개를 들어 앞을 바라보았다. 어느새 식탁에 앉은 모든 이들이 나를 바라보고 있는 상태였다. 공작이 의아하다는 듯 물었다.

"뭔가 마음에 들지 않는 것이라도 있는 게냐?"

"네? 아, 아니요."

나는 조금 멍한 얼굴로 답했다. '생일'이란 단어에 겁이 난 나머지, 순간적으로 너무 깊게 상념에 빠진 모양이었다. 나는 뒤늦게 정신을 차리고 어색한 변명을 중얼거렸다.

"잠깐 생각 좀 하느라……."

"야. 너 오늘따라 좀 이상하다?"

레널드 놈이 불쑥 입을 열며 비아냥거렸다.

"아까부터 왜 그렇게 살벌하게 한곳만 노려봐? 한동안 잠잠하더니, 또 몸이 근질근질하냐?"

"레널드 에카르트."

놈의 시비 따위야 가뿐히 무시하면 그만이었지만, 어쩐 일인지 공작이 근엄한 목소리로 주의를 줬다.

"쯧, 오라비가 돼서 말버릇이 그게 뭐야."

"쟤는 저 오라비 취급도 안 해 준다고요."

"스읍."

잘도 말대꾸를 하던 놈은 공작이 눈을 부라리자 마지못해 입을 다물었다. 불퉁한 표정과 머리 위에 있는 연분홍빛 게이지 바가 참으로 어울리지 않았다.

나로 시작되어 한순간에 싸늘해진 분위기에 다소 난감해졌다. 나는 애써 미소를 쥐어짜며 공작을 불렀다.

"죄송해요. 제가 잠시 딴생각을 하느라 못 들었어요, 아버지. 한 번 더 말씀해 주세요."

"큼. 그래."

공작이 경직되었던 표정을 누그러뜨리며 말했다.

"생일을 맞이해서 뭐 갖고 싶은 게 있느냐 물었다."

"……갖고 싶은 거요?"

"그래, 뭐든 말해 보아라."

당장 대륙을 뒤져서 내가 돌아갈 방법을 찾아내 달라는 말이 목 끝까지 차올랐다. 그러나 내게 꽂혀 있는 세 쌍의 푸른 눈들을 보며 힘겹게 그것을 삼켰다.

"딱히 없어요."

무심한 어조로 툭 내뱉었다.

"뭐…… 뭐라?!"

그런데 무슨 일인지 공작이 잔뜩 충격받은 사람처럼 눈을 부릅떴다.

"네, 네가……."

"야, 너 진짜 어디 아픈 거 아니냐?!"

말을 잇지 못하는 공작 대신 레널드가 '쾅!' 식탁을 내리치며 외쳤다. 침묵한 채 밥만 먹던 데릭마저 생경한 눈으로 나를 바라보았다.

"너, 분명 작년까지만 해도……."

무어라 말을 하려던 그는 이내 서늘하게 얼굴을 굳히며 도로 입을 다물었다.

'음?'

나는 예상치 못한 반응들에 그저 어리둥절했다. 한동안 나를 바라보며 입을 달싹이던 공작이 이윽고 그 이유에 대해 털어놓았다.

"작년까지만 해도 이것저것 사 달라고 했던 게 많지 않았느냐."

"아."

나는 짧게 침음했다. 사치스러웠던 진짜 페넬로페라면 그럴 만도 했다.

그러나 애석하게도, 나는 정말로 필요한 게 없었다. 게다가 그 생일날이 내 제삿날이 될 수도 있는데 뭔 놈의 선물 타령을 한단 말인가.

공작이 낯선 이를 바라보듯 날 보며 다시 권유했다.

"예전부터 돌아가신 황후마마의 재단사에게서 성년식 예복을 맞추고 싶어 하지 않았느냐."

"성년식 예복이요?"

"그래. 이 아비가 황제 폐하께 특별히 주청드려 놓은 상태다."

공작은 미묘하게 가슴을 쭉 펴며 당당하게 말했다. 얼마 전 석궁을 건네던 때와 비슷한 모양새였다.

예복은 보석보다 필요 없는 것이었다. 그러나 작년의 페넬로페가 얼마나 떼를 썼는지, 떨떠름한 내 태도에도 좀처럼 쉽게 놔줄 기미를 보이지 않았다.

"그러니 그에 걸맞은 액세서리나 구두도 새로 사들이는 게 어떻겠느냐. 보석상을 부른 지도 꽤 되지 않았니."

"음……."

나는 잠시 고민하며 맞은편에 앉은 놈들을 흘긋 곁눈질했다.

주황색, 연분홍색. 예전에는 호감도 수치로 구분했는데 이제는 색깔로 멀리서도 한눈에 구별할 수 있게 되었다.

아무리 게임 머니라 하더라도, 역시 저놈들의 호감도를 확인하기 위해 내 돈을 쓰기는 아까웠다. 나는 굳이 먼저 물어본 공작의 호의를 거절하지 않기로 했다.

"그러면 이왕 생일 선물을 주실 거, 보석 말고 그냥 돈으로 주세요."

"……뭐, 뭐라? 돈?"

공작이 입을 떡 벌어졌다.

"생각해 보니 저는 사재가 하나도 없더라고요. 저도 개인 예산을 책정해 주세요, 아버지."

"그, 그건……."

공작이 내 말에 얼떨떨한 표정을 지으며 말을 잇지 못했다. 그를 대신하여 레널드가 쏴붙였다.

"네가 개인 예산이 뭐가 필요하냐?"

“그건…….”

“드레스 사 달라면 디자이너 불러 줘, 보석 사 달라면 보석상 불러 줘. 집사가 다 해 주잖아? 참, 아버지! 저번에 쟤한테 백지 수표 줬다면서요?!”

나를 면박 주던 놈이 불현듯 화살을 공작에게로 돌렸다.

“왜 쟤만 주십니까? 제가 필요하니 달라 할 때는 재정이 어려워졌다고 그러셨잖습니까!”

“크흠, 크흠! 어떤 놈이 그걸…….”

집사를 통해 비밀스럽게 전달한 것이 어떻게 알려진 건지, 놈이 나를 삿대질하며 떼를 썼다.

‘으휴, 초딩.’

공작이 헛기침을 하다가 황급히 놈을 외면하고 화제를 돌렸다.

“그런데 갑자기 사재는 왜 달라는 게야? 한 번도 그런 소리 한 적 없지 않느냐.”

“관심사가 좀 변했어요. 액세서리 같은 것 말고 현금으로요.”

“상금은 어쩌고?”

“그건 아까워서 못 쓰겠어요. 처음으로 제가 번 돈이잖아요. 고이 보관해 두려고요.”

“흠, 그건 그렇지.”

공작이 고개를 끄덕였다. 천방지축 양딸이 처음으로 온전히 벌어들인 돈, 그것도 사냥 대회 1등 상금이었다.

나는 기세를 몰아 덧붙였다.

“혹시 모를 상황을 대비해 융통할 수 있는 자금을 생일 선물로 주시면 안 될까요?”

"혹시 모를 상황이라니? 하나뿐인 에카르트의 공녀가 혹시 모르게 대비할 일이 뭐 있겠느냐."

"뭐, 나중에 출가할 때를 대비할 수도 있고, 혼인 자금이나……."

"출가라니—!"

그 순간 세 명의 남자가 동시에 버럭 외쳤다. 나는 눈을 동그랗게 뜨고 그들을 번갈아 바라보았다. 공작이 못마땅한 목소리로 호통치듯 소리쳤다.

"또 그 소린 게야? 아직 성인식도 안 치른 귀족 영애가 출가는 무슨 출가!"

"곧 치를 예정이잖아요. 그러니……."

"페넬로페 에카르트."

"……."

혀를 차는 공작의 모습에 나는 결국, 입을 다물었다.

"사재는 안 된다."

그때, 입을 다물고 있던 데릭이 차가운 음성으로 단호하게 마지막 싹까지 잘라 냈다.

"네 씀씀이를 뭘 믿고. 그리고 매번 배정될 예산 이상으로 네 물품들을 사들이고 있는데 무슨 돈이 더 필요하다는 거지?"

"……."

"네가 사업을 할 것도 아니고, 자금을 융통해야 하는 납득할 만한 이유를 말해라."

소공작답게 데릭은 저택의 재정 상황에도 깊이 관여했다.

사실 저렇게 이유를 말하라면 할 말이 없었다. 그저 만약을 대비해 현금을 되도록 많이 보유하려 했을 뿐이다. 호감도를 확인할 때마다 보석을 돈으로 바꿀 수는 없는 노릇이니까.

마침 공작이 큰마음 먹고 뭘 준다니, 한번 질러 본 것이었다.

"그래, 사재는 안 된다."

"맞아, 안 되지!"

그러나 데릭 놈의 말에 이 집 남자들이 차례차례 동의를 표했다.

'치. 이럴 거면 묻지나 말지.'

나는 입을 삐쭉거렸다. 솔직히 나만 개인 예산이 책정되지 않은 것에 불만이 없는 건 아니었다. 지금까지는 딱히 말을 안 해서 그렇지, 누가 봐도 진짜 공녀가 돌아오면 쫓겨날 임시 공녀 같지 않은가.

'나한텐 땡전 한 푼도 줄 수 없다는 거야, 뭐야.'

한숨을 삼키며 아무 답도 하지 않자, 공작이 어린아이를 어르듯 설득했다.

"이번에 남쪽 광산에서 최상등품의 다이아몬드가 나왔다더구나. 그것을 가공하여서 티아라를 만들어 줄 터이니……."

"그럼 됐어요."

나는 다소 무례하리만치 공작의 말을 끊었다.

"그런 것을 탐낼 나이는 지났잖아요."

그리고 드르륵— 의자를 끌며 그만 자리에서 일어났다.

"페넬로페."

공작의 목소리가 순식간에 차가워졌다.

이 집 인간들이 요즘 들어 내 건방을 많이 봐주고 있다는 사실을 알았다. 그것이 사냥 대회 때 있었던 내 재판의 여파라는 것 또한.

하지만 호감도를 일정 궤도에 올려놓은 이상, 더는 비굴하게 머리 숙여 비위를 맞추고 싶지 않았다.

"잘 먹었습니다. 저 먼저 일어날게요."

"페넬로……!"

공작이 노한 목소리로 나를 부르는 게 들렸지만, 신경 쓰지 않았다.

방으로 돌아오자, 막 침구 정리를 끝내던 에밀리가 눈을 동그랗게 떴다.

"아가씨, 벌써 오셨어요?"

"에밀리. 가서 집사 좀 불러와. 지금 당장."

나는 다급하게 읊조리며 책상 앞에 털썩 주저앉았다.

"네? 네, 네!"

뜬금없는 내 명령에 놀란 표정을 짓던 에밀리는 이내 잽싸게 방을 빠져나갔다.

톡, 톡, 톡. 나는 허공을 노려보며 손가락으로 정신 사납게 책상을 두드렸다. 집사를 불러오라 시킨 이유는 일전에 사냥감의 가죽으로 지으라 했던 옷들이 어느 정도 진척됐는지 묻기 위해서였다.

"……빨리 남은 선물들부터 안겨 줘야겠어."

이클리스의 호감도를 당장 올릴 수 있을 만한 방법이 그것밖에 떠오르지 않았다.

그러고 보니 바뀐 호감도 시스템 때문에 너무 정신이 없어서 초커를 벗겨 주는 것도 잊은 채, 목걸이만 덩그러니 걸어 주고 와 버렸다.

톡, 톡, 톡. 초조하게 책상을 두드린 지 얼마나 지났을까. 꽤 오랜 시간이 흘렀지만, 집사는 올 기미를 보이지 않았다.

"왜 이렇게 안 오는 거야?"

눈살을 찌푸리며 신경질적으로 혼잣말을 중얼거릴 때였다.

똑똑— 마침내 노크 소리가 울려 퍼졌다. 한껏 예민해진 나는 퉁명스레 방문자를 확인했다.

"누구야."

"아비다."

뚝. 책상을 두드리던 손가락이 멈췄다.

'……응?'

나는 내가 집사의 목소리를 잘못 들은 줄 알았다. 그래서 멍하니 문을 바라보고 있을 적.

"크흠. 페넬로페, 내 들어가마."

끼이익—. 방문이 열리는 것과 동시에 나는 자리에서 벌떡 일어났다.

"아, 아버지?"

안으로 들어서는 것은 집사가 아니라, 공작이었다.

'뭐, 뭐야. 갑자기 여긴 왜 온 거지?'

그가 내 방을 찾아온 적은, 아니 게임에서도 페넬로페의 방을 찾은 적은 단 한 번도 없었다.

"큼. 뭘 하고 있었느냐."

공작이 퍽 어색한 얼굴로 뒷짐을 진 채 방 한가운데까지 걸어 들어왔다.

"그냥 있었는데…… 여긴 어쩐 일이세요, 아버지?"

"할 얘기가 있으니, 이리 와 앉아 보아라."

공작이 통창 앞 테이블 쪽으로 걸어가 앉았다. 책상 앞에 선 채 뻘쭘하게 그를 바라보던 나는, 쭈뼛쭈뼛 그쪽으로 이동했다.

'……뭐지. 식사 자리에서 버릇없었다는 이유로 혼내려고 온 건가?'

머릿속에 의문들이 가득 들어찼다. 하지만 말이 되지 않았다. 매번 집무실로 불러 겆히던 사람이 혼내러 방까지 쫓아오다니?

나는 얼떨떨한 심경으로 그의 맞은편에 앉았다.

"자."

그러자 공작이 대뜸 들고 있던 것을 테이블 위에 턱 올려두었다. 에카르트의 문양이 정중앙에 찍혀 있는 두꺼운 종이봉투였다.

"이게…… 뭐예요?"

뭔지 전혀 감이 잡히지 않았다. 의아함이 한껏 담긴 눈으로 공작을 바라보자 그가 헛기침을 하며 고개를 휙 피했다.

"열어서 꺼내 보거라."

궁금했던 차였으므로, 나는 순순히 종이봉투를 열었다. 안에 들어 있는 흰 종이를 막 꺼내 든 찰나였다.

"동남부에 있는 에메랄드 광산 양도 확인서다."

공작이 툭 내뱉었다. 꼭 '오다 주웠다.' 하는 어투라서 나는 일순 의심했다.

"광산 양도…… 확인서요?"

"맨 아래 네 이름이 적혀 있으니 확인해 보거라."

공작의 말에 시선이 저절로 스르륵 내려갔다.

양수인 페넬로페 에카르트.

정말이었다. 스르륵 입이 벌어졌다.

"아, 아버지. 가, 갑자기 이게 무슨……."

"별건 아니다."

"이게요……?"

"사재를 가지고 싶다지 않았어."

내 반응에 오히려 공작이 의아한 얼굴로 되물었다.

"왜. 마음에 들지 않는 게야?"

"아, 아니요. 마음에 들지 않은 게 아니라……."

용돈 좀 달랬더니 에메랄드 광산이 돌아왔다. 이 어찌 황당하지 않겠는가.

"……저한텐 너무 과분해요, 아버지."

아연해진 나는, 한동안 입술을 달싹이다 어렵사리 답했다. 급히 먹을수록 체하기 마련이었다. 게다가 이건 내가 원하는 목적과는 전혀 다른 방향이었다.

"이런 걸 바라고 말씀드린 것은 전혀 아니……."

"너는 예전부터 네 눈동자 색과 닮은 에메랄드를 좋아했었지."

적당히 거절하려던 나를 공작이 막아섰다.

"어차피 네가 나이가 차면 주려고 생각해 두었던 것이다. 시기가 좀 이르게 된 것뿐이지."

들려 온 말에 기분이 미묘해졌다.

[공작은 하나뿐인 친딸의 귀환 선물로 마력석 광산을 통째로 선

물했다.]

불현듯 게임의 한 장면이 떠올랐다. 노멀 모드에서 [선택지 ON/OFF] 기능을 얻은 지 얼마 되지 않았을 때였다.

[잊혀진 아버지란 이름] 퀘스트로 여주에게 처음 '아버지' 소릴 들은 공작은 좋아 죽으려고 했다. 그래서 수양딸의 생일이 얼마 지나지 않은 시점에서, 아무런 이유도 없이 여주에게 광산을 양도하였는데…….

"이제 에메랄드도 질린 게냐? 그러면, 마력석 광산으로 줄까? 요즘 마도구에 관심이 늘지 않았느냐."

물끄러미 공작을 바라보고만 있자, 그가 조금 당황한 얼굴로 다시 물었다. 형용할 수 없는 기분이 들었다. 불필요한 감정을 다스리는 것은 생각보다 어려웠다.

"……저한테 이렇게까지 해 주실 필요 없어요, 아버지."

나는 예의 바르게 읊조리며 양도 확인서를 도로 집어넣은 종이봉투를 공작에게 스윽 내밀었다. 어차피 탈출에 성공하면 이건 모두 '진짜 공녀'의 몫이었다.

"마음만 감사히 받을게요."

"페넬로페."

공작이 얼굴을 와락 일그러뜨렸다. 먼저 내민 호의를 거절했으니 그럴 만도 했다. 입이 썼다.

"……."

잠시간 내 방에 싸늘한 적막이 내려앉았다.

나는 차라리 공작이 '오만방자하기 그지없노라.' 하고 역정을 내며 방을 나가기를 원했다. 하지만 한참 동안 말없이 우두커니 앉아 있던 공작은.

"아직도……."

불현듯 적막을 깨고 조심스러운 음성을 내었다.

"아직도 화가 나 있는 게냐?"

"……네?"

"사냥 대회 때의 일 말이다."

"사냥 대회요?"

뜬금없는 주제에 나는 어리둥절해졌다. 그러자 공작이 황급히 덧붙였다.

"페넬로페. 네가 오해를 하고 있는 것 같은데……."

"무슨……."

"난 널 믿었다."

"……예?"

"귀족들을 석궁으로 쏘지 않았으리라는 걸 말이다."

갑자기 화제가 급변했다. 나는 이미 다 끝난 재판 얘기를 왜 다시 꺼내는지 좀체 영문을 알 수 없었다.

그러나 공작은 무언가 단단히 오해했는지, 영 뜬구름 잡는 말을 이었다.

"처음엔 네가 그랬을지도 모른다는 생각이 잠깐 들긴 했지. 하지만, 몇 번이고 약속했지 않느냐."

"……약속이요?"

"아무도 없는 곳으로 유인해서 쏴 죽이기로."

"주, 죽이다니요, 아버지."

상당히 과격해진 약속의 내용에 나는 황당함을 금치 못했다. 흥분해서 아무 말이나 내뱉던 공작도 아차 싶었는지, 여러 번 어색한 헛기침을 했다.

“크흠, 어쨌든! 너도 요즘 꽤 철이 든 듯하니 많은 이들이 보는 앞에서 그럴 리 없을 거라 믿었다.”

“…….”

“그리고 황태자와 그런…… 그, 그런 말도 안 되는 일도, 순간적인 재치였다면서.”

‘연모의 감정을 나눈 사이’라는 말이 차마 나오지 않는지 공작이 심하게 말을 더듬었다.

“내가 직접 너와 미리 대화를 해야 했는데 황태자파와 2황자파, 양쪽 모두에게 견제를 받는 통에 섣불리 움직일 수 없는 처지였다.”

“…….”

“……미안하다.”

요약하자면, 그 말이었다. 내가 억울한 누명을 썼다는 것을 자신은 믿었지만, 본인이 직접 감옥에 올 수 없어 데릭을 대신 보냈다는 것.

길고 긴 변명 끝에 마침내 가장 중요한 한마디가 전해졌다.

데릭 놈이 내게 했던 짓거리가 공작도 동의한 것이 아니란 것은 다행인 일이었다. 그런데 기분이 썩 나아지지는 않았다.

“하지만 첫째 오라버니는 그렇게 생각하지 않던데요.”

나는 삭막한 목소리로 답했다.

“걔는 원래 성격이 좀 못났지 않느냐.”

그러자 공작이 기다렸다는 듯 데릭 놈을 깎아내렸다.

"재판이 끝난 직후 크게 혼을 냈다. 그러니 그만 기분 풀려무나."

"아버지가 첫째 오라버니를…… 혼내셨다고요?"

"그럼! 이것도 그 자식 몰래 너만 주는 것이다, 응?"

공작이 내가 돌려준 종이봉투를 다시 내 쪽으로 스윽 밀었다.

"그놈은 이제야 광산 사업에 손을 댄 햇병아리 수준이야. 그것도 돈 날릴까 무서워서 여러 명이 모여 공동 투자를 하는 듯하더구나. 쯧쯧, 배포 없는 놈."

"……."

"그렇지만 너는 오늘부로 어엿한 광산주이지 않느냐. 네 오라비보다 훨씬 앞선 게지."

칭얼대는 어린아이를 달래는 듯한 말투였다.

'허.'

거침없이 장남을 깎아내리고 나를 띄워 주려고 노력하는 공작을 바라보니, 나도 모르게 기가 막힌 웃음이 새어 나왔다. 그러자 공작이 덩달아 미소 지으며 웃음기가 가득한 푸른 눈으로 나를 바라보았다.

"쌤통이지? 그 고얀 놈."

장난스럽게 뇌까리는 공작의 모습이 퍽 생소하면서도 어처구니없었다.

"하……."

나는 결국, 싸늘했던 표정을 풀고 웃어 버렸다.

"네 큰 오라비 몰래 주는 것이니 당분간은 입 밖에도 꺼내면 안 된다."

내 기분이 풀렸음을 기민하게 알아차린 공작이 남몰래 속삭였다.

"특히 레널드 그놈! 그놈 앞에선 더더욱 입도 벙긋 말아야 해. 알겠느냐? 응?"

"……알았어요, 아버지."

나는 하는 수 없이 그가 내민 종이봉투를 받아 들었다. 받아 둬서 나쁠 것도 없거니와, 이렇게까지 내게 굽혀 주는데 더 뻗대는 것도 무의미했다.

"그리고…… 감사해요. 이렇게 과분한 선물을 주셔서."

나는 살며시 고개를 숙이며 예의 바르게 인사했다. 그러면서 머리로는 이제 이 광산을 어떻게 굴릴지 맹렬히 생각하던 찰나.

"……너도 내겐 과분하단다, 페넬로페."

문득 공작이 씁쓸한 음성으로 중얼거렸다.

"내가 어리석어, 그간 그걸 몰랐구나."

나는 그의 말이 정확히 무엇을 의미하는지 알 수 없었다. 페넬로페를 무턱대고 입양해 온 과거를 후회하는 건지. 혹은 지금의 철든 막내딸 노릇을 하는 내게, 미안해서 하는 소린지.

〈SYSTEM〉 공작가 주변인들과의 관계 개선으로 명성이 +10 되었습니다. (total : 410)

그러나 문득 새하얘지는 눈앞을 바라보자니 참을 수 없는 감정이 솟아났다. 이 말을 듣고 있는 것이 진짜 페넬로페가 아니라는 사실이, 그리고 내 친부에게서는 한 번도 들어 보지 못한 소리라는 것이.

나는 울렁이는 속을 가까스로 내리눌렀다.

공작의 갑작스러운 방문으로 오지 못했던 집사는, 다음 날 이른 아침 나를 찾아왔다.

"동남부 에메랄드 광산 투자자 목록입니다."

책상 위에 그가 서류 몇 개를 내려놓았다. 내가 하루아침에 광산 소유주가 된 것에 대한 언질을 공작으로부터 받은 듯, 일 처리가 발 빨랐다.

"며칠 뒤에 채굴된 원석의 수를 정리한 장부도 올리겠습니다."

"알아서 잘 부탁해."

나는 집사가 내게 건넨 서류들을 대충 훑어보다 말았다. 타국인들도 섞여 있기 때문에 어차피 봐도 누가 누군지 모른다. 내가 관심 있는 것은 돈뿐이었다.

"그런데 보통 원석 판매는 어떤 식으로 이루어지지?"

"하등품들은 계약된 상단에 납품합니다. 상등품들은 가공한 후 경매장에 내놓습니다."

"수익률은 좋은 편인가?"

내 물음에 집사가 불현듯 목소리를 낮췄다.

"가문 내 마법사들을 통해 마법을 새기는 것에 성공한 원석들은 은밀히 암시장에 내놓고 있습니다. 시중 가격의 열 배가 넘게 뛸 때도 있지요."

"그래?"

귀가 솔깃해졌다. 공작이 말했다. 최근 동남부 광산에서 상등품의 에메랄드들이 쏟아지듯 채굴되었다고. 그런데 그 채굴된 에메랄드의 판매를 개시하기도 전에 내게 넘긴 것이다.

나는 이것으로 '호감도 수치 현질'에도 아무런 타격을 받지 않는, 떼부자가 될 예정이었다. 절로 실룩거리는 입꼬리를 꾹 내리누르며, 태연히 말했다.

"집사가 알아서 팔던 대로 팔아 줘. 장부만 제때 갖다 주면 돼."

아무렴, 어떻게 팔든 돈만 내 손에 들어오면 그만이다.

"한데……."

집사가 미묘한 표정을 지으며 말했다.

"당분간은 가문 내 마법사들을 통해 마법 세공을 거치기 힘들 듯합니다, 아가씨."

"왜지?"

"그게 아직 소공작님께서는 알지 못하는 일인지라……."

나는 집사의 말을 바로 알아차렸다. 알면 데릭 놈이 필시 공작에게 쫓아가서 왜 줬냐고 지랄을 할 것이다. 때문에 광산 운영이 안정될 때까진 함구하기로 약속한 상태였다.

"공작님께서 마법사를 고용한 상단을 추려서 접촉한 후 계약하라는 고견을 주셨습니다만…… 어떻게 하는 게 좋겠습니까, 아가씨?"

집사가 조심스럽게 내 의중을 물었다.

"음……."

잠시 고민하던 나는 이윽고 태연히 답했다.

"급한 것도 아니니 우리가 먼저 상단을 찾아 나설 필요는 없지."

재벌가의 사생아로 굴러먹던 것이 모두 헛짓거리만은 아닌 모양이다. 현생에서 친부가 옥션 참여에 대해 첫째 개새끼와 나눈 대화를 몇 번 들었던 것이 얼핏 떠올랐다.

"먼저 경매장에 가공하지 않은 최상등품 원석 몇 개를 내놓고 지켜봐. 알아보는 이들이 있다면 저들끼리 알아서 경쟁하겠지."

"그럼……."

"우린 기다렸다가 가장 괜찮은 조건을 제시한 곳과 계약하면 돼."

"아."

내 말에 집사가 나지막한 탄성을 내다가 순순히 고개를 끄덕였다.

"……그렇게 하도록 하겠습니다, 아가씨."

나를 바라보는 그의 눈빛이 퍽 생경했다. 마치 '네가 어떻게 그런 생각을……?'이라고 말하는 듯했다.

'다 보이거든요, 아저씨.'

속으로 코웃음을 친 나는 어제 묻지 못했던 본론을 물었다.

"그리고 이클리스의 옷들은 어느 정도 완성됐어?"

"거의 다 완성됐다고 합니다."

"얼마 정도 더 걸린다는데?"

"이제 마무리만 지으면 된다는 연락을 받았는데…… 많이 급하신 겁니까, 아가씨?"

집사가 의아하다는 듯 물었다. 그럴 만도 한 게, 사냥감의 가죽으로 지은 옷들은 모두 겨울옷이었다. 가을로 넘어가는 따뜻한 요즘 날씨에는 어차피 입지도 못할 것들이다.

"웃돈을 주고 재단사를 더 재촉할까요?"

"아니야, 됐어. 당장 급한 건 아니고……."

나는 고개를 저었다. 급한 건 옷보다 내 마음이었다. 한 달이라는 기한이 생기자, 전에 없이 마음이 초조해졌다.

"집사, 오늘 기사들의 훈련이 몇 시에 끝나지?"

"오후에 비가 올 예정이라 오늘은 오전 훈련 일정만 있는 것으로 알고 있습니다."

"훈련 마치고 이클리스한테 내가 있는 곳으로 오라고 전달 좀 해 줘."

"네, 알겠습니다, 아가씨."

더는 토를 달지 않고 고분고분 답하는 집사의 모습이 마음에 들었다.

막 점심을 먹고 나자, 거짓말처럼 부슬비가 쏟아져 내리기 시작했다.

이클리스를 기다리는 동안 후원에서 책을 읽으려 했던 나는, 목적지를 유리 온실로 바꿨다.

끼이익—. 유리문을 열고 들어서자 푸르른 초목과 향긋한 꽃향기가 뒤섞인 채 나를 반겼다.

엊그제 오찬을 하는 동안에는 남주 놈들의 머리 위를 확인하는데 여념이 없어 온실 안을 제대로 둘러볼 새가 없었다. 다시 찾은 유리 온실은 아름답고, 고요하고, 적막했다.

"……괜찮네."

나는 널따란 안을 둘러보다가, 휘적휘적 걸음을 옮겼다. 한가운데에 차를 즐길 수 있는 아기자기한 테이블이 있었지만, 그대로 지나쳤다. 그리고 입구에서 잘 보이지 않는 구석으로 가 철퍼덕 주저앉았다.

주변에 이름 모를 작은 하얀색 꽃무리가 소담스럽게 만개해 있었다. 누가 봐도 잘 관리된 모습이었다.

'신경 좀 썼나 본데.'

오늘 아침 방을 나가기 직전에 들은 집사의 당부가 떠올랐다.

— 타국에서 희귀한 꽃과 초목들을 잔뜩 들여왔으니 유리 온실을 자주 방문해 주십시오, 아가씨. 공작님께서도 앞으로 사시사철 관리하라고 지시해 두셨습니다.

식당에서의 어처구니없는 공녀 학대 사건 목격 이후, 공작은 나름 여러모로 애를 쓰는 것 같았다. 그 방증으로 6년간 폐쇄했던 3층을 개방하여 다락방도 다시 오를 수 있게 해 주었다.

하지만 레널드와 거하게 싸운 내가 얼씬도 하지 않자 이번에는 유리 온실을 개방하는 쪽으로 방향을 바꾼 듯했다.

'페넬로페였다면 희희낙락했겠네.'

나는 좀 안쓰러운 기분이 들어 가녀린 볼을 살며시 쓰다듬었다.

공작의 노력은 고마웠지만, 나는 이 푸르고 아름다운 온실 안의 정경을 온전히 즐기는 게 아닌, 철저히 이용해 먹을 작정이었다.

이클리스는 다른 남주들에 비해 만날 장소가 한정돼 있었다. 내가 외출을 안 하면 밖으로 데리고 나가기도 힘들거니와, 신분 차로 인해 함부로 나다닐 수도 없었다. 노예를 데리고 귀족들이 포진한 오페라를 보겠는가, 유명 레스토랑을 가겠는가.

'쯧, 은근히 까다롭네.'

엊그제 본 그의 모습이 못내 마음에 걸렸다. 여전히 제대로 된 검술을 배우지 못하고 있던 이클리스.

'게임대로 공작이 데리고 왔으면 지금쯤 처지가 좀 나아져 있었을까…….'

하지만 그렇다면 이클리스가 내게 이만큼이나 호감을 가질 리 없었을 것이다. 끔찍하기 그지없는 노예 경매장에서 구해 준, 구원해 준 하나뿐인 주인이 바로 나였으니까.

안타깝지만, 당장 그를 위해 해 줄 수 있는 게 없었다. 입지가 형편없는 '가짜 공녀'로서 데릭이 그를 가문의 견습 기사로 받아 준 것만으로도 감지덕지해야 했다.

게다가 데릭도 공작도, 지난번에 기사의 목을 조른 사건으로 이클리스를 더더욱 못마땅해했다.

'그래도 바로 내쫓지 않은 걸로 선방은 한 건가.'

비록, 게임의 본 스토리와는 달리 이클리스가 소드 마스터가 되는 것이 좀 늦어질 테지만…….

'어차피 진짜 공녀가 돌아오면 다 해결해 주겠지.'

나는 다소 냉정하게 생각했다. 내게 당장 중요한 건 호감도뿐. 이클리스에게는 이런 나보단 다정다감하고 천사 같은 여주가 필요하다.

'모든 건 내가 탈출한 후의 여주가 해 줄 몫이야.'

애써 합리화하며, 나는 무릎 위로 책을 펼쳐 들었다.

책을 읽은 지 얼마나 지났을까. 마법으로 따듯한 온풍이 감도는 내부 탓에 눈꺼풀이 무겁게 내려앉기 시작했다. 잠기운이 몰려오면서 글자가 흐릿해졌다.

나는 그냥 책을 덮고 꽃밭 위에 벌러덩 드러누웠다. 눈을 감은 채 잠들락 말락 한 몽롱함에 휩싸여 있을 때였다.

끼이익—.

문득 누군가 온실 문을 열고 안으로 들어오는 기척이 느껴졌다.

사박, 사박. 잔디를 밟는 소리가 들렸다. 한동안 온실을 배회하던 발걸음이, 이윽고 목표물을 정했는지 일정해졌다.

점점 가까워지던 그 소리는 마침내……. 내 머리맡에 우뚝 멈춰 섰다.

그때까지 나는 눈을 뜨지 않고 있었다. 일부러 그런 게 아니라 정말로 잠이 쏟아져서 비몽사몽한 상태였기 때문이다.

스윽— 머리맡에 멈춰 선 누군가가 움직였다. 숨소리가 가까워졌다. 내 쪽으로 몸을 숙인 듯했다. 문득 한쪽 뺨에 희미한 감촉이 닿았다. 아니, 완전히 닿은 것은 아니었다.

닿을 듯 말 듯…… 천천히 피부를 덧그리던 온기가 점점 입꼬리로, 입꼬리에서 아랫입술로 옮겨 갔다.

계속 모른 척해 주고 싶었지만, 더는 참을 수 없는 간지러움에 나도 모르게 설핏 웃음이 터져 나왔다.

"……만지고 싶으면 그냥 만져."

천천히 눈꺼풀을 들어 올리며 눈을 떴다.

"그렇게 하면 간지러우니까."

속삭이듯 중얼거린 말에 서서히 커지는 회갈색 동공. 생각보다 퍽 가깝게 위치한 거리에 놀란 것은, 내가 아닌 상대방이었다.

이클리스는 뜨거운 한숨을 토해 내듯 나를 불렀다.

"……주인님."

허름한 옷 위에, 내가 선물한 화려한 이빨 조각들이 달랑거렸다. 나의 하나뿐인 기사는, 오늘도 충실한 노예 역을 이행 중이었다.

이클리스는 내 머리맡에 앉아 나를 내려다보고 있었다. 밀랍 같은 멀건 얼굴이 오늘도 무미건조했다. 하지만 나를 응시하는 회갈색 동공에 묘한 빛이 감돌고 있었다.

나는 습관처럼 그의 머리 위를 흘긋 눈짓하며 여상하게 입을 열었다.

"그만 일어나고 싶은데."

"……."

"좀 비켜 주련?"

느른하게 그를 올려다보며 눈을 마주치자, 이클리스가 일순 몸을 움찔거렸다.

그는 한발 늦게 내 쪽으로 숙이고 있던 고개를 들었다. 나는 그가 완전히 물러서고 나서야 느릿하게 몸을 일으켜 앉았다.

"생각보다 일찍 끝났네."

"네. 비가 와서……."

내가 일어나 앉자 그는 눈을 내리깔며 고분고분 답했다. 그런 이클리스를 찬찬히 살피자, 목에 건 초커 위에 얼마 전에 준 목걸이를 거추장스럽게 덧걸고 있는 것이 보였다. 지난번에 벗겨 주지 않은 탓이었다.

허름한 몰골과 소유주가 있는 노예임을 나타내는 마도구. 그에 반해 가치를 매길 수 없는 화려하고 장엄한 상아 조각들이 현저하게 대조되었다.

우스꽝스럽게 느껴질 만도 한데, 전혀 그렇지 않았다. 오히려 너무 잘 소화해서 문제였다.

'과연 남주는 남주야.'

"목걸이. 하고 왔네."

나는 불쑥 손을 뻗어 그의 목걸이를 매만졌다. 갑작스러운 접촉에 이클리스의 동공이 한차례 흔들렸다.

"……주인님께서 주신걸요."

그러나 그는 발칙하게도, 물러서지 않고 묵묵히 답했다. 왠지 모르게 꽉 틀어막힌 음성이었다.

나는 회갈색 동공과 시선을 마주치고는 사르르 눈을 접었다.

"예쁘구나."

그리고 호감도를 확인하기 위해 상아 조각을 만지는 척하며, 그의 쇄골 근처를 슬며시 쓸었다. 알아차릴 수 없도록 손끝으로 살짝 건드린 것에 지나지 않은데, 이클리스가 기민하게 몸을 움찔거렸다. 그리고.

〈SYSTEM〉 [이클리스]의 호감도를 확인하겠습니까?

[400만 골드 / 명성 200]

'하…… 진짜 환장하겠네.'

나는 떠오른 시스템 창을 보며 이를 아드득 갈았다. 골드가 올랐다. 무려 두 배나.

'돈 잡아먹는 귀신 같으니라고…….'

태평하게 49번이나 남았다고 좋아했던 내가 어리석었다. 이 미친 게임이 어떤 게임인지 잠시 잊었다. 흔한 과금 패턴임을 알았지만, 울분이 터져 나오는 건 어쩔 수 없었다.

나는 부글부글 끓는 속을 가다듬으며, 신경질적으로 [400만 골드]를 눌렀다.

〈SYSTEM〉 [400만 골드]를 차감하여 [이클리스]의 호감도를 확인합니다. (남은 보유 자금 : 94,000,000 골드)

[호감도 81%]

마지막으로 봤을 때에 비해 올라 있는 호감도가 보였다. 그나마 올라서 다행이었다. 하지만 동시에 걱정도 들었다. 이런 식이라면 의외로 돈이 금방금방 소진될지도 모르기 때문이다.

그러나 그 기우는 금방 잦아들었다.

'아, 맞다. 나 이제 곧 떼부자지, 참.'

어제부로 나는 에메랄드 광산 소유주가 됐기에.

"왜……."

다시 [호감도 확인하기]로 변한 그의 머리 위를 흘끔거리고 있을 무렵이었다. 문득 이클리스가 입을 달싹였다.

"여기서 이렇게 누워 계세요?"

"……응?"

"이슬 때문에 바닥이 차요."

"아……."

하긴. 귀족 영애가 의자 놔두고 바닥에 벌러덩 누워 있는 꼴이 좀 웃기기도 했겠다.

"그냥."

나는 주변에 피어 있는 작고 아담한 꽃송이들을 어루만졌다.

"꽃이 예뻐서."

"들꽃을 좋아하세요?"

이게 들꽃인지 몰랐다. 어쩐지, 다른 종류에 비해 구석에 피어 있더라.

"응."

나는 순순히 고개를 끄덕였다.

"예쁘고 화려하면 누구에게나 쉽게 사랑받잖아. 그러니 나라도 사랑해 줘야지."

별 뜻 없이 중얼거린 말이었다. 이제 한 달 뒤면 이 온실의 주인은 내가 아닌, 다른 이가 될 테니까.

그런데 그 순간, 이클리스의 얼굴이 기묘하게 일렁거렸다.

"주인님이 왜……."

그는 무어라 중얼거리다 말을 멈췄다. 빤히 바라보았지만, 더 흘러나오는 목소리가 없었다. 딱히 중요한 것은 아니었기에, 나는 아무렇지 않게 말을 돌렸다.

"그보다, 오늘 부른 건 네 초커를 벗겨 주기 위해서야."

"……초커요?"

"응. 저번에 빼 주겠다고 했는데 그냥 가 버렸네. 미안."

빈말인 줄 알았던지, 이클리스의 눈이 커졌다. 하지만 나는 진심이었다.

솔직히 그에 대한 생리적인 두려움이 완전히 가신 것은 아니었다. 아직도 내 머릿속에는 맨손으로 사람들을 패 죽이고, 가차 없이 목검을 내게 겨누던 그가 생생했다.

'이클리스는 아직도 나를 증오하고 있는가.'

순종적으로 나를 바라보고 있는 그의 표정으로는 알 수 없었다. 그를 제어할 수 있는 유일한 목줄을 푸는 행위가, 어쩌면 내 죽음을 자초하는 것일지도…….

하지만 나는 지금 이것저것 가릴 처지가 아니었다.

'호감도를 올릴 수만 있다면.'

초커든 선물이든, 뭐든 다 갖다 바칠 것이다.

"……뒤 좀 돌아보겠니, 이클리스?"

나는 입가에 상냥한 미소를 걸친 채 권유했다. 초커를 풀려면 역시나 루비 반지가 필요했다. 뒤쪽에 파여 있는 홈에 루비를 맞추고 돌려야만 잠금을 풀 수 있었기에.

"……."

이클리스는 알 수 없는 무기질적인 눈빛으로 나를 빤히 바라보기만 할 뿐 선뜻 움직이지 않았다.

'……왜지? 얼씨구나 좋아할 줄 알았는데.'

의아해져서 그를 멀거니 바라보고 있을 적.

"……괜찮아요, 주인님."

이클리스가 이윽고 입을 열어 답했다.

"안 벗겨 주셔도 돼요, 아니."

"……."

"벗기 싫어요."

전혀 예상치 못한 방향이었다. 나는 이해할 수 없었다.

"……왜?"

"이걸 벗더라도, 제가 노예인 사실은 변함없잖아요."

"……그건 그렇지."

초커를 풀어 주면서 또 한 번의 호감도 상승을 노렸던 나는, 이클리스의 무뚝뚝한 대답에 떨떠름하게 수긍했다.

"하지만 계속 하고 있어 봤자 너만 불편하잖니."

사실이었다. 노란 구슬이 달린 초커는 누가 봐도 노예 신분임을 증명했다. 계속 차고 있어 봤자, 기분도 더럽고 몸도 마음도 불편할 것이다. 그런 부정적인 감정들은 장기적으로 봤을 때 내게 썩 이롭지 못했다.

"……."

그러나 그는 정말로 풀고 싶은 생각이 없는지 대답 없이 가만히 앉아 있기만 했다. 덜컥 불안감이 샘솟았다.

"……혹시, 아직도 누가 널 괴롭혀?"

나는 조급하게 물었다.

"노예 신분이라고 또 차별하는 놈이 있니?"

"……."

"어서 말해 봐. 가서 깽판은 쳐 준다고 했잖아."

"그게 아니라……."

내 채근에 못 이기겠는지, 이클리스가 느릿느릿 입을 뗐다.

"그게 아니라, 이걸 하고 있어야 주인님이 계속 절 찾으실 것 같아서요."

통 의중을 알 수 없는 말이었다. 나는 어리둥절한 얼굴로 되물었다.

"그게…… 무슨 말이야?"

"주인님은 제가 이걸 하고 있는 걸 안쓰럽게 여기시죠."

"……."

"그건 제가 큰 사고 없이 얌전히 굴고 있어서예요. 맞죠?"

그의 물음에 나는 눈을 크게 떴다. 이클리스는 생각보다 나를 아주 잘 간파하고 있었다.

"그건……."

무어라 변명하려던 나를 막아서며 그는 차분하게 말을 이었다.

"만약에 초커를 푼 후에 저번 같은 일이 일어났는데, 제가 혼자 사고라도 친 것으로 와전돼서 주인님께 전달된다면, 그러면."

"……."

"그러면 주인님은 가차 없이 절 내치시겠죠."

그가 그런 생각까지 하고 있었다는 사실이 조금 섬뜩하게 느껴졌다.

어느 정도 맞는 말이었다. 공작저에 온 이후 그가 사고를 쳤다면, 나는 초커를 풀어 줄 생각 따윈 조금도 하지 않았을 것이다.

하지만 나는 그런 내색을 한 기억이 없었다. 오히려 마검까지 쥐여 주며 하나뿐인 호위 기사 자리를 내주었지 않았던가.

더는 호감도 수치가 보이지 않는데도 나도 모르게 그의 정수리 위를 반사적으로 흘끔거렸다.

"그렇지 않아, 이클리스. 난 언제까지고 네 편이란다."

다소 성급하게 되뇐 탓인지, 상투적인 말이 흘러나왔다. 이클리스는 여전히 무표정했다. 내 말을 신경 쓰는 눈치는 아니었다. 그저 한 손을 들고 제 목 주변을 매만지며 중얼거리길.

"이걸 차고 있는 한, 주인님은 제가 함부로 날뛰지 않을 걸 알고 저를 계속 안쓰럽게만 여기실 테니까……."

그는 천천히 상체를 기울였다. 엎드려 눕기라도 하듯, 무릎 위에 아무렇게나 놓여 있는 내 손 위에 제 뺨을 가져다 대었다.

손등에 타인의 온기가 질척하게 문질러졌다.
"……착하게 굴게요."
이클리스는, 나만 들리도록 작게 속삭였다.
"그러니 계속 제 목줄을 틀어잡고 계세요, 주인님."
나는 피부를 간질이는 잿빛 머리칼을 멍하니 내려다보았다. 그의 행동만 보자면, 꼭 자주 찾지 않는 냉정한 주인에게 내치지 말아 달라며 애원하는 것 같았다.
'……연기일까, 진심일까.'
이클리스에게는 '가짜 공녀'의 알량한 비호나마 아직은 필요했다. 여전히 기사단 내에서 제대로 자리를 잡은 상태가 아니었기에.
사냥 대회에서 돌아온 후 공작저는 꽤 많은 것이 변화했다. 도나 부인을 필두로 공녀를 우습게 여기던 식당의 고용인들이 모두 물갈이되었다. 그도 모자라 이클리스를 공공연히 괴롭힌 무리들이 모조리 파면되었다는 소식을 전해 들었다.
내가 가끔 던져 주는 선물, 관심들이 그에게는 곧 기사단 내의 서열과 입지로 굳어질 것이다.
예상치 못한 이클리스의 직구에, 요동치던 심장이 차차 고요해졌다. 머리가 차가워졌다.
나는 그가 베고 누운 한 손을 '스르륵' 빼내었다. 이내 그의 머리 위에 얹은 후 부드럽게 쓸어내렸다. 그와 동시에.

〈SYSTEM〉 [이클리스]의 호감도를 확인하시겠습니까?
[600만 골드/ 명성 200]

“……그래.”

내 입에서 한발 늦은 답이 흘러나왔다.

〈SYSTEM〉 [600만 골드]를 차감하여 [이클리스]의 호감도를 확인합니다. (남은 보유 자금 : 88,000,000 골드)

[호감도 86%]

나는 이클리스의 머리칼이 아닌, 그의 머리 위 호감도를 보며 눈을 번뜩였다.

‘아무렴 연기면 또 어떤가.’

호감도만 오른다면, 이제 와선 모두 상관없는 일이었다.

“네가 원한다면 얼마든지.”

Chapter 10

결국 초커를 빼기 싫다는 이클리스를 그대로 돌려보내고, 방으로 돌아왔다.

"아가씨, 오셨습니까?"

그런 나를 집사가 반겼다.

"또 무슨 일이야, 집사?"

나는 의아해졌다. 이클리스를 만나기 바로 전, 이미 그와 한차례 긴히 대화를 나눴기 때문이다.

"아가씨 앞으로 급보가 왔습니다."

"급보? 무슨 급보? 초대장이면 다 거절하라 했잖아."

우산과 숄을 에밀리에게 넘긴 후 나는 책상으로 가 앉았다. 사냥제에서 퀸을 해 먹은 탓인지 요즘 들어 초대장이 물밀 듯이 밀어닥치는 중이었다.

집사는 한두 곳 정도, 명망 있는 가문에서 열리는 파티에는 참석하는 것이 어떠냐며 권했지만, 나는 칼같이 불쏘시개로 쓰라고 명령했다. 제2의 켈린을 상대할 여유 따위 없었기 때문이다.

"그게……."

의문에 찬 내 물음에, 집사는 조금 망설이는 태도로 어물어물 답했다.

"황궁의 전령이 보내온 서신인지라, 제 선에서 처리할 수 없었습니다."

"황…… 궁?"

기이한 눈빛으로 집사를 돌아보자, 그가 난감한 표정을 지으며 무언가를 내밀었다. 번쩍번쩍한 황룡이 새겨진 고급스러운 편지봉투.

번뜩 기시감이 들었다. 이 망할 것은 틀림없이…….

"어머! 우리 아가씨가 사냥제에서 너~무 활약하셔서, 황궁에서 초청이 왔나 봐요!"

사람 속도 모르고, 에밀리는 눈을 빛내며 끔찍한 소리를 늘어놓았다.

"하……."

나는 깊은 한숨을 내쉬었다.

'올 게 왔구나, 올 게 왔어.'

도망치듯 황궁에서 빠져나온 이후, 나는 폭주하는 초대들을 모두 거절하고 집에 틀어박혀 두문불출했다. 괜히 바깥에 얼쩡댔다가, 혹시라도 황태자의 귀에 소식이 들어갈까 봐서였다.

별다른 반응이 없기에 그대로 넘어갈 수 있을 줄 알았건만…….

"하…… 이리 줘."

나는 깊은 한숨을 내쉬며 집사로부터 서신을 건네받았다. 그리고 페이퍼 나이프로 봉투를 열고 내용물을 꺼내 읽기 시작했다.

[친애하는 페넬로페 에카르트 공녀.

아니, 이제는 '은애하는'이라고 적어 줘야 하나?

거두절미하고, 지난번 내가 깨어났을 때 나눴던 대화에서 참 많은 일이 생략되어 있더군, 공녀. 재판정에서 생난리를 쳐 놨던데, 덕분에 내 입장이 아주 난처해졌어.

그간 그것을 수습하기 바빠 이제야 서신을 보낸다. 다시 진지한 대화를 나눠야 할 필요가 있을 듯한데, 그대는 어떻게 생각하지?

빠른 시일 내에 황궁으로 찾아오도록 해. 안 그러면 후회하게 될 테니까.

—칼리스토 레굴루스]

"아악, 미친!"

나는 처음 놈의 서신을 받았을 때처럼, 종이를 사정없이 와작 구겼다.

"……또 그분께 온 겁니까?"

진저리를 치는 내 모습에 집사가 걱정 어린 표정으로 물었다.

"하……."

말해 뭐 하나. 입만 아프지. 한숨으로 대답을 대신하자, 집사가 알 만하다는 듯 숙연해졌다.

나는 음울한 얼굴로 골머리를 짚었다. 서로 연모의 감정을 가졌던 사이에다 졸지에 내게 차인 꼴이 된 황태자가, 이제 이걸로 얼마나 물고 늘어질지 감도 잡히지 않았다.

'……차라리 그냥 내가 고백하려고 숲으로 따로 불렀다고 했어야 했나?'

하지만 이제 와 재판정에서 했던 말들을 후회한들, 이미 늦었다. 게다가 그런 식으로 말했더라면 더 심각한 상황이 초래됐을 수도 있다.

'역시 아직도 나를 연모하는 중이었군. 왜 아닌 척 내숭을 떨지?'

놈이 내게 필히 지껄였을지도 모를 말이 떠오르자 나도 모르게 몸서리가 쳐졌다.

'됐어. 공작저 밖으로 한 발자국도 안 나가면 뭐 어쩔 거야.'

그렇게 생각한 나는, 머리를 부여잡고 황궁으로 가지 않을 만한 방법을 쥐어짜기 시작했다. 다친 곳이 한 군데도 없어서 이제 쉿독 핑계는 어림도 없었다.

'하루아침에 중병에 걸렸다 할 수도 없고…….'

떠오르는 핑계가 마땅치 않자, 나는 집사에게 도움을 요청했다.

"집사, 이번엔 뭐가 좋을까? 오랜 시간 움직이지 못하는 것으로."

"음."

잔뼈가 굵은 공작의 수족답게, 집사는 되묻는 것 없이 바로 고민에 빠졌다. 그리고 이내 썩 마음에 드는 답을 내놓았다.

"사냥 대회에서 너무 무리를 하여 심한 근육통을 동반한 몸살에 걸리신 것이 어떻습니까."

"그거 괜찮네. 나 당분간 한 발자국도 운신하기 힘들 예정이야."

"네. 당장 주치의를 불러오겠습니다, 아가씨."

"좋아. 수고해."

팔다리가 척척 맞아떨어지는 집사 덕분에 순식간에 병명이 완성됐다.

'됐어. 이걸로 공작저 안에서 존버하면 돼.'

나는 흡족한 미소를 지었다. 입을 맞추는 게 성황리에 끝나자, 집사는 분주하게 내 방을 빠져나갔다. 이제 내 대신 주치의의 소견서를 첨부하여 황궁으로 답신을 보내야 하기 때문이다.

"아가씨, 어디 아프세요?"

옷장으로 솔을 정리하러 갔다가 뒤늦게 돌아온 에밀리가 '주치의' 소리에 어리둥절한 얼굴로 물었다. 나는 망설임 없이 고개를 끄덕였다.

"응. 나 오늘부터 몸살이야."

며칠 후 이클리스의 옷들이 모두 완성됐다.

짓고 나니 커다란 상자 하나를 가득 채울 정도의 부피라, 연약한 내가 직접 가져다줄 수 없었다. 하는 수 없이, 기사들이 모두 보는 앞에서 나 대신 전달해 주라고 집사에게 지시하던 차였다.

"아, 아가씨!"

벌컥, 방문이 열리고 에밀리가 난데없이 들이닥쳤다.

"아가씨! 어, 어서 나와 보셔야겠어요!"

"에밀리, 지금 집사와 중요한 얘기 중이잖니. 예의 없이 이게 무슨……."

"지금 그, 그게 문제가 아니어요!"

에밀리는 평소와는 달리 싸늘한 타박에도 굴하지 않고 소리쳤다.

"바, 밖에, 지금 밖에 황태자 전하께서……!"

"……뭐?"

"저택 앞에 황태자 전하께서 찾아 오셨어요!"

그 시각, 저택 앞에는 황룡이 새겨진 화려한 황금 마차가 당도해 있었다.

마차 표면에 도금된 황금처럼, 찬란한 금빛 머리를 휘날리며 한 남자가 느긋하게 내려섰다.

"안녕하셨나, 공작."

칼리스토는 저택 앞에 나와 서 있는 공작을 보며 반갑게 인사했다.

"마중을 나와 준 건가? 이거 참, 몸 둘 바를 모르겠는걸."

대문 앞에 황가의 문양이 그려진 마차가 당도했다는 연락을 받고 깜짝 놀라 뛰쳐나온 공작이 떨떠름한 얼굴로 황태자를 맞이했다.

"전하. 따로 연락도 없이 어인 일로 이 누추한 곳까지 발걸음을 다 하셨습니까."

"앞으로 자주 들락거릴 곳인데, 따로 연락까지 할 필요 있나? 섭섭하게."

황태자의 뜻 모를 말에 공작의 얼굴이 기어이 일그러졌다.

"그게 무슨……."

"잘 부탁하네, 공작. 아니 사석에서는 장인이라 불러야 하나?"

"……예?!"

공작의 입이 떡 벌어졌다. 그러거나 말거나 황태자는 뻔뻔스럽게 주변을 둘러보며 누군가를 찾았다.

"그런데 나와 연모의 감정을 나눴다던 내 전 연인은 보이지 않는군. 아직 치장이 덜 끝났나 보지?"

그러면서 자연스럽게 현관으로 걸음을 옮기는 것이 아닌가. 하마터면 공작을 포함하여 나와 있는 고용인 모두가 깜빡 속아 길을 터 줄 뻔했다.

"전하!"

공작이 눈을 부릅뜨고 허겁지겁 황태자의 앞을 막아섰다.

"그, 그 무슨 망발을……! 그리고 어딜 들어가시는 겁니까! 아무리 황태자 전하라 하셔도, 이런 경우는……!"

"자, 자. 일단 응접실로 가서 마저 얘기 나누지, 공작. 손님을 저택 밖에 세워 둘 참인가?"

황태자가 그런 공작의 등을 떠밀며 물 흐르듯 저택 안으로 이동하려 들었다.

"아니, 손님은 누가 손님이란 말입니까!"

황족을 상대로 차마 무력을 쓸 수 없어, 공작은 시뻘게진 얼굴로 밀리지 않도록 버티는 것이 다였다.

"이건 무단 침입이십니다! 자꾸 이러시면, 당장 황제 폐하께 연통을 드릴 수밖에……!"

"무단 침입이라니! 그렇게 안 봤는데 너무하는군, 공작. 앞으로 가족이 될지도 모를 사이에."

"전하—!"

공작은 거의 비명이라도 지르듯 소리쳤다. 하지만 막무가내로 들이닥치는 황태자를 막을 수 없었다.

'저런 미친놈!'

그리고 그 위. 살짝 열린 창틈 너머로 몰래 그것을 내려다보고 있던 나는 그야말로 치를 떨었다.

"아가씨……."

조금 전까지 나와 대화를 나누고 있던 집사가 퍽 안타까운 목소리로 나를 불렀다.

놈에게 아프다는 답신을 보낼 때까지만 해도, 아무도 저 미친놈이 공작저까지 쳐들어올 줄 몰랐다.

'후회하게 만들어 준다는 게 이런 거였어?!'

나는 주먹을 꽉 쥔 채 부들부들 떨다가, 울며 겨자 먹기로 에밀리를 불렀다.

"에밀리."

"네, 네?"

"가서 애들 좀 불러와."

"무슨……."

뜬금없는 말에 고개를 갸웃거리는 그녀를 보며 이를 악물고 읊조렸다.

"최대한 병자처럼 꾸며. 누가 봐도 곧 쓰러져 죽을 사람처럼 말이야."

물론 그러지 않아도, 나는 황태자 놈의 기행에 이미 기절하기 직전이었다.

"다 끝났어요, 아가씨."

나는 둘러싸고 있던 하녀들을 분주히 물렸다. 거울에 허여멀건 얼굴이 비쳤다.

"어떠세요?"

요리조리 변한 모습을 훑어보던 나는 만족스러운 목소리로 답했다.

"곧 피 토하고 쓰러져야 할 것 같아."

"……노, 농담이시죠?"

"아니, 칭찬이야."

정말이었다. 분칠을 몇 겹을 했는지 얼굴은 귀신처럼 허옇게 동동 떠 있었고, 입술은 핏기란 게 아예 없었다.

눈 밑엔 뭘 발랐는지 시커먼 인조 다크서클이 드리워져 있는 것이, 과연 병색이 완연한 가녀린 귀족 아가씨 같은 모습이었다.

"마음에 드는데."

거울을 들여다보며 히죽 웃고 있을 때. 똑똑—.

"아가씨, 펜넬입니다."

집사가 방문을 두드렸다. 나는 그 순간 화장대에서 벌떡 일어나 침대로 달려가 누웠다. 혹시나 황태자가 참지 못하고 집사를 따라 내 방으로 쳐들어온 건가 싶었기 때문이다.

이불을 목 끝까지 덮고, '큼큼' 헛기침을 한번 한 나는 입을 열었다.

"들어…… 오라고 하렴……."

다 죽어 가는 목소리가 꽤 자연스럽게 흘러나왔다. 얼마 후, '끼이익' 하고 문이 열렸다. 다행히 방 안으로 들어서는 사람은 집사 한 명뿐이었다.

뒤에 딸린 인간이 없나 샅샅이 훑어본 나는 안심하고 멀쩡한 상태로 돌아갔다.

"어떻게 됐어?"

"헉."

침대로 다가오던 집사가 불현듯 숨을 들이켜며 잠시 멈춰 섰다. 그는 묘한 얼굴로 나를 바라보며 입을 달싹였다.

"짧은 시간…… 몰라보게 변하셨군요, 아가씨."

"좀 병자 같나?"

"관에서 방금 뛰쳐나온 사람 같습니다."

흡족한 대답에 나는 씩 미소 지었다. 집사가 다시 한번 흠칫했다.

"그나저나, 어떻게 됐어? 갔어?"

분을 두텁게 바른 얼굴이 갑갑했다. 빨리 씻어 내고 싶었다. 그러나 내 물음에 집사는 선뜻 답을 하지 못하다가, 숙연한 표정을 지었다.

"그게…… 공작님께서, 황태자 전하와의 만남을 허락하셨습니다."

"뭐?!"

나는 입을 떡 벌렸다. 한동안 버벅거리다가 되물었다.

"나, 나 운신하기 힘들다니까……?"

"크흠, 이미 그렇게 말씀드렸으나…… 전하께서 병문안을 하시겠다며 당장 아가씨 방으로 쳐들어가야겠다고 하여……."

"뭐, 뭐라고?!"

"공작님께서 차마 방 안에서 단둘이 만나는 것만은 절대로 안 된다고 막으셔서, 결국 드넓은 후원에서 잠깐 만나는 것으로 타협을 보았습니다."

"……."

"대신 좋은 소식이 하나 있습니다. 아가씨의 몸 상태를 생각해 대면 시간은 30분 이내로 하기로……."

"그게…… 좋은 소식이야?"

나는 기가 막혀 연신 입을 뻐끔거렸다. 굳이 내가 나서지 않아도, 공작이 먼저 방패막이 되어 줄 거라 굳게 믿고 있었다. 그러나 믿었던 공작이 날 배신했다.

"하하."

나는 허탈하게 웃으며 생각했다.

'X 됐구나…….'

꼼짝없이 황태자와 면담 확정이었다.

나는 흰 잠옷에 카디건 하나만 입은 채 방을 나섰다. 이왕 분장까지 한 마당에 아주 그냥 황태자에게 양심의 가책을 팍팍 심어 주기 위해서였다.

'나쁜 놈. 아프다는 사람한테까지 기어이 쫓아와서 난리를 쳐야겠냐고.'

물론 놈에게 그런 양심이 존재하기나 할지는 의문이지만.

뒷문을 열자마자 나는 걸음을 늦추고 골골거리는 연기를 하며, 후원을 향해 떼어지지 않는 발길을 떼었다.

며칠 내내 비가 내려서 그럴까. 오랜만에 맑게 갠 가을 햇살이 너무나 푸르고 높다랬다. 깨끗한 하늘과 그 아래 펼쳐진 공작가의 아름다운 후원을 보자니, 긴장으로 응축됐던 마음이 좀 풀렸다.

'그래. 설마 내 본진까지 와서 죽이겠다고 설치겠어.'

아무렴, 그놈이 아무리 뵈는 게 없는 미친놈이래도 그렇게까지 막 나가지는 않을 것이다.

'게다가 일전에 보험을 들어 놨기도 했고.'

— 무슨 일이 있어도 저를 죽이지 말라고 말씀드리는 거예요. 포상을 주실 거면 이걸로 주세요.

— 하. ……알았다.

과거의 약속을 떠올린 나는 한결 가벼워진 마음으로 걸음을 옮겼다.

'어디 있지?'

바로 보이지 않아 얼마쯤 두리번거리며 걸었을까. 멀찍이서 커다란 뒷모습이 보였다. 연무장으로 향하는 숲 쪽, 이름 모를 노란 꽃들이 허리춤까지 수북이 피어 있는 한가운데.

인기척을 바로 알아차렸는지, 꽤 먼 거리임에도 불구하고 놈이 휙 뒤돌아 나를 바라보았다.

"여어, 하나뿐인 내 과거의 연인께서 드디어 나오셨군."

환한 대낮에 보아도 황금을 얇게 저며 놓은 듯한 찬란한 머리칼은 빛을 잃지 않았다. 그러나 지금만큼은 그 부티 나는 머리통이 조금도 눈에 들어오지 않았다.

'사…… 이렌?'

나는 그에게 향하던 걸음을 우뚝 멈춰 섰다. 그의 정수리 위에서 위협스럽게 깜빡거리고 있는 새빨간 색 때문에.

"뭘 그렇게 멍청하게 응시하고 있는 거지?"

“…….”

“왜. 걷어찬 마당에 이제 와 새삼 다시 반했나?”

나는 놈이 지껄이는 경악스러운 소리에도 멍하니 놈의 머리 위만 바라보았다.

‘대체 이게 뭐야…….’

나를 응시하는 시뻘건 홍채. 사이렌처럼 깜빡이는 호감도 게이지 바가 너무나도 불길해 보였다.

‘이제…… 이제 사이 좀 괜찮아진 거 아니었냐고!’

사냥 대회 에피소드를 겪으면서 이제 황태자로 인한 데드엔딩에서는 많이 벗어났다고 판단했다. 그러나 저 불길한 빨간색을 보자니, 덜컥 겁이 났다.

‘색이 짙어질수록 위험하단 소린가? 그럼 이클리스의 검붉은색은 뭐야.’

불안함이 순식간에 턱 끝을 잠식했다. 도무지 놈에게 다가갈 엄두가 안 나 대답 없이 서 있기만 하자, 황태자가 의아한 얼굴을 했다.

“……공녀. 진짜로 어디 아픈 건가?”

그가 순식간에 거리를 좁혀 다가왔다.

“정말로 안색이 창백한데.”

코앞까지 당도한 놈이 갑자기 허리를 숙여 불쑥 제 얼굴을 들이밀었다. 그리고 샅샅이 내 얼굴을 훑는 것이 아닌가.

“왜, 왜 이러십니까?”

나는 화들짝 놀라 뒷걸음질 치며 소리쳤다. 뒤늦게 내가 아파 보이도록 분장을 했다는 것이 떠올랐다. 아무리 감쪽같다지만, 자세히 들여다보면 어색한 곳을 발견할 수밖에 없었다.

화다닥 물러서서 세 발짝 정도 거리를 벌리자, 황태자가 삐딱하게 고개를 기울였다.

"흠……. 겉모습은 꽤 병자 같은 꼴이군."

"벼, 병자 같은 꼴이 아니라, 저 병자 맞습니다, 전하."

"난 또 나 만나기 싫어서 거짓말 친 줄 알았지."

바로 거짓임을 간파당한 나는, 떨리는 속을 가까스로 내리누르며 태연히 대꾸했다.

"감히 어느 안전이라고 거짓을 고하겠어요."

"왜, 약 먹으면 금방 나을 쇳독도 몇 달을 앓았잖아."

"……."

지난 일을 들먹거리는 바람에 할 말을 잃었다. 잠시 침묵하던 나는 허겁지겁 고개를 숙이며 인사로 화제를 돌렸다.

"……제국의 작은 태양을 뵙습니다."

"참 빨리도 하는군그래."

황태자가 입꼬리를 비틀며 빈정댔다. 나도 너무 뒤늦은 인사란 걸 알아 조금 민망해졌다.

"어쩐 일로…… 여기까지 오셨습니까?"

"하, 어쩐 일?"

내 물음에 그의 눈초리가 위로 사납게 들렸다.

"그거 아나, 공녀? 요즘 사교계에선 할 짓 없는 인간들이 모였다 하면 공녀와 내 얘기를 주절거린다더군."

"……."

"그대가 사냥 대회의 전야제에서 나와 나눴던 대화와 재판정에서 지껄인 말들이 얼마나 와전됐는지, 무려 황태자까지 걷어찰 만큼 공녀가 사랑에 빠진 사내가 누군지 기를 쓰고 찾고 있다던데.”

“네? 그, 그런……!”

“게다가 숲에서의 밀회는, 내가 그대에게 다시 만나 달라고 비참하게 매달리기 위해 쫓아간 거라더군. 허, 기가 막혀서.”

“뭐, 뭐라고요?!”

신경질적으로 비소를 터뜨리는 황태자의 모습에, 나는 입을 떡 벌렸다. 물론 내가 재판정에서 일부 거짓을 지어낸 건 사실이지만, 그렇게까지 망발을 한 적은 없었다.

‘미친! 황태자가 개빡쳐서 쫓아올 만하잖아!’

대체 어떤 망할 놈이 그딴 헛소리를 퍼뜨리고 다녔는지 이가 부득부득 갈렸다. 그때, 불현듯 누군가 비죽거리던 음성이 귓가에 울려 퍼졌다.

— 혹시 아냐? 내가 소문 잠재우는 데 도움될지.

‘설마…….’

차오르는 불길함에 나는 황급히 고개를 저었다. 아무리 무식하다 해도, 레널드 놈이 나를 위한답시고 그런 헛소리를 지껄이고 다니진 않았을 것이다. 아니라는 변명을 하기 위해 막 입을 떼려던 찰나였다.

“하루아침에 황태자까지 매달리게 할 만큼 제국에서 가장 매력적인 여자가 되었는데 기분이 어떻지, 공녀?”

“…….”

“덕분에 내 체면이 말이 아니게 됐어.”

황태자가 꽉 깨문 이를 드러내고 귀신같이 웃으며 내게로 한 발, 한 발 다가왔다. 놈의 머리 위, 새빨간 게이지 바가 깜빡거린다. 왜에에엥—. 어디선가 사이렌 울리는 소리가 들렸다.

나는 아픈 사람 연기를 하던 것도 잊어버리고, 놈이 다가온 만큼 주춤주춤 물러서며 황급히 외쳤다.

"다, 다 헛소문입니다, 전하! 저는 그런 말 한 적 없어요! 정말로요!"

"글쎄. 공녀가 내게 했던 말을 떠올리면 완전히 헛소문도 아닌 것 같은데."

"네? 어떤 말을……."

"더 괜찮은 남자로 갈아타기 위해 나를 연모하는 것을 그만둔다고 하지 않았나?"

"무슨 그런……!"

눈앞에서 벌어지는 왜곡의 현장에 나는 허겁지겁 못을 박았다.

"저는 당분간 누구를 연모할 생각이 없습니다. 절대로요."

"물론 그래야 할 거야."

내 확답에 황태자가 무시무시한 기세를 뿜으며 대꾸했다.

"대(大)잉카 제국에서 나보다 더 괜찮은 새끼가 누군지, 내 이 두 눈으로 똑똑히 지켜볼 테니까."

시뻘건 눈이 나를 향해 섬뜩하게 번뜩였다.

'……응? 뭔가 이상한데?'

나는 일순 든 위화감에 멈칫했다. 묘하게 대화가 원 주제에서 벗어난 것 같은 기분이 들었기 때문이다.

"그런데."

놈의 말을 다시 한번 되새기고 있는 순간,

"왜 자꾸 똥 마려운 개처럼 주춤거리는 거지?"

문득 황태자가 눈살을 찌푸리며 한 발짝 더 다가왔다.

'똥 마려운 개라니!'

나는 여전히 저급한 놈의 언어 선택에 치를 떨며 또다시 한 발짝 물러섰다.

사실 좀 쫄아 있는 상태였다. 호감도가 어떤지 바로 알 수도 없는 상태에서 따지러 온 놈과 가까이 붙어 있다가 무슨 봉변을 당할 줄 아는가.

공작가의 후원은 잘 정돈되어 잘못 넘어져 머리를 박을 만한 위험 요소는 없었다. 하지만 '만약'이라는 게 있었다.

이 망할 게임에서 일어날 수 있는 혹시 모를 비극을 예방하기 위해, 나는 황태자와 계속 거리를 두는 중이었다.

"허?"

또다시 훌쩍 물러선 내가 이상해 보였던 걸까. 황태자가 '이것 봐라?' 하는 표정으로 눈을 가느다랗게 떴다. 놈이 큰 걸음으로 성큼 다가왔다. 어느새 나는 화원에서 벗어나 숲과 맞닿은 곳까지 떠밀리듯 도망쳤다.

샛노랗고 여린 꽃줄기와는 전혀 어울리지 않은 시뻘건 눈을 가진 남자가, 화원 한가운데 홀로 우뚝 서 있는 꼴이 퍽 기괴했다.

나는 자꾸만 거리를 좁히는 황태자의 행태에 크게 당황하며 외쳤다.

"왜, 왜 자꾸 다가오세요?"

"그러는 그대야말로 왜 자꾸 도망가지?"

역시. 도망가는 나를 눈치채고 일부러 자꾸 다가온 것이다.

'집요한 놈.'

욕설을 삼키며 나는 최대한 연약한 표정을 지어 보였다.

"저, 저 아픈 사람입니다, 전하."

"누가 뭐래?"

"저랑 한 약속…… 잊지 않으셨죠?"

"무슨 약속?"

"침실에서 했던 약속이요. 자고로 전쟁터에서도 노약자는 건드리지 않는 불문율이 있습니다."

"……."

그새 잊어버렸는지, 놈이 잠시 골몰히 생각하는 눈치이더니 불현듯 헛바람을 터뜨렸다.

"하. 그대는 내가 소문 하나에 공작 영애의 목을 따러 온 미친놈처럼 보이나?"

"……."

침묵하자 황태자가 사납게 얼굴을 굳혔다. 그가 불현듯 두 팔을 벌리며 제 허리춤을 드러냈다.

"자, 칼 안 가져왔다."

"어, 어……."

나는 좀 놀랐다. 연회장에까지 들고 올 만큼 거의 분신처럼 여기더니, 정말로 놈이 장검을 안 들고 온 것이다.

텅 빈 그의 허리를 쳐다보다가 소심하게 중얼거렸다.

"……꼭 칼로만 사람을 위협할 수 있는 것은 아니니까요."

"난 누구처럼 몇 주 만에 손 뒤집듯 말을 뒤바꾸는 사람이 아니라서 말이야."

"……."

"하. 나 참, 내가 왜 이런 변명을 하고 있는지 모르겠군."

황태자는 기가 막힌다는 어투로 혼잣말처럼 중얼거리다가 불쑥 물었다.

"그래서 그딴 포상을 내려 달라 했던 건가? 어쩐지 영 수상쩍더니만……."

"큼큼!"

속내를 전부 들킨 나머지 '전적이 있지 않느냐.'고 반박할 전의를 상실했다.

"재판정에서의 일은…… 유감입니다, 전하."

지은 죄가 있으므로 나는 우물쭈물 변명을 읊조렸다.

"엘렌 후작의 작당 모의를 피하기 위해, 저로서는 정말로 어쩔 수가 없었어요."

"유감이라고 했나? 하. 보고를 받고 얼마나 어처구니가 없던지, 화도 안 나더군."

"……죄송해요."

나는 놈이 불쾌한 것을 넘어 화를 내기 전에 잽싸게 단어를 바꿔 순순히 사과했다.

하기야 독에 당해 사경을 헤매다 간신히 눈을 뜨니, 저를 좋아한다던 영애에게 되레 뻥 걷어차인 상황이 돼 있으니 얼마나 어이가 없을까.

'그래. 칼을 가지고 오지 않은 것만으로도 데드 엔딩에서 꽤 멀어졌다는 증거야.'

나는 깜빡임이 멈춘 놈의 불길한 호감도 게이지 바를 아련하게 바라보며 애써 긍정적으로 생각했다.

"뭘 또 그렇게 풀 죽은 얼굴을 하고 그래? 누가 보면 진짜로 아픈 사람 죽이러 쫓아온 줄 알겠어."

그런 나를 보고 오해를 했는지, 황태자가 픽 웃으며 뇌까렸다.

'아니었니?'

나는 새삼스러운 눈으로 그를 다시 보았다. 그런 내 행동에 황태자가 눈을 부라렸다.

"그대에게 만나자고 서신을 보낸 것은 겸사겸사 결과도 알려 주고, 전해 줄 것도 있어서야."

"그 협박, 아니, 편지가…… 그런 뜻이었다고요?"

"뭐. 내 편지에 불만 있나?"

"아, 아닙니다."

빠른 부정을 하는 내게, 황태자가 품에서 무언가를 꺼내 건넸다.

"자, 이거 받아."

나는 그가 건넨 것을 내려다보며 눈을 깜빡였다. 갈색의 빛바랜 종이에 빨간색 리본이 매어져 있었다.

"이게…… 뭐예요?"

"그대가 해골에서 발굴해 낸 발타의 지도다. 우리가 동굴을 빠져나올 때 갖고 나온 마법 스크롤 말이야."

"마법 스크롤이요?"

"황궁 마법사들이 손을 봐서 좀 더 멀쩡하게 복원했다."

나는 눈을 휘둥그레 떴다. 다시 보니, 유골이 잡고 있던 탓에 시커멓게 썩어 있던 부분들이 말끔하게 변해 있었다.

황태자가 내게 왜 이것을 주는지, 의미를 알 수 없었다.

"이걸 제게 왜……."

"그대가 발굴했으니, 그대의 것이지."

내 물음에 칼리스토는 당연하다는 듯 답했다.

"고고학에 관심이 많아 보이던데. 시종을 통해 발타와 관련된 자료도 같이 보내 뒀으니 확인해 보든가."

말을 마친 그가 머쓱하게 시선을 피했다. 나는 기묘한 기분에 휩싸였다. 칼리스토는 정말로 나를 잡아 죽이러 온 것이 아닌 듯했다. 게다가 예상치 못한 선물까지 안겨 주는 것이 아닌가.

일순, 가슴이 울렁거렸다. 나는 한참 동안 우두커니 그가 건넨 스크롤을 내려다보았다.

"뭐 해. 받기 싫은가?"

결국, 기다리다 못한 놈이 스크롤을 까딱이며 짜증스럽게 재촉할 때서야 얼떨결에 그것을 받아 들었다.

"……이걸 저한테 주셔도 돼요? 중요한 거잖아요."

"연구 자료로 쓰려고 복사본을 따로 만들어 놨으니, 걱정 마."

정말로 내게 줄 심산이었는지, 그가 대수롭지 않게 말했다. 그 말에 마음이 편안해졌다.

"그런데, 공작에겐 고고학을 공부했다는 것을 비밀로 했나 보지? 유물을 전해 주러 왔다고 사실대로 말했는데도 통 믿질 못하더군."

그때 문득 생각났다는 듯 황태자가 물었다. 나는 아무런 대꾸도 할 수 없었다. 진짜 페넬로페도 아니거니와, 어차피 공작은 양딸의 관심사가 뭔지 관심도 없을 것이기에.

"……선물 감사히 받을게요, 전하."

나는 대답 대신 순수하게 감사 인사를 전했다. 그리고 건네받은 스크롤을 조심스럽게 꼭 끌어안았다. 이곳에 온 후로 가장 기분 좋은 선물이라, 자꾸만 슬그머니 웃음이 새어 나왔다. 그때였다.

"감사하긴 아직 일러."

"……네?"

"선물이 하나 더 있거든."

황태자가 콧잔등을 찌푸리며 또 한 번 품에서 무언가를 꺼냈다.

"자."

이번에는 하얀 종이봉투가 튀어나왔다.

"이건 또 뭐예요?"

"일단 받아."

팔랑팔랑 봉투를 흔들며 하는 채근에 못 이겨 나는 그것 또한 순순히 받았다. 유적과 관련된 또 다른 무언가이겠거니 생각했기 때문이다.

"아쉽게도 엘렌 후작의 목을 베어다 줄 수는 없게 되었어, 공녀."

그런데 선물에 대한 설명 대신 칼리스토는 뜬금없는 소리를 늘어놓았다.

"그게 무슨……."

"그 늙은이가 무혐의로 풀려났다는 소리야."

"네?!"

형편없는 암살 사건의 결과를 알리는 소식에 나도 모르게 버럭 큰 소리가 터져 나왔다. 엘렌 후작은 누가 봐도 암살을 사주한 세력이었다.

'망할 퀘스트대로 다 진행했는데 대체 왜…….'

나는 순식간에 심각해진 얼굴로 되물었다.

"어, 어째서요?"

"후작이 정신 나간 툴릿 남작에게 모두 뒤집어씌우는 것으로 꼬리를 끊어 버렸거든."

"아."

나는 짧은 침음을 냈다. 황태자의 말에 불쑥 떠올랐다. 퀘스트가 보상으로 준 [암살자의 증표]는 엘렌 후작의 것이 아니었다는 걸.

"그, 그럼…… 그럼 이대로 다, 없었던 일이 되는 거예요?"

'너무하잖아.'

얼마나 개고생하며 넘긴 에피소드데, 이럴 수는 없었다. 나도 모르게 얼굴을 잔뜩 일그러뜨리고 있었나 보다.

"너무 그렇게 아쉬워하진 마."

황태자가 위로라도 하듯이 말했다. 나는 귀로 듣고도 믿기지 않아, 시선을 번쩍 들고 그를 바라보았다. 칼리스토는 조금 어색한 표정을 짓고 있었다.

"그래도 공녀의 복수는 확실하게 해 뒀으니까."

"……복수요?"

"그래. 그대를 귀족 살해범으로 몰아 재판정에 세운 귀족 일곱 명의 목을 내가 직접 베었거든."

남자는 그 말을 내뱉고는 이를 드러내며 씩 웃었다. 눈앞이 아연해졌다. 목을 벤 것을 자랑이라도 하듯 말하는 그가 오싹할 만큼 잔인하게 느껴졌기에.

그러나 한편으로는 담담히 결과를 전하는 그의 모습이 꼭…….

'이미 그럴 줄 알고 있던 사람 같잖아.'

엘렌 후작을 잡을 수 없어 통곡할 정도로 아쉬워해야 할 건, 내가 아니라 당사자인 칼리스토였다. 하지만 그는 마치 내가 속상해할 것을 염려하듯, 서둘러 덧붙였다.

“켈린 백작가 일원은 암살 사건에 연루한 것이 인정돼 재산을 몰수당하고 노예로 전락했다. 가문의 일원이 직접 가담한 것은 아닌지라 처형은 피할 수 있었지.”

“켈린 백작가가요?”

모처럼 속 시원한 소식이었다. 한결 나아진 내 표정을 확인한 황태자가 묘한 눈빛으로 나를 응시했다. 그러더니 내가 들고 있는 흰 봉투를 턱짓하며 마침내 선물의 정체에 대해 털어놓았다.

“그거, 몰수한 켈린가의 재산 중 하나야.”

“무슨…….”

“작년에 그대가 사냥 대회에 참여 금지당했던 일을 기억하나? 일명 ‘석궁 든 미친 침팬지’ 사건 말이야.”

“네, 물론 기억하고 있습니다만…….”

나는 떨떠름한 목소리로 답했다. 내가 직접 한 것은 아니라 큰 타격은 없었다. 하지만 굳이 ‘석궁 든 미친 침팬지’라고 지껄이는 놈의 언행에 기분이 걸쩍지근해졌다. 그러나 그 생각은 오래가지 못했다.

“그대의 아비가 다이아몬드 광산을 켈린 백작에게 넘겨서 그대가 투옥되지 않도록 나름대로 합의를 봤더군.”

“……다, 다이아몬드 광산이요?!”

이어진 그의 말에 귀가 번쩍 뜨였다. 그런 사정이 있는 줄은 전혀 몰랐다.

“그게 지금 그대가 들고 있는 거야. 다이아몬드 광산 소유서.”

까무러치게 놀란 나를 보며, 황태자가 오만하게 고개를 까딱였다.

나는 그의 턱짓을 따라 멍하니 시선을 내렸다. 아무 생각 없이 건네받은 흰 봉투가 불현듯 천 근처럼 무겁게 느껴졌다.

"이참에 그때 사건도 재조사해 봤어."

그때 황태자가 무심한 어조로 툭 내뱉었다.

"……재조사요?"

"그래. 그대가 작년에 무슨 연유로 그렇게 미쳐 날뛰었을까 궁금해서."

"……."

역시나 내가 한 일은 아니지만, 나를 향해 못 박힌 놈의 적나라한 눈초리에 기분이 이상해졌다.

"켈린 백작가를 터는 과정에서 도르테아 백작 부인도 몇 번 털었더니 쉽게도 불더라고."

"……도르테아 백작 부인이요?"

"그래. 재판정에서 켈린을 쫓아와서 증언했다며."

황태자가 성의 없이 고개를 끄덕이며 덧붙였다.

"그 무리가 원래 돌아가면서 사냥 대회 때마다 티 파티를 주최했다던데. 작년 주최자는 켈린이었고, 올해는 도르테아였더군."

어쩐지, 일면식도 없는 나를 왜 티 파티에 초대했나 했더니. 그 촉새 같은 여편네는 작년 사건에도 개입했었나 보다.

"알면서 왜 또 그 파티에 기어간 거지?"

황태자가 의아하다는 얼굴로 물었다.

'기어갔다니! 두 발로 걸어갔다, 이 자식아!'

그들이 같은 패거린 줄 한낱 빙의자인 내가 어찌 안단 말인가. 불쑥 억울함이 치솟았지만, 힘겹게 내리눌렀다. 황태자의 입장에서는 충분히 의문이 들 만한 일이었기에.

"……1년 만에 참여하는 사냥 대회니, 좀 변한 게 있을 줄 알았어요."

나는 적당히 얼버무렸다. 그러자 황태자가 정말로 의외라는 듯 나를 돌아보았다.

"천하의 둘도 없는 악녀인 줄 알았더니…… 의외로 순진한 구석도 있군."

"저는 평화주의자라 누구처럼 기분 좀 나쁘다고 바로 칼을 뽑아 들진 않거든요."

"대신 석궁은 쏘겠지."

"……."

놈에게 더 대꾸할 말이 없어서 이가 부드득 갈렸다.

'망할 페넬로페!'

기실, 나는 작년의 일을 대략적으로만 인지할 뿐 깊게 알지는 못했다. 하지만 뭐, 안 봐도 뻔한 일이지 않은가. 공작이 다이아몬드 광산을 켈린 쪽에 주고 합의를 봤다는 것은 좀 놀라운 일이지만…….

나는 굳이 내가 빙의하기 전의 일을 들춰내서 페넬로페의 수치를 대신 감당하고 싶지 않았다. 그러나 황태자 놈은 기어이 입을 열어 작년 일을 상세히 읊었다.

"켈린이 그대를 곤경에 빠트리기 위해 미리 매수한 근위병 둘을 티 파티장 근처에 세워 뒀었다던데. 알고 있었나?"

"……매, 매수요?"

나는 눈을 휘둥그레 떴다. 공녀 하나 골탕 먹이자고 근위병까지 매수하다니.

'진짜 징하다, 징해.'

이번에는 왜 그러지 않았을까, 의문이 들었으나 곧바로 납득했다. 작년에 그 꼴을 겪고도 공녀가 또 참여할 줄은 미처 생각지 못한 것이다.

내가 전혀 모르는 눈치이자, 황태자가 곧바로 다음을 이었다.

"그리고 모기를 한 움큼 우려낸 오물을 내주고 그대와 어울리는 차라고 다 같이 조롱을 했다지."

"모……."

'모, 모기?!'

버럭 튀어 나갈 뻔한 소리를 가까스로 삼켰다. 내가 직접 겪은 일이나 마찬가지이니, 처음 듣는 사람처럼 굴면 큰일이었기에.

'아니, 모기는 너무 심했잖아!'

생각해 보니, 나도 사냥 대회에서 겪은 일이었다. 도르테아 부인이 먹으라고 권했던 지린내가 나는 노란 차. 마시는 척만 하고 내려놨기에 망정이지, 하마터면 꼼짝없이 당할 뻔했다.

'못된 년들. 그때 아주 그냥 난사를 하고 왔어야 했는데.'

나는 석궁을 한 방도 쏘지 않고 나온 게 못내 아쉬워 이를 빠득빠득 갈았다. 고작 17살의 페넬로페가 눈이 뒤집혀서 날뛸 만한 일이었다.

"그대가 미쳐 날뛸 만도 했어."

때마침 나와 비슷한 생각을 했는지, 황태자가 퍽 재밌다는 표정으로 나를 바라보았다.

"그래도 주변에 날아다니는 모기를 잡아다 직접 우려 주겠다며 켈린의 입에 석궁을 들이밀었던 건 정말 대단하더군."

"……."

"역시, 소문대로 보통이 아니야."

짝, 짝. 놈이 뜬금없이 박수를 치며 감탄했다. 나는 눈살을 와락 찌푸렸다.

"지금 저 놀리시는 거죠?"

"그럴 리가? 사람이 참고 살면 병나기 마련이지. 칭찬이야."

전혀 칭찬으로 들리지 않았다. 한순간 저놈과 동급이 된 것 같은 기분이 들어서 마음이 심란해졌다.

"그런데, 그때 있었던 일을 공작에게 상세히 말하지 않았나?"

그때, 황태자가 불쑥 물었다.

"뭘요?"

"모기 우린 차를 줬다는 것 말이야."

"……."

"말했으면 다이아몬드 광산까지 가지는 않았을 텐데. 쌍방이니 대충 사파이어 정도 떼 주고 무마했겠지."

칼리스토는 비꼬는 게 아니라, 순수하게 질문하는 듯했다.

"……."

나는 말문이 턱 막혔다. 게임에서는 나오지 않았던 장면이라, 그때의 페넬로페가 어떻게 행동했는지 모르기 때문이다.

'공작에게 정말 말하지 않았을까?'

그러나 하드 모드의 미친 선택지를 떠올리면, 페넬로페는 충분히 말하고도 남을 성격이었다. 분명 '저년들이 감히 제게 모기 섞인 차를 주었다고요!' 하고 악에 받쳐 난장을 피웠을 테지.

하지만 나는 페넬로페가 그냥 '착한 여주병'에 걸려 바보처럼 아무 변명도 안 했을 거라 믿기로 했다.

만약 공작에게 말을 했는데도 변하는 게 아무것도 없었다면…… 그러면 너무 비참하지 않은가.

"……안 믿어 줄 것 같아서요."

나는 한참 뒤늦게 황태자의 물음에 답했다. 어느덧 나도 모르게 한 손으로 뺨을 슬며시 쓰다듬는 중이었다.

황태자의 의미 모를 시선에 퍼뜩 정신을 차린 나는, 머쓱한 얼굴로 손을 내렸다.

"그쪽은 다수고, 저는 혼자였잖아요. 철이 안 들었을 때였기도 하고요."

어깨를 으쓱이며 애써 아무렇지도 않은 척했다.

나는 칼리스토가 내 말에 무참히 조소하며 빈정댈 거라 생각했다. 입꼬리를 픽, 비틀어 올린 것까진 내 예상과 같았다.

"그대의 아비도 알 만하군."

그러나 그는 예상외로 나를 조롱하지 않았다.

"우리 황제 폐하 못지않아."

칼리스토는 사나운 기세를 풍기며 웃었다. 그런데 참 이상하게도, 그 얼굴이 음울해 보였다.

나는 또다시 가슴이 울렁거리는 기현상을 겪고 싶지 않았다. 그래서 황급히 화제를 전환했다.

"그런데…… 이걸 저한테 왜 주세요?"

나는 흰색 봉투를 들어 보이며 말했다.

"원래 저희 아버지 것이잖아요."

"내 손에 들어왔으니, 누구한테 주든 내 마음이지."

칼리스토가 시큰둥하게 대꾸했다. 공작에게 돌려줄 생각이 없다는 뜻이었다. 나는 잠시 멈칫하다가, 그에게 그냥 광산 소유서를 내밀었다.

"그래도…… 제게는 너무 과분합니다. 스크롤만 감사히 받을게요."

나는 그것을 '웬 떡이냐.' 하고 덥석 받을 수 없었다. 작년의 페넬로페가 겪었을 수치와 오욕, 눈물 값이 아닌가. 내가 함부로 받을 수 없는 것이었다.

흰 봉투를 다시 돌려주려 하자, 황태자가 눈썹을 꿈틀거렸다.

"공녀답지 않게 왜 이래?"

"예? 무슨……."

"부티 나는 걸 좋아한다며? 그놈의 보석, 질리도록 끌어안고 살아 보라고."

황태자가 코웃음을 치며 하는 말에 영문 모를 표정을 짓던 중이었다. 불현듯 동굴에서의 대화가 귓가에 스쳐 지나갔다.

— 사람이 돈 좀 있어 보이면 좋잖아요.

— 제가 원래 보석을 좀 좋아해요. 물론 황금도요.

떠오르는 내 흑역사에 얼굴이 딱딱하게 굳었다.

"괜히 죽이지 말라느니, 헛소리 그만하고 감사히 받아."

"……."

"황태자의 목숨을 구한 포상이다."

그 순간, 황태자가 불쑥 다가와 내 손을 잡아챘다.

〈SYSTEM〉 [칼리스토]의 호감도를 확인하시겠습니까?

[200만 골드 / 명성 200]

예상치 못한 접촉으로 인해 그의 머리 위로 하얀 네모 창이 떠올랐다.

멍하니 그것을 바라보던 순간, 놈이 돌려주기 위해 내밀었던 흰 봉투를 꽉 쥘 수 있도록 내 손등을 힘 있게 겹쳐 잡았다.

"받고, 살갑게 좀 웃고 다녀."

"……."

"매번 만날 때마다 개똥이라도 씹은 것처럼 뚱한 표정 짓지 말고."

"개, 개똥이라니요!"

나는 놈의 저질스러운 말투에 질색을 하며 물러섰다. 원한 것은 아니었으나, 이왕 기회가 생겼을 때 놈의 호감도를 서둘러 확인하기 위해서였다.

그런데 그때였다. 바스락—.

황태자와 나를 제외하고 고요하기 그지없던 후원에 미세한 인기척이 느껴졌다. 나는 반사적으로 휙 고개를 돌렸다.

연무장으로 향하는 길과 맞닿은 무성한 풀숲. 빽빽한 나무 사이로, 빠르게 사라지는 누군가의 뒷모습이 언뜻 비쳤다 사라졌다. 묘하게 익숙한 인영이었다.

"이클리스……?"

나도 모르게 혼잣말처럼 작은 중얼거림이 새어 나왔다. 순식간에 사라져 자세히 보지 못했지만, 회갈색 머리칼을 본 것은 분명했다.

'이클리스가 여긴 왜……?'

지금쯤 훈련을 하고 있어야 할 이가 나를 만나러 올 리 없었다.

잘못 본 건가 싶어 고개를 갸웃거릴 때.

"일하는 고용인인가?"

"네? 아……."

황태자가 묻는 소리에, 그제야 퍼뜩 정신이 들었다. 다시 앞으로 고개를 돌리니, 칼리스토가 시뻘건 눈을 가느스름하게 뜬 채 텅 빈 숲을 응시하고 있었다.

"그런가 봐요."

서둘러 대수롭지 않은 목소리로 대꾸하자, 그의 시선도 스르륵 내 쪽으로 돌아왔다.

"그런데 공녀."

그가 여전히 내 손을 꽉 쥔 채 묘한 얼굴로 나를 불렀다.

"요즘은 연극을 배우는 것이 귀족의 기본 소양인가 보지?"

"……네? 무슨 연극이요?"

놈의 뜬금없는 소리에 어리둥절할 무렵, 문득 아직도 황태자가 내 손을 붙들고 있다는 사실을 깨달았다. 악착같이 거리를 벌렸던 것 같은데 어느새 퍽 가까워진 거리에, 어디선가 경고음이 울려 퍼졌다.

"이, 이제 그만 돌아가야겠어요. 주신 것들은 감사히 받을게요, 전하."

놈의 머리 위 빨간색 게이지 바를 흘끔대며 서둘러 다시 거리를 벌리려 하던 찰나, 황태자가 돌연 붙들고 있던 손을 놓고 내 양 볼을 덥석 부여잡았다.

"억!"

나는 화들짝 놀라 버둥거렸다.

"이, 이게 무슨……! 왜, 왜 이러십니까!"

"잠깐 가만히 있어 봐."

그 순간, 황태자가 고개를 숙여 제 얼굴을 가까이 들이밀었다. 시뻘건 홍채가 코앞까지 당도했다. 나는 딱딱하게 얼어붙었다.

점점 가까워지는 놈의 얼굴에 눈이 질끈 감기려던 찰나. 불현듯 양 눈가에 뜨끈한 온기가 닿았다.

"아프지 마, 공녀."

칼리스토는 나를 내려다보며 묵묵히 읊조렸다.

"그대가 아프면, 내가 이 한 몸 바쳐서 구해 낸 보람이 없잖아."

마치 눈물이라도 닦아 주듯, 뜨거운 엄지가 내 눈 밑을 진득하게 문질렀다.

나는 숨을 멈췄다. 머릿속이 새하얘졌다. 그가 느닷없이 이런 돌발 행동을 하는 이유를 도무지 알 수 없었다.

"그만 들어가."

그는 한참 동안 그 뜻 모를 행동을 반복한 후에야 내 얼굴을 놓아 주었다. 오만하게 턱짓하는 그를 일별한 채 뒤돌아선 후에야, 막힌 숨이 팍 터져 나왔다.

방으로 돌아가는 내내, 머릿속이 혼란스럽고 복잡했다.

'그놈이 대체 그런 짓은 왜 한 거지?'

너무 놀라서 그런지, 아직도 가슴이 요동쳐서 나는 여러 번 심호흡을 해야 했다.

시린 겨울철에 핫팩을 얼굴에 댄 듯, 아직도 눈 밑에 뜨거운 온기와 문지르는 감촉이 남은 것 같은 느낌이 들었다.

괜히 기분이 이상해져서 그 주변을 손가락으로 슬슬 긁으며 중앙 계단을 오를 적이었다. 청소를 막 마치고 내려오는 한 무리의 고용인들을 마주쳤다. 잠시 멈춰서 내게 인사를 하려던 그들이 문득, 나를 보고 기겁했다.

"헉!"

"히익!"

"흐읍."

그러더니 빠르게 스쳐 지나가는 것이 아닌가.

'뭐지?'

나는 고개를 갸웃거렸다. 그러나 이 집 고용인들은 종종 나를 보고 기겁을 할 때가 많기에, 대수롭지 않게 넘겼다.

남은 계단을 마저 오른 후 '벌컥' 방문을 열고 안으로 들어서자, 침구 정리 중이었던 에밀리가 고개를 돌렸다.

"아가씨, 오셨…… 꺄악!"

그런데 느닷없이 나를 보며 비명을 지르는 것이 아닌가. 나는 벌레라도 나왔나 싶어, 주변을 휙휙 둘러보며 외쳤다.

"뭐, 뭐야. 왜 그러는데?"

"어, 얼른 거울 좀 보셔요, 얼른요!"

에밀리가 허둥지둥 다가와 나를 떠밀었다. 나는 어리둥절한 상태로 그대로 욕실 안으로 들어섰고…….

곧바로 마주친 거울 안에서 좀비를 보았다.

"악! 이게 뭐야!"

소스라치게 놀라 짧게 비명 지르던 나는, 이내 허겁지겁 거울에 얼굴을 바짝 들이밀었다.

퀭한 몰골 연출을 위해 눈두덩이에 발라 둔 시커먼 인조 다크 서클이 볼까지 내려와 있었다. 게다가 창백한 안색처럼 보이게끔 몇 겹으로 덧입힌 분칠이 군데군데 벗겨진 상태였다.

그것이 꼭 피부가 벗겨진 듯 괴기스러워서, 볼까지 내려온 거뭇한 아이라인과 잘 어우러졌다. 거기에 병색이 짙은 가녀린 아가씨 연기를 한답시고 입은 새하얀 잠옷 원피스.

거울에 비친 내 모습은 정말로 되살아난 시체 같았다.

"대체 언제……!"

정신없이 내 어마어마한 몰골을 확인하던 중, 머릿속에 번뜩 섬광이 일었다. 뜬금없이 볼을 잡고 눈가를 지그시 문질렀던 황태자.

— 요즘은 연극을 배우는 것이 귀족의 기본 소양인가 보지?

'그, 그 새끼!'

놈이다. 내가 분장을 한 것을 눈치챈 놈이, 일부러 얼굴을 손으로 문대 엉망진창으로 만든 것이다. 잠시나마 동요했던 내가 수치스러워서, 더는 참을 수 없었다.

"칼리스토 레굴루스, 이 미친놈아아악—!"

그로부터 한참 동안, 공녀의 방에서는 알 수 없는 괴성이 새어 나왔다.

미친 황태자놈에 대한 분노로 인해 깜빡 잊었던 것을 다시 상기한 것은 며칠 후였다.

"……뭐? 훈련에 참여를 안 해?"

나는 이른 아침 방문하여 이클리스의 소식을 전하는 집사를 멍하니 바라보았다.

"예. 같은 방을 쓰는 기사의 말로는, 벌써 며칠째 방 밖으로 나가지 않고 있다고 합니다."

"……왜?"

"이유까지는 잘……."

집사가 말끝을 흐렸다. 하긴, 그도 막 보고를 받고 내게 전달하러 온 것인데, 이유까지 알 턱이 있을까.

"……첫째 오라버니는 알고 있어?"

"아직 모르십니다."

가장 우려되는 것이었는데, 다행이었다.

노예 신분으로는 얼씬도 할 수 없는 에카르트 기사단에 받아 준 것으로도 감지덕지한 처지였다. 그런데 제멋대로 훈련을 빼먹은 것을 기사단장인 데릭이 안다면, 공작저에서 쫓겨나는 건 일도 아니었다.

'그런데, 정말 왜지?'

이해가 가지 않았다. 얼마 전까지 꼬박꼬박 훈련에 참여하던 이클리스였다. 사고 치지 않고 성실하게 제 할 일을 해 온 것을 기특하게 여겨, 목검을 비롯한 선물들까지 잔뜩 떠안겼지 않은가.

"그러고 보니, 집사. 이클리스의 옷은 잘 전달했나?"

'선물'하니 떠올랐다. 얼마 전 재단을 맡긴 그의 겨울옷들이 모두 완성된 것을.

"네. 분부하신 대로, 모든 기사들이 다 볼 수 있게끔 휴식 시간에 전달하였습니다."

"그래? 고생했어."

"한데……."

집사가 머뭇거리다 말을 이었다.

"그 후에 상자를 열어 보지도 않은 채 받은 그대로 내버려 두는 중이랍니다."

"뭐?!"

깜짝 놀라 나도 모르게 큰 소리가 튀어나왔다.

'내가 준 선물을 거들떠도 안 보고 있다고?!'

내겐 훈련을 빠진 것보다 그게 더 심각하게 다가왔다.

'대체 무슨 일…….'

그 순간, 번뜩 뇌리를 스치는 장면이 있었다. 얼마 전 후원에서 황태자와 만났을 때 얼핏 보았던, 숲속으로 빠르게 사라지는 누군가의 뒷모습.

'그때 그게, 정말 이클리스였던 건가?'

나는 눈살을 찌푸리며 고민하다가 입을 열었다.

"……집사. 견습 기사들이 쓰는 숙소가 어딘지 알지?"

"네. 연무장 근처에 있습니다만……."

"안내 좀 해 줘."

나는 서둘러 자리에서 일어나며 덧붙였다.

"지금 당장 이클리스를 만나러 가 봐야겠어."

견습 기사들이 사용하는 숙소 건물은 연무장 근처 숲속에 위치했다. 모두 훈련을 나가서 그런지, 건물 주변은 텅 비어 있었다.

"이쪽으로 오시죠, 아가씨."

집사가 먼저 입구 쪽으로 나를 안내했다. 안으로 들어서자, 깔끔하지만 좁은 복도와 계단이 이어졌다. 견습 기사들이 쓰는 숙소치고는 괜찮은 수준이었다.

그러나 빙의 후 내내 호화스러운 공작저와 황궁을 오가서 그런지, 남루한 건물이 퍽 생소하게 느껴졌다.

"몇 층이야?"

"4층입니다."

집사가 다시 앞서 나를 안내했다. 그를 따라 계단을 오른 지 얼마쯤 지났을까.

"……와, 시발. 이게 다 얼마짜리들이냐."

하나 남은 층계를 막 오르려던 우리는, 위쪽에서 들려오는 상스러운 소리에 걸음을 멈칫했다.

"노예 주제에 아주 복에 겨웠네, 겨웠어."

"그 미친개가 푹 빠져서 사족을 못 쓴다며? 저번엔 무기들을 몇 궤짝씩이나 사 주더니……."

땡땡이라도 치는 모양인지, 네댓 명이 훈련을 할 시간에 저급한 대화를 나누고 있었다. 누가 들어도 나와 이클리스의 이야기였다.

"야, 뭐가 복에 겨웠냐. 반반한 노예 새끼들은 밤 시중을 든다며. 그 미친개 비위 맞추느라 이놈도 얼마나 힘들겠냐."

아래쪽에 당사자가 있을 줄은 꿈에도 생각지 못한 건지, 마지막 놈의 말에 와하하 웃음이 터졌다.

집사가 새하얗게 질린 얼굴로 나를 흘끔 돌아보는 것이 느껴졌다. 나는 그런 그를 태연하게 지나쳐 계단 위를 올랐다.

층계에서 멀리 떨어지지 않은 어느 방문 앞. 네 명의 쓰레기들이 커다란 상자 하나를 둘러싼 채 두꺼운 털옷들을 들춰 보며 낄낄거리고 있었다. 내가 이클리스에게 선물한 것들이었다.

"그렇게 부러우면 너희들도 외모부터 가꾸렴. 그런 돼먹지 못한 면상들로는 매춘부의 비위도 맞추기 힘들겠구나."

여상히 읊조린 말에 웃음소리가 뚝 끊겼다.

"뭐…… 헉."

나를 발견한 놈들의 눈이 부릅떠졌다. 신나게 지껄여 댈 때는 언제고, 너무나도 뻔하기 그지없는 반응들이 재미도 없고 식상했다.

"아. 이미 그렇게 태어났으니 그른 건가?"

나는 고개를 옆으로 기울이며 지루한 음성으로 물었다.

"그럼 내가 마법으로 얼굴을 손볼 수 있게끔 도와줄까? 말만 하렴."

"……."

"미친개가 너희들 얼굴 좀 물어 찢는다고 누가 뭐라 하겠니."

"헉, 고, 공녀……!"

"들었지, 집사?"

나는 허둥지둥 내 뒤를 쫓아 올라온 집사를 돌아보며 비릿하게 웃었다.

"이것들 얼굴 외워서 책임지고 첫째 오라버니께 보내. 지껄인 말들 한마디도 빠짐없이 같이 전하고."

이게, 네가 만든 천둥벌거숭이의 결과물이라고 말이야.

"……예, 아가씨."

집사가 딱딱하게 굳은 얼굴로 허리를 깊게 숙였다.

"지, 집사님!"

내 앞에 거의 납작 엎드리다시피 하는 집사의 모습에, 기사 놈들이 입을 떡 벌렸다. 이내 사태의 심각성을 깨달았는지 놈들이 헐레벌떡 다가왔다.

"오, 오해십니다! 저, 저희는 그, 그게 아니라……!"

덩치가 커다란 놈들이 한꺼번에 우르르 다가온 탓에, 복도가 순식간에 꽉 찼다. 바로 이클리스의 방으로 이동하려던 나는, 길이 막히자 오만상을 찌푸렸다.

그런 내 눈치를 기민하게 알아챈 집사가 허둥지둥 내 앞을 가로막았다.

"어허! 물러들 서게. 어느 안전이라고!"

"집사님! 그게 아니라, 저희가 한 말은 그냥……!"

놈들 중 한 명이 집사에게 변명을 고하려 했다. 하지만 고요히 고개를 젓는 집사에 의해 막혔다. 그제야 놈들이 노선을 바꿔 나를 돌아보았다.

"고, 공녀님! 다, 다 설명하겠습니다. 모두……!"

"꺼져."

나는 앞을 막무가내로 막아서는 놈을 서늘한 눈으로 바라보며 비킬 것을 종용했다.

"역겨운 냄새 나서 말 섞기 싫으니까."

"아, 아가씨……."

"왜. 너도 저번에 연무장에서의 그놈처럼 공개적으로 목 졸라 줄까?"

확실히 게임 속 최고 악녀는 맞는지, 페넬로페에게는 사람의 기를 죽이는 무언가가 있었다. 빙글 웃으며 건넨 말에 산만 한 덩치의 사내가 흠칫하며 물러섰다.

머뭇대던 그들은 이내 게걸음을 치며 차례대로 이동했다. 내가 복도 한가운데를 떡하니 차지하고 서 있었기 때문이다.

놈들로 인해 엉망진창이 된 선물 상자를 잠시 물끄러미 응시하던 나는, 이내 집사에게 턱짓했다. 그가 재깍 움직여 이클리스가 머무는 방문을 두들겼다.

"이보게, 이클리스."

"……."

"나일세, 집사. 나눌 이야기가 있으니 문 좀 열어 주겠나?"

쿵쿵쿵—. 집사가 여러 번 문을 두드렸지만 묵묵부답이었다. 몇 번의 두드림 이후에도 문이 열리지 않자 집사가 난처한 얼굴로 내게 돌아왔다.

"안에 있는 것 같습니다만…… 열쇠를 가지고 올까요, 아가씨?"

나는 잠시 고민하다, 이내 고개를 저었다.

'에휴. 은근 까탈스럽단 말이지.'

하지만 그때 후원의 숲에서 본 인영이 이클리스가 정말로 맞는다면 여러모로 낭패였다.

나는 집사를 지나쳐 굳게 닫힌 방문 앞에 섰다. 그리고 가볍게 손을 들어 노크했다. 똑똑—.

"나야, 이클리스."

"……."

"문 좀 열어 주렴."

직접 나섰음에도 불구하고 여전히 문은 열릴 기미를 보이지 않았다. 나는 잠시간의 틈을 둔 후 다시 입을 열었다.

"……걱정돼서 왔단다. 내키지 않으면 그냥 돌아갈까?"

이번에도 반응이 없다면 정말로 그만 돌아갈 생각이었다. 강제로 문을 열고 들어가면 오히려 호감도가 더 떨어질 수도 있으니까.

얼마간 서서 기다리던 나는 이윽고 등을 돌렸다. 그 순간이었다. 부스럭—. 얇고 조악한 문 너머로 작은 기척이 들리더니.

끼이익—.

영영 열리지 않을 것만 같던 문이 천천히 열렸다. 그 소리에 멈칫하고 다시 뒤를 돌자, 겨우 한 뼘만큼 열린 문틈이 보였다. 커튼을 쳐 둔 건지 훤한 대낮임에도 그 안이 컴컴했다.

나는 다시 집사를 향해 고개를 돌렸다.

"아까 그놈들, 첫째 오라버니께 잘 인솔해 주고 그만 일 봐."

"하오나, 어찌 아가씨 홀로……."

집사가 우려스럽다는 듯 얼굴을 굳혔다. 아무리 신분 낮은 노예라도, 사내들이 기거하는 곳에 어찌 귀족 여식 홀로 내버려 두냐는 의미였다.

"오래 있을 생각은 아니니 걱정 마."

"그러면 지시하신 일을 마치고 바로 돌아와 건물 앞에서 대기하고 있겠습니다."
"그러든가. 수고해."
대충 고개를 끄덕이자, 집사가 묵례 후 서둘러 계단을 내려갔다. 나는 그가 완전히 사라진 후 천천히 손을 뻗어 문을 열었다. 끼이익—. 녹슨 경첩 소리와 동시에 문이 조금 더 열렸다.
예상대로 커튼을 쳐 뒀는지, 내부가 어두컴컴했다. 그러나 낡은 커튼에는 구멍이 곳곳에 뚫려 있어, 그 사이로 햇빛이 쏘아져 들어왔다. 덕분에 주변을 식별하는 데 별 무리는 없었다.
나는 잠시 문틀에 선 채 눈을 굴려 내부를 확인했다. 침상 두 개와 그 사이를 잇는 탁상만이 덜렁 놓여 있는 협소한 공간이었다. 덕분에 토라진 남주를 찾는 것은 어렵지 않았다.
"……이클리스."
나는 작게 속삭이듯 그를 부르며, 방 안으로 한 걸음 떼었다. 창가 측에 놓인 침상 위의 이불이 볼록 솟아 있었다.
그쪽으로 다가서던 나는 일순 멈칫했다. 그가 누워 있는 침대 근처, 탁상 위와 바닥에 웬 꽃송이들이 아무렇게나 널브러져 있었기 때문이다.
반쯤 시들어 있는 그것들 때문인지, 방 안은 향긋하면서도 케케묵은 오묘한 냄새가 났다.
나는 꽃들을 피해 침상 끄트머리에 힘겹게 걸터앉았다. 그리고 불룩한 이불 위에 살포시 손을 얹으며 이클리스에게 말을 걸었다.
"주인이 왔는데 얼굴 보여 주지도 않을 거니?"
"……."
역시나 돌아오는 대꾸가 없자 걱정이 일었다. 나는 이불 위에 얹은 손을 살살 흔들었다.

"혹시 어디 아파?"

"……."

"이클리스."

이클리스는 머리끝까지 이불을 뒤집어쓴 채, 미동도 하지 않았다.

'말도 못 하고 홀로 끙끙 앓느라 훈련도 참여하지 못한 거 아냐?'

번뜩 스치는 가정에, 나는 자리에서 벌떡 일어났다.

"안 되겠어. 의원을 불러올 테니, 잠시 기다……."

황급히 방을 벗어나려고 할 때였다. 옷자락을 붙드는 미약한 손길이 느껴졌다.

나는 우뚝 걸음을 멈췄다. 다시 침상을 돌아보니, 이불 사이에서 삐쭉 빠져나온 팔이 치마 끝을 꽉 붙들고 있었다.

"가지…… 마세요."

"……."

"그냥 옆에 있어 주세요, 주인님."

이불 속에서 무언가를 억누르는 듯한 목소리가 새어 나왔다.

'얘가 이렇게 약한 소리를 한 적이 있던가.'

멍하니 치맛자락을 붙든 팔을 내려다보던 나는, 이내 순순히 다시 침상에 앉았다. 가지 않겠다는 의사임에도 불구하고 치맛자락을 붙든 손이 떨어질 줄 몰랐다.

나는 손을 뻗어 이번에는 이불 위가 아닌, 나를 붙들고 있는 타인의 손등을 살짝 겹쳐 잡았다. 열이 있는지 확인하기 위해서였다.

〈SYSTEM〉 [이클리스]의 호감도를 확인하시겠습니까?

[800만 골드 / 명성 200]

손을 잡자마자 곧바로 하얀 네모 창이 허공에 떠올랐다. 호감도를 확인하고 싶었지만, 이불에 가려져 있어 게이지 바도 보이지 않았기에 그냥 관뒀다.

다행히 감기 같은 건 아닌지, 손바닥 아래에서 미지근한 온기가 느껴졌다.

"……왜 훈련도 안 나가고 이러고 있어. 걱정스럽게."

나는 부러 나긋나긋한 목소리를 내었다. 몰빵 남주의 심기가 썩 좋아 보이지 않았기에.

다행히 이번에는 즉각 반응이 돌아왔다.

"……진짜로 절 걱정하신 게 맞아요?"

그러나 긍정적인 반응은 아니었다.

"습관처럼, 절 달래려고 하는 말이 아니고요?"

날이 선 목소리에 나는 눈을 휘둥그레 떴다. 잠시 할 말을 찾던 나는, 그의 손등을 살며시 쓰다듬으며 말했다.

"걱정되지 않았으면 여기까지 내가 직접 오지도 않았겠지, 이클리스."

"……그날."

"……."

"절 보시고도 바로 찾아오지 않으셨잖아요."

역시, 그날 잘못 본 게 아니었다. 나는 변명을 하기 위해 입을 벌리며, 무엇이 이클리스의 심기를 건드렸는지 찬찬히 고민했다.

"일이 좀 있어서 바로 올 수 없었어."

"……."

"날 만나러 왔던 거니?"

그 말을 내뱉고 나자, 그가 토라진 이유를 좀 알 것 같았다.

'모처럼 만나러 왔는데 황태자와 있으니까 기분 상한 거로구나.'

어쨌든 나는 지금 나를 향한 호감을 올리는 연애 시뮬레이션 게임 중이었다. 마지막으로 봤을 때 '86%'였으니, 이클리스가 내게 어느 정도 연심을 품게 된 것이다.

'연심이라니…….'

새삼 뒤늦은 깨달음에 나는 좀 놀랐다. 호감도를 올리기 급급해, 그가 나를 이성적으로 어떻게 생각하는지에 대해 깊이 고민해 본 적이 없었기 때문이다.

'그럼 검붉은색이 연심을 뜻하는 건가?'

이클리스의 게이지 바 색을 떠올리며 고개를 갸웃거리던 나는, 너무 틈이 길어졌다는 걸 상기하고 서둘러 말했다.

"그런 줄 알았으면 일을 모두 제치고 한달음에 올 걸 그랬네."

의도한 대로 꽤 다정하고 상냥한 음성이 튀어나왔다. 당장은 토라진 남주를 풀어 줘야 했으므로.

"선물 상자를 방 안에 놓을 수 없어서 짜증 났어요."

그런데 이클리스는 뜬금없는 소리를 웅얼거렸다.

"……응?"

얼떨떨하게 되묻던 나는, 곧 그가 무슨 말을 하는지 알아차렸다.

바깥에 내놓아져 있던 내가 준 선물. 부피가 큰 겨울옷을 여러 벌 담은 만큼 상자의 크기도 컸다. 때문에 작은 방 안에 들여놓을 수 없었다는 소리였다.

"주인님은 제가 받고 기뻐하는 모습을 좋아하시니까."

"……."

"감사하다는 말을 하러 가고 싶었는데……."

이클리스의 말은 다소 뒤죽박죽이었다. 무언가 털어놓듯 띄엄띄엄 두서없이 중얼거리던 그가, 천천히 뒤집어쓴 이불을 걷어 내렸다.

낡은 커튼 새로 새어 들어오는 희미한 빛 아래, 밀랍 인형처럼 곱상하고 희멀건 얼굴이 드러났다. 그와 동시에 그가 이불 속에 숨겨 뒀던 손을 불쑥 내게 내밀었다.

"……저는 주인님께 줄 수 있는 게 이런 것밖에 없어요."

끄트머리가 갈색으로 변색된 채 늘어진 반쯤 시든 꽃송이들. 그것들은 동그랗게 엮여 아기자기한 화관의 형태를 띠고 있었다.

"아……."

그제야 그 꽃이 어떤 것이었는지 기억났다. 며칠 전 부슬비가 내리던 날, 유리 온실에서 이클리스와 함께 본 흰 들꽃이었다.

나는 다시 시선을 들어 완전히 드러난 이클리스의 얼굴을 바라봤다. 그 순간, 모든 사고가 정지했다. 나는 지금 내가 보고 있는 것이 믿기지 않아 멍하니 입을 벌렸다.

이클리스가 내게 초라한 화관이나마 선물로 주려 했던 것 때문이 아니라.

"……그 사람 누구예요?"

"……."

"뭘 받고 그렇게 환하게 웃으셨던 거예요?"

흥건하게 젖어 있는 잿빛 눈동자 때문에—.

마주치고 있는 회갈색 동공에 처음 보는 격정들이 소용돌이쳤다.

반짝이는 것들이 그의 볼을 타고 아롱아롱 흘러내렸다.

그럼에도, 이클리스는 언제나처럼 변함없이 무표정했다. 감정이라곤 일말도 없는 사람처럼.

나는 그래서 바로 알아차릴 수 없었다. 그가 지금 울고 있다는 사실을.

"……이클리스."

인형같이 말간 얼굴 위로, 거짓말처럼 흘러내리는 눈물들. 나는 그 이질적인 모습을 한동안 멍하니 바라보다가, 가까스로 목소리를 쥐어짰다.

"너…… 지금 우니?"

믿기지 않는다는 내 심정을 고스란히 담은 듯, 말끝이 떨렸다.

"……."

이클리스는 숨소리 하나 내지 않은 채, 그저 눈물만 뚝뚝 흘리며 나를 바라볼 뿐 대답하지 않았다. 그러나 그의 머리 위, 선명한 검붉은색 호감도 게이지 바가 위태롭게 반짝이기 시작했다.

덜컥, 가슴이 내려앉았다. 나는 반사적으로 손을 들어 그의 뺨에 가져다 댔다.

"울지 말렴, 이클리스. 왜 울고 그래."

엄지로 흥건한 물줄기를 쓸 듯 닦아 주며, 아이 어르듯 울음을 달랬다. 그리고 그와 동시에 여전히 떠 있는 시스템 창의 [800만 골드]를 선택했다.

이윽고 호감도 게이지 바 옆 [호감도 확인하기]가 수치로 변했다.

[호감도 84%]

'……뭐야?'

나는 선명한 흰색 숫자들을 보고 날카로운 숨을 들이켰다.

'왜, 왜 84%지?'

머릿속이 갑자기 미친 듯이 혼잡해졌다. 유리 온실에서 마지막으로 확인했을 때, 분명 '86%'였었다. 그것을 똑똑히 기억하는 중이었다. 그런데…….

이클리스의 호감도가 처음으로 하락했다.

"……말해 주세요."

그때, 눈물을 닦아 주던 것도 멈추고 그대로 굳어 있는 나를 보며 그가 입을 열었다.

"그 남자 누구예요?"

꽉 억눌린 듯한 음성에 그제야 퍼뜩 정신이 들었다.

"……그분은 황태자 전하셔."

나는 고민할 새도 없이 사실을 털어놓았다. 그러자 이클리스의 동공이 한차례 흔들렸다.

"황태자…… 요?"

"그래."

눈물을 흘리면서도 변함없던 그의 낯빛이, 그 순간 기묘하게 움텄다. 나는 그가 왜 그러는 건지 바로 알아차렸다. 황태자는 그의 고국을 멸망시킨 주범이었으니까.

"전하께서 내게 전해 줄 게 있어서 공작저에 잠깐 들르신 거야. 난 그걸 받은 거고."

"뭘 전해 주러 왔는데요?"

말을 끝맺기 무섭게 이클리스가 득달같이 물었다.

"황궁에서 보관하던 고대 유물과 그에 대한 자료들을 받았단다."

나는 순순히 대답하되, 다이아몬드 광산을 받았다는 사실은 숨겼다. 말해 봤자, 득 될 게 없었으므로. 대신 납득될 만한 이유를 적당히 덧붙였다.

"사냥 대회 우승 포상으로 원하는 것을 한 가지 요청할 수 있었거든."

"……왜 시종을 시키지 않고 그 남자가 그걸 직접 주인님께 가져다줘요?"

"이클리스."

그러나 이클리스는 별로 납득하지 못하는 것 같았다. 게다가 제국의 황태자임을 알았음에도 불구하고 '그 남자'라는 무례한 발언을 서슴없이 내뱉었다.

나는 깜짝 놀라 그를 부르다가 흠칫했다. 눈조차 깜빡이지 않고 나를 뚫어져라 쳐다보는 그가, 어쩐지 조금 섬뜩하게 느껴졌다.

무슨 답이 좋을지 머리를 굴리던 나는 망설이는 것처럼 답했다.

"……내가 아팠어."

이보다 더 좋은 변명거리가 생각나지 않았다. 예상대로였다. 놀란 듯, 이클리스의 눈이 천천히 커졌다.

"아프…… 셨어요?"

"그래서 황궁에 갈 수 없었고, 전하께서 볼일을 볼 겸 들러서 전달해 주신 거란다."

"……."

"말하지 않으려 했는데…… 그게 널 바로 만나러 오지 못한 이유야."

마침내 집요하게 되돌아오던 질문이 멈췄다.

"……."

이클리스는 쉬이 말을 꺼내지 못했다. 무슨 대답을 꺼내야 할지 모르는 사람처럼 입술을 달싹거리던 그는, 한참 후 속삭이듯 물었다.

"많이…… 많이 아프셨어요?"

"사냥 대회 때 너무 무리를 했는지 감기 몸살에 걸렸어."

"……."

"그래서 침대 밖으로 한 발짝도 움직일 수 없었지."

아무렇지도 않게 거짓을 읊조리는 내 모습이 그에게는 어떻게 비춰지고 있는지 알 수 없었다. 그저 손 밑에 닿아 있는 미지근한 피부가 움찔거리는 것이 느껴지고…….

"왜."

그의 뺨을 감싼 손을 적시는 물줄기가 더욱더 많아지기 시작했다.

"왜 주인님은, 저한테는……."

"……."

"저한테는 매번 한 마디도 언질을 주지 않으세요?"

"이클리스. 그건……."

"다른 사람을, 집사님을 보내서 알려 주실 수도 있었잖아요."

여전히 무미건조한 표정과는 달리 서러움이 가득 담긴 어투에 나는 어쩔 줄을 몰랐다. 그렇게 따지고 물으니 할 말이 없었다.

그런 내 모습에 혼자 결론을 지었는지, 시든 화관을 움켜쥔 손에 와락 힘이 들어갔다.

"저는, 저는 주인님께 그 정도 가치도 안 되는……."

"쉬이, 비약하지 마렴."

나는 허겁지겁 그를 다시 달랬다.

"1등을 차지해서 당당하게 호강을 시켜 준다 해 놓고, 골골대는 모습을 보이면 내 체면이 뭐가 되겠니. 응?”

“…….”

“그리고 내 선물, 구기지 마.”

나는 이클리스가 쏟아 낸 눈물로 흥건해진 손을 내려, 화관을 짓뭉개다시피 하고 있는 그의 손을 겹쳐 잡았다.

“망가지고 있잖아.”

“이건 이미 다 시들어서 쓰레기에 불과해요. 버려야…….”

“내 거니까 그건 내가 판단할 일이야.”

내게서 손을 빼내 그것을 뒤로 숨기려 드는 이클리스를 빠르게 저지했다. 그리고 꽉 움켜쥔 그의 손가락을 억지로 펼쳤다.

사실 그가 정말로 주기 싫어 나를 뿌리치려면 얼마든지 뿌리칠 수 있었다. 그러나 그는 내게 마지못해 져 준다는 듯 손에서 힘을 풀었다.

‘귀엽게 굴긴.’

기분이 조금은 풀린 것 같아 보여, 나는 속으로 안도했다. 이윽고 그의 손아귀에서 흰 꽃 뭉치들을 꺼내는 데 성공했다.

얼마나 세게 쥐었는지, 이미 절반이 뭉그러져 너덜거렸다. 꽃줄기가 조금만 더 질기지 않았더라면 이미 다 뚝뚝 끊어져, 그의 말대로 버려야 하는 수준에 이르렀으리라.

나는 혀를 차며 더는 화관이라 부를 수 없는 화관을 조심스럽게 간추렸다. 이내 시들고 다 뭉그러진 그것을 천천히 들어 올렸다.

“어때. 잘 어울리니?”

이클리스가 만든 화관을 머리 위에 쓴 채, 할 수 있는 한 가장 환히 웃으며 그를 돌아보았다. 황태자에게 스크롤을 받으며 웃었다는 그의 목격담을 상기했기 때문이다.

"……."

이클리스는 한동안 말없이 나를 바라보기만 했다.

"왜, 별로야?"

나는 고개를 기울이며 물었다. 이클리스는 꽤 오랜 시간이 지난 후에야 천천히 고개를 저었다.

"……아니요."

"……."

"너무…… 아름다워요, 나의 주인님."

그가 혼잣말을 내뱉듯 중얼거렸다. 눈물로 젖은 잿빛 눈동자가 일순 혼탁해진 것 같다는 착각이 일었다. 다시 확인하려 했으나, 반짝이는 검붉은색의 호감도 게이지 바가 확 눈길을 끌었다.

'칭찬이니, 더 떨어지지는 않겠지.'

2% 하락했던 호감도를 되뇌며, 나는 사르륵 눈을 접어 웃었다.

"다행이구나. 고마워."

"……."

"내가 좋아하는 꽃이라고 말해 줬던가?"

기억 안 나는 척 태연하게 묻자, 지금까지 내내 들려 있던 이클리스의 고개가 떨궈졌다. 대답하지는 않았지만, 그의 눈 밑이 미미하게 붉어진 것이 보였다.

나는 전보다 더 짙은 미소를 지으며 입을 뗐다.

"선물을 받았으니, 답례를 해 줘야겠지. 뭐 더 필요한 거 있니?"

이렇게 물으면 그는 으레 고개를 저었다. 아니면 발칙하게도, '자신을 자주 찾아 달라'고 호소하며 기사단 내의 불안한 입지를 다지려 했다.

"저는……."

하지만 오늘의 이클리스는,

"저는 주인님의 하나뿐인 기사가 되고 싶어요."

둘 다 아닌, 뜬금없는 것을 요구했다.

"……그게 무슨 소리야?"

예상치 못한 답변에, 나는 이클리스를 찬찬히 다시 살폈다. 그가 우는 것에만 정신이 팔려 미처 보지 못했다.

'그러고 보니, 저걸 계속 차고 있었단 말이야? 잘 때도?'

개인적인 공간에서마저 내가 준 상아 조각들을 목에 걸고 있을 줄은 몰랐다. 허름한 옷차림과 대조되는 화려한 목걸이를 바라보며 나는 한발 늦게 말했다.

"넌 이미 내 기사야. 하나뿐인 전사이기도 하고."

"……."

"그렇지 않다면 내가 왜, 네게 잡은 사냥감들을 몽땅 바쳤겠니."

마치 구애라도 하는 것처럼 모호하게 말하며, 다시 사르륵 웃었다.

내가 무엇을 응시하는지 알아차린 걸까. 이클리스가 제 목에 걸고 있던 목걸이를 슬쩍 내려다보고는 답했다.

"사실 제게 이런 건 필요 없어요, 주인님. 더는 안 주셔도 돼요."

"……뭐?"

나는 그 말에 당황했다. 내가 그에게 목걸이를 건네주었을 때 그는 그것에 입을 맞췄고, 호감도가 대폭 상승했다.

지금까지 선물을 빙자한 금전적인 지원을 아낌없이 퍼 줄 때마다, 호감도도 어김없이 상승했다. 나는 그것에 무척 만족했다. 이클리스 또한 당연히 그럴 줄 알았다.

그런데 지금 그의 투정은 꼭, 내가 억지로 그것들을 떠안기기라도 한 것 같지 않은가.

"그럼 넌, 뭐가 갖고 싶은 건데?"

내가 뭔가 놓친 게 있는 걸까? 차오르는 불안감에 나는 다급히 물었다.

"저는……."

이클리스는 머뭇거리다가, 이내 명료한 시선으로 나를 바라보며 입을 열었다.

"저도, 검술 스승을 갖고 싶어요, 주인님."

"……스승?"

생각지 못한 요구에 나는 멍하니 눈을 깜빡거렸다.

"하지만 넌…… 진검을 사용할 필요가 없다고 했잖니."

과거 어느 때가 떠올랐다. 그가 기사단 내에서 따돌림을 당하고 있다는 사실을 알고 난 후, 함부로 무시당하지 않게 하기 위해 잔뜩 목검과 훈련용 물품들을 사 주었을 때였다.

— 주인님, 저는 이걸로 충분해요.

— 진검을 가지고 있어 봤자 쓸 일이 없을 것 같아서요.

— 노예는 정식 기사가 될 수 없으니까요. 그러니 수련을 하는데 필요한 목검만 있으면 됩니다.

그때까지만 해도 이클리스는 검술에 그다지 미련이 없어 보였다.

오로지 공작저에 붙어 있는 데에만 열중하는 것 같았다.

— 저를 위한다면 차라리 모르는 척 가만히 계세요. 아무렇지도 않으니까.

그런 그에게 굳이 '고대 마검'을 쥐어 준 것은, 모두 내 안위를 위해서였다. 내게 별다른 충성심도, 애정도 없어 보이는 것에 기인한 불안감.

회상에 잠겨 있던 나를 나지막한 목소리가 깨웠다.

"……분명 그랬는데."

"……."

"생각이 바뀌었어요."

이클리스가 젖은 눈을 나와 맞추며 또렷하게 읊조렸다.

"그렇게 하다간 주인님께서 명령한 것을 지키기는커녕, 훈련에서 계속 뒤떨어질 것 같아서."

"……."

"가르침을 주실 분이 필요해요."

'명령?'

한순간 뭘 말하는지 아리송해졌던 나는 곧바로 이어지는 말에 무슨 명령인지 떠올렸다.

"열심히 해서, 조금이라도 쓸 만한 검 실력을 만들게요."

"이클리스. 그 말은……."

"노예 신분을 벗어나지 못해도 괜찮아요."

변명을 하기 위해 입을 열던 나를 막아서고, 이클리스는 애원했다.

"그냥 주인님께서 주신 검을 쓰고 싶어요. 그렇게…… 해 주실 거죠?"

그는 기묘하게 일렁거리는 눈으로 나를 바라보았다. 그런 그를 보자니, 기분이 이상해졌다.

'……언제부터 이렇게 변한 거지?'

언제나 건조한 눈을 한 채 표정이 없던 이클리스는, 최근 들어 의미 모를 감정의 파편들을 조금씩 내비치기 시작했다.

게다가 딱히 바라는 게 없었던 그가, 이토록 명확하게 무언가를 요구했다는 자체가 충격으로 다가왔다.

나는 빠르게 머리를 굴렸다. 쭉쭉 상향세만 보이던 그의 호감도가 처음으로 주춤거렸다. 여주가 와서 알아서 해 줄 거란 생각은 고쳐먹어야 했다.

"……그러면 앞으로 훈련에 잘 참여할 거지?"

나는 이곳을 찾은 이유를 되새기며 그에게 새끼손가락을 내밀었다. 그가 의아한 눈으로 나를 바라보았다.

"약속해."

"……."

"이번처럼 무단으로 빠지는 일 없도록 하겠다고."

내가 탈출할 때까지 제발 그 자리에 가만히 있어 달라고.

이클리스는 내가 내민 새끼손가락을 물끄러미 내려다보았다. 그러더니, 이내 제 손가락을 엮어 걸며 눈을 내리깔고 수줍게 답했다.

"……약속할게요."

이클리스의 손은 나보다 훨씬 크고 길쭉했다. 넝쿨처럼 손가락을 강하게 휘감는 타인의 온기를 느끼며, 나는 무겁게 고개를 끄덕였다.

"알았어."

"……."

"네가 원하는 게 그거라면, 들어줄게."

그게 과연 가능할지 확신도 못 하면서, 나는 호언장담했다. 호감도가 하락한 남주 앞에서, 기사단은 내 권한 밖이라는 말을 할 정도로 어리석지는 않았기에.

〈SYSTEM〉 [1000만 골드]를 차감하여 [이클리스]의 호감도를 확인합니다.

(남은 보유 자금 : 70,000,000 골드)

나는 피어나는 꽃처럼 화사하게 웃었다.

"그러니 울지 말렴. 알았지?"

[호감도 88%]

앞으로 12%. 내게는 그가 원하는 게 무엇이든, 무조건 들어주는 일만이 답이었다.

깊은 생각에 잠긴 채 천천히 숙소 건물을 빠져나오던 때였다.

"아가씨."

입구에 다다랐을 즈음, 불쑥 누가 나를 불렀다.

"아, 집사."

"이야기는 잘 나누셨습니까?"

"응, 뭐……."

나는 대충 얼버무리며 화제를 돌렸다.

"그놈들은?"

"지시하신 대로 이행하였습니다."

"그래? 수고했어."

솔직히 엿이나 한번 먹으라고 한 것이지 별 기대 없었다. 어차피 데릭 놈은 보지 않았으니 내 말을 별로 신뢰하지도 않을 것이다.

'믿는다 해도 연무장에서 좀 굴리는 걸로 퉁치겠지.'

대수롭지 않게 생각하며 저택으로 가는 길에 오르던 차.

"한데……."

"음?"

"아까 일과 관련해서 소공작님이 잠시 보았으면 한다고 전언하셨습니다."

집사가 예기치 못한 말을 더했다.

"……첫째 오라버니가?"

떨떠름하게 되묻던 나는 잠시 고민했다. 아직 생각과 계획을 다 정리한 것이 아니었다. 그러나 쇠뿔도 단김에 빼라고, 오늘 일이 흐지부지될 때보다 터졌을 때 빌미 삼는 편이 좋았다.

나는 집사를 향해 고개를 끄덕였다.

"지금 바로 가지."

데릭이 사용하는 집무실은 공작의 집무실이 있는 쪽과는 정반대

방향, 저택의 서쪽에 위치했다.

집사의 뒤를 따라 걸음을 옮기던 나는 연신 주변을 두리번거렸다. 생각해 보니 이쪽으로는 와 본 적이 없어 생소하기 그지없었다.

얼마 후, 집사가 커다랗고 고풍스러운 양 문 앞에 멈춰 섰다. 똑똑—.

“소공작님. 페넬로페 아가씨 오셨습니다.”

“들여보내.”

끼이익— 집사의 손에 문이 열렸다. 나는 가벼운 긴장감을 가진 채 안쪽으로 발걸음을 옮겼다.

게임 일러스트를 통해 몇 번 본 적 있었지만, 직접 와 본 데릭의 집무실은 퍽 낯설었다. 주인의 냉혹한 성격을 보여 주듯, 집무실은 무척이나 삭막하고 절제되어 살풍경해 보였다.

안으로 들어서는 그 짧은 순간 내부의 감상을 마친 나는, 불현듯 멈칫했다.

‘……저게 뭐야?’

환한 정오의 햇살이 들이닥치는 통창 앞 창틀. 삭막한 집무실 분위기와는 어울리지 않는 아름답게 세공된 새장이 놓여 있었다. 그리고 그 안에는 난생처음 보는 화려한 새가 들어 있었다.

“삐요, 삐요오—.”

횃대에 앉아 있던 새가 낯선 이를 경계하듯 ‘푸드덕-’ 날개를 퍼덕였다. 그와 동시에 깃털 여러 개가 하늘하늘 새장 바닥으로 떨어졌다. 그 모습이 꼭, 진달래꽃이 휘날리는 것처럼 예뻤다.

‘저놈이 저런 애완동물을 키운다고?’

저 더러운 성격에 전혀 어울리지 않는 심미안이 놀라웠다. 새장 안의 진분홍빛 새에게서 시선을 떼고 고개를 막 돌리던 찰나였다.

시리도록 푸른 눈과 정면으로 눈이 마주쳤다. 새의 주인은 서류가 잔뜩 쌓여 있는 책상에 앉아 안으로 들어서는 나를 고요히 응시하고 있었다.

'그러고 보니…… 사냥 대회 이후 처음 보는 거네.'

여전히 주황색인 호감도 게이지 바가 선명하게 보였지만, 별로 신경 쓰이지는 않았다.

나는 책상과 일정 거리를 두고 걸음을 멈췄다. 놈과 내 사이에 잠시 냉랭함이 감돌았다. 하지만 아랫사람은 나였으므로, 나는 슬쩍 드는 반발심을 억누르고 고개 숙여 인사했다.

"부르셨다고요."

놈이 고개를 까딱였다. 남매간의 인사라기엔 퍽 성의 없고 사무적이기 그지없었다.

"잠깐 앉아 있어라. 일이 아직 남아서, 마저 끝내고 대화하지."

데릭이 뒤쪽에 있는 응접용 테이블을 턱짓하며 말했다. 새장이 있는 통창 앞이었다.

사람을 불러 놓고 저는 일을 하겠다는 행태가 괘씸했지만, 나는 순순히 몸을 돌려 그쪽으로 향했다. 새를 구경하고 싶었기 때문이다.

"삐요, 삐요. 삐요오—."

다가오는 나를 보며 새가 또 한 번 날갯짓을 하며 경계했다. 그래서 나는 새장 가까이 다가가지 않고, 그냥 그 앞 소파에 앉아 구경했다.

이름 모를 새는 마치 구미호처럼 진분홍색의 구불거리는 꽁지를 세우고 있었다. 동물임에도 참 고아한 자태였다.

그뿐만이 아니었다. 움직임이 있을 때마다 새의 몸에서 반짝반짝

빛이 감도는 게 아닌가.

'뭐지?'

자세히 보니 진분홍빛 털을 제외한 부리와 발톱, 눈마저도 정말로 특이한 모양새였다. 꼭 다이아몬드처럼 햇빛에 반사되어 오색찬란하게 빛이 나는 것이다.

'대박. 완전 신기해.'

그중 가장 돋보이는 것은 영롱한 보석안이었다.

넋을 잃고 아름다운 새의 자태를 구경하는 중이었다. 문득, 옆에서 팔이 쑤욱 튀어나오더니, 달칵—.

"차를 들겠나?"

누군가가 찻잔을 내 바로 앞, 테이블 위에 내려놓았다. 흠칫 고개를 들자, 막 상체를 든 데릭이 소파를 빙 돌아 맞은편으로 가는 중이었다.

"아니요."

예의상 내준 찻잔이 무색하게, 곧장 거절했다. 한가하게 놈이랑 차나 들자고 온 것이 아니기 때문이었다.

맞은편에 앉은 데릭은 내 대답에 잠시 멈칫했다. 그리고 이내 무심하게 고개를 끄덕이며 제 잔에 주전자를 기울였다.

쪼르륵—. 직접 우린 건지 아니면 항시 준비해 놓은 건지, 불그스름한 액체에서 모락모락 김이 났다. 달칵, 찻주전자를 내려놓으며 놈이 단도직입적으로 말했다.

"기사들과 또 마찰이 있었다지."

"네."

나는 지체 없이 고개를 끄덕였다.

"집사에게 들으셨겠지만, 제가 먼저 시비를 건 것도 아니고, 따로 보복한 것도 없어요."

변명하는 것 같아서 말하기 썩 마뜩잖았다. 그러나 이미 한 번 몽땅 내 잘못으로 몰린 경험을 겪었으니 별수 없었다.

게다가 소기의 목적을 달성하기 위해서는 선점을 잘해야 했다. 때문에 나는 억지로 입을 열었다.

"게다가 무단으로 훈련에 빠진 것 같아 보였기도 하고요."

"……."

"나중 가서 와전될 수도 있으니 이런 일이 있었다는 것 정도를 미리 말씀드리려고……."

"됐다."

그런데 데릭이 불쑥 손을 들어 내 말을 끊었다. 그러고는.

"넌 어떤 처벌을 원하지?"

"……처벌이요?"

"그래."

데릭이 무심히 고개를 끄덕이며 말했다.

"훈련을 무단이탈한 것도 모자라 상스럽게 네 험담을 하고 있었다 하지 않았나."

"……."

"네가 원하는 것을 최대한 반영할 테니 말해."

나는 의아한 눈으로 그를 바라보았다.

'……언제부터 내 말을 신경 썼다고?'

물론 진짜 페넬로페였다면 '그놈들을 당장 죽여요!' 하고 난리를 부렸을지 모른다. 하지만 난 그럴 생각이 없었다. 언제 또 반복될지 모를 일화였다.

게다가 오늘은 그것을 빌미 삼아 기회를 만들려는 것뿐이니까.

"제 의견이 중요한가요? 그냥 놔두세요."

"……뭐?"

"험담 좀 한 게 뭐 대수겠어요. 제 평판이 원래 좋지 않은 것을요."

"……."

어깨를 으쓱이며 여상히 대답하자, 데릭의 표정이 딱딱하게 굳었다. 그는 한동안 침묵하다가, 무겁게 입을 열었다.

"……저번에 마크란 놈들을 파면했다는 소식을 전해 들었을 텐데."

"네. 들었어요."

나는 대충 고개를 끄덕였다. 그러다 아차 싶어 사근사근 덧붙였다.

"굳이 그렇게 해 보았자, 기사들의 태도가 달라지진 않더라고요. 물론 그것 또한 제가 제대로 행실하지 못한 탓이겠지요."

"……."

데릭은 다시 입을 꾹 다물었다. 그 순간, 내게로 향해진 푸른색 눈이 한차례 흔들린 것 같다는 착각이 일었다. 그럴 리 없을 테지만.

나는 신경 쓰지 않고 곧장 목적을 이야기했다.

"기사들의 처벌은 괜찮아요. 대신, 부탁드릴 게 있어요."

"……뭐지?"

"이클리스에게도 검술 스승을 붙여 주세요."

"뭐?"

예상치 못한 말이었는지 그의 미간에 깊은 골이 새겨졌다.

"노예는 기사가 될 수 없다. 너도 그 정도는 알고 있을 텐데."

"정식 기사는 될 수 없더라도, 명색이 제 호위 기사인데 훈련에서 뒤처지게 할 수는 없잖아요."

"그래, 네 호위."

달칵. 그가 문득 들고 있던 찻잔을 내려놓았다.

"안 그래도 그 노예의 처우에 관해 이야기를 나눌 필요가 있다고 생각했다."

"어떤…… 이야기요?"

"이제 말장난은 그만하고, 정식 호위 기사를 뽑아서 곁에 두고 다녀라."

"……네?"

"1사단에서 실력이 괜찮은 놈들을 몇 명 추려 두었다."

나는 순식간에 뒤바뀐 화제에 어안이 벙벙해졌다.

'이클리스의 스승을 붙여 달라는 말에서 갑자기 웬 호위……?'

데릭은 이미 확정된 사실을 통보하는 것처럼 거침없이 말을 이었다.

"집사를 통해 인적사항을 보낼 테니 네가 보고 직접 마음에 드는 놈들로……."

"잠시만요. 잠시만요, 소공작님."

나는 곧바로 정신을 되찾고 그의 말을 막아섰다.

"말장난이라니요? 제 호위 기사는 이클리스 하나뿐인걸요."

놈은 내가 제 말을 멈춘 것이 기분 나쁜지, 썩 불쾌한 표정을 지었다.

"축제 때 네가 그 노예에게서 받은 도움에 대한 보상은 그간 넘치도록 베풀었다고 보는데."

"무슨 보상이요?"

"네가 끼고도는 것도, 노예 주제에 분에 겨울 만큼 퍼다 바치는 것도 모두 묵과해 주었지 않느냐."

"……."

나는 할 말을 잃고 물끄러미 놈을 바라보았다. 내가 살아남기 위해 이클리스에게 절절매는 것이, 놈의 눈에는 소꿉장난을 하는 것처럼 비쳤다는 것이 조금 충격이었다. 결국, 이클리스를 호위로 삼겠다는 내 말은 처음부터 씨알도 먹히지 않았다는 소리지 않은가.

입매를 굳히는 나를 보며, 데릭이 목소리를 한결 누그러뜨렸다.

"저택에서 내쫓겠다는 소리가 아니다. 그 노예와 그만 거리를 두란 소리이지."

"……."

"기사단 내에서 너와 그 노예에 관한 눈초리나 소문이 좋지 않아. 그러니 오늘 같은 일이 자꾸 벌어지는 게 아니냐."

"아니요. 기사단 내에서 이클리스의 대우가 형편없으니 오늘 같은 일이 발생하는 거지요, 소공작님."

나는 그의 책임 전가를 짧게 일축했다. 데릭은 잠시 멈칫하더니 차가워진 눈으로 나를 쏘아보았다.

"노예의 처지가 어디에서나 그런 것이지."

"그러나 동시에 제 하나뿐인 호위 기사지요."

"페넬로페 에카르트."

틈을 두지 않고 곧장 대꾸하는 내 모습에 데릭이 서늘하게 이름을 불렀다. 경고였다. 그러나 나는 개의치 않고 자조적으로 웃었다.

"공녀의 호위 기사에게 스승조차 없으니 얼마나 우습게 보이겠어요. 자연히 그 주인도 우습게 여겨지는 게 아니겠어요."

"그러니 새 호위 기사들을 배치해 준다고 하지 않았나."

"그들이 원한다고 하던가요?"

"……."

"아니면, 가문 내에서 바닥을 치는 제 입지를 되짚어 주시는 것을 제가 지금 알아듣지 못하고 있는 건가요?"

얼마나 입지가 형편없으면 호위 기사와 공녀의 염문설이 나돌아다니며, 그를 해명하기 위해 호위 기사까지 갈아치우냐는 뜻이었다.

그것을 알아차렸는지, 데릭의 턱이 꽉 단단해졌다.

"너……."

놈은 화를 참는 건지, 아니면 다른 이유가 있는 건지, 여러 번 입술을 달싹였다. 이윽고 그가 깊이 틀어 잠긴 듯한 목소리를 내었다.

"……그런 게 아니다, 페넬로페."

꽉 맞물린 잇새로 의외의 답변이 새어 나왔다.

"그게 아니라…… 재판 이후로 네게도 호위 기사가 여러 명 필요하다고 판단했을 뿐이야."

"……."

"엘렌 후작의 표적이 될 수도 있으니."

나는 놈의 말에 일그러질 뻔한 표정을 가까스로 다잡았다. 귀족들에게 석궁을 난사한 천둥벌거숭이로 몰 때는 언제고, 왜 지금에서야 그런 판단을 한단 말인가.

'내가 진짜 페넬로페였으면 암살자를 마주쳤을 때 벌써 죽었어.'

호위도, 하녀도 하나뿐인 페넬로페는 애당초 사냥 대회에서 여러 번 죽을 운명이었던 것이다.

"……그러면 제가 말한 대로 해 주세요."

나는 치밀어 오르는 감정들을 억누르며 다시 한번 요구했다.

"저는 저를 무시하는 기사 같은 거 필요 없어요."

"……."

"그렇게 제가 걱정되시면, 이클리스에게 검술 스승을 붙여 주고 이름뿐인 호위가 아니라 제대로 된 호위 노릇을 할 수 있게 만들어 주세요."

"……."

"그렇게 해 주실 거죠?"

데릭은 지금까지와는 달리 칼같이 내 말을 거절하지 않았다. 오늘을 포함하여, 내가 그간 당해 온 저택 내의 형편없는 대접들을 빌미 삼아 요구하는 중이었으니까.

철두철미한 소공작에게 언제나 애물단지 취급을 받던 나는, 최근 들어 별다른 사고를 치지 않았음에도 부당한 대우를 받고 있었다.

나는 그것을 따로 개선해 달라 요구하지 않았다. 오늘과 같이 진짜 필요한 것을 요구할 때를 대비하기 위해서.

데릭은 한참이 지나서야 깊은 한숨을 내쉬며 가까스로 허락했다.

"……알았다."

한시름 놓였다. 그와 동시에 그간 받아 온 고용인들의 푸대접마저 이용해야 하는 처지가 더없이 비참하게 느껴졌다.

"하지만 알아 둘 게 있다. 다른 견습 기사들처럼 가문 내의 기사들을 스승으로 붙일 수는 없다."

그때, 데릭이 퍽 착잡해 보이는 음성으로 문제점을 지적했다.

"지금은 제국에 귀속된 노예일지라도 놈은 패전국 출신이다. 적에게 검술을 가르치는 것은 제국법에 어긋나지."

"그럼……."

"누군가 근위대에 찌르기라도 한다면 자칫 반역으로까지 몰릴 수 있는 사안이다."

"반역이요?"

눈이 절로 부릅떠졌다. 생각지도 못한 현실적인 벽이었기 때문이다.

'……게임에서는 어땠었지?'

나는 기억을 되새겼다. 자세히 나오지 않았지만, 게임에서는 공작이 이클리스를 데리고 와 책임졌다.

'저런 위험을 감수하면서까지 그의 능력을 높이 샀던 건가…….'

입 안이 씁쓸해졌다. 게임대로 공작이 그를 데리고 왔다면 그는 지금보다 좀 더 수월하게 검술을 연마했을지 모른다.

하지만 그를 가로챈 것을 후회하지 않았다. 나는 시궁창에서 구원해 준 '한 줄기 빛'이라는 위치가 얼마나 값진 것인지 잘 알고 있었으므로.

"……그러니 외부에서 적당한 이를 수배해 보지."

문득 데릭의 목소리가 일시적인 상념을 깨웠다.

"일단은 그것으로 만족하도록 해라."

"……감사해요, 소공작님."

나는 한발 늦게 감사 인사를 전했다. 그토록 까다로운 과정일 줄 몰랐던 터라 놈이 이렇게까지 나서 준다는 게 놀라웠다.

목적을 달성하자 날이 서 있던 신경이 누그러졌다. 덕분에 감사의 의미로 어색한 미소나마 입가에 걸칠 수 있었다.

그 순간, 나와 마주친 푸른색 눈이 미세하게 움찔거렸다. 그와 동시에 그의 머리 위, 주황빛이 깜빡거렸다.

'어…….'

멍하니 그것을 올려다보던 도중.

"삐요, 삐요오—."

어디선가 맑은 음이 정적을 깨트렸다. 퍼뜩 고개를 돌리자, 진분홍색 새가 또다시 나를 경계하며 날개를 퍼덕이는 중이었다.

새는 부엉이처럼 고개를 좌우로 갸웃거렸다. 그럴 때마다 보석안이 오색으로 반짝반짝 빛났다.

"가까이 가서 구경하지 그래?"

"……네?"

나는 돌연 들려온 음성에 얼떨떨한 표정으로 시선을 돌렸다.

"경계하는 게 아니다. 네가 저와 같은 색을 가진 것을 신기해하는 것이지."

"저를…… 알아봐요?"

깜짝 놀라 되묻자, 그가 고개를 까딱였다. 나는 다시 새에게로 눈을 돌렸다.

"삐요, 삐요오. 삐요—."

경계하는 소리가 아님을 들어서일까. 한 번 더 날개를 퍼덕이는 새가 자기를 봐 달라며 애교 부리는 것 같았다.

새장이 있는 창틀은, 응접용 소파 바로 앞이었다. 아까부터 신기한 새의 모습에 호기심을 가지고 있던 나는, 거절하지 않고 자리에서 일어나 새장 앞으로 다가갔다.

"삐요, 삐요오—."

가까워진 나를 보고 새가 맑은 소리를 내며 고개를 좌우로 마구 갸웃거렸다. 데릭의 말처럼, 정말로 제 털 색과 내 머리 색이 비슷한 것을 어리둥절하게 여기는 것 같았다.

"예타 공국에서는 플라포피뉴를 신의 전령새라 여긴다지."

그때 뒤쪽에서 건조한 목소리가 나지막이 들려왔다. 어느새 나를 따라 일어선 데릭이 뚜벅뚜벅 걸어와 옆에 섰다.

"이 새의 이름이 플라포피뉴예요?"

"그래."

나는 문득 기시감이 들었다. 분명 처음 보는 새인데, 어디서 들어 본 듯한 이름이었다.

'어디서 들은 거지……?'

곰곰이 생각에 잠길 무렵.

"원래 예타 공국에서는 국보로 여겨지는데, 국왕이 이번 사냥 대회를 기념하여 특별히 한 마리를 공물로 바쳤다더군."

"아."

이어진 데릭의 말에 번뜩 뇌리를 스쳐 지나가는 장면이 있었다. 그가 사냥 대회에서 잡았다던 희귀 동물. 사냥감들 사이에 진분홍빛 무언가가 늘어져 있는 것을 얼핏 본 기억이 났다.

'그럼 이게…….'

순위권에 들 만했다. 이렇게 희귀한 것을 잡았다는 사실이 새삼스러워서 그를 흘끔거리는 와중이었다.

"플라포피뉴는 자웅동체로, 사는 동안 딱 한 번 알을 낳는다."

내가 새에 관심을 가지는 것을 눈치챘는지, 그는 묵묵히 새에 관해 설명을 덧붙였다.

"그중 새끼가 태어나지 않은 무정란은 딱딱하게 굳어져 이 눈과 같은 모습으로 변하지."

"눈…… 이요?"

나는 그의 말에 새의 눈동자를 바라보았다. 사방으로 빛이 반사되는 찬란한 보석안. 꼭 다이아몬드를 박아 놓은 것 같이 이질적이면서도 신묘했다.

"그러면 값을 매길 수 없을 만큼 엄청난 값어치를 지닌 보석이 되는 거다."

"……."

"네가 작년 생일에 갖고 싶다 했던 그 포피뉴 다이아몬드 말이야."

'페넬로페가 달라고 한 보석이…… 이 새가 낳은 알?'

나는 생경한 눈으로 새를 바라보았다.

"삐요, 삐요오—."

눈이 마주치자 새가 또 한 번 울며 날갯짓을 했다.

"그간 쥐 죽은 듯 있더니, 널 보자마자 퍼덕거리는 걸 보면 주인을 알아보았나 보군."

"……."

"그만 네 방으로 가져가라."

"……."

"원래 네게 주려 했던 거니까."

나는 갑작스러운 소리에 얼떨떨한 얼굴로 데릭을 돌아보았다. 그는 내가 아닌 새장을 바라보며 무심하게 읊조렸다.

"아직 알을 낳지 않은 개체라고 하니, 기다리다 보면 언젠가 낳겠지."

그러면 작년에 페넬로페가 원했다던 '포피뉴 다이아몬드'를 가질 수도 있다는 소리였다. 나는 그의 심경을 조금도 이해할 수가 없었다.

“……왜요?”

그래서 나도 모르게 대뜸 속마음이 튀어 나갔다.

“……뭐?”

“제가 사치 부리는 걸 싫어하셨잖아요.”

“…….”

“저는 모르겠어요. 소공작님이 왜 자꾸 제게 이런 걸 주시는지.”

푸른 눈이 찰나, 일렁였다. 이번에는 잘못 본 것이 아니었다.

‘뭐, 재판 전에 내 말을 믿어 주지 않은 것에 대한 보상인가?’

하지만 그렇다기엔 너무 뻔뻔하지 않은가.

‘미안하다는 말 한마디 없이, 먹고 떨어지라고?’

갈수록 삐딱해지는 생각을 아는지 모르는지, 놈은 딱딱하게 경직된 채 서 있기만 했다. 그러더니 한참 후.

“……그래. 싫어했지.”

불현듯 그는 굳은 표정을 풀고, 조금 허탈해 보이는 미소를 지었다.

“너는 항상 나한테서 이유를 찾는군.”

“…….”

“사실 나도 몰라.”

그 대답에 당황한 것은 나였다. 멍하니 놈을 바라보는 중, 그가 묵묵히 입을 열었다.

“그저 걷다가 이걸 발견했고, 네가 가지고 싶다 했던 것이 떠올랐다.”

“…….”

“딱 한 마리뿐인 희귀종인지라 다른 이한테 뺏기기 싫었던 것도 같군.”

“…….”

“이제 이유가 설명이 됐나?”

하나도 설명되지 않았다. 나는 그저 기가 막혔다.

‘그러니까, 왜 작년에 가지고 싶다 했던 말이 떠올랐냐고.’

더 따져 묻고 싶었지만, 애써 참았다. 어차피 그런 건 별로 중요한 게 아니었으니.

“……저를 생각해서 잡아 주신 건 감사하지만, 저는 갖기 싫어요.”

나는 침착한 어투로 말했다. 푸른 동공이 즉각 의아함으로 물들었다.

“어째서지?”

“알을 낳을 때까지, 책임질 수 없을 것 같아서요.”

나는 말을 하고도 놈의 눈치를 기민하게 살폈다. 저번처럼 심기가 뒤틀린 놈이 그럼 버리라든지, 새를 죽이라든지 같은 소리를 할까 봐 가슴이 두근거렸기에.

“……그렇군.”

그러나 놀랍게도, 데릭 놈은 고개를 끄덕이며 내 말에 수긍했다.

“그러면 계속 내가 돌보지.”

‘이놈이 대체 왜 이럴까?’

휘둥그레진 눈으로 놈을 다시 보던 나는 곧 납득했다. 값비싼 보석을 낳는 새이니, 죽일 수는 없는 것이리라.

“대신 가끔 들여다보러는 와라. 영리한 새이니, 너를 또 찾을지도 모르니까.”

“삐요오―.”

마치 그의 말에 대답이라도 하듯 새가 한차례 울었다.

"그럴게요."

나는 순순히 답했다. 곱상한 새가 퍽 마음에 들었기 때문이다. 물론 네놈이 없을 때에 한해서라는 건 밝히지 않았다.

대답을 한 이후 한동안 집무실 안에 어색한 정적이 내려앉았다. 간헐적으로 우는 새를 구경하며, 이제 슬슬 돌아가 보겠다는 말을 할 타이밍을 재고 있을 때였다.

"……몇 년 내로 아버지께서 은퇴하시면 공작위를 내가 승계받게 된다."

데릭 놈이 불쑥 정적을 깨트렸다.

"아무리 대비하고 또 대비하더라도, 그 과정에서 취약점이 생기기 마련이지."

"……."

"정적들은 그 틈을 놓치지 않고 어떻게든 파고들어 에카르트를 음해하려 들 것이다."

무척이나 뜬금없는 맥락이었다. 그는 황당하다는 내 눈초리에도 개의치 않고 계속 말을 이었다.

"나는 지금까지 그래 왔듯 앞으로도 그 모든 것들을 통제하고 준비해야 한다. 내가 지키고 책임져야 할 가문이니까."

"……."

"그 안에는 너 또한 포함되어 있다, 페넬로페 에카르트."

불현듯 놈이 시선을 들어, 내 눈을 똑바로 응시했다. 차갑고, 냉철하고, 오만한 귀족의 모습으로, 그는 한 자 한 자 짓씹듯이 말했다.

"에카르트의 명성에 위해를 가하는 것들을 차단하기 위하여 일부 살을 내주는 것은 별거 아니야. 네게 오명을 뒤집어씌우려던 게 아니라."

나는 곧바로 깨달았다. 그가 지금, 재판 전날 감옥에서 나눴던 대화를 변명하고 있다는 것을.

"내 생각이 옳았다고 말하지 않겠다."

"……."

"하지만 다시 돌아가더라도, 나는 또 같은 선택을 반복하겠지."

"……."

"그게, 네게 씌워진 귀족 시해범이란 모함을 가장 빠르게 벗겨 낼 수 있는 방법이었으니까."

푸른 눈에 알 수 없는 격정이 휘몰아쳤다. 재판정에서 홀로 알아서 진술하던 나를 바라보던 때와 비슷했다.

"하지만 내가 성급했던 것을 인정한다. 앞으로는 먼저, 네 말을 들어 보고 신중히 행동하도록 하지."

"……."

"너 또한 더는 악을 쓰지 않고 충분히 네 뜻을 관철할 수 있게 된 것 같으니까."

네가 변했으니, 앞으로는 그러지 않겠다는 말로 일단락 지으며 놈이 말을 마쳤다.

머리로는 이해가 갔다. 말마따나, 그는 곧 거대한 공작가를 이끌어갈 재목이었고, 매 순간 합리적인 판단을 해야 한다는 것이다. 그게 비록 안 그래도 욕을 들어 처먹는 양동생을 더더욱 나락으로 모는 일일지라도.

사과 한마디 없었지만, 나는 이게 철저한 대귀족으로 길러진 데릭 놈의 사과 방식이라는 것을 알았다. 그러나 자꾸만 마음이 삐딱해지는 것을 막을 방도가 없었다.

'이제 안 그러겠다고? X 까.'

나는 냉소적으로 웃었다. 지금 와서 그게 다 무슨 소용이란 말인가. 악을 쓰는 진짜 페넬로페는 사라지고 없는데.

"저는 그때 말씀드렸던 것과 변함없어요."

필요 없다는 말이 목 끝까지 차올랐지만, 끝끝내 눌러 삼켰다. 마지막으로 본 놈의 호감도가 고작 32%에 불과했으므로.

"페넬로페."

놈이 조급한 음성으로 나를 불렀다.

"제가 벌인 일은 앞으로도 제가 알아서 책임지고 싶어요. 기대하지 않는다고……."

나는 그를 막아서며, 심호흡을 한 번 하고는 빙긋 웃었다.

"말씀드렸잖아요."

내 말에 놈의 얼굴이 기이하게 일그러졌다. 새까만 머리 위 주황색 호감도가 반짝이기 시작했다. 수치가 보이지 않아서 그것이 플러스인지 마이너스인지 알 턱이 없었다. 마음이 급해졌다.

"이만 가 볼게요. 새를 잡아 주신 것은, 감사했어요."

더 있다가는, 또 폭락을 야기할 듯하여 나는 허겁지겁 몸을 돌렸다. 그리고 집무실 문으로 빠르게 향하려던 순간이었다.

"광산에 관련해서는."

예상치 못한 말이 발길을 붙들었다.

"항시 집사를 대리인으로 앞세워라."

나는 기이한 기분에 휩싸여 그를 돌아보았다. 그는 여전히 일그러진 얼굴을 한 채 꾸역꾸역 내게 조언을 내뱉었다.

“어린 영애가 소유주라는 사실이 알려지면, 무시하는 족속들이나 달라붙는 파렴치한들이 있을 테니까.”

“…….”

“원한다면 가문 내의 마법사를 이용해도 돼.”

그가 이미 에메랄드 광산에 대해 알고 있다는 사실에 놀라서 나는 한동안 아무 말도 하지 못했다.

그렇다면 더는 보이지 않는 놈의 호감도는, 지금 어떤 상태일까.

며칠 후 이른 아침, 집사가 찾아와 광산에 대한 소식을 전했다.

“아가씨의 지시대로 경매장에 가공하지 않은 최고급 원석들을 세 차례 내놓았습니다.”

“그런데?”

“한데 세 번 모두 한 상단에서 마지막 경매가의 열 배에 달하는 가격으로 낙찰받아 갔습니다.”

“……뭐?”

나는 깜짝 놀랐다. 유통할 상단을 정하기 위해 임의로 경쟁을 조성했는데 이러면 의미가 없었기 때문이다.

“어느 곳이?”

“알아보니, 원래 보석을 취급하는 상단은 아닌 듯한데…….”

집사도 영문을 모르겠다는 얼굴로 답했다.

“흰 토끼 상단이라고 들어보셨습니까?”

“뭐, 뭐?!”

나는 입을 떡 벌렸다. 뷘터 베르단디가 운영하는 상단이었다.

'그놈이 대체 왜?'

억만금 좀 만져 보나 했더니, 예상치 못한 전개에 실로 당황스러워졌다. 게임의 에피소드라고 여기기에도 석연찮았다.

그저 내 원석이 탐이 나 그랬다고 생각하기에도 무리가 있었다. 그런 거라면 굳이 마지막 경매가의 열 배를 부르며 모조리 쓸어갈 이유가 없었다.

철저히 비밀리에 진행한 일인데, 그놈이 대체 내가 광산의 주인이라는 것을 어떻게 알고 원석을 사들인단 말인가.

순식간에 심각해진 내 기색을 알아차렸는지, 집사가 조심스럽게 물었다.

"아시는 곳입니까, 아가씨?"

"아니? 그럴 리가."

나는 재빨리 부정했다.

"그럼 그쪽과 접촉을 해 볼까요?"

"일단…… 잠시 보류해 둬."

"보류요?"

"응. 생각 좀 해 봐야 하니까."

집사가 의아하다는 얼굴로 고개를 갸웃거렸다. 그러나 몰빵 남주의 호감도 100%를 앞둔 상태에선 다른 남주들을 만나는 것에 신중을 기해야 했다.

게다가 광산 관련해서 집사는 내 대리인이나 다름없었다. 혹여 내가 놈에게 몰래 의뢰했던, 은밀하게 외간 남자를 찾았다는 것을 그가 알게 되면 큰일이다.

'안 돼!'

끔찍한 가정에 몸서리를 치던 나는, 서둘러 대화를 마무리 지었다.

"할 말은 그게 끝이야?"

"아, 그리고……."

아직 할 말이 남았는지 집사가 덧붙였다.

"얼마 전 견습 기사 숙소에서 마주쳤던, 네 명의 사내들을 기억하십니까?"

혹여나 불쾌한 기억을 되새길까 배려했는지 집사는 극도로 말을 생략했다. 나는 선선히 대답했다.

"응. 왜?"

"엊저녁에 모조리 기사단에서 파면되었습니다."

"파면?"

의외의 소식이었다. 분명 내버려 두라 했는데 굳이 번거롭게 내쫓았나 보다.

"뭐, 잘됐네."

나는 비죽 입꼬리를 비틀어 웃었다. 이렇게 빠르게 진행된 것이 의외긴 했지만, 아예 예상치 못한 범위는 아니었다.

내쫓길 때 놈들의 면상들을 구경하지 못한 것에 아쉬움을 느낄 때였다.

"또한 소공작님께서 그들을 귀족 모독죄로 재판에 회부하셨습니다."

이어서 들려오는 말은, 정말이지 예상치 못한 것이었다.

'재판까지요……?'

나는 순식간에 묘한 기분에 휩싸였다. 원하는 처벌을 말하라고 했을 때부터 데릭 놈이 무슨 생각을 하는지 도저히 종잡을 수 없었다.

"재판에서 승소하면 어떻게 되는데?"

"징역을 살게 됩니다."

"징…… 역?"

"네. 아니면 거금의 배상금을 물어야 하는데, 그럴 여유는 없을 테니까요."

입 한번 잘못 놀린 것치고는 너무한 처사가 아닌가, 하는 생각이 문득 스쳤다.

하지만 곧 신경 끄기로 했다. 어차피 내 의사와는 상관없이 데릭이 독단적으로 진행한 일이었다.

"그리고 아가씨."

집사가 불현듯 목소리를 낮추고 속삭였다.

"이클리스의 스승을 맡을 자를 구했습니다."

나는 반색했다.

"그래? 누구지?"

"재작년에 은퇴한 황실기사단의 부단장이었던 스펜 경입니다. 은퇴 후로 행방이 묘연하더니, 수도 변경 평민들이 사는 마을에서 아이들에게 글과 검을 가르치는 중이었다고 합니다."

되게 숨은 재야의 고수 같은 느낌이 들었다. 그런 내 생각을 뒷받침하듯 집사가 덧붙였다.

"현역 시절 검술 실력이 대단하다고 소문이 자자하던 자였지요."

나는 잠깐 멈칫했다. 가능한 한 이클리스가 내가 탈출한 이후 소드 마스터가 되었으면 하는 바람이 있었기 때문이다. 노멀 모드에서 그는 실력을 숨기다 종국엔 페넬로페를 배신하므로.

'뭐, 상관없겠지.'

하지만 나는 잠깐 들었던 기우를 내려놓았다. 내가 나서서 스승을 구해 준 것이니 오히려 호감도에 플러스가 됐으면 됐지, 생뚱맞게 떨어지진 않을 것이다.

게다가 아무리 하늘이 내린 천재라지만 한 달도 되지 않아 소드 마스터의 경지에 오르겠는가.

"조금 뒤 제가 그를 이끌고 스펜 경에게 가는 길을 안내할까 합니다. 후문에 은밀하게 짐마차를 준비해 두었습니다."

"그럼 먼저 이클리스를 불러 놓고 있어 줘. 나도 곧 준비해서 나갈 테니까."

"아가씨께서요?"

내 말에 집사가 놀란 표정을 지었다.

"응. 첫날이니 배웅은 해 줘야지."

나는 고개를 끄덕이며 싱긋 웃었다. 이제 진짜 여주가 등장하는 성인식까지 3주 남짓.

이 빌어먹을 곳에서 탈출하여 원래 세상으로 돌아가기 위해서, 나는 할 수 있는 건 다 해 보기로 결심했다.

집사가 먼저 기숙사에 있을 이클리스를 데리러 가 있는 사이, 나는 세안을 하고 옷을 갈아입었다. 그리고 얇은 소재의 검은색에 가까운 짙은 붉은색 원피스를 꺼내 입었다.

일전에 사냥 대회 전야제에 참석할 적, 피처럼 붉고 화려한 드레스를 차려입은 나를 보고 이클리스의 호감도가 소폭 상승한 게 떠올랐기 때문이다.

"좋았어."

거울을 보며 만족스러운 미소를 지어 보이던 나는, 곧장 방을 나섰다. 그리고 후문으로 가기 위해 저택의 뒷문으로 향했다.

조용히 문을 열고 나오자, 얼마 전 황태자를 대면했던 후원이 곧바로 펼쳐졌다. 철저히 관리된 꽃줄기들이 불어오는 바람에 살랑살랑 흔들렸다.

바로 후문 쪽으로 걸음을 옮기려던 나는, 순간 눈길을 잡아끄는 무언가에 걸음을 멈칫했다. 후원 앞쪽에 이름 모를 연녹색 꽃들이 만개해 있었다.

나는 그쪽으로 다가가 가장 활짝 피어 있는 꽃을 한 송이 꺾었다. 진부하지만, 내 눈동자 색이랑 비슷해서였다.

며칠 전에 받아 와 말리는 중인 시든 화관에 대한 보답도 할 겸, 나는 그것을 소중히 들고 다시 뒤돌아 걸었다.

얼마 후, 후문에 이르니 이클리스와 집사가 이미 도착해 있는 상태였다. 멀찍이서 검붉은색의 게이지 바가 선명히 빛났다. 나는 재빨리 꽃을 뒤로 숨긴 채 사뿐사뿐 걸음을 옮겼다.

"이클리스."

"……주인님?"

내가 올 줄은 미처 예상치 못했는지 그의 눈이 강아지처럼 동그래졌다.

"여긴 어떻게……."

"배웅해 주려고. 처음 가는 건데 긴장되잖아."

그는 내 말에 눈을 내리깔 뿐, 딱히 긴장한 눈치는 전혀 아니었다. 나는 개의치 않고 생긋 웃으며 물었다.

“기분이 어때? 원하는 대로 이루어졌는데.”

이클리스의 눈 밑이 미세하게 움찔거렸다. 그는 워낙에 표정이 없는지라 얼굴만 봐서는 알 수 없었다.

그러나 한참 동안 입술을 달싹이더니, 이내 입을 열어 작게 속마음을 내뱉었다.

“……좋아요.”

“다행이네.”

흡족한 대답이었다. 나는 그제야 등 뒤에 숨긴 것을 짠 하고 꺼내 보였다.

“자.”

반동으로 인해 연녹색의 꽃송이가 ‘통—’ 하고 이클리스의 코를 살짝 치며 흔들렸다. 부러 그런 것은 아니었지만, 그 바람에 달큰한 꽃향기가 우리 사이에 퍼져나갔다. 잿빛 눈동자가 서서히 커다래졌다.

“이건…….”

“오는 길에 네 생각이 나서 꺾었어.”

나는 꽃을 든 손을 천천히 그의 얼굴에 가까이 가져다 댔다. 약지와 새끼손가락으로 흘러내린 머리카락들을 귀 뒤로 넘긴 후, 귓가에 살며시 꽃을 꽂아 주었다.

바로 내 손을 쳐 내면 어쩌나 싶었는데 다행히도 그는 내가 손을 뗄 때까지 미동도 하지 않았다.

메마른 얼굴, 버석한 회갈색 머리칼과는 퍽 어울리지 않는 색이

어서 장난 반, 혹시 모를 긴장을 풀어 주려는 의도 반이었는데.

막상 관자놀이 옆에 꽃을 꽂은 이클리스의 모습은 오히려…… 놀라울 만큼 화사하고 잘 어울렸다.

나는 한동안 그를 바라보며 눈을 깜빡이다가, 이내 느낀 심경을 고스란히 토해냈다.

“……예쁘구나.”

순수한 감상이었다. 그 순간, 이클리스의 눈동자가 무섭도록 일렁거렸다.

그는 마치 그것을 숨기려는 듯 곧바로 고개를 푹 숙였다. 얼굴 대신 꽃이 꽂혀 있는 귀 끝이 타오를 듯 붉게 변한 것이 보였다.

‘됐어. 이건 확실히 플러스야.’

반짝이는 검붉은색 게이지 바와 그를 번갈아 바라보던 나는 회심의 미소를 감추며 입을 열었다.

“네 스승을 구해 주기 위해 내가 힘 좀 썼으니까, 내 생각하면서 열심히 하렴.”

오만하게 고개를 쳐들고 잔뜩 뻐겼다. 데릭이 구해 준 거라는 숨겨진 진실은 그가 알 필요 없었다.

“알았지?”

“……네.”

이클리스는 순종적인 태도로 대꾸했다. 이윽고 그가 숙이고 있던 고개를 쳐들었다. 그리고.

“열심히 해서…… 주인님께 부끄럽지 않은 기사가 될게요.”

알 수 없는 감정들이 득시글거리는 눈으로 나를 보며 말했다.

나는 일순 멍해졌다. 순간적으로, 그의 잿빛 눈동자가 평소보다 훨씬 짙은 색으로 물들어 있는 것 같다는 생각이 들었기 때문이다.

"아가씨. 이제 그만 가 봐야 할 듯합니다."

그때, 집사가 다가와 나를 일깨웠다.

"어? 어어…… 가 봐야지. 어서 집사를 따라 가 보렴, 이클리스."

나는 어색하게 웃으며 이클리스에게 손짓했다. 그는 집사의 재촉에도 잠시간 뚫어져라 나를 응시하다가, 천천히 몸을 돌렸다. 검붉은색 게이지 바가 멀어진다.

그들이 후문 밖으로 사라질 때까지 우두커니 자리에 서 있던 나는, 한참 후 정신을 차렸다.

"아. 호감도."

뒤늦게 호감도를 확인하지 못했다는 것을 깨달았다. 왠지 모르게, 한순간 폭풍이 몰아치고 사라진 듯한 기분이 들었다.

방으로 돌아온 나는 책상 앞에 앉아, 오늘 아침 집사에게서 전해 들은 소식에 대해 고민했다.

"뷘터 베르단디……."

생각해 보니, 그를 못 본 지 꽤 오랜 시간이 흐른 상태였다.

사실 한 번쯤은 만나 보는 게 좋았다. 그의 머리 위가 무슨 색으로 변했는지 궁금하기도 했고, 여주가 등장하기까지 얼마 남지 않은 시점이니 그가 여주와 접촉했는지 알아볼 필요가 있었다.

톡톡톡—. 나는 손가락으로 책상을 두드리며 중얼거렸다.

"만나려면 역시, 상단 계약 핑계가 가장 적합하려나."

하지만 에메랄드 광산은 안 된다. 그건 이미 집사를 대리인으로 내세운 것이므로 내가 괜히 나서 소유주임을 알릴 필요는 없었다.

나는 책상 서랍 가장 하단을 열어 흰 봉투 하나를 꺼냈다. 그런데 서랍 안쪽에 있던 무언가가 봉투에 주르륵 딸려 나왔다.

"어……."

나는 눈을 크게 떴다. 토끼 모양을 띤 흰색 손수건. 재판이 끝나고 뷘터가 마법을 써서 보여 준 것이었다. 짐 정리를 마친 에밀리가 건넨 것을 서랍 속에 넣어 놓고 깜빡 잊고 있었던 게 떠올랐다.

나는 흰 봉투와 함께 모양이 흐트러지지 않도록 조심조심 토끼를 꺼냈다.

"그러고 보니, 이것도 돌려줘야겠네."

그 둘을 번갈아 보자 갈팡질팡하던 마음이 확고해졌다.

'근시일 내에 뷘터를 한번 만나러 가야겠어.'

그렇게 결론 지은 나는 자리에서 일어났다. 어서 빨리 침대에 누워야 했다. 아침 일찍 방문한 집사와 이클리스의 배웅 때문에 잠이 부족했기 때문이다.

노곤하게 가라앉는 몸을 이끌고 막 걸음을 옮기려던 찰나였다.

화악—! 갑자기 닫혀 있던 책장 옆 창문이 벌컥 열리더니, 엄청난 돌풍이 몰아치기 시작했다.

"악! 뭐, 뭐야!"

눈을 뜰 수조차 없을 만큼 사정없이 몰아치는 바람에 나는 정신없이 팔을 허우적거렸다. 고개를 숙이기 바빠 이미 한 번 겪은 일이라는 기시감을 느낄 새도 없었다.

얼마 후 거짓말처럼 바람이 가라앉았다. 그때였다. 어디선가 시끄러운 잡음을 동반한 남성의 걸쭉한 목소리가 흘러나오기 시작했다.

"지지직…… 계약을…… 치직…… 합니다……."

나는 혼이 나간 채 헐떡이며 주변을 두리번거렸다.

"헉, 허억, 어떤 새끼야."

그리고 이내 발견했다.

"치직…… 단을…… 상단을…… 찾아와…… 부탁…… 니다……."

책상 위에 놓여 있는 천 자락으로 이루어진 토끼가, 기괴하게 머리를 까딱이며 말을 하는 모습을.

—3권에서 계속—

악역의 엔딩은 죽음뿐 2

1판 1쇄 발행 2020년 9월 18일
1판 6쇄 발행 2024년 3월 28일

지은이 권겨을
펴낸이 최원영
편집장 예숙영
편집 박상희
편집디자인 한방울
영업 김민원 조은걸
물류 이순우 최준혁 박찬수

펴낸곳 ㈜디앤씨미디어
출판등록 2002년 5월 1일 제117-90-51792호
주소 서울시 구로구 디지털로 26길 111 JnK디지털타워 503호
대표전화 (02)333-2513 팩스 (02)333-2514
전자우편 dncbooks@dncmedia.co.kr
디앤씨북스 블로그 http://blog.naver.com/dncbooks

ISBN 979-11-264-5222-4 04810
ISBN 979-11-264-5220-0 세트